窗听锣声街听鼓——浦东新区新场镇"锣鼓书"馆

从前阿奶今阿太：入围第十八届群星奖的"浦东说书"《养猪阿太》

"新卷"犹自"老卷"来——新版"浦东宣卷"表演中

"转轴拨弦三两声"——新场琵琶馆

昂起龙头舞起身——"浦东绕龙灯"

双面绣出上海骄——"上海绒绣"

约来江水齐演奏——"江南丝竹"

也端也提也高举——航头镇"卖盐茶"传习基地一景

砌成此灶画此图——"灶花"

坐卧出行贴身宝——各类款式的"三林标布纺织品技艺"文创产品

民俗宗教两相融——"圣堂庙会"

风在挥舞云在笑——"打莲湘"

云帆已挂待风扬——"古船模型制作技艺"

剪去芜形修造型——"海派盆景"技艺

着此土布演此曲——身穿土布服装的"江南丝竹"队员

甜粽已露尖尖角——"浦东三角粽"制作技艺

浦 东 文 化 丛 书

张 坚 ◎ 著

浦东新竹枝词

「非遗」卷

上海远东出版社

图书在版编目(CIP)数据

浦东新竹枝词:非遗卷/张坚著.—上海:上海远东出版社,2022
(浦东文化丛书)
ISBN 978 - 7 - 5476 - 1808 - 0

Ⅰ.①浦…　Ⅱ.①张…　Ⅲ.①竹枝词-作品集-中国-当代
Ⅳ.①I227.8

中国版本图书馆 CIP 数据核字(2022)第 102351 号

策　　划　黄政一
责任编辑　黄政一
封面设计　李　廉
封面摄影　黄政一

浦东文化丛书

浦东新竹枝词:非遗卷

张　坚 著

出　　版　**上海远东出版社**
　　　　　(201101　上海市闵行区号景路 159 弄 C 座)
发　　行　上海人民出版社发行中心
印　　刷　上海信老印刷厂
开　　本　710×1000　1/16
印　　张　27
插　　页　6
字　　数　470,000
印　　数　1-850
版　　次　2022 年 11 月第 1 版
印　　次　2022 年 11 月第 1 次印刷
ISBN 978 - 7 - 5476 - 1808 - 0/I · 365
定　　价　138.00 元

上海市浦东新区地方志办公室
"浦东文化丛书"编辑委员会

鸣　　谢

　　此书的顺利出版得到了中共上海市浦东新区委员会党史办公室、上海市浦东新区地方志办公室、上海市浦东新区非物质文化遗产保护中心的大力支持,特此鸣谢!

目　录

［代序一］　　他，驾驭着创作与理论的"双体轮"前行
　　　　　　　　——试评张坚的新竹枝词创作　褚水敖 / 1
［代序二］　　转换、寄托与其他
　　　　　　　　——张坚新竹枝词创作中的"化"与"寓"手法之评析　胡晓军 / 4

第一辑　　国家级"非遗"保护名录

［"非遗"项目］　　锣鼓书 / 3
［"非遗"传承人］　　谈敬德 / 5　　康文英 / 6　　顾佳美 / 7　　施　瑾 / 8
　　　　　　　　　　唐龙娟 / 9

［"非遗"项目］　　浦东说书 / 10
［"非遗"传承人］　　陈建纬 / 12　　康　毅 / 13　　眭朝晖 / 14

［"非遗"项目］　　浦东宣卷 / 16
［"非遗"传承人］　　周福妹 / 18　　陆　瑛 / 19　　张福良 / 20　　张国仁 / 21

［"非遗"项目］　　上海港码头号子 / 22
［"非遗"传承人］　　程年碗 / 24　　韩纬国 / 25

［"非遗"项目］　　琵琶艺术·浦东派 / 26
［"非遗"传承人］　　林嘉庆 / 28　　周丽娟 / 29　　李　箐 / 31　　王睿琳 / 33

［"非遗"项目］　　浦东绕龙灯 / 35
［"非遗"传承人］　　陆大杰 / 37　　张玉祥 / 39　　唐永清 / 40　　陈春华 / 42

［"非遗"项目］　　上海绒绣 / 43
［"非遗"传承人］　　唐明敏 / 45　　范碧云 / 47　　包炎辉 / 48　　王丽萍 / 50

　　　　　　　　许玉红 / 51　　汪振男 / 52　　金　雯 / 53　　何冬梅 / 54

　　　　　　　　徐德琴 / 55　　叶丽萍 / 56　　许龙娣 / 57

［"非遗"项目］　钱万隆酱油酿造工艺 / 58

［"非遗"传承人］　王良官 / 60

第二辑　　上海市级"非遗"保护名录

［"非遗"项目］　浦东地区哭嫁哭丧歌 / 63

［"非遗"传承人］　张文仙 / 65　　王龙仙 / 66　　唐秀华 / 67　　周桂花 / 68

　　　　　　　　邬佩琦 / 69　　周菊萍 / 70

［"非遗"项目］　川沙民间故事 / 71

［"非遗"传承人］　夏友梅 / 73

［"非遗"项目］　曹路民间故事 / 75

［"非遗"传承人］　曹刚强 / 77　　朱国钦 / 79

［"非遗"项目］　沪剧 / 81

［"非遗"传承人］　黄萍华 / 83　　陈叙德 / 85　　严　蓉 / 86

［"非遗"项目］　江南丝竹 / 87

［"非遗"传承人］　陆正鑫 / 89　　瞿连根 / 90　　唐文德 / 91　　俞华康 / 92

　　　　　　　　王森林 / 93　　沈惠君 / 94　　杨月祥 / 95　　陈大志 / 96

　　　　　　　　成海明 / 97　　滕康仁 / 98　　沈惠毅 / 99　　吴惠福 / 100

［"非遗"项目］　浦东山歌 / 101

［"非遗"传承人］　奚保国 / 103　　吴敬明 / 104　　严国旗 / 105

［"非遗"项目］　卖盐茶 / 106

［"非遗"传承人］　徐斌芬 / 108　　陆静文 / 110

［"非遗"项目］　打莲湘（惠南）/ 111

［"非遗"传承人］　倪青芳 / 113　　王雨霞 / 114

［"非遗"项目］　花篮灯舞 / 115

［"非遗"传承人］　陆丽萍 / 117

［"非遗"项目］　上海说唱 / 118

［"非遗"传承人］　赵金芳 / 120

［"非遗"项目］　鸟哨 / 121

［"非遗"传承人］　朱德龙 / 123　　袁菊平 / 124

［"非遗"项目］　海派魔术 / 125

［"非遗"传承人］　张小冲 / 127

［"非遗"项目］　太极拳 / 128

［"非遗"传承人］　瞿荣良 / 130

［"非遗"项目］　叶传太极拳 / 132

［"非遗"传承人］　张克强 / 134

［"非遗"项目］　石雕 / 135

［"非遗"传承人］　王金根 / 137

［"非遗"项目］　灶花 / 139

［"非遗"传承人］　邵云龙 / 141

［"非遗"项目］　三林瓷刻 / 142

［"非遗"传承人］　张忠贤 / 144　　张澄瑛 / 145

［"非遗"项目］　三林刺绣技艺 / 146

［"非遗"传承人］　康美莉 / 148　　周蔚纹 / 149

［"非遗"项目］　高桥松饼制作技艺 / 150

［"非遗"传承人］　张玲凤 / 152　　顾玉英 / 153　　秦永年 / 154　　凌惠娟 / 155
　　　　　　　　王为玲 / 156

［"非遗"项目］　下沙烧卖制作技艺 / 157

［"非遗"传承人］　郑玉霞 / 159

［"非遗"项目］　三阳泰糕点制作技艺 / 160

［"非遗"传承人］　盛青云 / 162

［"非遗"项目］　本帮菜传统烹饪技艺 / 163

［"非遗"传承人］　缪云飞 / 165

［"非遗"项目］　兰花栽培技艺 / 166

［"非遗"传承人］　冯安清 / 168　　冯晶瑶 / 169

［"非遗"项目］　手工织带技艺 / 170

［"非遗"传承人］　盛金娟 / 172　　王梅芳 / 173

［"非遗"项目］　微型明清家具制作技艺 / 174
［"非遗"传承人］　吴根华 / 176

［"非遗"项目］　古船模型制作技艺 / 177
［"非遗"传承人］　张玉琪 / 179

［"非遗"项目］　海派盆景技艺 / 180
［"非遗"传承人］　庞燮庭 / 182　　庞盛栋 / 183

［"非遗"项目］　芦苇编织 / 184
［"非遗"传承人］　唐永恩 / 186

［"非遗"项目］　传统杆秤制作技艺 / 187
［"非遗"传承人］　潘仁官 / 189

［"非遗"项目］　张氏风科疗法 / 190
［"非遗"传承人］　张云飞 / 192　　张　乐 / 194

［"非遗"项目］　杨氏针灸疗法 / 195
［"非遗"传承人］　杨依方 / 197　　杨　容 / 198　　陈　萍 / 200

［"非遗"项目］　益大中药饮片炮制技艺 / 201
［"非遗"传承人］　陈维荣 / 203

［"非遗"项目］　喉吹药制作技艺 / 204
［"非遗"传承人］　顾桂明 / 206

［"非遗"项目］　圣堂庙会 / 207
［"非遗"传承人］　张开华 / 209　　王建军 / 210

［"非遗"项目］　三林老街民俗仪式 / 212
［"非遗"传承人］　曹琪能 / 214

第三辑　　浦东新区级"非遗"保护名录

［"非遗"项目］　浦东灯谜 / 217
［"非遗"传承人］　朱映德 / 219　　桑永榜 / 220　　胡安义 / 222

［"非遗"项目］　浦东山歌 / 224
［"非遗"传承人］　黄游西 / 226

［"非遗"项目］　书院故事 / 227

［"非遗"项目］　　　沪剧（扩展）/ 229
［"非遗"传承人］　　吴林芳 / 231　　施益龙 / 232

［"非遗"项目］　　　江南丝竹（扩展）/ 233
［"非遗"传承人］　　钱友林 / 235

［"非遗"项目］　　　打莲花 / 236
［"非遗"传承人］　　顾月凤 / 238　　叶忠明 / 239

［"非遗"项目］　　　打莲湘（老港）/ 240
［"非遗"传承人］　　吴　萍 / 242

［"非遗"项目］　　　季家武术 / 243
［"非遗"传承人］　　季波尔 / 245

［"非遗"项目］　　　华拳 / 246
［"非遗"传承人］　　蔡　纲 / 248

［"非遗"项目］　　　浦东剪纸 / 249
［"非遗"传承人］　　陈金妹 / 251

［"非遗"项目］　　　肉皮汤制作工艺 / 252
［"非遗"传承人］　　张林法 / 254

［"非遗"项目］　　　三林塘肉皮制作技艺 / 255

［"非遗"项目］　　　三林本帮菜 / 257
［"非遗"传承人］　　李明福 / 259

［"非遗"项目］　　　三林酱菜制作技艺 / 260
［"非遗"传承人］　　何新路 / 262　　盛惠良 / 263　　金瑞军 / 264

［"非遗"项目］　　　三林崩瓜栽培技艺 / 265
［"非遗"传承人］　　沈文良 / 267　　陈志峰 / 268

［"非遗"项目］　　　浦东三角粽制作技艺 / 269
［"非遗"项目］　　　龙潭酒酿制作技艺 / 271
［"非遗"传承人］　　黄文莲 / 273　　黄秀萍 / 274

［"非遗"项目］　　　醉螃蜞制作技艺 / 275
［"非遗"传承人］　　高才官 / 277

〔"非遗"项目〕　凤露水蜜桃栽培技艺 / 278
〔"非遗"传承人〕　何明芳 / 280

〔"非遗"项目〕　老桥头酥式月饼制作技艺 / 281
〔"非遗"传承人〕　樊龙全 / 283

〔"非遗"项目〕　牛肚咸菜制作技艺 / 284
〔"非遗"传承人〕　宋陈军 / 286

〔"非遗"项目〕　盐仓水晶年糕制作技艺 / 287
〔"非遗"传承人〕　姚祖艺 / 289

〔"非遗"项目〕　周浦羊肉制作技艺 / 290
〔"非遗"传承人〕　黄永石 / 292

〔"非遗"项目〕　浦东土布纺织技艺 / 293
〔"非遗"传承人〕　王水仙 / 295

〔"非遗"项目〕　三林标布纺织技艺 / 296
〔"非遗"传承人〕　刘佩玉 / 298

〔"非遗"项目〕　龙潭竹篮 / 300
〔"非遗"传承人〕　潘进福 / 302

〔"非遗"项目〕　芦苇编织技艺 / 303
〔"非遗"传承人〕　庄金生 / 305

〔"非遗"项目〕　渔具制作和捕捞技艺 / 306
〔"非遗"传承人〕　潘志明 / 308　　潘勤国 / 309　　吴文初 / 310

〔"非遗"项目〕　灶台砌筑技艺 / 311
〔"非遗"传承人〕　吴引忠 / 313

〔"非遗"项目〕　江南传统民居木作技艺 / 314
〔"非遗"传承人〕　唐峥荣 / 316

〔"非遗"项目〕　高桥建筑营造技艺 / 317
〔"非遗"项目〕　绞圈房营造技艺 / 319
〔"非遗"项目〕　传统凿纸技艺 / 321
〔"非遗"传承人〕　叶引军 / 323

〔"非遗"项目〕　二胡制作技艺 / 324

［"非遗"传承人］ 唐黎云 / 326

［"非遗"项目］ 浦东木雕 / 327

［"非遗"传承人］ 宋龙平 / 329

［"非遗"项目］ 海派玉雕（炉瓶器皿）/ 330

［"非遗"项目］ 张氏整脊疗法 / 332

［"非遗"传承人］ 张永欣 / 334

［"非遗"项目］ 胡氏中医妇科疗法 / 335

［"非遗"传承人］ 胡秀莹 / 337　胡　苹 / 338

［"非遗"项目］ 顾氏中医疗法 / 339

［"非遗"项目］ 新场"三月廿八"民俗庙会 / 341

［"非遗"项目］ 灶文化 / 343

［"非遗"传承人］ 王正军 / 345

［"非遗"项目］ 浦东端午习俗 / 346

［"非遗"项目］ 浦东喜庆剪纸习俗 / 348

［"非遗"传承人］ 祝　军 / 350

附

［附一］相关一览表 / 353

　　浦东新区非物质文化遗产传承基地与传习所一览表 / 353

［附二］学术论文 / 355

　　渊源、成果与其他——试论浦东历代竹枝词的创作传统 / 355

　　亦记亦咏　亦咏亦记——试论浦东历代竹枝词的记咏特征 / 359

　　诗中有史　史在诗中——试论浦东历代竹枝词的存史价值 / 364

　　且听史河流诗中——浦东"竹枝三杰"考略 / 369

　　人文气息与诗意气场的互织交融——近现代周浦竹枝词繁荣的文化归因探究 / 376

　　著述哪来多如许——从黄炎培的竹枝词创作看其治学之道 / 383

　　诗性、史性及其他——竹枝词在文史研究中的应用价值之我见 / 389

　　在守正创新中登堂入室——地方新竹枝词创作的倡导意义刍议 / 395

　　其土·其噱·其糯——浦东"非遗"中的方言特色之我见 / 400

跋 / 405

参考书目 / 410

代序一

他，驾驭着创作与理论的"双体轮"前行

——试评张坚的新竹枝词创作

褚水敖

从 2013 年出版《心吟录——张坚诗词集》，到 2019 年出版《论书词百阕》，再到 2022 年出版这部《浦东新竹枝词（"非遗"卷）》，张坚在传统诗词领域中以自己的勤勉探索取得了可喜的创作成果。仔细品读这三部诗词集，可以领略到有着以下的逻辑关联——

其一，从综合到专题的演绎。《心吟录——张坚诗词集》共收录作者创作的 207 首诗词，其中绝句 186 首、律诗 6 首、各类词牌的词 15 阕，从诗词兼有可称之为综合类诗词集；《论书词百阕》是属于由小令、中调、长调组成的数量达 100 阕的书法咏论的专题词集；《浦东新竹枝词（"非遗"卷）》则是由 237 首以浦东非物质文化遗产（简称"非遗"）作为记咏内容的竹枝词专集。张坚的诗词创作犹如游园观景，起步于对"百花园"的流连，而后寄情于"梅花园""牡丹园""樱花园"的徜徉。张坚曾对我说，平素写风花雪月的作品不多，偶有单首（阕）诗词的创作，偏重于诗词技术层面、思想层面与情感层面的锤炼，以将其作为支撑专题类创作时所需的诗词修养的积淀。

其二，由题材到体裁的择取。张坚曾有"结缘式"创作的体会，即将兴趣、爱好与工作研究相结合进行不同题材的创作。如果说前两部诗词集是出于他对诗词与书法的喜爱而进行创作所取得的成果，那么《浦东新竹枝词（"非遗"卷）》是

缘于他在浦东新区政协第六届文化文史和学习委员会主任岗位上有着前后多年的工作积累。张坚在继取得论书词的创新成果之后,紧接着开始了以竹枝词记咏浦东"非遗"的创新实践。我们由此可以看到,在张坚的诗词创作中,正是他每每从既有形式与既有领域出发,进行他人未曾将两者相"配对"的创作中加以定位,因而他的作品给人以焕然一新之感。诚如他自己总结的在论书词的创作中注重了"史味""诗味""意味""情味""美味"的"五味"合为论书词的"一味"。竹枝词是一种特殊的诗体,他在竹枝词创作中似特意放下论书词创作过程中的诸多特别讲究,在四句二十八字中营构着看似随手而得的诗句。但张坚在进入竹枝词创作不久,便产生了不易写的"四难体会":即俗中有雅,雅难得;浅中带深,深难显;平中藏意,意难生;淡中出韵,韵难觉。随着创作和思考的深入,他终于找到了解此"四难"的"三化三寓"的钥匙:即化俗为雅、化浅为深、化诗为"歌"与平中寓意、淡中寓韵、"注"中寓新。

其三,从创作到理论的并行。就相互滋养而论,创作与学术研究是一对相互促进、相辅相成的关系。张坚的三部诗词集均体现了这一风格,如果说《心吟录——张坚诗词集》中设有《问诗哪得多如许 为有江山活水来——写在〈行旅拾韵〉前面》《天若有情天亦老 岁月变幻是沧桑——写在〈岁月感怀〉前面》《桃花潭水深千尺 我学汪伦送您情——写在〈人间寄情〉前面》与《走进爱好成一统 管他春夏与秋冬——写在〈茶余品艺〉前面》的四个导读还偏重于创作心得,那么在《论书词百阕》随附的《试论中国传统书法品评的通感手法及其审美功能》《两峰相融 一桥相通——论书词的探索及其培育意义管窥》《"新酒",自"老瓶"中溢出香味——论书词创作的门径窥探》《浅谈论书词创作的审美取向——以笔者所填的词阕为例》的四篇论文,则富有浓郁的书法美学理论色彩,可以看出张坚正是通过论书词的创作与论书词学术建构的并驾齐驱,形成了"发现、填补与立论"的开创性成果。张坚在创作记咏浦东"非遗"的竹枝词的同时,基于对浦东历代竹枝词的深入研究,形成了对竹枝词包括风格论、价值论、应用论、创作论等在内的系列学术观点。我们可见张坚在竹枝词方面取得的成果是双份的,他在理论研究的孕育中诞生了新竹枝词的创作成果,而新竹枝词的创作成果又反哺着其理论研究的日渐丰满。

其四,由成果到品牌的培育。从2013年至2022年的九年时间内张坚共出版了10部书籍,具体包括三部诗词集(《心吟录——张坚诗词集》《论书词百阕》《浦东新竹枝词("非遗"卷)》),另有一部文艺评论集(《崇通——书法学术文论集》)与一部诗歌集(《逐梦——张江抒怀诗歌集》);与此同时,他在工作岗位上先后主编出版了由《浦东记忆(图片卷)》《浦东记忆(方言卷)》《浦东记忆(风情卷)》《浦东记忆(诗歌卷)》《浦东记忆(书画卷)》形成的"浦东记忆文化丛书"(《浦东记忆(书画卷)》为其一人所著)。作为本土的作家与诗人,张坚在"结缘式"创作的过程中,取得了对浦东历史文化研究著述的丰硕成果,他已计划为形成浦东新竹枝词的系列成果而继续倾力耕耘,努力将浦东新竹枝词作为一个品牌加以呵护与打造。

物理学上的"双子星"是指两颗质量极其接近的星体,由于它们的万有引力十分接近,所以彼此吸引对方,互相绕着对方旋转不分离。理论之于实践,犹如风帆之于船只,祝愿张坚驾驭着理论与实践并行的"双体轮",在新竹枝词的系列丛书创作中不断取得丰收!

2022 年 5 月

(该文作者为中华诗词学会顾问、上海诗词学会首席顾问,曾任中华诗词学会副会长、上海诗词学会会长)

代序二

转换、寄托与其他

——张坚新竹枝词创作中的"化"与"寓"手法之评析

胡晓军

对传统诗歌的守正创新,"旧瓶装新酒"是重要的途径之一。张坚先生继以词的形式咏论书法并出版《论书词百阙》一书,取得"发现、填补与立论"的成果后,近年又以竹枝词创作记咏浦东非物质文化遗产,所撰《浦东新竹枝词("非遗"卷)》付梓在即。这可视为他借用"旧瓶装新酒"之法,对传统诗词进行当代转化所取得的"梅开二度"的成果。

竹枝词具有语言流畅、通俗易懂;不拘格律、束缚较少;诗风明快、诙谐风趣;广为纪事、以诗存史等四大功能与特征。对此,清代学者王士禛论道:"竹枝稍以文语缘诸俚俗,若太加文藻,则非本色。"表面看来,竹枝词的创作并不困难。然而要实现上述功能、体现上述特征并做到王士禛所论的出于自然,殊非易事。张坚进入创作不久,便感到了竹枝词创作的"四难",即俗中有雅,雅难得;浅中带深,深难显;平中藏意,意难生;淡中出韵,韵难觉。随着探索、创作和思考的深入,他终于配齐了解此难题的钥匙,即"三化三寓"——

所谓"三化",一是化俗为"雅"。张坚紧扣"非遗"项目以及"非遗"传承人的固有特征,着意在通俗易懂的基础上予以"雅化",比较多的是采用通感手法,通过移觉、换觉,将记咏中的具体的"非遗"事物,转换成属性相关的另类事物,从而达到目的。如由"琴弦"到"心弦"、由"歌声"到"心声"、由"秤心"到"匠心"、由"纸花"到"心花"的转化与升华,处理得十分自然生动。具体如描写"芦苇编织"中的"编星织月编千万,创造生活无限间",描写"华拳"中的"踢打摔拿成套路,双拳紧握武魂中",描写海派盆景"非遗"传人《庞盛栋》中的"依山傍水林木秀,犹闻江岸竞涛声";描写"非遗"传人《沈文良》中的"甜上时节一夏季,提纯复壮种植来";描写"非遗"传人《刘佩玉》中的"轱辘声响未消停,纺转时光日月行";描写"非遗"传人《宋新平》中的"雕过性灵雕震撼,论文学术奖牌观";描写"非遗"传人《陈萍》中的"医过颈椎医面痪,寒风在此换春风";描写"非遗"项目"龙潭酒酿制作技艺"中的"蒸洗混合发酵里,品了醇厚品年轮"等等,通过联想,由实指物象替换成他类感觉物象,从而显示竹枝词创作的一番新意。

二是化浅为"深"。张坚注重从"非遗"项目的鲜明特点、"非遗"传承人的精神特质中揭示出某些具有启示性的哲理。如描写"非遗"传人《康毅》中的"书中藏理听中悟,寻味久长道义间";描写"非遗"传人《陈春华》中的"龙狮腾跃有精神,信仰追求视作根";描写"非遗"项目"上海说唱"中的"故事新闻听勿够,是非分辨曲直猜";描写"非遗"传人《盛金娟》中的"彩线绵延长几里,捆合多少裂开痕";描写"非遗"项目"张氏整脊疗法"中的"巧使中医来整骨,助侬再度挺脊梁";描写"非遗"传人《冯晶瑶》中的"但赏此花筋骨好,叶葶气昂有精神";描写"非遗"项目"太极拳"中的"快慢由来随动静,柔极至刚是真功";描写"非遗"传人《张玉琪》中的"谁说模具型缩尺,载古江舟纵与横";描写"非遗"项目"海派盆景技艺"中的"谁言景观盆中小,总关天地自然功";描写"非遗"传人《黄秀萍》中的"味淡休嫌勿够意,猜拳笑醉举杯人";描写"非遗"项目"传统杆秤制作技艺"中的"刻度星花精步韵,公平无误信为酬"等等,在貌似浅显的内容中提炼出抽象的理性,使作品显得思情并茂,余味隽永。

三是化诗为"歌"。竹枝词作为民歌,历史悠久,但被人发现并加以重视则较晚。朱自清在《中国歌谣》中写道:"我们现在所知道的最早的山歌是竹枝词,发现的时候,已是中唐。"民歌具有适宜咏唱的艺术风格,张坚特意借鉴了刘禹锡的竹枝词"东边日出西边雨"句中,"边"字重复两次出现的"重词句式",在创作中广为使用,以便咏唱。如描写"非遗"传人《康毅》中的"书中藏理悟中听";描写"非遗"项目"浦东宣卷"中的"二人帮衬一人主";描写"非遗"传人《周福妹》中的"擅作演出擅伴奏";描写"非遗"项目"肉皮汤制作技艺"中的"鲜了满嘴鲜肠胃"……至于描写"非遗"项目"上海港码头号子"中的"扛轻扛重扛天地"句,已是"三重词句式"了。这类重词句式带有分明的节奏感,十分适宜咏唱。有鉴于刘禹锡的竹枝词"杨柳青青江水平,闻郎江上唱歌声"句中,"江"字分别在上下句中出现,属于整首诗中的"重词句"，使整首诗具有一咏双唱之感，张坚也借鉴了这一方法。如描写"非遗"传人《张文仙》中的"哭来心痛哭来苦，哭送十七地狱门"；描写"非遗"传人《王龙仙》中的"应听欢笑却听哭，女儿出门泪眼糊。哭谢阿妈恩养育，哭愁哪待嫂和姑"；描写"非遗"传人《范碧云》中的"犹自绣童到绣娘，绣出秋韵绣春光。等针绣法来开创，密密匀匀绣满框"，四句中共有六个"绣"字，堪称一咏六唱。张坚还巧用了数词对应的关系，如"非遗"传人《程年碗》中的"一对肩头扛万钧，号长号短迈闲庭"；"非遗"传人《王金根》中的"细刻微镂精工艺，千姿万态一刀尖"；"非遗"传人《黄游西》中的"一把芝麻歌数百，'非遗'集萃续新篇"；"非遗"传人《叶引军》中的"一把艺刀百样图，凿旋刻捻匠心出"，产生出前后相生的语感逻辑与彼此对应的事理关系。

所谓"三寓"，一是平中寓"意"。 张坚创作的竹枝词，鲜见"之乎者矣"的古汉语用词，甚至鲜见"之所以，是因为"的倒装句式，但就在看似平常的同时，我们可以感受到他通过在时间截取上的由近推远或由远而近，体现出"非遗"从历史源头走来的古远之意。如描写"非遗"传人《李箐》中的"当年新场琵琶韵，而今指上又弹开"；描写"非遗"传人《林嘉庆》中的"最忆浦东琴祖辈，而今育苗奏乡音"；描写"非遗"项目"打莲湘"中的"昔日田头今庙会，庆逢节日庆丰年"；描写"非遗"传人《滕康仁》中的"一把竹笛六孔音，童年吹奏到如今"；描写"非遗"项目"凤露水蜜桃栽培技艺"中的"三百年来三百亩，欲夸桃品咏诗知"等等。同时，张坚注重将"非遗"与情感抒发相联系，让读者体会到竹枝词所记咏的"非遗"所带有的浓浓情意。除直接表达情感的"哭嫁歌""哭丧歌"之外，另如描写国家级"非遗"项目"上海绒绣"中的"哪来双面都如画？引线穿出上海骄"；描写"非遗"传人《陆正鑫》中的"欢歌悲乐如流水，弦上情怀有万千"；描写"非遗"传人《王森林》中的"带队演奏频获奖，奔波义演寄情怀"，均既注重"非遗"的时光穿越，让读者展开丰富联想，又赋予"非遗"以情感色彩，让读者产生情感共鸣，从而使竹枝词派生出"古远之意"与"情感之意"的双重意韵。

二是淡中寓"韵"。 在竹枝词创作中，张坚注重以方言及口语化的字、词入诗，读者不时可以读到带有"吾"（我）、"侬"（你）、"伊"（他，她）、"啥"（什么）、"勿"（不）、"也"（且，边）、"汰"（洗）等字的诗句。另外，读者还可不时从张坚的诗句中读到"哔啵""啪啪""嘈嘈""切切""嚓嚓""噗噗""嗨哟"等象声词。为使竹枝词体现出应有的诗韵，张坚采用了较多的修辞手法，其中采用比兴手法的有描写"非遗"传人《张文仙》中的"盘转乌鸦日色沉"；采用比喻手法的有描写"非遗"传人《施勤》中的"只为育才如种树，弘扬更在道德中"，描写"非遗"

传人《潘志明》中的"水中对象难逃遁,渔网犹同法网灵";采用拟人手法的有描写"非遗"传人《沈惠毅》中的"约得秋水同演奏,琴声新韵吾家乡";描写"非遗"传人《吴惠福》中的"街头流水听欢喜,又有丝竹演舞台";描写"非遗"传人《顾月凤》中的"且歌且舞心头乐,夜莺瞧此也'眼红'"。张坚在创作竹枝词时还运用了对仗的修辞手法,如描写"非遗"传人《叶丽萍》中的"晨曲清新听鸟啭,长城高耸看云拥";描写"非遗"项目"海派盆景技艺"中的"倚石临水造型工,绕蔓缠藤显趣浓";描写"非遗"项目"肉皮汤制作技艺"中的"曾经油烫几烟光,又历水煮共味香",有不少竹枝词就是意象新鲜、辞句清丽、严正而多趣的绝句。另外,张坚在创作中还运用了大量的设问句,自问自答,藉此起承转合组织语言形成诗篇。

三是注中寓"新"。众所周知,竹枝词有设附注的传统,或引史书内容,或录地方掌故,或做诗句解释,或为词语设注,少则片言只语,长则达数百字。张坚在创作中既继承了这一传统,又作了新的拓展,形成既有简单条文式的"一条一注",又有综合性的"一段一解"的方式。正如苏轼所言"出新意于法度之中,寄妙理于豪放之外",张坚的这一处理既使熟悉竹枝词风格的读者不感突兀,又为此番拓展觉得面目一新。由此可见,张坚在竹枝词创作中的守正创新,既有总体的探索方向,又有细节的注重体现,从而形成了鲜明的风格。

值得一提的是张坚对竹枝词格律的理解与运用。他在采用中华通韵,恪守与绝句一致的押韵规则的同时,对于平仄,既奉绝句格律为"别格",又行竹枝词出绝句格律而为之的"常格",每每遇及用词的晓畅与平仄的严守这对矛盾时,择晓畅为先的原则而宁可出律,这一"松绑"和"自我解放"反倒契合了竹枝词不同于绝句平仄的风格所在。

明代学者曹学铨在《蜀中名胜记·风俗记》写道:"夫竹枝者,闾闾之细声,风俗大端也。""非遗"一词随着2000年联合国教科文组织启动"人类口头和非物质遗产代表作"项目方始引用,作为描述本地的风土人情的民歌,过去或有零星的竹枝词记咏过若干"非遗",但如张坚这样采用竹枝词的形式集中记咏本地"非遗",并以专辑出版,则十分难得且具有可贵的传统转化价值和当代探索意义。曾几何时,张坚曾向我说起他将进行浦东新竹枝词的系列化创作的构想,并揶揄自己是个做事"太过顶真""不太放得下"的人。我颇受感动,认为对于诗人,对于文学创作,这一"超常"态度、执著精神是可贵的、必须的。张坚先生作为土生土长的浦东人,以思想、热情与才华孜孜矻矻于浦东新竹枝词的创作,满含的是"谁言寸草心,报得三春晖"的家国情怀。我衷心期待他为家、为国、为民,为当代诗歌创造出更美、更好的精神成果。

2022 年 5 月

（该文作者为上海市文联理论研究室主任、上海市文艺评论家协会副主席兼秘书长、上海诗词学会会长）

第一辑

国家级"非遗"保护名录

非物质文化遗产,是指各族人民世代相传并视为其文化遗产组成部分的各种传统文化表现形式,以及与传统文化表现形式相关的实物和场所。包括:

　　(一)传统口头文学以及作为其载体的语言;

　　(二)传统美术、书法、音乐、舞蹈、戏剧、曲艺和杂技;

　　(三)传统技艺、医药和历法;

　　(四)传统礼仪、节庆等民俗;

　　(五)传统体育和游艺;

　　(六)其他非物质文化遗产。

　　国务院建立国家级非物质文化遗产代表性项目名录,将体现中华民族优秀传统文化,具有重大历史、文学、艺术、科学价值的非物质文化遗产项目列入名录予以保护。

　　省、自治区、直辖市人民政府可以从本省、自治区、直辖市非物质文化遗产代表性项目名录中向国务院文化主管部门推荐列入国家级非物质文化遗产代表性项目名录的项目。

　　　　　　　　　　——摘自《中华人民共和国非物质文化遗产法》

【"非遗"项目】

锣鼓书

喤喤锣响鼓咚咚，
说善唱德意味浓。
喝彩声传三里外，
曲坛花艳满堂红。

"锣鼓书"《爱心伞》参加全国第十届少儿曲艺比赛

【档案记录】

[别　　　　名] 古称"太卜"，艺人称"社书"，俚人称"阴太保"、说因果、钹子戏、
　　　　　　　　沪书

["非遗"类别] 曲艺

[级　　　　别] 国家级

[入 选 年 份] 2006年，"锣鼓书"被列入国家级非物质文化遗产名录

[入 选 批 次] 第一批

[史 料 摘 引] 清《光绪南汇县志》卷二十"风俗篇"载："俗信神鬼，病则多事祈
　　　　　　　　祷，男巫曰'火居'(华、娄、金、青间曰：太保)"。在民间俗称"阴

太保",又称"太保书"。

南汇县举人秦锡田在清光绪末年所著的《享帚录》中以竹枝词记咏曰:"筵前太保进歌词,半杂荒唐半笑嬉。如此渎神神不怒,居然降福拯灾危。"附注曰:"俚人歌以侑神,著曰'太保',所歌皆俚辞,而乡间多招用者,谓无此神则不乐也。"

[相关链接] 锣声鼓韵,说中带唱。"锣鼓书"是继承唐代变文、宋代俗讲、明清鼓词等多种说唱形式之后,在沪郊农村中一种求神保佑太平的民间仪式"阴太保"基础上演变而来的说唱艺术形式。以说为主,以唱为辅,同时辅以镗锣、书鼓、书钹作节拍伴奏,锣鼓书具有"说表唱做自击鼓、手眼身法步加舞"的艺术特点。"锣鼓书"的唱腔取东乡调为基础,唱词大多以七字句为主,内容多为史略传记、劝人为善、因果报应。锣鼓书的传统书目分小书、大书、中篇、短篇,多达80余部。曲调才艺,艺在曲中。今时你倘若有机会欣赏"锣鼓书"的表演,会从中领略到这是浦东人从早年演绎而来的热爱生活、崇尚道德的一种"文化原生态"。

[保护单位] 浦东新区文化艺术指导中心(新场镇、大团镇)

[传 承 人] 谈敬德、康文英(国家级)

顾佳美(上海市级)

施勤、唐龙娟(浦东新区级)

[获得荣誉] 1957年,胡传言创作《打盐局》参加上海静园书场"南(北)方曲艺汇演"荣获"优秀演出奖"。1964年,南汇县文化馆创作《王婆骂鸡》参加华东六省一市"上海之春"比赛荣获"优秀演出奖"。1996年11月,国家文化部将南汇命名为"民间艺术(锣鼓书)之乡"。2004年4月,"锣鼓书"被国家文化部列为上海市唯一的国家级民族民间文化保护工程项目。新场镇近年来创作的《丁头亮办案》《百鸟图》《柏万春审鸟》等在上海市新人新作比赛中连获佳绩,《生意经》入围全国"群星奖"。2011年、2014年新场镇两度被国家文化部命名为"中国民间文化艺术(锣鼓书)"之乡。2007年5月,大团镇"锣鼓书"《公示风波》荣获"2007年上海之春群文新人新作比赛"优秀奖。2009年7月,大团镇锣鼓书《不同意》荣获"我的祖国——上海市共产党员庆祝中华人民共和国成立60周年文艺晚会"一等奖。2017年10月,由徐金龙、唐龙娟作词,谈敬德编曲,殷渭清导演,康文英表演的"锣鼓书"《五百万嫁妆》,作为优秀节目受邀参加"首届中国东部优秀曲艺节目展演"。

【"非遗"传承人】

谈敬德

最是情怀锣鼓书，

自编自演勿平铺。

乐为海曲乡音续，

听醉门生两代徒。

【档案记录】

["非遗"类别] 曲艺

[级　　　别] 国家级

[入 选 年 份] 2008 年,谈敬德被命名为国家级非物质文化遗产项目"锣鼓书"
代表性传承人

[入 选 批 次] 第二批

[性　　　别] 男

[职　　　称] 副研究馆员

[所 在 街 镇] 新场镇

[从 艺 年 限] 45 年

[相 关 经 历] 1961 年,谈敬德进入文化馆工作。1962 年开始学习"锣鼓书",并
担任乐队伴奏。1963 年起自学"锣鼓书"作词与作曲。1964 年参
加"上海之春"演出"锣鼓书"《王婆骂鸡》。1965 年自编自曲自演
锣鼓戏《阿坤移沙》在市汇演中获优秀演出奖。1978 年师从南汇
曲艺团团长胡善言,收集、整理与研究"锣鼓书"音乐唱腔。2004
年起担任"锣鼓书"保护机构民间社团"海曲乡音艺术研究中心"主
任,负责"锣鼓书"的普查、研究、传承工作。2006 年起担任南汇区
非物质文化遗产普查办公室副主任。创作、改编、谱曲"锣鼓书"作
品 100 多个,编著出版《上海锣鼓书》一书,撰写出版专业书籍、教
材 14 本,20 多个作品获省市级以上奖项,短篇《生意经》于 2016 年
入围全国"群星奖"。带教弟子 20 人,辅导学生 800 多人。

【"非遗"传承人】

康文英

道白说唱秉师承，
千场演出百戏声。
央视唱红锣鼓曲，
甘为弟子作启蒙。

【档案记录】

["非遗" 类别] 曲艺
[级　　　别] 国家级
[入 选 年 份] 2008 年,康文英被命名为国家级非物质文化遗产项目"锣鼓书"
　　　　　　　 代表性传承人
[入 选 批 次] 第二批
[性　　　别] 女
[职　　　称] 馆员
[所 在 街 镇] 大团镇
[从 艺 年 限] 36 年
[相 关 经 历] 1986 年,康文英师从谈敬德、祝伟中,后拜师宋葆飞。2004 年 3
　　　　　　　 月,组织成立"南汇区'锣鼓书'艺术协会"并担任会长,演出近百
　　　　　　　 个"锣鼓书"作品,2000 多场次,获奖节目 20 多个。2004 年 4 月
　　　　　　　 应中国中央电视台邀请,在音乐频道"民歌·中国"栏目录制"锣
　　　　　　　 鼓书"曲牌联唱,并向全国转播。《三上门》《县长的儿子》荣获
　　　　　　　 "上海市曲艺汇演"一等奖;《阴差阳错》荣获"上海市曲艺汇演"
　　　　　　　 二等奖;《三约杏花村》荣获"上海市消防文艺汇演"二等奖;《阿
　　　　　　　 六卖肉》荣获"上海市首届文化艺术节"优秀奖;《公示风波》荣获
　　　　　　　 "上海之春"一等奖,并荣获第十三届中国人口文化奖曲艺类入
　　　　　　　 选作品奖;《五百万嫁妆》入选中国曲协举办的中国东北地区曲
　　　　　　　 艺优秀节目巡演。带教弟子 2 人,辅导学生 300 多人。

【"非遗"传承人】

顾佳美

校园为啥响锣声?

牌曲传习好课程。

婉转运腔出韵味,

送出绝技乐传承。

【档案记录】

["非遗" 类别] 曲艺

[级　　　别] 上海市级

[入 选 年 份] 2014 年,顾佳美被命名为国家级非物质文化遗产项目"锣鼓书"
上海市级代表性传承人

[入 选 批 次] 第四批

[性　　　别] 女

[职　　　务] 文艺干事

[所 在 街 镇] 新场镇

[从 艺 年 限] 31 年

[相 关 经 历] 1992 年,顾佳美参加南汇县文化馆"锣鼓书"集训班,先后排练演
出众多"锣鼓书"曲目,与老师谈敬德一起成功策划和编导了
2012 年、2014 年"长三角地区锣鼓书会书"大型活动。2009 年担
任《百鸟图》主角,荣获上海国际艺术节"北蔡杯"曲艺邀请赛铜
奖。2010 年担任《丁头亮办案》主角,荣获"上海之春"新人新作
奖。2011 年担任《柏万春审鸟》主角,参加上海国际艺术节"北蔡
杯"曲艺邀请赛荣获银奖。2013 年,《生意经》荣获"上海之春"新
人新作一等奖。在新场镇"锣鼓书"传习基地组织辅导活动,辅
导的 10 多个"锣鼓书"曲目在市、区和长三角汇演中荣获优秀
奖项。

【"非遗"传承人】

施 瑾

腔圆字准态雍容，

锣鼓精髓艺五功。

只为育才如种树，

堂前密密柳成风。

【档案记录】

［"非遗"类别］曲艺

［级　　　别］浦东新区级

［入选年份］2018 年,施瑾被命名为国家级非物质文化遗产项目"锣鼓书"浦东新区级代表性传承人

［入选批次］第六批

［性　　　别］女

［所在街镇］新场镇

［从艺年限］63 年

［相关经历］1961 年,施瑾参加南汇县文化馆的"锣鼓书"艺术培训,成为南汇地区第一代"锣鼓书"业余演员,先后参加市、区组织的封闭式训练,学得"说、表、唱、做、击"的"五功"精髓。1964 年与搭档祝伟中以《王婆骂鸡》曲目参加华东六省一市的"上海之春"文艺汇演,并荣获优秀演出奖。1978 年,《红花朵朵》荣获上海市总工会会演二等奖。1979 年,《桃李争春》荣获"上海市农村文艺会演"三等奖。2005 年发起组建新场南大居委"锣鼓书"队。2013 年带领《临港新城展新貌》参加省级交流。2014 年,《水乡古镇春光美》参加上海国际艺术节展演。表演曲目有《鸡司令》《锁蛟龙》《站在水乡望北京》《小气鬼找对象》《水乡新镇》《结亲》等。为"锣鼓书"的传承传播甘作贡献,指导石笋中学的"锣鼓书"曲目在市级比赛中获奖。

【"非遗"传承人】

唐龙娟

大团锣鼓早得名，

也赛龙舟也唱行。

吾自棒中来接力，

秀春新传曲中听。

【档案记录】

["非遗" 类别] 曲艺

[级　　　别] 浦东新区级

[入 选 年 份] 2018 年,唐龙娟被命名为国家级非物质文化遗产项目"锣鼓书"
浦东新区级代表性传承人

[入 选 批 次] 第六批

[性　　　别] 女

[职　　　务] 主任

[所 在 街 镇] 大团镇

[从 艺 年 限] 48 年

[史 料 摘 引] 早在清代中期的大团蟠龙桥边,每逢端午节,划龙舟的船头上有
"锣鼓书"艺人演唱锣鼓书,近代"唱说因果锣鼓书"的祖师,就是
大团镇三墩社区二团村的顾秀春。

[相 关 经 历] 1983 年,唐龙娟进大团乡文艺工厂当演员。1984 年学唱"锣鼓
书"。1993 年担任大团乡文化干事。现任浦东新区大团镇文化服
务中心主任。表演曲目有《黄道婆》《候车亭前话交通》《唱不尽我
们的感激情》《真心献给城里人》《高镇长请客》《公示风波》《万绿丛
中一点红》《金光灿烂如金桥》《无限风光在南汇》《三约杏花村》《情
满南汇》等。2017 年创作的"锣鼓书"短篇《五百万嫁妆》入选中国
曲艺家协会举办的中国东部沿海地区各省市曲艺展演。先后建
立大团镇小学、镇社区学校"锣鼓书"培训基地,获区级挂牌命名。
2016 年,经建议建立了大团镇非物质文化遗产展示厅。

【"非遗"项目】

浦东说书

长衫卷袖坐台前，
竹筷轻敲钹子边。
先唱诗词来四句，
始才娓娓讲长篇。

"养猪有哲学"——"非遗"传承人康毅在表演"浦东说书"《养猪阿奶》

【档案记录】

［别　　　　名］钹子书、沪书、农民书
［"非遗"类别］曲艺
［级　　　　别］国家级
［入 选 年 份］2008 年，"浦东说书"被列入国家级非物质文化遗产名录
［入 选 批 次］第二批
［史 料 摘 引］1909 年，《图画日报》记载《说因果》营业写真："手敲小钹说因果，

口唱还将手势做。乡人环听笑眯眯,只为乡音说得真清楚。"1916 年,浦东说书行会组织"永裕社"成立,创始人黄少云等五人,设在川沙县洋泾顺风茶园,该组织主要为艺人接洽业务。1946 年 8 月,正名为永裕说书研究会。朱梅溪《周浦油车巷竹枝词》记咏曰:"说书引动听书人,初到先生似绝伦。独是上场三日后,微嫌腔调不翻新。"

[相 关 链 接] 虽是简单道具,却不乏生动内容。"浦东说书",是最初流传在黄浦江以东的川沙、南汇、奉贤地区,运用浦东方言表演的具有乡土特色的地方曲艺。表演者通常为单人坐唱,手拿钹子,身着长衫,演出开始用竹筷子唱四句诗或词,再唱开篇,后说长篇正本,说表时常用醒木、扇子、手帕等道具辅助表演。新中国成立后逐渐发展成双档、多个档、小组唱和表演唱等生动形式,是上海土生土长的极具乡土特色的重要曲种,也曾流传到浙江平湖、嘉兴等地。"浦东说书"的传统曲目有《包公》《七侠五义》《水浒》《杨家将》《济公》和现代书《林海雪原》《铁道游击队》等六七十部。说者来劲,听者起兴,只为浦东方言演绎着本土文化,而本土文化尽演于浦东方言之中。

[保 护 单 位] 北蔡镇

[传 承 人] 陈建纬、康毅(上海市级)
　　　　　　　眭朝晖(浦东新区级)

[获 得 荣 誉] 《养猪阿奶》荣获第五届"缤纷长三角·浦东北蔡杯"曲艺邀请赛金奖。《最后的雕塑》荣获 2009 年"上海之春"群文新人新作奖。《嫁女歌·三催轿》荣获第十一届中国上海国际艺术节"缤纷长三角地区·浦东北蔡杯"曲艺邀请赛金奖。《分段承包》荣获首届上海市民文化节戏剧大赛(曲艺类)决赛百支团队称号。《浦东说书》(沪语合唱)荣获 2017 年上海群文新人新作展评展演优秀群文新作奖。

【“非遗”传承人】

陈建纬

舞台灯火映天空，

但有说书表演中。

一把扇子成道具，

乍开乍拢自然功。

【档案记录】

［“非遗”类别］曲艺

［级　　　别］上海市级

［入选年份］2009 年，陈建纬被命名为国家级非物质文化遗产项目“浦东说
书”上海市级代表性传承人

［入选批次］第一批

［性　　　别］女

［职　　　称］群文助理馆员

［所在街镇］北蔡镇

［从艺年限］42 年

［相关经历］1981 年，陈建纬考入上海市春江沪书团担任演员，同年拜沪书艺
术家施春年为师。表演曲目有《浦东变化斜斜大》《赞北蔡》《时
代栋梁新青年》《震不夸的中华情》，创作排演《中国馆》《颂花会》
《叫卖调》等。1983 年荣获“上海市曲艺汇演青年组表演”二等
奖。1998 年荣获“浦东新区第二届故事演讲比赛”三等奖。2000
年荣获“上海市农工党春节联欢戏曲比赛”二等奖。2001 年荣获
“浦东新区纪念中国共产党成立八十周年文艺汇演戏曲比赛”二
等奖。2002 年在“我们的家园”社区文化艺术系列活动，上海市
社区健身集体舞大赛——浦东新区赛区活动中荣获优秀组织者
奖。在浦东说书传承基地北蔡镇中心小学热忱授课，指导的节
目在各类赛事中获得好成绩。

【 "非遗"传承人 】

康 毅

还未说书醒木先，

啪啪两下始开篇。

也悲也喜听中悟，

端坐凝神道义间。

【档案记录】

["非遗" 类别] 曲艺

[级　　　别] 上海市级

[入 选 年 份] 2014 年,康毅被命名为国家级非物质文化遗产项目"浦东说书"
上海市级代表性传承人

[入 选 批 次] 第四批

[性　　　别] 男

[所 在 街 镇] 北蔡镇

[从 艺 年 限] 45 年

[相 关 经 历] 1980 年,康毅拜上海市著名"浦东说书"艺人施春年为师。在北
蔡公社文艺小分队工作期间经常下乡演出。表演曲目有《震不
垮的中华情》《最后的雕塑》《多多的问题》《嫁女歌》《分段承包》
《浦东婚嫁》《乐极生悲》《飞马比双枪》《水浒外传》等。1987 年参
加"川沙县曲艺汇演"荣获二等奖,至今已获得区级奖项 10 余个。
1982 年《一篮鸡蛋》参加上海市曲艺比赛荣获二等奖,至今已获
得市级奖项 10 余个。2010 年开始参与"浦东说书"传承基地的
培训教学工作。2011 年 9 月起担任"浦东说书"传承基地北蔡中
学授课老师,指导的节目《分段承包》在市级比赛中获奖。

【"非遗"传承人】

眭朝晖

当夸戏路这般宽，

好似神功在贯穿。

慧眼辨识来保护，

"非遗"事业毕生欢。

【档案记录】

［"非遗"类别］ 曲艺

［级　　　别］ 浦东新区级

［入 选 年 份］ 2008 年，眭朝晖被命名为国家级非物质文化遗产项目"浦东说书"浦东新区级代表性传承人

［入 选 批 次］ 第一批

［性　　　别］ 男

［所 在 街 镇］ 北蔡镇

［从 艺 年 限］ 59 年

［相 关 经 历］ 1961 年，眭朝晖考入上海海燕滑稽剧团学艺，进团后即进入黄浦区戏曲学校学习。1964 年转为见习演员、正式演员。1978 年参加新建的上海青年滑稽剧团。1987 年参加《中国曲艺音乐集成·上海卷》编辑工作，任编辑部主任。2005 年任浦东新区文化艺术指导中心主任兼任浦东新区非物质文化遗产保护中心办公室主任。表演曲目有《夺印》《迎新曲》《南京路上彩车》《一百个放心》《炮兵司令的儿子》《三约湖心亭》《各地堂倌》等；创作辅导《侬勿要我要》《妈妈不要哭》《空心大佬倌》等。在市、区获奖的作品有上海说唱《泼出水的新娘》、独角戏《婆与媳》《等他回来》《寻人》、上海文书《一人官司两人吃》、上海评话《财神菩萨》、荒诞小戏《鼠祸》、方言小品《登记》、话剧小品《追求》。申报成功"浦东说书""上海港码头号子""钱万隆酱油酿造工艺""上海绒

绣""海派魔术""花篮灯舞""三林瓷刻""江南丝竹""本帮菜肴传统烹饪技艺"七项市级"非遗"项目。2007 年被上海市文广局授予上海市国家级"非遗"项目保护工作先进个人称号。

【"非遗"项目】

浦东宣卷

源自姑苏到浦东，

早年道场唱说中。

两人帮衬一人主，

恰似评弹另有功。

"非遗"传承人周福妹在辅导学生

【档案记录】

［别　　　　名］念宣卷、仙卷、"捉那摩"

［"非遗"类别］曲艺

［级　　　　别］国家级

［入　选　年　份］2014 年，"浦东宣卷"被列入国家级非物质文化遗产名录

［入　选　批　次］第四批

［史　料　摘　引］清《光绪南汇县志》《续志》"风俗篇"中载："妇女茹素佞佛""有终岁不茹荤者曰长素"。这些吃素人"做寿"或亡故"超度"俗称做"素油道场"。"素油道场"的仪式中，专设一出娱乐助兴的节目，

曰"念宣卷",专说唱民间故事、神仙故事等。

[相 关 链 接] 说噱弹唱谓生动,曲调丰富唱腔多。"浦东宣卷"是由"苏州宣卷"流传至浦东西部地区后形成的地方特色民间曲艺。其雏形先见于清乾隆年间的"素油道场"之中,出现了以唱宣卷为职业的艺人。宣卷艺人以讲故事的形式,为民众说讲民间故事和民间传说。由一人主宣,两人帮衬,小乐队伴奏,其形式近似苏州评弹,又不尽相同,更具特色。分长篇、中篇、短篇,兼备曲艺"说、噱、弹、唱"的特点。基本唱腔分原板、慢板、急调(快板)、哭调(慢板)。主要曲目长篇有《双珠凤》《何文秀》《八宝双柳巧》等,开篇有《三戏白牡丹》《做长工》《养媳妇翻身等》。宣卷由苏州而传浦东,成为浦东一知名曲种,浦东地方文化之吸附力、借鉴力与融汇力可见一斑。

[保 护 单 位] 周浦镇

[传　承　人] 周福妹、陆瑛(上海市级)
　　　　　　　张福良、张国仁(已故)(浦东新区级)

[获 得 荣 誉] 2013年6月,《都市里的女村官》登上中国群众文艺创作的最高奖——群星奖的舞台。2010年4月,《桂花立规矩》荣获"上海之春新人新作"一等奖。2011年5月,《桂花立规矩》荣获"第九届中国艺术节"优秀演出奖。

【"非遗"传承人】

周福妹

中华曲艺本相同，

弹唱说噱触类通。

擅演戏角擅伴奏，

戏服巧饰款新工。

【档案记录】

［"非遗"类别］曲艺

［级　　　别］上海市级

［入 选 年 份］2014年,周福妹被命名为国家级非物质文化遗产项目"浦东宣
　　　　　　　卷"上海市级代表性传承人

［入 选 批 次］第四批

［性　　　别］女

［职　　　务］文艺干事

［所 在 街 镇］周浦镇

［从 艺 年 限］42年

［相 关 经 历］1974年,周福妹参加业余宣传队,接触"浦东宣卷",学唱唱段。
　　　　　　　表演曲目有《红梅家事》《义丁救主》《两只白头鸭》《红梅劝酒》
　　　　　　　等。曾演唱过许多沪剧小戏,在上海市级和全国的戏剧比赛中
　　　　　　　获得过许多奖项。《桂花立规矩》《都市里的女村官》获得"中国
　　　　　　　艺术节"的优秀演出奖。通过10多年的艺术实践,成为保护和传
　　　　　　　承"浦东宣卷"这一"非遗"项目的多面手,不但担任演员,还担任
　　　　　　　伴奏,由其设计的"浦东宣卷"服装,为一个个节目创造了许多
　　　　　　　亮点。

【"非遗"传承人】

陆　瑛

新卷本从老卷来，
道德花蕾竞相开。
戏角获奖多如许，
献演激情在舞台。

【档案记录】

［"非遗"类别］曲艺

［级　　　别］上海市级

［入 选 年 份］2020年，陆瑛被命名为国家级非物质文化遗产项目"浦东宣卷"
上海市级代表性传承人

［入 选 批 次］第六批

［性　　　别］女

［所 在 街 镇］周浦镇

［从 艺 年 限］13年

［相 关 经 历］陆瑛曾为书院镇文艺演出队优秀沪剧演员、周浦镇"浦东宣卷"
演出队员。担任主唱的《桂花立规矩》《都市里的村官》两冲全国
"群星奖"舞台并获"中国艺术节优秀演出奖"；主唱的《婆媳风
波》《红梅家事》《红梅劝酒》《送不走的皮夹子》等获市级优秀奖，
10多个原创节目在区级、市级、"长三角"地区的比赛中屡屡获
奖。在周浦镇的"浦东宣卷"表演队的10多年中，从新兵到老兵，
为"浦东宣卷"保护传承作出了自己的奉献。

【"非遗"传承人】

张福良

哪来听众这般多？

扣动心弦在唱说。

穿宅走村多少遍，

传奇新创乐开锣。

【档案记录】

［"非遗"类别］曲艺

［级　　　别］浦东新区级

［入 选 年 份］2008 年,张福良被命名为国家级非物质文化遗产项目"浦东宣
卷"浦东新区级代表性人物

［入 选 批 次］第一批

［性　　　别］男

［所 在 街 镇］周浦镇

［从 艺 年 限］63 年

［相 关 经 历］1960 年,张福良开始拜师学唱"浦东宣卷"。自 20 世纪 70 年代
受邀说唱,至今已演唱《寿字开篇》《珍珠塔》《好媳妇》等 200 多场
次。乐于为"非遗"工作献艺与示范,《好媳妇》《十教训》《方卿落
难借花银》被浦东新区非物质文化遗产保护中心录制成"浦东声
音"原创 CD 专辑。

【 "非遗" 传承人 】

张国仁

段子表演跨时空，

宣卷相随映艺丛。

弹唱说噱多韵味，

扮角精彩戏台中。

【档案记录】

["非遗" 类别] 曲艺

[级　　　别] 浦东新区级

[入 选 年 份] 2008 年,张国仁被命名为国家级非物质文化遗产项目"浦东宣
卷"浦东新区级代表性传承人

[入 选 批 次] 第一批

[性　　　别] 男

[所 在 街 镇] 周浦镇

[从 艺 年 限] 58 年,已故

[相 关 经 历] 1960 年,张国仁开始学唱"浦东宣卷",通过拜师学艺掌握唱腔、
唱段等基本功。1970 年起在本地生产队等周边地区演出,除结
合开会、文艺演出、婚丧喜事等演出"浦东宣卷"段子外,还举办
过专场演出,不但能以个人或双档形式演出,而且能以小戏形
式,多人演出戏曲段子,从中扮演不同角色。为传承"浦东宣
卷",热忱带徒授艺。

【"非遗"项目】

上海港码头号子

江水滔天乍起风，
远东航运在申城。
扛轻扛重扛天地，
江岸嗨哟喊号声。

《城市印迹》部分场景

【档案记录】

［"非遗"类别］ 传统音乐

［级　　　　别］ 国家级

［入 选 年 份］ 2008 年，"上海港码头号子"被列入国家级非物质文化遗产名录

［入 选 批 次］ 第二批

［史 料 摘 引］ 1934 年，聂耳为田汉的新歌剧《扬子江的风暴》创作了插曲《码头工人》，之前他曾在上海港码头与搬运工人一起劳动，体验生活，

收集创作素材。1964 年初,上海淮剧团创作的淮剧《海港的早晨》和之后改编的京剧《海港》,均取材于上海港码头搬运工人的工作与生活,有很多音乐和唱段直接吸收了码头号子的原生态素材。

[相 关 链 接] 边肩担重物,边口中吼声。"上海港码头号子"是旧上海远东航运中心的码头工人在劳动中歌唱出来的劳动号子,它是工人们从事繁重体力劳动、身体受压迫的呐喊,也是一种艺术化的劳动指挥号子,具有独特的民间文化艺术。其中,以"苏北号子"和"湖北号子"最具代表性也最为普及。由于装卸的货物、搬运路线及搬运方法的不同,码头号子可分为四大类九个品种,包括《搭肩号子》《肩运号子》《堆装号子》《杠棒号子》《单抬号子》《挑担号子》《起重号子》《摇车号子》《拖车号子》,其节拍变化多样、自然,每一类、每一种号子又各具特点。吼声中一致脚步,呐喊中舒缓压力——"上海港码头号子"蕴含着极其深厚的文化价值和历史价值。

[保 护 单 位] 塘桥街道

[传 承 人] 程年碗、韩纬国(上海市级)

[获 得 荣 誉] 2006 年至 2009 年,"上海港码头号子"多次被评为"浦东新区特色团队称号"。2007 年荣获"中国原生民歌大赛"多人组合组银奖。2010 年参加"第十二届中国上海国际艺术节浦东长三角民歌邀请赛"荣获金奖。2011 年至 2012 年应邀赴德国、巴西参加民间文化交流,获得热烈反响。2017 年 9 月应邀参与"中国航海日"活动演出,被授予"航运风采文艺展特邀节目奖"。2018 年 3 月参加"大世界城市舞台中国魅力榜"荣获"群文优秀奖"。2018 年 5 月参加"第七届上海民俗文化节"评选荣获"优秀组织奖"。2018 年 9 月参加"'巴城杯'长三角民歌邀请赛"荣获"最佳表演奖"。

【"非遗"传承人】

程年碗

浦东打号浦西听，
回荡江风涌浪行。
一对肩头扛万钧，
长歌短号胜闲庭。

【档案记录】

［"非遗"类别］传统音乐
［级　　　别］上海市级
［入　选　年　份］2008年，程年碗被命名为国家级非物质文化遗产项目"上海港码
头号子"上海市级代表性传承人
［入　选　批　次］第一批
［性　　　别］男
［所　在　街　道］塘桥
［从　艺　年　限］60年
［相　关　经　历］1972年，程年碗在上海港务局第七装卸作业区号子队任主唱。
1974年参与上海人民广播电台组织录制码头号子。1972年至
1990年期间，参加上海市工人文化宫职工调演、上海市群众艺术
馆文艺汇演及市政府举办的"拥军爱民联欢大会"等各类演出达
30多场。在《长江号子》《杠棒号子》担任领号。1974年曾在上海
人民广播电台参与码头号子《永远跟党干革命》录音。1988年主
唱的码头号子被英国磐石电影摄制组采访及拍摄。1990年在上
海港"大江凯歌"大型演唱会中主演了码头号子。

【 "非遗" 传承人 】

韩纬国

一声长号吼江边，

担起肩头重万千。

天地声声劳动曲，

号急号慢裹浪尖。

【档案记录】

["非遗" 类别] 传统音乐

[级　　　别] 上海市级

[入 选 年 份] 2008 年,韩纬国被命名为国家级非物质文化遗产项目"上海港码头号子"上海市级代表性传承人

[入 选 批 次] 第一批

[性　　　别] 男

[所 在 街 道] 塘桥

[从 艺 年 限] 51 年

[相 关 经 历] 1958 年,韩纬国参加南市区文化馆舞蹈队乐队。1959 年被录取为上海红霞歌舞团学馆学员。1968 年参加上海港职工文工团。1975 年参加上海市工人文化宫民乐队。1962 年至 1999 年业余参与、组织基层与单位系统的职工文艺创作、编排和演出,内容涉及民乐合奏、说唱表演、码头号子等。创编、导演的无伴奏《上海港码头号子》荣获"全国原生民歌大赛多人组"银奖。2005 年起从事"上海港码头号子"的传承与传播工作,传授、指导下的演唱人员已达 80 余人。

【"非遗"项目】

琵琶艺术·浦东派

武曲干戈气势雄，

溪流文调缓平中。

并弦夹弹连轮滚，

流派之名冠浦东。

三代同台奏乡音

【档案记录】

［"非遗"类别］ 传统音乐

［级　　　别］ 国家级

［入 选 年 份］ 2008 年，"琵琶艺术·浦东派"被列入国家级非物质文化遗产名录

［入 选 批 次］ 第二批

［史 料 摘 引］ 清《光绪南汇县志》风俗篇载："鞠士林，邑城东门人，与族兄克家俱工琵琶。琵琶之名，独士林为著。"《南汇县续志》二十二卷，又记载了鞠

士林的第三代高足陈宗礼(陈子敬)的事迹:陈宗礼"善琵琶,尤工《埋伏》《卸甲》《落雁》诸曲,名噪远近。"该县志还记载了陈子敬的师弟程春塘:"工画兰及各色花卉,琵琶尤绝技。"

[相 关 链 接] "转轴拨弦三两声,未成曲调先有情"。琵琶是中国国乐艺术的主要代表之一,而浦东派琵琶是民族音乐之花中的精髓。"琵琶艺术·浦东派"的始祖为浦东南汇人鞠士林,在清乾隆嘉庆年间独创了自己的琵琶风格和流派。传至当代,以石林先生为代表的浦东派琵琶是当代中国主要的琵琶艺术流派,其传统曲目分文套、大曲和武套,具有"演奏武曲气势雄伟,演奏文曲沉静细腻"的艺术特征。指法特点为:夹弹、夹扫、并弦、大摭分、轮滚四条弦、锣鼓奏法等。传统书目文套有《夕阳箫鼓》《武林逸事》《月儿高》《陈隋》,大曲有《普庵咒》《阳春白雪》《灯月交辉》,武套有《将军令》《十面埋伏》《霸王卸甲》《平沙落雁》等,另有新创作的30多首曲目。大弦嘈嘈,小弦切切,浦东文化在一曲琵琶声中演绎出独特的魅力。

[保 护 单 位] 浦东新区文化艺术指导中心(康桥镇、新场镇、惠南镇)

[传 承 人] 林嘉庆(国家级)

周丽娟(上海市级)

李箐、王睿琳(浦东新区级)

[获 得 荣 誉] 康桥镇

2008年,琵琶独奏《寒鸭战水》荣获"2008年南汇地区民族器乐演奏比赛"二等奖。2015年,舞蹈《弄弦》荣获2015年"上海之春"群文新人新作展评展演优秀新作奖。2017年,《浦东派琵琶奏乡音》荣获"大地芳菲"2017年浦东新区群文创作节目汇演群文新作奖。

新场镇

2004年,聘请上海音乐学院周丽娟教授与林德兴老师赴新场浦东派传习所教授琵琶至今。2013年,新场镇琵琶指导老师赴浙江岱山展示浦东派琵琶艺术魅力。2008年至2018年间,区级传承人李箐曾五次受日方邀请赴日本福山、大分等地举办音乐会并演奏浦东派琵琶名曲。

惠南镇

2017年,王睿琳在"南腔北调浦东新区职工擂台赛"上荣获专业组第二名。2018年5月,歌曲《丝弦繁花》荣获2018年"上海之春"群文新人新作展评展演新作奖。2018年11月,歌曲《海曲流芳》荣获"大地芳菲"浦东新区创作节目汇演优秀新作奖。

【"非遗"传承人】

林嘉庆

幼时学艺指尖勤，

转轴拨弦演古今。

最忆浦东琴祖辈，

而今育苗奏乡音。

【档案记录】

["非遗"类别] 传统音乐

[级　　　别] 国家级

[入　选　年　份] 2009年,林嘉庆被命名为国家级非物质文化遗产项目"琵琶艺
术·浦东派"代表性传承人

[入　选　批　次] 第三批

[性　　　别] 男

[职　　　称] 国家一级演奏员

[所　在　街　镇] 康桥镇

[从　艺　年　限] 48年

[相　关　经　历] 林嘉庆出身于音乐世家,自幼随父亲林石城学习琵琶技艺。
1975年至1978年在上海乐团担任琵琶演奏员。1979年考入上
海音乐学院,毕业后进入中国歌舞剧院。30多年来,在上海、北
京等地举办个人独奏音乐会和各类演出数千场,并成为唯一担
负有国家一级接待任务的琵琶艺术家,担任外国元首来访时的
演出任务。现为中国琵琶协会副秘书长、文化部老艺术家艺术
团弹拨声部部长、中国歌剧舞剧院首席琵琶独奏演员。收藏大
量有关浦东琵琶的传谱、手稿、用琴等;编辑、发表和出版了各类
"琵琶艺术·浦东派"的学术论文、专著和教材;在家乡浦东新区
积极开展传授推广琵琶艺术,已培养学员300余名。

【"非遗"传承人】

周丽娟

怀抱琵琶在幼时，

舞台成就掌声知。

"非遗"尤盼人才续，

甘育新雏入乐池。

【档案记录】

["非遗" 类别] 传统音乐

[级　　别] 上海市级

[入选年份] 2009年,周丽娟被命名为国家级非物质文化遗产项目"琵琶艺术·浦东派"上海市级代表性传承人

[入选批次] 第一批

[性　　别] 女

[职　　称] 教授

[所在街镇] 新场镇

[从艺年限] 46年

[相关经历] 周丽娟从9岁起师从林石城学习琵琶。1981年上海音乐学院毕业留校任教。2004年,上海东方广播电台录制并播出"周丽娟师生琵琶音乐会"。2005年获上海音乐学院"贺绿汀基金奖"。2010年,上海电视台录制"周丽娟师生琵琶音乐会"。2011年荣获第二届中国民族器乐大赛及"敦煌杯"首届全国青少年琵琶大赛"优秀指导教师奖"、第二届国际中国器乐赛"国际杰出教师奖",2012年担任首届琵琶演奏国际大赛评委并荣获"优秀辅导教师奖"。曾在中国唱片公司、上海音像等公司出版专辑唱片。2018年由上海音像公司出版周丽娟琵琶独奏《浦东派琵琶》DVD专辑。现为上海音乐学院教授、硕士研究生导师、上海市非物质文化遗产

保护工作专家委员会委员、国家职业技能鉴定考评员。1992 年开始筹备在浦东南汇开办琵琶班。1995 年开办第一期"琵琶艺术·浦东派"班,20 多年来培养了近千名琵琶传人。

【"非遗"传承人 】

李 箐

院内嘈嘈问哪来?
街头切切费侬猜。
当年新场琵琶韵,
今日教坊又续开。

【档案记录 】

["非遗"类别] 传统音乐

[级　　别] 浦东新区级

[入选年份] 2018 年,李箐被命名为国家级非物质文化遗产项目"琵琶艺术·
浦东派"浦东新区级代表性传承人

[入选批次] 第六批

[性　　别] 女

[职　　称] 助理馆员

[所在街镇] 新场镇

[从艺年限] 29 年

[相关经历] 李箐从 8 岁起学习"浦东派·琵琶"艺术。2004 年考入上海师范
大学音乐学院表演琵琶专业。2006 年成为校民乐团首席。2008
年代表上海师范大学赴日本福山大学参演孔子学院奠基典礼中
日音乐交流专场音乐会。2010 年任上海市浦东新区新场镇文化
服务中心文艺干事。在"上海市桃花节"开幕式、上海国际会议
中心中非国家银行峰会、上海国际电影节开幕式、2010 年上海世
博会中国国家馆、亚洲广场留下了琵琶演奏的身影。经常在上
海大剧院、上海音乐厅等舞台演奏,还以琵琶演奏接待过多国领
导人。曾荣获江西省首届琵琶大赛青少年组二等奖。2016 年在
民乐丝弦五重奏《浦东皮影调》中担任琵琶演奏,荣获"浦东新区
创作节目汇演"一等奖。2017 年参加"上海之春"新人新作比赛

荣获新人新作奖,荣获"上海音乐家协会民管会"优秀个人会员称号。2008 年在三林世博家园实验小学开办浦东派琵琶班。2018 年为"琵琶艺术·浦东派"演奏制作宣传资料。

【"非遗"传承人】

王睿琳

夕阳箫鼓曲中情，

十面埋伏铁马听。

海曲悠悠说古往，

琵琶新韵惠南行。

【档案记录】

［"非遗"类别］ 传统音乐

［级　　　别］ 浦东新区级

［入 选 年 份］ 2018 年,王睿琳被命名为国家级非物质文化遗产项目"琵琶艺术•浦东派"浦东新区级代表性传承人

［入 选 批 次］ 第六批

［性　　　别］ 女

［所 在 街 镇］ 惠南镇

［从 艺 年 限］ 27 年

［相 关 经 历］ 王睿琳从 4 岁开始学习琵琶。2016 年毕业于安徽师范大学音乐学院,同年担任惠南镇浦东派琵琶传习所琵琶老师。曾参与上海财经浦东频道主办的"我们正青春"节目录制,参与录制浦东电视台节目——"相约浦东"之浦东琵琶的"前世今生",参与组织 2016 年"海曲明珠"中国非物质文化遗产——传承发扬浦东派琵琶艺术系列活动,并作为演员参加了当晚的音乐会演出。2013 年至 2017 年间,曾荣获"北京国际青少年音乐节琵琶青年职业组"金奖、"同铸复兴路,共圆中国梦"大学生艺术展器乐组一等奖、"亚洲国际音乐节香港赛区琵琶青年职业组"金奖、第二届"敦煌杯"全国琵琶比赛职业重奏组银奖、在"南腔北调"浦东新区职工擂台赛上获得专业组第二名的好成绩。在为惠南镇浦东派琵琶艺术传习所的 100 多名学员开设公开课的同时,在多地

开设传承基地、兴趣班、成人班；参与浦东新区主办的"'非遗'进校园""'非遗'进社区""'非遗'进'大墙'"等活动，致力于"非遗"项目的传承与发扬。

【"非遗"项目】

浦东绕龙灯

节庆时分看哪般?
请来广场舞龙观。
滚翻腾跃轮番演,
鼓乐武姿满场欢。

三林舞龙队舞龙场景

【档案记录】

［"非遗"类别］传统

［级　　　别］国家级

［入 选 年 份］2011 年,"浦东绕龙灯"被列入国家级非物质文化遗产名录

［入 选 批 次］第三批

［史 料 摘 引］张春华的《沪城当歌衢事》对绕龙灯描绘道:"艳说年年五谷登,
龙蟠九节彩用蒸。譬如声诵惊涛沸,火树千条枪滚灯"。

清王霆《松江竹枝词》中对流行于浦东三林等地的香火龙描写道:"龙潭小戏鼓龙舟,五色光华谢碧流。黄歇庙里明月夜,火龙天桥滚珠球"。

清代文人、三林镇西林街人王廷铨在"延绿楼"花农诗稿《出巡》中写道:"十月连朝忙庙祝,城隍出巡明灯烛。东西两庙碰头会,双龙共舞风头足。"在另一首《上元》诗中写道:"正月三林绕龙灯,旌旗锣鼓闹街村。爆竹烟花沿街卖,儿童追逐嬉新春。"

[相 关 链 接] 一番翻滚腾跃,无数欢快热烈。绕龙灯,俗称"舞龙",起源于我国稻种文化地区的传统舞蹈,已成为浦东新区传统的节庆活动的重要组成部分,成为浦东民间传统中的一项体育娱乐活动。绕龙灯可分行街表演、广场表演、自娱性表演、专业性表演,已由当初的随意性表演转向目前的规则性表演,并且与狮舞、云排舞、鼓舞等其他一些民间舞蹈相结合,集戏曲、武术、舞蹈、民族鼓乐等于一体,其形制主要由龙珠、龙头、龙身、龙尾组成,借助龙珠和龙体器材在音乐的烘托下共同完成。制定国际赛事规则,屡屡摘取比赛大奖,三林舞龙声名鹊起,舞出了特有的精气神。

[保 护 单 位] 三林镇

[传 承 人] 陆大杰(国家级)

张玉祥、唐永清、陈春华(浦东新区级)

[获 得 荣 誉] 截至 2018 年 3 月,三林舞龙队在国内、国际重大比赛中夺得金牌72 枚、银牌 34 枚、铜牌 17 枚。

【"非遗"传承人】

陆大杰

乍听曲起演台中,

海派龙狮会浦东。

赛事规则谁制定?

三林团队享殊荣。

【档案记录】

["非遗"类别] 传统舞蹈

[级　　别] 国家级

[入 选 年 份] 2018 年,陆大杰被命名为国家级非物质文化遗产项目"浦东绕龙灯"代表性传承人

[入 选 批 次] 第五批

[性　　别] 男

[所 在 街 镇] 三林镇

[从 艺 年 限] 30 年

[相 关 经 历] 孩提时,陆大杰受农村庙会、灯会、行街表演场面的熏陶,爱上此项运动。自 1976 年至今,长期实践在传承中国民间艺术、弘扬中国龙狮文化的第一线,足迹踏遍上海地区的社区、乡镇、企业、部队、学校。屡次代表上海参加全国重大赛事和表演活动,四次代表国家参加亚洲龙狮运动会、世界龙狮锦标赛、国际龙狮邀请赛,共获得金牌近 40 枚。1986 年被任命为《上海民间舞蹈集成》主编,后又被上海市文化局借调参与《中国民族民间舞蹈集成·上海卷》的编写工作;汲取传统民间舞龙"圆""顺""活"的技术精华,兼收并蓄,形成具有民族风格和喜庆色彩的现代"海派"舞龙特色,将传统舞龙从民间表演走向竞技比赛,从街头广场走向神圣高雅的文化殿堂,屡进上海大剧院,登上"中华世纪坛","舞"进人民大会堂……历任中国龙狮文化论文报告会评审委员、中

国龙狮协会宣传和推广委员会主任委员、国际龙狮运动联合会技术委员、上海市龙狮协会常务副会长、国际级舞龙教练员、裁判员培训导师。获得"上海市群众文化先进个人""全国群众体育先进个人""全国非物质文化遗产先进个人"等荣誉；起草编写《中国、国际舞龙竞赛规则》《世界特殊奥林匹克运动会舞龙舞狮规则》等法规性文件；创编、录制舞龙推广教材，填补了中国传统舞龙向国际推广的法规性文件和教材的空白；每年应邀多次前往海外讲学，传授龙狮技艺，宣传龙狮文化，推动国际舞龙舞狮的发展。

【 "非遗" 传承人 】

张玉祥

为传薪火练功夫，

快作穿插快起伏。

表演激情兼教练，

奖牌累累满一屋。

【档案记录】

["非遗" 类别] 传统舞蹈

[级　　　别] 浦东新区级

[入 选 年 份] 2014 年,张玉祥被命名为国家级非物质文化遗产项目"浦东绕龙
灯"浦东新区级代表性传承人

[入 选 批 次] 第四批

[性　　　别] 男

[职　　　称] 国际级龙狮教练

[所 在 街 镇] 三林镇

[从 艺 年 限] 29 年

[相 关 经 历] 张玉祥从 1994 年起学习舞龙舞狮。先后参加过三林舞龙队培训
班、上海市龙狮运动培训班、全国龙狮运动班的深造。1996 年起
担任执行教练,先后执教 20 多家军营、学校、企事业单位,举办培
训班、建立舞龙队。以舞龙队员身份参加过多次国内外比赛,以
教练员身份带队参加诸多赛事,包括全国性赛事 13 次、沪港澳台
龙狮精英赛 3 次、亚洲龙狮锦标赛 1 次、世界龙狮赛与国际性的
比赛 4 次,先后在 22 次赛事中获得 58 项奖项,其中金牌和一等
奖 40 项。执教的舞龙队曾参加国内、海外 10 多个国家的表演与
比赛。

【"非遗"传承人】

唐永清

博采众长演古今，
翻飞变幻贵出新。
台中比赛街中演，
鹊起名声享艺林。

【档案记录】

［"非遗"类别］传统舞蹈

［级　　　别］浦东新区级

［入 选 年 份］2014年，唐永清被命名为国家级非物质文化遗产项目"浦东绕龙
　　　　　　　灯"浦东新区级代表性传承人

［入 选 批 次］第四批

［性　　　别］男

［职　　　称］国际级龙狮教练

［所 在 街 镇］三林镇

［从 艺 年 限］34年

［相 关 经 历］1989年，唐永清进入三林舞龙队学习舞龙技术。2000年担任三
　　　　　　　林舞龙队教练，在继承传统舞龙动作的同时，善于利用人体多种
　　　　　　　姿态、吸收民间舞蹈中优美的肢体语言、借鉴戏曲台步的亮相、
　　　　　　　融入武术的精气神，创编形成了龙凤呈祥、龙腾狮跃、三龙庆佳
　　　　　　　节、手龙舞、百龙闹海、龙舞行街、竞技龙舞、趣味龙舞等一系列
　　　　　　　成套动作。1989年作为队员在沈阳"秧歌节"荣获金奖。1995年
　　　　　　　在"555"全国秧歌舞龙邀请赛中荣获铜奖。1996年第三届农运
　　　　　　　会舞龙项目（规定自选动作）与1997年第二届全国舞龙比赛规定
　　　　　　　自选动作的总成绩连摘三金。1999年第四届农运会荣获一等
　　　　　　　奖，上海国际三龙赛、重庆全国精英赛均摘得金奖；作为教练员

率领三林舞龙队从 2001 年至 2014 年的 16 项比赛中,荣获 24 个金牌,给观众留下了深刻的记忆。率领三林舞龙队在出访 10 多个国家进行展演中将中国优秀传统文化传播于世界。

【"非遗"传承人】

陈春华

龙狮腾跃有精神，

信仰追求视作根。

舞动英姿来竞技，

自强崇礼最情真。

【档案记录】

［"非遗"类别］ 传统舞蹈

［级　　　别］ 浦东新区级

［入　选　年　份］ 2018 年,陈春华被命名为国家级非物质文化遗产项目"浦东绕龙
　　　　　　　　　灯"浦东新区级代表性人物

［入　选　批　次］ 第六批

［性　　　别］ 男

［职　称　职　务］ 国际级龙狮裁判员、教练,先后担任浦东新区三林镇文化服务中
　　　　　　　　　心龙狮文化部部长、上海市龙狮协会常务副秘书长

［所　在　街　镇］ 三林镇

［从　艺　年　限］ 20 年

［相　关　经　历］ 2013 年,陈春华从上海体育学院毕业。2014 年加入三林舞龙队。
　　　　　　　　　近年来积极开展龙狮文化进社区、进校园、进军营等传承工作。
　　　　　　　　　先后培训了包括国际级 15 名、国家级 30 名的全市近百名龙狮教
　　　　　　　　　练员、裁判。将龙狮文化普及到了本市 300 多支龙狮队伍,受益
　　　　　　　　　人群达到 1 万多人。先后代表上海市、中国参加国家级、国际级
　　　　　　　　　舞龙赛事,共斩获金牌 26 枚、银牌 12 枚、铜牌 5 枚。2014 年 10
　　　　　　　　　月,编排的夜光舞龙套路《东方神龙游四海》在"第三届亚洲龙狮
　　　　　　　　　锦标赛舞龙比赛"中荣获第三名,首次打破夜光舞龙比赛零的
　　　　　　　　　突破。

［附　　　注］ 三林舞龙队将"自强、忠义、崇礼"六字奉为龙狮精神。

【"非遗"项目】

上海绒绣

毛线羊绒是笔毫，

绘成东海绘成桥。

哪来双面都如画？

引线穿出上海骄。

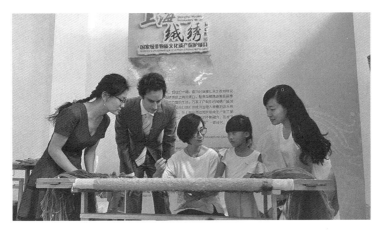

"非遗"走进"一带一路"：2016年8月29日，"上海绒绣"传承人金雯携绒绣技艺参加"一带一路"行走的"非遗"——传统文化创新发展与知识产权保护国际论坛

【档案记录】

[别　　　　名] 彩帷绒绣、绒绣球、毛绒线

["非遗"类别] 传统美术

[级　　　别] 国家级

[入 选 年 份] 2011年，"上海绒绣"被列入国家级非物质文化遗产名录

[入 选 批 次] 第三批

[史 料 摘 引] 1840年鸦片战争后，当时，徐家汇天主堂的修女在农村传授绒绣

等西方技艺,藉以扩大宗教影响,从而传入上海。1937年,原谦礼洋行任职的杨鸿奎(浦东人)在浦东陆家嘴(花园石桥)开设纶新绣花厂,包揽谦礼洋行的全部绒绣订单。1954年,"上海绒绣"先后在高桥和东昌地区成立高桥刺绣供销社生产合作社和红星刺绣供销生产合作社。20世纪60年代分别成立了"红卫绒绣厂"和"红星绒绣厂"。2000年在《传统工艺艺术保护条例》的精神鼓舞下,上海(洋泾)黎辉绒绣艺术有限公司组建成立。

[相 关 链 接]　有说"艺术无国界"。"上海绒绣"是在特制的网眼麻布上,用彩色羊毛绒线绣出各种画面和图案的一种手工艺品。起源于意大利,流行于欧洲,由于当时多用德国美利奴羊的羊毛制成绒线进行绣制,因此也称为"柏林绒线"。鸦片战争后传入上海。20世纪70年代初,"上海绒绣"借鉴中国传统手绣工艺,成功地绣制了双面绣,针法上也有所创新。经过近半个世纪的实践,"上海绒绣"将原来单色线绣制分流出复色线秀制,并根据画稿自己手工染线,经过劈线、分股、捻线、拼线和接色等特殊工艺,逐渐形成了精湛的绣制技艺,在形、神、色、光方面都达到了较高水平,作品形成了自己特色。从传入到普及,从借鉴到创新,从一部浦东绒绣史中可见浦东人在善于学习中更有着致力创新的精神。

[保 护 单 位]　洋泾街道、上海黎辉绒绣艺术有限公司
　　　　　　　　高桥镇

[传　承　人]　唐明敏(国家级)
　　　　　　　　范碧云(已故)、包炎辉、汪振男、王丽萍、许玉红、金雯、何冬梅(上海市级)
　　　　　　　　徐德琴、叶丽萍(已故)、许龙娣(浦东新区级)

[获 得 荣 誉]　洋泾街道(上海黎辉绒绣艺术有限公司)自2002年至2012年共获得各类奖项8个。
　　　　　　　　高桥镇自2011年至2018年共获得9个各类奖项。

【 "非遗" 传承人 】

唐明敏

汲洋融古巧穿针，

也绣风光也绣人。

音容笑貌如在目，

绣出神采最逼真。

【档案记录】

［ "非遗" 类别 ］传统美术

［级　　　别］国家级

［入 选 年 份］2012年，唐明敏被命名为国家级非物质文化遗产项目"上海绒
　　　　　　　绣"代表性传承人

［入 选 批 次］第四批

［性　　　别］女

［所 在 街 镇］洋泾街道

［从 艺 年 限］51年

［相 关 经 历］1972年，唐明敏进上海红星绒绣厂工业中学开始学艺，毕业后进
　　　　　　　入该厂艺术品小组工作。2002年至今受聘上海黎辉绒绣艺术有
　　　　　　　限公司，坚持洋为中用、古为今用理念，允分发挥和运用绒绣工
　　　　　　　艺中的劈线、分股、拼线、复色等专业技艺，取得了丰硕的成果。
　　　　　　　其绣制的绒绣人物和风景画，将传统的绒绣艺术推向划时代的
　　　　　　　水平。代表作品有《邓小平与布什》《国母宋庆龄》《陈云像》《西
　　　　　　　部风情》《梅兰芳像》等。领衔主绣《香港维多利亚海湾夜景》《黄
　　　　　　　山日出》《巍巍嵩山垂古今》《万里长江图》《嘉峪关》《长白山》《山
　　　　　　　城夜景》《清明上河图（局部）》等。2005年6月被上海市经委授予
　　　　　　　"上海市工艺美术大师"称号。2012年被中国工艺美术学会授予
　　　　　　　"首届中国刺绣艺术大师"称号。为中国非物质文化遗产保护协会
　　　　　　　委员，先后授徒12人，进行传帮带。在上海世博园公众参与馆、世

博园宝钢大舞台进行展示展演,宣传推广绒绣技艺。应邀到复旦大学视觉艺术学院、上海工艺美术职业学院授课,在上海黎辉绒绣艺术有限公司为大学生传授技艺。

【"非遗"传承人】

范碧云

犹自绣童到绣娘，

绣出秋韵绣春光。

等针绣法来开创，

密密匀匀绣满框。

【档案记录】

["非遗" 类别] 传统美术

[级　　　别] 上海市级

[入 选 年 份] 2010 年，范碧云被命名为国家级非物质文化遗产项目"上海绒绣"上海市级代表性传承人

[入 选 批 次] 第二批

[性　　　别] 女

[所 在 街 镇] 洋泾街道

[从 艺 年 限] 83 年，已故

[相 关 经 历] 1935 年，范碧云开始跟随家人学习网花和绒绣花片的加工。1945 年后，家中开办绒绣传习所。1949 年 5 月协助丈夫开设"鹤鸣花边刺绣工艺社"。新中国成立后走"合作化道路"，进入高桥绒绣厂一直担任技术员工作，辅导新人学习绒绣制作。70 岁时才退休。曾参与制作《天安门》《刘少奇在安源》《六亿神州尽舜尧》等大型绒绣作品，独创"刺绣等针法"在绒绣刺绣上广泛运用。2014 年 5 月 30 日因病去世，享年 91 岁。在"上海绒绣"申报区、市、国家"非遗"项目和高桥绒绣馆筹建等各项工作中，都倾注了这位绒绣老艺人的心血。

【"非遗"传承人】

包炎辉

壁挂风光绣制间，

山中苍鹭水中天。

申遗主笔雄心在，

华夏绣工本领先。

【档案记录】

［"非遗"类别］传统美术

［级　　　别］上海市级

［入 选 年 份］2012年,包炎辉被命名为国家级非物质文化遗产项目"上海绒
绣"上海市级代表性人物

［入 选 批 次］第三批

［性　　　别］男

［职　　　务］艺术总监

［所 在 街 镇］洋泾街道

［从 艺 年 限］39年

［相 关 经 历］1964年,包炎辉开始从事工艺美术金属雕刻。1984年开始从事
绒绣艺术。2000年,创建上海黎辉绒绣艺术有限公司,任总经理
兼技术总监。先后筹划和组织创作有:《上海外滩夜景》《浦江两
岸尽朝晖》《山城夜景》《万里长江图》《中西荟萃·澳门之夜》《革
命圣地井冈山》《清明上河图(局部)》《嵩岳秋色》《孔雀石》《苍
鹭》,多幅作品被布置在人民大会堂的各厅内。为迎接中国2010
上海世博会,花了五年时间,组织、策划、绣制39幅《世界遗产在
中国》。"5·12"汶川大地震后,精心策划、设计指导绒绣艺术作
品《最美丽的谢礼》,真实地记录解放军营救郎铮的感人场面,作
品获一致好评,《解放军报》作了特别报道。多件绒绣作品获得
各类金、银、铜奖,其中"上海绒绣"《自嘎绣》荣获上海民族、民

间、民俗博览会"非遗"技艺"推广奖",个人曾先后三次获得市政府的荣誉证书。在洋泾街道支持下,主笔撰写申报书,联合成功申报区、市、国家级非物质文化遗产项目。热忱参加绒绣进社区、进校园、进机关、进军营的传播和传授工作,悉心研究中外绒绣发展史和绒绣的发展规律,积极探索跨国、跨界绒绣的题材、品种和技艺,进入《中华手工》"蓝皮书"中国传统工艺振兴百强榜。2011年成功编撰出版大型绒绣画册《绒绣艺术·上海绒绣》和《上海绒绣》。推出"上海绒绣"课程与绒绣文创产品设计开发,参与市"非遗"展演。现为中国高级工艺美术师、上海市工艺美术学会纤维专业主任。

【"非遗"传承人】

王丽萍

外滩美景夜时分，

万线千针倒影深。

市楼平遥风貌古，

惟妙惟肖骑车人。

【档案记录】

［"非遗"类别］传统美术

［级　　　别］上海市级

［入 选 年 份］2012年，王丽萍被命名为国家级非物质文化遗产项目"上海绒
绣"上海市级代表性传承人

［入 选 批 次］第三批

［性　　　别］女

［职　　　称］工艺师

［所 在 街 镇］洋泾街道

［从 艺 年 限］43年

［相 关 经 历］在从事绒绣过程中王丽萍得到师傅带教并经自己努力，在日益
提高的技艺中获得灵感。进入上海黎辉绒线艺术有限公司后挑
起染色工作，边学边染，为全面掌握绒绣各项技艺，在色感、层
次、明暗方面颇有心得。代表作有《邓小平会见撒切尔夫人》《改
革开放总设计师·邓小平》《中共一大会址》《千树禅声落日中》
《秦始皇陵》；参与绣制的作品有北京人民大会堂国宴厅的《万里
江山图》（西大厅）、香港厅的《香港维多利亚海湾夜景》、黄山厅
的《黄山日出》等。《上海外滩夜景》荣获"2004西湖博览会""第
五届中国工艺美术大师作品暨工艺美术精品博览会"铜奖，并入
选国际纤维艺术双年展；2007年被上海市经济委员会评审认定
为第二届"上海市工艺美术精品"。《平遥古城·市楼》荣获第三
届"上海市工艺美术精品"。

【"非遗"传承人】

许玉红

神采栩栩刻画间，

穿针引线五十年。

大师沪上得名望，

今续高桥授艺篇。

【档案记录】

［"非遗"类别］传统美术

［级　　　别］上海市级

［入 选 年 份］2014 年,许玉红被命名为国家级非物质文化遗产项目"上海绒
　　　　　　　绣"上海市级代表性传承人

［入 选 批 次］第四批

［性　　　别］女

［职　　　称］工艺美术师

［所 在 街 镇］洋泾街道

［从 艺 年 限］57 年

［相 关 经 历］1966 年,许玉红 16 岁时进入上海红卫绒绣厂(东方绒绣)从事绒
　　　　　　　绣艺术品制作。1979 年夏,代表上海绒绣行业技术新生力量出
　　　　　　　席第二届全国工艺美术艺人创作设计代表大会,并在会上作《上
　　　　　　　海绒绣技术的提高与发展》的发言。1979 年被吸收为上海工艺
　　　　　　　美术协会会员。1992 年被任命为工程师,边负责绒绣厂艺术品
　　　　　　　组生产管理质量检验工作,边从事绒绣艺术品的创作。2009 年
　　　　　　　随着高桥绒绣馆成立,肩负起绒绣的传承使命。代表作品有《卷
　　　　　　　发男孩》《敦煌眷属》《水乡古镇》《女孩》《拾麦穗》等,其中《卷发
　　　　　　　男孩》1983 年荣获中国工艺美术百花奖,《敦煌眷属》2016 年荣获
　　　　　　　上海工艺美术精品奖。2015 年被授予"上海市工艺美术大师"
　　　　　　　称号。

【"非遗"传承人】

汪振男

绣法灵活立意新，

传神细腻绣针勤。

缤纷色彩如油画，

为绣激情献艺林。

【档案记录】

［"非遗"类别］传统美术

［级　　　别］上海市级

［入选年份］2012 年,汪振男被命名为国家级非物质文化遗产项目"上海绒绣"上海市级代表性传承人

［入选批次］第三批

［性　　　别］女

［所在街镇］高桥镇

［从艺年限］47 年

［相关经历］汪振男 14 岁起学习美术。17 岁起从师学习绒绣艺术,毕业后进入上海东方绒绣厂艺术室工作。1991 年至 2009 年先后在红星工艺品有限公司从事绒绣艺术品制作。2002 年起在上海浦东华绒工艺品有限公司和上海高桥绒绣馆工作期间带徒授艺。2009 年 9 月至今在高桥绒绣馆担任绒绣艺术品指导老师。代表作品有《邓小平在国庆三十五周年典礼上讲话》《拿破仑越过圣贝纳山》《永恒的梦幻——杰克逊》《临危受命——奥巴马》《汶川的希望》《父老乡亲》等。《拿破仑越过圣贝纳山》2000 年 10 月荣获"西湖首届中国工艺美术大师作品暨工艺美术品精品博览会"优秀创作奖。《汶川的希望》2011 年 10 月被上海市经济和信息化委员会认定为上海市工艺美术精品。2012 年 11 月作品《父老乡亲》荣获上海职工文化艺术展优秀手工艺作品奖并刊登于《新民晚报》。

【"非遗"传承人】

金 雯

一双妙手不离针，
千引万穿暮与晨。
形色神光成绣艺，
传习所内育传人。

【档案记录】

［"非遗"类别］传统美术

［级　　　别］上海市级

［入 选 年 份］2020 年，金雯被命名为国家级非物质文化遗产项目"上海绒绣"
上海市级代表性传承人

［入 选 批 次］第六批

［性　　　别］女

［所 在 街 镇］高桥镇

［从 艺 年 限］29 年

［相 关 经 历］金雯 1993 年毕业于上海市工艺美术学校绒绣专业。在 20 多年
的探索和学习中，利用劈线、拼线，经过艺术再创作，将形、色、
神、光相融合，使绒绣作品达到忠实原作、胜于原作的艺术效果。
2006 年以来，利用业余时间参与高桥镇绒绣保护工作，积极投身
于绒绣高桥传习所的教学工作，兼任高桥镇小学绒绣编织社团
和凌桥小学绒绣兴趣班的绒绣兴趣辅导老师。

【"非遗"传承人】

何冬梅

绣龄不长绣艺强，

绣了皓月绣晨阳。

绣坊丝线来辅导，

色彩情怀绣满框。

【档案记录】

［"非遗"类别］传统美术

［级　　　别］上海市级

［入　选　年　份］2020年,何冬梅被命名为国家级非物质文化遗产项目"上海绒绣"上海市级代表性传承人

［入　选　批　次］第六批

［性　　　别］女

［职　　　称］工艺美术师

［所　在　街　镇］高桥镇

［从　艺　年　限］26年

［相　关　经　历］何冬梅1993年开始拜师学艺,为绒绣技艺最年轻的继承人之一。擅长绒绣传统技艺绣制,特别是染绒、配线等方面颇有积累。能将绒绣传统的制样和艺术品紧密联系在一起,把油画照片中的细节通过飞针走线层层覆盖揉进作品中。此外,在表现人物整体形象方面有较稳定的掌控力,对绒绣具有较高的艺术造诣和修养,绣制的作品还原度高,色彩过渡自然。代表作品《鲁迅》2012年荣获"儒士儒家·百花杯"金奖;《孙中山》2013年荣获"国信·百花杯"金奖;《蒙娜丽莎》2015年荣获中国工艺"百花奖"金奖。2016年12月被命名为"2016浦东工匠"。2017年参加"第六届中国成都国际非物质文化遗产节",在中国传统工艺新生代传承人竞技赛中荣获"新生代手艺之星"称号。为上海绒绣的传承和普及做出了不俗的成绩。

【"非遗"传承人】

徐德琴

色彩语言创始人，

嵩山秋色馆瑰珍。

好评作品多如许，

授艺学生入绣门。

【档案记录】

［"非遗"类别］传统美术

［级　　　别］浦东新区级

［入 选 年 份］2010 年,徐德琴被命名为国家级非物质文化遗产项目"上海绒
绣"浦东新区级代表性传承人

［入 选 批 次］第二批

［性　　　别］女

［职　　　称］工艺美术师

［所 在 街 镇］高桥镇

［从 艺 年 限］61 年

［相 关 经 历］1962 年,徐德琴进上海东方绒绣厂,从事绒绣艺术品制作。1965
年至 1967 年经组织推荐到上海工艺美术研究所学习,师从上海
绒绣大师张梅君。擅长绣制人物、静物、风景等,作品色彩丰富、
层次清晰。在研制抽象派绒绣服装产品时,正确处理色彩,成功
进行绒绣史上的首创。1997 年退休后仍从事绒绣制样,创作有
高桥绒绣馆的馆藏作品数幅。2012 年至今仍坚持担任上海绒绣
高桥馆传习所辅导老师。

【"非遗"传承人】

叶丽萍

为怀天地在心中，
绣品栩栩绣艺工。
晨曲清新听鸟啭，
长城雄伟看云拥。

【档案记录】

［"非遗"类别］传统美术
［级　　　别］浦东新区级
［入 选 年 份］2010年，叶丽萍被命名为国家级非物质文化遗产项目"上海绒绣"浦东新区级代表性传承人
［入 选 批 次］第二批
［性　　　别］女
［所 在 街 镇］高桥镇
［从 艺 年 限］50年，已故
［相 关 经 历］1973年至1976年，叶丽萍就读于上海红卫绒绣厂工业中学，开始学习绘画和绒绣；毕业后进入厂艺术品组，师从许玉红老师，主要绣制展品和礼品。由于工作认真，刻苦钻研技艺，提前半年满师。1985年至1992年先后在厂行政及档案部门从事职工培训、厂报宣传、档案管理工作。1993年至2001年在上海红星绒绣厂从事绒绣艺术品制作。从上世纪80年代起，与他人合作或单独绣制绒绣艺术品20余幅，有展出于全国性工艺美术展览会的，有被专业机构收藏的。作品主要特点是题材多样、绣法多变、做工精致，除了传统针法，还根据不同绣制对象，琢磨出多种新针法，作品色彩丰富，形神兼备。2012年受聘于高桥绒绣传习所担任辅导老师。

【"非遗"传承人】

许龙娣

染线制图素有功，

飞针走线绘描中。

但观人物出形象，

儒雅风流尽不同。

【档案记录】

["非遗"类别] 传统美术

[级　　　别] 浦东新区级

[入 选 年 份] 2012 年,许龙娣被命名为国家级非物质文化遗产项目"上海绒
绣"浦东新区级代表性传承人

[入 选 批 次] 第三批

[性　　　别] 女

[职　　　称] 工艺师

[所 在 街 镇] 洋泾街道

[从 艺 年 限] 65 年

[相 关 经 历] 许龙娣为目前绒绣界仍在从事绒绣的历时最长的工艺师,也是
目前上海黎辉绒绣艺术有限公司最年长的工艺师。尽管没进过
正规学校学习美术,但信奉"靠勤奋学到用金钱买不到的手艺",
全凭边绣边学习掌握绣制技艺。敢于承接难度大的绒绣任务,
善于绣制重大历史题材的绒绣艺术品。在红星绒绣厂期间,先
后为我国外交部绣制重大历史题材绒绣艺术品,另绣制了江苏
省礼品《江泽民与萨马兰奇》《伟人恩格斯》《邓小平会见包兆龙
和包玉刚》、世界名画《金发女郎》《祈祷》、风景作品《武陵源》《大
足石刻》等,并参与绣制了多人合作的大型作品。

【"非遗"项目】

钱万隆酱油酿造工艺

哪可佳肴少酱油？
啧啧鲜美嘴边留。
官园酿造中华号，
钱万隆名誉九州。

上海钱万隆酿造厂酱油系列产品

【档案记录】

［"非遗"类别］传统技艺

［级　　　别］国家级

［入选年份］2008年，"钱万隆酱油酿造工艺"被列入国家级非物质文化遗产
　　　　　　　名录

［入选批次］第二批

［史料摘引］"钱万隆酱园"创始于清光绪六年（1880）。时有开办酱园需衙门

许可之规,颁发"官酱园"招牌及"盐帖(相当于现在的营业执照、税务许可)"方可营业。清光绪二十三年(1897),张江栅地方总董钱锦南之子钱子萌在折得五成原酱园股份后,"钱万隆酱园"正式落根张江栅。1954年,公私合营后酱园改为地方国营张江酿造厂。1984年改名为上海钱万隆酿造厂。

[相 关 链 接] 作为近代我国酿造业的佐证,"钱万隆酱油"至今已有140年的历史。为清末本帮、盐帮、宁帮三大酱作业的本帮派酱作工艺。其传统酿造工艺是:棒敲制油,土灶蒸料,木架机压渣,酱色靠自测,咸淡嘴品尝,发酵、晒油、存放靠酱缸,出油、送油靠肩挑。主要原料是黄豆、面粉,设施仅有竹匾箩、缸、木榨条等简单工具。生产工艺以自然晒制为主,春准备,夏造酱,秋翻晒,冬成酱,酱成后存放一年为陈酱后再进行压榨出酱油。一块"钱万隆官酱园"的匾牌,让我们在解读许多历史的过程中,也了解关于与酿造有关的诸多知识。

[保 护 单 位] 张江镇

[传 承 人] 王良官(上海市级)

[获 得 荣 誉] 2003年至2005年"钱万隆酱油"连续三年被评为"上海市优质产品"称号;"香菇酱油"荣获"商业部优质产品"称号;"特晒酱油"荣获"全国首届食品博览会"银质奖等称号。产品远销20多个国家和地区,是国家贸易部认证的"中华老字号"。

【"非遗"传承人】

王良官

此咸那淡晒缸中，

三代同为酿造工。

菌种制油大小曲，

伴随春夏与秋冬。

【档案记录】

["非遗" 类别] 传统技艺

[级　　别] 上海市级

[入选年份] 2008 年，王良官被命名为国家级非物质文化遗产项目"钱万隆酱
油酿造工艺"上海市级代表性传承人

[入选批次] 第一批

[性　　别] 男

[所在街镇] 张江镇

[从艺年限] 44 年

[相关经历] 1897 年，王良官的祖父进钱万隆酱园当学徒。1929 年其父亲也
随祖父来此当学徒。1979 年顶替其父王瑞容进入上海钱万隆酿
造厂，从事酱油酿造工作。进厂以来，深为钱万隆酱园的建园历
史所感染，师从冯洪发，从事过酱油菌种培养（即小曲）工序、酱
油制油（即大曲）工序的学习，之后又拜袁琴宝为师，潜心从事酱
油发酵淋油工序，熟练掌握"眼看、心记、鼻嗅、口试"的传统工
艺，被任命为酱油现场管理者。在上海钱万隆酿造厂近 40 年的
工作中，从同门师兄弟中脱颖而出，颇受同行好评。2010 年荣获
"酱油酿造技师"称号。作为"钱万隆酱油酿造工艺"的代表性传
承人，王良官正带儿子为徒，将"钱万隆酱油酿造工艺"世代
相传。

◎追赶千年的文明脚步——

第二辑

上海市级"非遗"保护名录

国家对非物质文化遗产采取认定、记录、建档等措施予以保存,对体现中华民族优秀传统文化,具有历史、文学、艺术、科学价值的非物质文化遗产采取传承、传播等措施予以保护。

　　省、自治区、直辖市人民政府建立地方非物质文化遗产代表性项目名录,将本行政区域内体现中华民族优秀传统文化,具有历史、文学、艺术、科学价值的非物质文化遗产项目列入名录予以保护。

　　省、自治区、直辖市人民政府文化主管部门应当组织制定保护规划,对本级人民政府批准公布的地方非物质文化遗产代表性项目予以保护。

　　制定非物质文化遗产代表性项目保护规划,应当对濒临消失的非物质文化遗产代表性项目予以重点保护。

　　　　　　　　　　　　——摘自《中华人民共和国非物质文化遗产法》

【"非遗"项目】

浦东地区哭嫁哭丧歌

离别生死痛心时，

哭嫁哭丧两眼湿。

古老礼仪歌一曲，

情真意切最相知。

师徒哭嫁演示——"非遗"传承人王龙仙携徒参加大团镇"非遗"项目展示传承活动

【档案记录】

［"非遗"类别］ 民间文学

［级　　　别］ 上海市级

［入 选 年 份］ 2007 年，"浦东地区哭嫁哭丧歌"被列入上海市级非物质文化遗产名录

［入 选 批 次］ 第一批

［史 料 摘 引］ 早在《易经·爻辞》中就有"泣血涟如,非寇婚媾"之说,表现古代

掠夺婚姻的哭嫁场景;哭丧歌也由来已久,2500 年前的春秋时期,《孟子》中就有"华周杞梁之妻善哭其夫而变国俗"之说。明清时期,哭嫁歌和哭丧歌在江南地区十分流行。民国时期,哭嫁歌和哭丧歌在南汇沿海地区更是被广泛传唱。

[相 关 链 接] 时在逢嫁或送丧之际,面对与亲人的生离死别以哭唱表达情感,浦东沿海地区妇女善唱的哭嫁歌和哭丧歌统称为"哭歌",是十分古老的婚丧仪式歌。从 19 世纪初到 20 世纪 60 年代,浦东沿海妇女几乎都会唱哭嫁哭丧歌,为上海乃至整个汉族地区保存了一种比较完整的婚丧仪式歌。哭丧歌分为散哭、套头和经头三部分。哭嫁歌和哭丧歌的歌词情真意切,酣畅流利,比喻生动,语言精彩纷呈,具有很高的文学价值。哭嫁歌有:《上蛋圆》《姑娘谢爷娘》《娘哭嫁囡》《姑娘谢阿嫂》《谢阿哥》《谢媒人》《谢大大》《谢阿奶》。哭丧歌有:《断气经》《梳头经》《着衣经》《芦花经》《出材经》《坐台经》《媳妇开大门》《接桥经》《窟窿经》《报娘恩》。哭歌声声,情感无限。南汇的哭嫁歌和哭丧歌是浦东地区保存最完整、内容最丰富,堪称中国妇女文学的精品。

[保 护 单 位] 浦东新区文化艺术指导中心(书院镇、祝桥镇、老港镇、大团镇)

[传　承　人] 张文仙(已故)、王龙仙、唐秀华(上海市级)

　　　　　　　周桂花、周菊萍、邬佩琦(浦东新区级)

【"非遗"传承人】

张文仙

盘转乌鸦日色沉,

号啕声里泪纷纷。

哭得心痛哭来苦,

哭送十七地狱门。

【档案记录】

["非遗"类别] 民间文学

[级　　　别] 上海市级

[入 选 年 份] 2009 年,张文仙被命名为上海市级非物质文化遗产项目"浦东地区哭嫁哭丧歌"代表性传承人

[入 选 批 次] 第一批

[性　　　别] 女

[所 在 街 镇] 书院镇

[从 艺 年 限] 79 年,已故

[相 关 经 历] 张文仙 16 岁时跟随母亲学习哭嫁哭丧歌,不但能表演约定俗成的记忆类哭丧歌,而且能视演唱场景即兴编歌词;唱腔婉转流畅、富有韵律;能完整唱出哭丧歌代表作长达 290 行的《开大门》,唱完 17 扇门。1983 年,百行哭丧歌在《民间文学集刊》上发表。1984 年,日本留学生中原律子特地来到书院镇,邀请其唱哭丧歌。1986 年,唱娘段子刊登在《民间文艺季刊》上。上海民间文艺家协会和南汇县文化馆收集整理出版的《哭丧歌》一书中,收录其所唱的五首哭丧歌。

【"非遗"传承人】

王龙仙

应听欢笑却听哭，
女儿出门泪眼糊。
哭谢阿妈恩养育，
哭愁哪待嫂和姑。

【档案记录】

［"非遗"类别］ 民间文学
［级　　　别］ 上海市级
［入 选 年 份］ 2009 年,王龙仙被命名为上海市级非物质文化遗产项目"浦东地区哭嫁哭丧歌"代表性传承人
［入 选 批 次］ 第一批
［性　　　别］ 女
［所 在 街 镇］ 大团镇
［从 艺 年 限］ 77 年
［相 关 经 历］ 王龙仙曾担任新港公社丰产大队、鸭场大队、织布厂党支部委员及妇女主任。7 岁时拜师学唱。1983 年曾带过学徒王美芳授唱,同年代表上海市参加在苏州市举行的哭嫁哭丧歌比赛,荣获二等奖。近年来为积极培养传承人,在组织培训活动中作讲解示范。与弟子现场生动演绎旧时女儿出嫁时《母女对唱》的感人场景,颇获好评。

【"非遗"传承人】

唐秀华

从小听娘泪伴歌，

声情起伏似长河。

嘴边百首随听记，

哭谢大恩谢大德。

【档案记录】

["非遗" 类别] 民间文学

[级　　别] 上海市级

[入 选 年 份] 2020 年,唐秀华被命名为上海市级非物质文化遗产项目"浦东地区哭嫁哭丧歌"代表性传承人

[入 选 批 次] 第六批

[性　　别] 女

[所 在 街 镇] 书院镇

[从 艺 年 限] 48 年

[相 关 经 历] 唐秀华从记事起就在母亲张文仙的哭嫁哭丧歌中得以耳濡目染。22 岁时正式跟随母亲学习哭嫁哭丧歌。通过 40 多年来的努力,已熟练掌握了母亲歌艺的精髓,继承母亲的唱功。多年来,保持着记录母亲说唱歌词的习惯,到目前为止已经记录下了不下 100 首,这些珍贵的手稿均保存完整。在歌词与曲调方面均能根据现代人的需求有所出新。既从母亲那儿得以传承,又乐于将哭嫁哭丧歌的歌艺传授她人。

【"非遗"传承人】

周桂花

媒婆好话一箩筐，

相信侬么嫁俊郎。

只讲长来呒讲短，

勿知有啥瞒和藏。

【档案记录】

["非遗" 类别] 民间文学

[级　　　　别] 浦东新区级

[入　选　年　份] 2008 年,周桂花被命名为上海市级非物质文化遗产项目"浦东地
区哭嫁哭丧歌"浦东新区级代表性传承人

[入　选　批　次] 第一批

[性　　　　别] 女

[所　在　街　镇] 祝桥镇

[从　艺　年　限] 69 年

[相　关　经　历] 周桂花凭记忆力既会唱哭嫁歌,又会唱哭丧歌,而且能自编自
演,即兴发挥。哭丧歌《报娘恩》和《坟墓经》分别收入祝桥镇编
的《祝桥哭歌》及《祝桥文化》两书中。一唱哭丧歌,情绪会完全
沉浸在感情的漩涡中,一发难以收拾,情真意切,酣畅淋漓,语言
生动形象,具有很浓的生活气息,在祝桥镇"非遗"展示中屡有
获奖。

[附　　　　注] "父母之命,媒妁之言",是沿袭千年的婚姻方式。对于媒婆,书
面语称为媒人、月老,俗称红娘,对热心介绍、成功撮合者该《谢
媒》《谢媒人》,对于瞒实报虚、软拉硬配者该《怪媒人》,对于从中
只图得利,不管彼此感情、最终生米成熟饭者该《骂媒人》,不管
哪类媒人因到了男女婚嫁日的时候,新娘会借唱哭嫁歌而表达
对媒人的评价。

【"非遗"传承人】

邬佩琦

哭歌学问几多深，

仪式经头入此门。

哭过悲伤哭喜悦，

与郎牵手百年恩。

【档案记录】

["非遗"类别] 民间文学

[级　　　别] 浦东新区级

[入 选 年 份] 2018 年,邬佩琦被命名为上海市级非物质文化遗产项目"浦东地区哭嫁哭丧歌"浦东新区级代表性传承人

[入 选 批 次] 第六批

[性　　　别] 女

[所 在 街 镇] 书院镇

[从 艺 年 限] 24 年

[相 关 经 历] 邬佩琦从小在"浦东地区哭嫁哭丧歌"的核心流传区——书院镇得以耳濡目染。24 岁拜师张文仙学艺。2012 年进入书院镇文化服务中心工作。多年来积极参与浦东新区及街镇组织的各项展览展演及比赛活动。2015 年参加"非遗文化·民俗魅力"书院镇哭嫁歌比赛,获得一等奖。2016 年受南汇博物馆邀约,录制了哭嫁歌宣传视频。2016 年配合书院镇文化服务中心开展"暑期'非遗'大课堂"活动,培训 50 余名学员。2016 年,参加用哭丧音乐元素编唱科学种田的表演唱《瓜姑娘哭出嫁》,参加浦东新区百场巡演,受到观众的好评。

[附　　　注] 经头,经与头。经,哭丧歌中有"断气经、着衣经、梳头经、开大门、出材经、床杞经、哭桥经、灵台经"等各种经;头,套头,有"报娘恩、十二月寻娘、十二月花名、十苦恼、十二只药方"等。

【"非遗"传承人】

周菊萍

亲人离去痛心肠，
哭唱声中曲调长。
也喜也愁出嫁日，
唱出心有勿安腔。

【档案记录】

［"非遗"类别］民间文学

［级　　　别］浦东新区级

［入 选 年 份］2018 年,周菊萍被命名为上海市级非物质文化遗产项目"浦东地
区哭嫁哭丧歌"浦东新区级代表性传承人

［入 选 批 次］第六批

［性　　　别］女

［所 在 街 镇］大团镇

［从 艺 年 限］18 年

［相 关 经 历］1979 年至 1982 年,周菊萍进大团文艺工厂,之后进大团多家企
业、大团幼儿园工作。2006 年拜师王龙仙学唱哭嫁哭丧歌。
2014 年在"上海市民文化节""大团镇文化服务日"上,展示哭嫁
歌。2015 年在大团镇非物质文化遗产赏析及传承活动中,与师
傅王龙仙共同表演女儿出嫁时的《母女对唱》。2016 年配合"非"
凡记录——"非遗"摄影展,拍摄了哭丧歌的剧照。2017 年在"传
承古镇技艺　感受文化魅力"大团镇"非遗"展示活动中,生动演
绎了旧时女儿出嫁时的感人场景。

【"非遗"项目】

川沙民间故事

风自城墙韵自河，

满墙魂魄汇成歌。

乡音土语噱和糯，

配乐扮角演品格。

三人联袂讲故事

【档案记录】

［"非遗"类别］ 民间文学

［级　　　别］ 上海市级

［入 选 年 份］ 2015年，"川沙民间故事"被列入上海市级非物质文化遗产名录

［入 选 批 次］ 第五批

［史 料 摘 引］ 自明嘉靖三十六年(1557)抗倭英雄乔镗"领筑川沙城堡"至今，

　　　　　　　川沙历经沧桑460余年，故事在民间广为流传。《乔镗筑城抗

倭寇《泥龙的传说》《小普陀寺》《川沙的传说》等等,还有绿林好汉的劫富济贫和七仙女对爱情的忠贞不渝的故事,更是口耳相传,家喻户晓。

[相 关 链 接] 于历史故事中体现着敬仰,于民间传说中彰显着崇尚——"川沙民间故事"是用浦东川沙方言讲述并流传的地方民间故事,自发流传的《乔镗筑城抗倭寇》等历史故事是"川沙民间故事"的主体,口耳相传的《泥龙的传说》等民间故事是"川沙民间故事"发展的基础。以浦东方言为基础,口耳相传,是"川沙民间故事"的语言艺术。而演讲时以单人为主,不讲究道具、布景与演员化妆。演讲时一人多角,主要凭借语言、手势和眼神传情达意,成为"川沙民间故事"的表演艺术。现今的"川沙民间故事"将民间传说、逸闻轶事、时事快讯、新人新事均作为创作题材。在表演方面从刻板的一人讲创新为两人讲、三人讲、配乐讲、情景讲,由于方言故事与时俱进,百姓喜闻乐见,成为地方文化的重要组成部分。

[保 护 单 位] 川沙新镇
[传 承 人] 夏友梅(上海市级)
[获 得 荣 誉] 2003 年,川沙新镇被国家文化部命名为中国民间艺术之乡(故事)。自 2006 年至 2018 年间共获得各类奖项达 15 个之多。

【"非遗"传承人】

夏友梅

故事讲来数百多，

尽从淘洗话生活。

咎糠淘去淘存米，

崇善求真是寄托。

【档案记录】

["非遗" 类别] 民间文学

[级　　别] 上海市级

[入 选 年 份] 2016年,夏友梅被命名为上海市级非物质文化遗产项目"川沙民
间故事"代表性传承人

[入 选 批 次] 第五批

[性　　别] 男

[职　　称] 副研究馆员

[所 在 街 镇] 川沙新镇

[从 艺 年 限] 41年

[相 关 经 历] 夏友梅50余年致力故事创作与演讲,先后创作发表故事300余
篇100余万字,结集出版《夏友梅故事集》《夏友梅戏曲故事评论
集》《夏友梅故事艺术集》等著作。先后荣获"全国群星奖"金奖、
铜奖和"上海市故事大赛"一、二等奖30余次,各级各类奖达200
余项。以夏友梅为主的川沙故事队在历届"上海市故事大赛"中
荣获"八连冠",培养了一批故事创作表演人才。曾荣获国家人
事部、文化部颁奖的"全国文化系统先进工作者"(劳模称号)以
及"上海市劳动模范""浦东新区杰出人才贡献奖""浦东新区'十
佳'公益文化风云人物""浦东新区百名文化才俊"等称号。在
"川沙民间故事""非遗"项目的品牌打造中,或参与组织大型赛
事活动,或组建故事团队,或进村居巡回演讲,为把故事浸透到

社区的每一角落作出了积极贡献。现为中国民间文艺家协会会员、上海市作家协会会员、上海故事协会顾问、浦东新区作家协会名誉主席,现任川沙新镇夏友梅故事艺术工作室负责人、上海夏友梅故事艺术进修学校校长。

【"非遗"项目】

曹路民间故事

围坐长桌气氛浓，

霞光茶馆两相红。

话说故事春秋里，

茶与生活共品中。

"孵茶馆"——20世纪80年代曹路地区茶馆内本地居民茶余饭后讲故事的场景

【档案记录】

［"非遗"类别］民间文学

［级　　　别］上海市级

［入 选 年 份］2018年，"曹路民间故事"被列入上海市级非物质文化遗产保护
　　　　　　　名录

［入 选 批 次］第六批

［史 料 摘 引］曹路集镇形成600年来，当地民间艺人在日常耕耘劳作中，创造
　　　　　　　了百姓喜闻乐见的农耕文化，他们用故事、谚语、俚语等形式把
　　　　　　　身边发生的、别处听到的、祖辈传下来的一个个小故事，不断地
　　　　　　　加以丰富和传播，现已整理出了民间传说故事60余篇。

［相 关 链 接］在曹路流传下来的故事中，有宣传清正廉洁、为民造福的《钦公

老爷》；有讲述佛教前世今生的《潮音庵的由来》；有描述乡间坊传的《银杏树的传说》，以及鞭挞民间游手好闲之类小人的《懒阿福》《骗饭的故事》等。这些民间故事向人们传播了一种与人为善、积极向上的思想，虽然经过了几百年，却仍在广为流传中产生出教化意义。随着时代的变迁和文明的发展，从民间故事演变而来的许多反映新时代的故事也深入人心。受到老一代民间艺人的影响，曹路地区新一代民间故事传承人逐渐多了起来。近年来，讲起来顺口、听起来入耳的曹路故事在当地政府的重视下，已发展成为"一镇一品的"特色项目。

［保 护 单 位］曹路镇
［传　承　人］曹刚强（上海市级）
　　　　　　　朱国钦（浦东新区级）

【"非遗"传承人】

曹刚强

语言富矿在生活，

创作随凭取与挪。

深处情节藏义理，

笑声荡漾哲思多。

【档案记录】

["非遗"类别] 民间文学

[级　　　别] 上海市级

[入 选 年 份] 2020 年,曹刚强被命名为上海市级非物质文化遗产项目"曹路民间故事"代表性传承人

[入 选 批 次] 第六批

[性　　　别] 男

[职　　　称] 编辑

[所 在 街 镇] 曹路镇

[从 艺 年 限] 53 年

[相 关 经 历] 1971 年,曹刚强任龚路(现属曹路镇)文化站站长,之后任上海人民出版社编辑、上海曲艺剧团编剧。自幼受到母亲口中那些生动形象的民谚俚语的熏陶,对后来的故事创作产生了深远影响,对于专家评委给出的"作品散发着浓郁的生活气息""民谚俚语朗朗上口,生动形象别具幽默"的评语,其答谢词为:"我们不生产民俗俚语,我们是曹路民间传统文化的搬运工"。写佳作,成就一代"故事大王",其代表作品早期有《养猪阿奶》《的的信》《父女奇缘》《乐极生悲》均荣获"上海市故事比赛"一等奖。近年有《猫捉老虎》《两个阿兰》《龙凤呈祥》。其中韵白故事《猫捉老鼠》荣获"华东六省一市故事邀请赛"金奖、"全国法制故事大赛"银奖。《的的信》则是 1989 年"上海市第七届故事会串"试行现场命

题形式的即兴创作,以笑轰全场的最高分获得了创作一等奖。勤耕耘,带出一批创作人才。如推出"阿六头"系列韵白故事并连创佳绩的徐征衍和在故事大赛中屡屡获奖的张德忠,便是由其带教的佼佼者。其创作的故事,总是让同样在曹路土生土长的故事员朱国钦上台演讲,两人一个写、一个说,写得精彩纷呈,讲得眉飞色舞,被誉为沪上故事界的"黄金搭档",接连好几届"上海市故事会串"他俩频频拿下创作一等奖和演讲一等奖。

【"非遗"传承人】

朱国钦

哭笑逼真为哪般？
但随角色演悲欢。
方言土语赢钦佩，
幽默诙谐故事传。

【档案记录】

["非遗"类别] 民间文学

[级　　　　别] 浦东新区级

[入 选 年 份] 2020年,朱国钦被命名为上海市级非物质文化遗产项目"曹路民
　　　　　　　间故事"浦东新区级代表性传承人

[入 选 批 次] 第七批

[性　　　　别] 男

[职　　　　称] 馆员

[所 在 街 镇] 曹路镇

[从 艺 年 限] 44年

[相 关 经 历] 学生时代的朱国钦便喜欢上了故事表演艺术。1975年开始,除
　　　　　　　了在乡镇基层巡讲故事以外,在原川沙文化局、文化馆主办的各
　　　　　　　类文艺演出中以讲述曹路传统故事的形式崭露头角。1983年
　　　　　　　起,除了每年不断在本土传播故事之外,还在上海市群艺馆举办
　　　　　　　的"上海市故事演讲比赛"活动中有出色的表演,逐渐形成"情"
　　　　　　　和"趣""冷幽默""鲜亮点"的表演特色。1990年被评为"上海市
　　　　　　　农村十佳故事大王"。1996年起在川沙文化馆工作,在每年参加
　　　　　　　100多场的故事表演的同时,开始创作故事,参与创作独角戏作
　　　　　　　品。1996年至2013年期间,除了每年参加各类创作节目演出、
　　　　　　　巡演达100多场以外,参加区、市级汇演、长三角故事邀请赛、华

东六省一市,乃至北京、天津、上海、重庆四直辖市群艺馆联合举办的故事演讲比赛,共有60多次荣获金、银、铜奖。退休后坚持故事巡回演讲,热忱带徒授艺。

【"非遗"项目】

沪 剧

山歌俚曲溯源流，

申曲滩簧在后头。

剧种流行名冠沪，

长腔短调演春秋。

沪剧《雷雨》剧照

【档案记录】

［"非遗"类别］ 传统戏剧

［级　　　别］ 上海市级

［入 选 年 份］ 2018 年，"沪剧"被列入上海市级非物质文化遗产保护名录

［入 选 批 次］ 第六批

［史 料 摘 引］ 秦锡田《周浦塘棹歌》记咏曰："影戏滩簧花鼓戏，海淫海盗害宜防。改良风俗推新剧，彻夜西园看化妆。"附言："花鼓戏等垂为厉禁，吾乡容与会会员辄于暑夜演新剧，观者颇众"。

姚养怡《周浦竹枝词》记咏曰："粉墨登场一览中，文娱通俗教移风。沪京越剧轮流演，半日偷闲欣赏同。"附言："周浦剧场在菜市场东。"

[相 关 链 接] "沪剧"是上海独有的传统地方剧种，流行于江、浙、沪地区。"沪剧"发源于黄浦江两岸的田头山歌和民间俚曲，最早被称为花鼓戏，其浓郁、醇厚的浦东方言演唱的流派，被称为"东乡调"。在唱腔上，最初是浦东的"东乡调"山歌以及松江等地的西乡山歌发展为长腔类唱腔，随着发展吸收了几十种江南小调，形成了"沪剧"小调类唱腔。"沪剧"主要以上海为发展中心，又流传至江浙等地的吴方言区，也曾至中国香港、新加坡等国家和地区进行演出。

[保 护 单 位] 宣桥镇、川沙新镇

[传 承 人] 黄萍华(上海市级)

陈叙德、严蓉(浦东新区级)

【"非遗"传承人】

黄萍华

软糯刚直韵味生，

拜师学艺尽虔诚。

与时俱进编新剧，

送戏签约遍暖风。

【档案记录】

［"非遗"类别］传统戏剧

［级　　　别］上海市级

［入选年份］2020年，黄萍华被命名为上海市级非物质文化遗产项目"沪剧"
　　　　　　　代表性传承人

［入选批次］第六批

［性　　　别］男

［职　　　称］国家二级演员

［职　　　务］镇文化中心主任

［所在街镇］宣桥镇

［从艺年限］45年

［相关经历］黄萍华从小深受爱"沪剧"的父亲的影响，在耳濡目染中喜欢上
　　　　　　了情味深浓、软糯刚直的上海地方戏——"沪剧"。19岁时凭借
　　　　　　"沪剧"上的特长考进三灶文化站，开始参加"沪剧"节目的正式
　　　　　　排演。改革开放后，拜沪上名家张杏声为师，凭借着对"沪剧"艺
　　　　　　术的孜孜追求和刻苦训练，崭露头角，成为浦东新区名闻遐迩的
　　　　　　优秀"沪剧"业余演员。在宣桥镇着力培养"沪剧"爱好者的同
　　　　　　时，锐意进取，结合每年的工作重点创编了各类"沪剧"节目，如
　　　　　　2016年根据"五违四必环境联合整治主题月"创编了"沪剧"小戏
　　　　　　《签约》，用百姓喜闻乐见的艺术形式春风化雨润人心，带领沪剧
　　　　　　团排演大戏巡演浦东各街镇。2017年受邀赴新加坡交流演出。

2007 年 11 月，在南汇区举办黄萍华个人"沪剧"演唱会。2009 年主演的"沪剧"小戏《农缘》荣获"上海市新人新作奖"。2011 年主演的"沪剧"小戏《人过留名》荣获"全国小戏节"优秀演员奖。2014 年创作的"沪剧"小戏《父亲》荣获浦东新区"大地芳菲"群众文艺创作节目比赛金奖。在宣桥镇文化服务中心主任的岗位上，因出色的工作被评为"上海市劳动模范"。

【"非遗"传承人】

陈叙德

进站还凭兴趣浓，

调门板式表情中。

传承沪剧勤排练，

下自成蹊授戏童。

【档案记录】

［"非遗"类别］ 传统戏剧
［级　　　别］ 浦东新区级
［入 选 年 份］ 2012 年,陈叙德被命名为上海市级非物质文化遗产项目"沪剧"
　　　　　　　 浦东新区级代表性传承人
［入 选 批 次］ 第三批
［性　　　别］ 男
［职　　　称］ 助理馆员
［所 在 街 镇］ 川沙新镇
［从 艺 年 限］ 36 年
［相 关 经 历］ 20 世纪 60 年代,上海沪剧院演员下乡到农村劳动及演出,陈叙
　　　　　　　 德从中受到启发,对"沪剧"产生了浓厚兴趣。曾以一首《星星之
　　　　　　　 火》选段《启发杨桂英》被文化站招收为文艺人员,随之被派往川
　　　　　　　 沙县第一期"沪剧"班培训。他积极配合开展各类公益性活动,
　　　　　　　 组织排练"沪剧"演唱、联唱等,组织业余沪剧团到各村巡回展
　　　　　　　 演。连续六年担任"沪剧"培训班指导老师,收徒五人,传授学员
　　　　　　　 200 余人。连续多年在川沙新镇暑期少儿沪剧兴趣班授课,培养
　　　　　　　 "小小'非遗'文化传承人"。

【"非遗"传承人】

严　蓉

剧场献呈沪剧中，

台中主演是严蓉。

方言腔调从前韵，

现代剧情演浦东。

【档案记录】

［"非遗"类别］传统戏剧

［级　　　别］浦东新区级

［入 选 年 份］2020 年,严蓉被命名为上海市级非物质文化遗产项目"沪剧"浦
东新区级代表性传承人

［入 选 批 次］第七批

［性　　　别］女

［职　　　称］副研究馆员

［所 在 街 镇］川沙新镇

［从 艺 年 限］36 年

［相 关 经 历］严蓉自小开始跟随父亲学唱"沪剧",1980 年开始参加"沪剧"培
训班学习。1986 年考入川沙沪剧团以来,先后参加排演数十个
节目,担任主要角色,演出数千场次,并举办个人"沪剧"演唱会,
获得近 20 个各类奖项。擅长演唱赋子板,运用群文阵地传播发
展"沪剧"流派唱腔,能胜任各种行当的角色。热忱授徒,热心公
益讲座、敬老演出。

【"非遗"项目】

江南丝竹

班名社队历年轮，

弦奏民间镇与村。

锣鼓四合听气派，

演出柔细演雄浑。

排练中的少儿民乐队

【档案记录】

["非遗"类别] 传统音乐

[级　　　别] 上海市级

[入　选　年　份] 2007年，"江南丝竹"被列入上海市级非物质文化遗产名录；2009
年，"江南丝竹"被列入上海市级非物质文化遗产名录（扩展）

[入　选　批　次] 第一批、第二批

[史　料　摘　引] 浦东的"江南丝竹"活动史载于明代，至清嘉庆年间，已有《锣鼓
四合》一曲，后各类民间清音班、民乐社风起云涌。

清代高行曹瑛有记咏其叔祖父于音乐赛会上压倒名流的竹枝词

曰："音律般般独擅能，桐琴铁笛更无朋。一声入破惊云木，绝调千秋忆广陵"。

清末民初周浦镇人倪绳中《南汇竹枝词》记咏"江南丝竹"曰："松风谡谡韵泠泠，夜静闲阶有鹤听。隔着湘帘奏湘月，琴师应拜闵萝屏"。

[相 关 链 接]　乐器与乐器间的和弦共鸣，曲调与曲调间的风格演绎。"江南丝竹"是流行于江浙沪一带，以丝竹乐器和竹管乐器为基本编制的传统器乐合奏形式。"江南丝竹"在清末称"清音班"，民国年代称"国乐社"，如今叫"民乐队"，常见乐队编制为 8 至 10 人，乐器有笛、箫、二胡、中胡、琵琶、扬琴、三弦、彩碟、梆板等。"江南丝竹"根据不同的演奏场合呈现出不同的音乐风格，时而软糯细腻，时而粗犷热烈，具有浓郁的乡土特色。"江南丝竹"代表曲有《浦东欢乐(慢中班)》《浦东行街(慢中板)》《老三六》《梅花三六》《悦乐(月落)》《原板三六》《小六板》《乌夜啼》《浦东三六》《上鹊桥》《八音板》《中花三六》《小清音》《进行曲》等。

[保 护 单 位]　浦东新区文化艺术指导中心(祝桥镇、新场镇、老港镇、宣桥镇、洋泾街道、川沙新镇)

[传　承　人]　陆正鑫(已故)、瞿连根、唐文德、俞华康(上海市级)
王森林、沈惠君、杨月详、陈大志、成海明、滕康仁、沈惠毅、吴惠福(浦东新区级)

[获 得 荣 誉]　新场镇自 2006 年至 2014 年获得 6 个奖项
宣桥镇自 2011 年至 2014 年获得 2 个奖项
洋泾国乐自 2006 年至 2015 年获得 8 个奖项
川沙新镇自 2005 年至 2015 年获得 6 个奖项

【"非遗"传承人】

陆正鑫

领奏开拉内外弦，

丝丝缕缕诉缠绵。

欢歌悲乐如流水，

弦上情怀有万千。

【档案记录】

["非遗" 类别] 传统音乐

[级　　　别] 上海市级

[入 选 年 份] 2008 年,陆正鑫被命名为上海市级非物质文化遗产项目"江南丝
　　　　　　　竹"代表性传承人

[入 选 批 次] 第一批

[性　　　别] 男

[所 在 街 镇] 川沙新镇

[从 艺 年 限] 71 年,已故

[相 关 经 历] 陆正鑫自幼喜爱民间音乐,钻研学习各种民间器乐。进沪剧团
　　　　　　　拜师学艺后,技艺精益求精,在剧团中不仅担当主胡演奏,而且
　　　　　　　能伴奏各种乐器,成为剧团的主要乐师。为掌握南汇地区流行
　　　　　　　的"江南丝竹"乐曲,多次到浦东琵琶宗师沈洁初家中拜访学习,
　　　　　　　能根据不同的演奏场合,用不同的音乐进行演奏。退休后组织
　　　　　　　家乡的民间爱好者成立"江南丝竹"民乐队,热心传授技艺,是南
　　　　　　　汇地区"江南丝竹"有影响力的代表性人物之一。1987 年被上海
　　　　　　　市文化局授予"优秀乐手"称号。

【"非遗"传承人】

瞿连根

清音民乐跨时空，

《三六行街》已不同。

四代同堂传谱系，

丝竹老港念伊功。

【档案记录】

［"非遗"类别］传统音乐

［级　　　别］上海市级

［入 选 年 份］2008 年,瞿连根被命名为上海市级非物质文化遗产项目"江南丝
　　　　　　　竹"代表性传承人

［入 选 批 次］第一批

［性　　　别］男

［所 在 街 镇］老港镇

［从 艺 年 限］83 年

［相 关 经 历］瞿连根出身于"江南丝竹"世家,8 岁开始跟随父亲瞿荣春学习民
　　　　　　　族乐器。1949 年参加乡文艺组拉二胡。1951 年参加黄路乡新民
　　　　　　　业余沪剧团任乐队组长。1987 年参加市建七公司业余文工团拉
　　　　　　　二胡,既操主奏乐器,也操辅助乐器。20 世纪 80 年代组建老港
　　　　　　　民乐队,定期开展活动,培养了第五、第六代"江南丝竹"后起之
　　　　　　　秀。同时积极参加《南汇县民族民间乐曲集成》的普查,曾被评
　　　　　　　为"优秀乐师称号"。2004 年,南汇区电视台曾专门上门,为瞿家
　　　　　　　"四世同堂"的"江南丝竹"家族拍摄专题宣传片。

［附　　　注］"已不同":清末清音班演奏的《三六行街》体现欢快热烈的礼乐
　　　　　　　风格,民国之后同是《三六行街》的曲调体现软糯婉转的雅乐
　　　　　　　风格。

【"非遗"传承人】

唐文德

扯弹吹打奏丝竹，

雅乐本从礼乐出。

转换琴杆弦内外，

演中驭气好功夫。

【档案记录】

["非遗" 类别] 传统音乐

[级　　别] 上海市级

[入选年份] 2010 年,唐文德被命名为上海市级非物质文化遗产项目"江南丝
竹"代表性传承人

[入选批次] 第二批

[性　　别] 男

[所在街镇] 洋泾街道

[从艺年限] 64 年

[相关经历] 唐文德自幼习琴,且勤奋好学博学众长。多年来重视教学工作,
数名学生考入音乐专业院校。引导洋泾国乐社大力发扬"江南
丝竹"音乐的特色,形成了自己鲜明的特点和风格。在二胡演奏
中,带气的演奏刚柔相济,从容不迫,使欣赏者仿佛感到直透心
田,丝丝入扣,唐文德便是带气演奏二胡的高手。

[附　　注] 清末始称的清音班大都在空旷的田野中行走时演奏,因此,早期
的乐器主要有"三扯",即拉弦乐器徽胡(类京胡)、申胡、板胡(或
梆胡);"三弹",即琵琶、三弦、秦琴;"三吹"即笛、箫、笙;"三打"即
打击乐器梆板、星星(碰铃)、彩盆。

【"非遗"传承人】

俞华康

弹奏吹拉若许年，

高山流水续新篇。

和谐配乐精理论，

已把琴弦作心弦。

【档案记录】

["非遗" 类别] 传统音乐

[级　　　别] 上海市级

[入 选 年 份] 2010 年,俞华康被命名为上海市级非物质文化遗产项目"江南丝竹"代表性传承人

[入 选 批 次] 第二批

[性　　　别] 男

[所 在 街 镇] 洋泾街道

[从 艺 年 限] 61 年

[相 关 经 历] 20 世纪 50 年代,俞华康师从上海音乐学院陈俊英教授和"江南丝竹"资深前辈沈福良先生学习扬琴,参加上海市工人文化宫红孩子艺术团民乐团。1970 年考入武汉军区空政文工团,师从武汉音乐学院王义平教授学习作曲、配器,作品在"第四届全军文艺汇演"中荣获中国人民解放军总政治部颁发的优秀个人奖。1979 年从部队转业。1991 年与唐文德、沈惠君重建洋泾国乐社直至今日。积极开展"江南丝竹"进校园活动,为学校编选教材、开展课题研究。在担任市音协民管会秘书长期间,为推进全市的"江南丝竹"的传承和发展发挥了积极作用。谱写的乐曲《荷塘月色》《月是故乡明》《丝语竹韵》分别在市民族器乐新作品比赛中获奖,出版 CD 专辑与理论著作。多次获得市艺术教育、长三角地区民族乐团展演、迎世博活动等各类奖项,2014 年荣获上海市"江南丝竹"保护工作"优秀传承人"称号。

【"非遗"传承人】

王森林

铁沙国乐早由来，
吾自传承在舞台。
带队演出频获奖，
奔波义演寄情怀。

【档案记录】

［"非遗"类别］传统音乐

［级　　　别］浦东新区级

［入 选 年 份］2010年，王森林被命名为上海市级非物质文化遗产项目"江南丝
竹"浦东新区级代表性传承人

［入 选 批 次］第二批

［性　　　别］男

［所 在 街 镇］川沙新镇

［从 艺 年 限］32年

［相 关 经 历］王森林中学时开始学习二胡和鼓伴技艺达10年之久，打下扎实
的乐理基础，对"江南丝竹"的演奏技法可谓了如指掌，能熟练演
奏二胡、扬琴、中阮、三弦、秦琴、鼓板、中胡等乐器。1991年6月
加入铁沙国乐社，带领乐队成员在上海江南丝竹协会举办的展
演中屡屡获奖。2006年担任铁沙国乐社社长，热心公益表演，对
"江南丝竹"传播和发展作出积极贡献。

【"非遗"传承人】

沈惠君

艺缘结在幼年时，

常把家中作乐池。

乐队今朝搬哪处？

客厅弦奏缕和丝。

【档案记录】

［"非遗"类别］传统音乐

［级　　　别］浦东新区级

［入 选 年 份］2010年，沈惠君被命名为上海市级非物质文化遗产项目"江南丝
竹"浦东新区级代表性传承人

［入 选 批 次］第二批

［性　　　别］女

［所 在 街 镇］洋泾街道

［从 艺 年 限］66年

［史 料 摘 引］《黄浦区志》记载：民国十六年（1927）沈允中、沈家麟兄弟俩组织
"清音班"。民国二十六年（1937）沈允中之子沈远根、沈福根、沈
稼苑组织了"梅友"国乐社，同时兴起的有"怡和""松园"等国
乐社。

［相 关 经 历］沈惠君出生民乐世家，祖父沈允中在民国时期就组织"清音班"
开展"江南丝竹"活动。沈惠君从记忆起，家中每日乐声不断，琴
瑟和鸣。1962年被中国人民解放军济南军区前卫文工团招收为
学员。1983年在洋泾东镇老街东镇居委会内发起组织"江南丝
竹"活动。退休后受聘于洋泾街道社区文化服务中心，把洋泾
"江南丝竹"乐队带进了社区服务中心开展活动。沈惠君负责的
洋泾"江南丝竹"乐队曾经因排练场所面临搬迁而散伙，沈慧君
腾出自己家中的空间提供给活动之用。

【"非遗"传承人】

杨月祥

一把琵琶抱在胸，

春江花月夜星空。

清音绵绵传长远，

喜为门徒获奖中。

【档案记录】

["非遗" 类别] 传统音乐

[级　　　别] 浦东新区级

[入 选 年 份] 2008 年,杨月祥被命名为上海市级非物质文化遗产项目"江南丝
　　　　　　　竹"浦东新区级代表性传承人

[入 选 批 次] 第一批

[性　　　别] 男

[所 在 街 镇] 祝桥镇

[从 艺 年 限] 61 年

[相 关 经 历] 杨月祥从小受丝竹影响,中学时爱上"江南丝竹"。20 世纪 60 年
　　　　　　　代末,师从上海琵琶教育家、演奏家顾凤滨。80 年代,拜上海音
　　　　　　　乐学院教授、"琵琶艺术·浦东派"传承人周丽娟为师。1974 年
　　　　　　　在上海市文艺汇演中,代表南汇县文化馆民族管弦乐队参赛演
　　　　　　　奏民乐大合奏《围垦大军战狂澜》荣获一等奖。1976 年在南汇县
　　　　　　　民乐比赛中获得琵琶独奏比赛二等奖。1978 年创作的"江南丝
　　　　　　　竹"交响轮奏曲《江南随想曲》,在南汇县民乐比赛中获得创作、
　　　　　　　演奏铜奖。所参与的祝桥民乐队先后于 1999 年、2000 年、2001
　　　　　　　年参加市级"江南丝竹"比赛,其参赛曲目《春江花月夜》《芦柴
　　　　　　　花》《苏堤漫步》《春到江南》等均获最佳演奏奖。曾任祝桥清竹
　　　　　　　民乐队副队长、祝桥镇民乐队队长。

【"非遗"传承人】

陈大志

慢弦缓缓几分悠，

奔放弦声似涌流。

伴奏赛台乡土戏，

祝桥宣卷占鳌头。

【档案记录】

［"非遗"类别］ 传统音乐
［级　　　别］ 浦东新区级
［入 选 年 份］ 2008 年，陈大志被命名为上海市级非物质文化遗产项目"江南丝
　　　　　　　竹"浦东新区级代表性传承人
［入 选 批 次］ 第一批
［性　　　别］ 男
［所 在 街 镇］ 祝桥镇
［从 艺 年 限］ 39 年
［相 关 经 历］ 1984 年，陈大志师从周浦镇二胡高手陈奇观学习二胡。1985 年
　　　　　　　师从二胡演奏家陈正中教授。1987 年向上海音乐学院二胡演奏
　　　　　　　家、教育家王永德学习二胡演奏艺术。1989 年 1 月，在安徽芜湖
　　　　　　　市和平大戏院与著名喜剧演员游本昌先生同台演出，独奏一曲
　　　　　　　《赛马》获得长时间喝彩。2000 年在南汇区乐器比赛中以一曲
　　　　　　　《喜送公粮》荣获一等奖。2008 年在"东方航空公司器乐比赛"中
　　　　　　　获得二等奖。2008 年在"南汇区器乐比赛"中以一曲《洪湖人民
　　　　　　　的心愿》获得二等奖。2013 年 10 月，在济南举行的"全国第十六
　　　　　　　届群星奖"比赛中，为获得"全国群星奖"优秀节目宣卷《都市里
　　　　　　　的女村官》担任伴奏。作为南汇地区二胡出类拔萃的好手，其技
　　　　　　　艺特点为：演奏古曲、慢曲时，文中带静，静中带幽；演奏快曲目
　　　　　　　时，快而奔放，急而不躁。

【"非遗"传承人】

成海明

耳濡目染动心弦，

学艺得成细雅间。

圆润悠扬音袅袅，

传承不倦授徒篇。

【档案记录】

［"非遗"类别］ 传统音乐

［级　　　别］ 浦东新区级

［入选年份］ 2014年，成海明被命名为上海市级非物质文化遗产项目"江南丝
　　　　　　　竹"浦东新区级代表性传承人

［入选批次］ 第四批

［性　　　别］ 男

［所在街镇］ 洋泾街道

［从艺年限］ 71年

［相关经历］ 成海明出生于"江南丝竹"之家，孩时看到一批负有盛名的"江南
　　　　　　　丝竹"行家聚在家中自娱自乐，便对"江南丝竹"产生浓厚兴趣。
　　　　　　　1958年，参加由上海音乐学院胡志敏教授主讲的二胡学习班。
　　　　　　　通过多年的努力，不但掌握了"江南丝竹"整个乐队的风格，包括
　　　　　　　"小、轻、细、雅"的特点，而且掌握了几个主要乐器在演奏时的艺
　　　　　　　诀："二胡一条线，笛子打打点，洞箫进又出，琵琶筛筛边，双清板
　　　　　　　压，扬琴一蓬烟。"1967年在原核工业部西矿文工团担任扬琴独
　　　　　　　奏员。1995年参加浦东新区"三林杯"民乐比赛中获得成年组二
　　　　　　　等奖。2006年成为中国民族管弦乐学会扬琴专业委员会会员。
　　　　　　　2008年、2010年获得"洋泾杯"民乐比赛的银奖和金奖。

【"非遗"传承人】

滕康仁

一管竹笛六孔音，

童年吹奏到如今。

演出国外根国内，

授艺传习乐在心。

【档案记录】

［"非遗"类别］传统音乐

［级　　　别］浦东新区级

［入选年份］2014年，滕康仁被命名为上海市级非物质文化遗产项目"江南丝
竹"浦东新区级代表性传承人

［入选批次］第四批

［性　　　别］男

［所在街镇］洋泾街道

［从艺年限］64年

［相关经历］滕康仁自幼喜爱民族音乐，通过拜师学艺奠定了良好的基础。
在多次重大比赛中担任笛子主奏，其中，为1992年"海内外'江南
丝竹'比赛"创作的《荷塘月色》获得创作与演奏优秀奖，上海市
民族乐器大奖赛"长征杯"获得总分第一名。1998年，应东方艺
术院邀请，赴欧洲四国巡回演出"江南丝竹"音乐以及"佛教音
乐"并参加"意大利都灵艺术节"。2006年起参加由上海市浦东
新区洋泾街道发起的长三角地区"洋泾杯"社区民族乐团音乐比
赛，连续几届都得到最高荣誉。2006年出版《碧荷香韵》CD专
辑。2009年出版第二张《泾韵丝语》CD专辑。现为上海中华笛
文化研究所传播中心理事、上海音协竹笛专业委员会理事、上海
江南丝竹协会理事、上海市民族管弦乐学会会员。

【"非遗"传承人】

沈惠毅

洋泾本在浦江旁,

琴瑟丝竹曲调扬。

约得秋水同演奏,

琴声新韵乐家乡。

【档案记录】

［"非遗"类别］ 传统音乐

［级　　　别］ 浦东新区级

［入 选 年 份］ 2014 年,沈惠毅被命名为上海市级非物质文化遗产项目"江南丝
竹"浦东新区级代表性传承人

［入 选 批 次］ 第四批

［性　　　别］ 男

［所 在 街 镇］ 洋泾街道

［从 艺 年 限］ 62 年

［相 关 经 历］ 沈惠毅出生"江南丝竹"之家,从小师从父亲,学习扬琴,又跟唐
若安(父亲的学生)学习十二平均率大扬琴的演奏技艺。1975 年
受湖北艺术学院(现为武汉音乐学院)邀请,到该院教授扬琴技
艺,并为大学生示范演奏扬琴独奏曲,之后转入东风汽车集团文
工团担任独奏演奏员。退休后在洋泾国乐社参加"江南丝竹"活
动中担任扬琴手,为与整个"江南丝竹"乐队"柔、细、轻"的风格
保持一致,发挥了"扬琴一筐烟"的积极作用。

【"非遗"传承人】

吴惠福

曲调相随古韵来，

百琴轩内聚贤才。

街头流水听欢喜，

又有丝竹演舞台。

【档案记录】

["非遗"类别] 传统音乐

[级　　别] 浦东新区级

[入选年份] 2018年,吴惠福被命名为上海市级非物质文化遗产项目"江南丝
竹"浦东新区级代表性传承人

[入选批次] 第六批

[性　　别] 男

[所在街镇] 新场镇

[从艺年限] 62年

[相关经历] 吴惠福11岁时师从民间艺人唐根林学习吹笛,后又得到沪上笛
子泰斗陆春龄之子陆星毅的真传。1970年中学毕业后,经常利
用工余时间参加"江南丝竹"演奏。2008年组建上海浦东新场镇
"江南丝竹"民乐队,任队长。2010年10月建立新场"江南丝竹"
民间乐团,任团长。新场镇"江南丝竹"民乐队和艺术团在区、市
的各类赛事中屡屡获得各类奖项,艺术团于2016年经上海市群
艺馆专家组考核,取得了等级为"优良"的市级"江南丝竹传承基
地"。现为上海江南丝竹协会理事、上海音协民族管弦乐专业委
员会理事、上海市非物质文化遗产保护协会理事、浦东新场古镇
文化研究会会员。

【"非遗"项目】

浦东山歌

夏日莳秧唱嘴边，

筑塘长号在冬天。

也随劳动也随唱，

曲自东乡调万千。

"浦东山歌"《网船阿姐》在表演中

【档案记录】

［"非遗"类别］ 传统音乐

［级　　　别］ 上海市级

［入 选 年 份］ 2013 年，"浦东山歌"被列入上海市级非物质文化遗产名录

［批　　　次］ 第四批

［史 料 摘 引］ 北宋"靖康之耻"后中原与吴地人士先后入居浦东，传入的大量民歌结合浦东方言传唱形成了上海"东乡小调"民歌。航头、新场、惠南、老港、芦潮港沿线是《筑塘号子》《盐民山歌》等流传地

区；下沙、新场、大团及南汇、川沙等人口集中的街镇是"东乡小调"传播区；老张江等广大农耕区为《踏车山歌》《莳秧山歌》《摇船山歌》《问答山歌》等"东乡山歌"的传唱地。

［相 关 链 接］"浦东山歌"是劳作的号子，还是生活的吟唱；是时节的记咏，还是童年的欢歌……"浦东山歌"是流传在上海浦东地区的劳动号子、山歌小调、儿歌吟诵调的统称。"浦东山歌"的类型有劳作类、生活类、情致类、习俗类、儿童歌谣类等。"浦东山歌"的曲调以五声音阶为主，大多以商调式、徵调式为主，以及旋律高低起落的"宫、角、羽"调式。其基本曲式为上下句式的短小结构，也有一部分为启承转合的四句山歌。生活相伴着歌声，歌声演绎着生活——"浦东山歌"在民间传统音乐领域不但具有历史价值、文化价值、音乐价值，还具有社会价值。

［保 护 单 位］张江镇

［传 承 人］奚保国（上海市级）

吴敬明、严国旗（浦东新区级）

［获 得 荣 誉］1964 年，当时张江公社团结大队书记李贵斌作词、周国平编曲的"浦东山歌"表演唱《好姑娘》，参加了"1964 年春节上海市群众文艺创作节目会演"，获得优秀创作奖和优秀演出奖。《上海歌声》杂志还刊登了演出照。2016 年 5 月 27 日，张江镇社区学校编辑制作的"微课程视频"，由浦东新区社区学院选送"第二届 NERC 杯全国社区教育优秀微课程评选"，《浅说浦东山歌》获得一等奖，《赏析浦东山歌十二月花名》获得优秀奖。2016 年 6 月 22 日，"浦东山歌"混声合唱《网船阿姐》，参加"巴城杯"长三角民歌邀请赛获得二等奖。2016 年 11 月、12 月，奚保国主讲的《漫谈浦东山歌》讲座，在浦东新区社区教育"魅力课堂"教育教学展示活动中，被评为"最具人气奖"和"最佳风尚奖"。奚保国主持的"浦东山歌"项目，被浦东新区社区学院评为"浦东新区教育亮点项目"。2017 年，由奚保国编导的"传统文化进社区"微视频《传承浦东山歌在这里起步》，在全国"第二届传统文化进社区微视频大赛"中获得二等奖。2017 年，在参加浦东新区"大地芳菲"创作节目汇演中，由苞谷、惠中编剧、作词，吴敬明作曲的《亲亲河水水清清》、独唱曲《张江啊，张江》获得新作奖，表演唱《吃吃浦东老八样》获得优秀新作奖。

【"非遗"传承人】

奚保国

嘹亮洪钟曲苑中，

奔波身影几多功。

歌声共把心声唱，

科技张江胜火红。

【档案记录】

["非遗"类别] 传统音乐

[级　　　别] 上海市级

[入 选 年 份] 2014 年,奚保国被命名为上海市级非物质文化遗产项目"浦东山歌"代表性传承人

[入 选 批 次] 第四批

[性　　　别] 男

[所 在 街 镇] 张江镇

[从 艺 年 限] 56 年

[相 关 经 历] 奚保国从小受家庭影响喜欢唱浦东山歌。1960 年开始先后代表川沙县参加"上海市歌咏比赛""上海市歌咏大会"及群众艺术馆举办的"群众文艺交流演出",演唱浦东山歌。长期生活在农村,对浦东山歌有丰富的积累并作相应的学术研究。2008 年开始投身保护与传承浦东山歌之中,自编教材,在张江镇社区学校教唱浦东山歌,组建了浦东第一支传承浦东山歌的"环东浦东山歌队",为普及浦东山歌,每年开展"送教进社区"活动,举办"浦东山歌普及成果展示演唱会"。利用多媒体普及山歌,编导制作微课程视频。2016 年,在"第二届 NERC 杯全国社区教育优秀微课程评选中,《浅说浦东山歌》荣获一等奖,《赏析浦东山歌十二月花名》获得优秀奖,整理编写的《浦东山歌》被列入"浦东新区社区教育丛书"由上海社会科学院出版社出版,创作多首代表一个时代风貌的新山歌。

【"非遗"传承人】

吴敬明

春秋相伴水流长，

传统山歌曲昂扬。

今演台中音乐剧，

芳菲大地奏华章。

【档案记录】

［"非遗"类别］传统音乐

［级　　　别］浦东新区级

［入 选 年 份］2016年，吴敬明被命名为上海市级非物质文化遗产项目"浦东山歌"浦东新区级代表性传承人

［入 选 批 次］第五批

［性　　　别］男

［所 在 街 镇］张江镇

［从 艺 年 限］43年

［相 关 经 历］吴敬明自幼喜欢上民间音乐，具有二胡、笛子较高的演奏水平。同时，在母亲的熏陶下，对"浦东山歌"饶有兴趣。年轻时曾是原孙桥镇群众文艺的主要骨干。对"浦东山歌"有所钻研，并在乐理、声乐方面具有扎实功底的基础上，积累了教唱传授的丰富经验。退休后，为"浦东山歌"的保护与传承做了大量普及工作，为张江镇"浦东山歌保护与传承工作小组"的核心成员之一。

【"非遗"传承人】

严国旗

人靠衣装马靠鞍，

山歌婉转水潺潺。

清新伴奏多流畅，

曲自悠扬调自欢。

【档案记录】

["非遗" 类别] 传统音乐

[级　　　别] 浦东新区级

[入 选 年 份] 2016 年,严国旗被命名为上海市级非物质文化遗产项目"浦东山歌"浦东新区级代表性传承人

[入 选 批 次] 第五批

[性　　　别] 男

[所 在 街 镇] 张江镇

[从 艺 年 限] 14 年

[相 关 经 历] 严国旗退休前是龚路中学音乐教师,从 2007 年起,自编"浦东山歌"教材,教唱"浦东山歌",自费制作伴奏音乐与联唱视频,创作多首新的"浦东山歌"。2015 年 2 月 20 日至 5 月 8 日,上海《新闻晨报》记者采访报道了其保护与传承"浦东山歌"的事迹,尊称其为"浦东老爷叔"。所指导的"浦东山歌"队在各类比赛中获得许多奖项。2018 年带领"浦东山歌"队开展"浦东山歌"巡演活动,让"浦东山歌"成为浦东人文化生活中的特别节目。

【"非遗"项目】

卖盐茶

东海滔滔不见边，
熬波工贱价低廉。
为寻活计私盐贩，
戴月披星料峭天。

第五版舞蹈"卖盐茶"

【档案记录】

［别　　　　名］挑盐箪、卖盐婆
［"非遗"类别］传统舞蹈
［级　　　　别］上海市级
［入 选 年 份］2007年，"卖盐茶"被列入上海市级非物质文化遗产名录
［入 选 批 次］第一批
［史 料 摘 引］倪绳中的《南汇县竹枝词》记咏曰："盐场盐灶南迁去，健妇肩挑

贩海滨。却笑十家村里住,居然娘子养男人"。附言:"前三团皆妇女摊晒盐场,耐饥寒,健者行百里余,无业者赖以给衣食,里谚云:'五墩十家村,娘子养男人。'"秦荣光有一首《上海县竹枝词》专记私贩盐,曰:"盐捕巡船借缉私,孤商拉劫浦江时。贩私便是称光蛋,管带通同月索规",附言:"案:缉私盐巡,在浦江拉劫孤商,时有所闻。更有自称'光蛋',公然贩私者。据盐营中人谓,此等船皆有月规馈送管带。"

[相 关 链 接] 只为生活所迫,无奈贩卖私盐。"卖盐茶"诞生于元代至顺帝(1332—1333)时的下沙盐场西鹤坡塘拨赐庄一带,是盐民们因煮盐辛苦而所得无几,为生活所迫,冒险贩卖"私盐"的生活写照,后逐渐演变成一种民间传统舞蹈。抑或是岁月的诉说,确乎是艰辛的记载。"卖盐茶"孕育于古盐场,逢传统节日表演于浦东各地,必有"卖盐茶"参与庙会行街活动,"下沙庙会新场戏",尤以下沙、新场最为盛行。"买盐茶"舞曲寄"杨柳青"调为主,随兴而唱,可长可短,咿呀动听,表演形式一般分戏剧性与不带戏剧性两种。

[保 护 单 位] 浦东新区文化艺术指导中心(新场镇、航头镇)

[传 承 人] 徐斌芬、陆静文(上海市级)

[获 得 荣 誉] 舞蹈"卖盐茶"荣获 2012"上海之春"群文新人新作展评展演优秀新作奖、上海市"舞动精彩"舞蹈大赛金奖等多项殊荣。参加2013 年"上海国际艺术节""浦东新区文化艺术节"及"上海市群文优秀作品汇报演出"等大型活动。

【"非遗"传承人】

徐斌芬

又逢三月树葱茏，

南汇桃花映日红。

舞蹈卖盐留史韵，

桃花节上演出中。

【档案记录】

["非遗" 类别]　传统舞蹈

[级　　　　别]　上海市级

[入　选　年　份]　2009 年，徐斌芬被命名为上海市级非物质文化遗产项目"卖盐
　　　　　　　　　茶"代表性传承人

[入　选　批　次]　第一批

[性　　　　别]　女

[职　　　　务]　主任

[所　在　街　镇]　航头镇

[从　艺　年　限]　35 年

[相　关　经　历]　徐斌芬为航头镇文化服务中心主任、党支部书记、镇党代表。通
　　　　　　　　　过打造基地、文艺创作、巡演展示、出版专题书籍、运用新媒体宣
　　　　　　　　　传等方式，对舞蹈"卖盐茶"进行全方位、立体式宣传推广。先后
　　　　　　　　　在全镇各村居、社区工作站、学校组建了 30 余支舞蹈队，做到队
　　　　　　　　　伍建设全覆盖。特意聘请专业老师和民间艺人，在原版的基础
　　　　　　　　　上，精心研究，大胆探索，先后编排了八个类别、适合于各种年龄
　　　　　　　　　层次和时代特征的不同版本，成就了新版的"卖盐茶"的品牌定
　　　　　　　　　位。在探索传承舞蹈"卖盐茶"的道路上不满足、不止步，通过巡
　　　　　　　　　演、展示等活动，不断扩大学习交流平台，多次应"上海市桃花
　　　　　　　　　节"组委会的邀请，参加开幕式演出。曾获得"上海之春"群文新
　　　　　　　　　人新作展评展演优秀新作奖、上海市"舞动精彩"舞蹈大赛金奖

等多个奖项。特别注重传授工作,每年通过举办"非遗"传授班、"'非遗'就在你身边"为主题的文化遗产传承系列活动等,走进社区、走进校园,不断壮大传承队伍。

【"非遗"传承人】

陆静文

台中表演岁时艰，

书卷集成字万千。

为忆当年盐场史，

航头新版舞蹁跹。

【档案记录】

［"非遗"类别］传统舞蹈

［级　　　别］上海市级

［入　选　年　份］2014 年,陆静文被命名为上海市级非物质文化遗产项目"卖盐茶"代表性传承人

［入　选　批　次］第四批

［性　　　别］女

［职　　　称］馆员

［所　在　街　镇］航头镇

［从　艺　年　限］56 年

［相　关　经　历］20 世纪 80 年代,陆静文参与《中国民族民间舞蹈集成——上海卷》(南汇县卷)的搜集、普查工作。1987 年,拜"卖盐茶"第三代传人卫龙娟为师,研究、传授发展舞蹈"卖盐茶"。1989 年,执笔介绍舞蹈"卖盐茶"概况一文被收录于《上海民间舞蹈》一书中。1995 年,获得由上海市文化局颁发的、在国家艺术科研项目《中国民族民间舞蹈集成·上海卷》编撰中做出成就的表彰证书。传承传统,创新发展,是陆静文对舞蹈"卖盐茶"的追求,使舞蹈既保留原来的元素,又加以提升发展。本着尽心、尽力与尽责的热忱态度,在辅导舞蹈方面举办了不同类型的传授班。

【"非遗"项目】

打莲湘（惠南）

莲花棒打舞翩翩，

表演分合两类间。

昔日田头今庙会，

喜逢节日庆丰年。

2014年长三角地区"打莲湘"邀请赛场景

【档案记录】

［别　　　　名］打莲湘、霸王鞭、金钱棍、打连响、打莲花、莲花棒、打花棍

［"非遗"类别］传统舞蹈

［级　　　　别］上海市级

［入 选 年 份］2009 年，"打莲湘"（惠南）被列入上海市级非物质文化遗产名录

［入 选 批 次］第二批

［史 料 摘 引］据《中国戏曲曲艺词典》载，"打莲湘"流行全国，历史悠久。清翟

灏《通俗篇》引《西河词话》曰："今作清乐,仿辽时大乐之制,有所谓莲湘词者,带唱带演……"据浦东新区惠南地区"打莲湘"传人倪新名回忆,惠南地区最早的"打莲湘"队诞生于清光绪年间的六灶湾。

民间有顺口溜曰："一轮明月当空挂,手扶翠竹打莲花。黄路跑到小洼港,常常舞到下半夜。"

"打莲湘"艺诀曰："小小莲湘三尺三,三个指头捏中央。身体随着棒儿转,切莫呆板死敲棒"。

[相关链接] "切嚓"有声,旋转有姿;昔随乞而表演,今起舞为庆贺。"打莲湘"起源于外来逃荒者或移民中乞讨者的卖艺形式,多为单个表演,后移民垦荒者藉此庆祝丰收或庆贺节日,逐渐由单个变成男女成对合演,并发展到数对,甚至四五十对男女青年合演的群舞。表演地点也由田头、场角走向舞台、庙会及重大节庆活动。从最早的"穷开心"到今时的"真欢心","热烈欢快"是"打莲湘"产生的主要艺术效果,又因易学,老小皆宜,因此极具娱乐性和观赏性,同时也是一种强身健体的舞蹈,"打莲湘"大众化的民间舞蹈语言及传统音乐,为群众所喜闻乐见。

[保护单位] 惠南镇

[传承人] 倪青芳(上海市级)

王雨霞(浦东新区级)

[获得荣誉] 2014年至2016年,连续两年荣获"长三角地区打莲湘邀请赛"金奖。2016年9月,舞蹈《翠竹莲花声声响》在"五彩莲湘,甪直飞扬""第二届全国打莲湘舞邀请大赛"中荣获铜奖。2017年11月,舞蹈《四季恋爱》在"江浙沪打莲湘邀请赛"中荣获银奖。2018年,在金山区乡村艺术节暨"廊下杯"长三角打莲湘展演活动中荣获最佳创意奖。

【"非遗"传承人】

倪青芳

竹竿尖顶嵌铜钿，

切切嚓嚓伴舞间。

此舞谁说称土戏？

洋人观众掌声连。

【档案记录】

["非遗"类别] 传统舞蹈

[级　　　别] 上海市级

[入 选 年 份] 2010 年,倪青芳被命名为上海市级非物质文化遗产项目"打莲湘"代表性传承人

[入 选 批 次] 第二批

[性　　　别] 女

[职　　　务] 文艺干事

[所 在 街 镇] 惠南镇

[从 艺 年 限] 40 年

[相 关 经 历] 倪青芳自小喜爱上"打莲湘"这门艺术,8 岁时就跟着大人走村串巷,跳起"打莲湘"。青年时代,进入当时的黄路文化站担任文化干事,负责培训黄路"莲湘队"。1996 年开始,受聘于黄路中小学,担任校外辅导员。在惠南、黄路两镇合并之前,任黄路镇文化站文艺干事。20 年来培养了数千名"打莲湘"爱好者。编创的第四套"莲湘操"在全镇推广,编创的 48 节《魅力莲湘》不但参加上海的各类演出,还先后赴多个国家演出,使这一优秀的民族传统文化艺术向海外传播。2016 年,由其编创并由康乐体育俱乐部排练的《浦东莲湘》荣获"罗店杯""打莲湘"大赛一等奖;由其编创并指导迎熏居委演出的"打莲湘"荣获"上海市第十届民间体育创新展示"一等奖。

【"非遗"传承人】

王雨霞

手执杆棒舞中行，
吾后侬前脚步轻。
变阵莲湘今日打，
队列撑出五角星。

【档案记录】

［"非遗"类别］民间舞蹈

［级　　　别］浦东新区级

［入 选 年 份］2020 年，王雨霞被命名为上海市级非物质文化遗产项目"打莲湘"浦东新区级代表性传承人

［入 选 批 次］第七批

［性　　　别］女

［所 在 街 镇］惠南镇

［从 艺 年 限］16 年

［相 关 经 历］1998 年，王雨霞开始工作于惠南镇文化中心，一直活跃于群众文艺舞台，熟练掌握"打莲湘"的表演艺术。注重队伍建设和发展，在其带领和带动下，在惠南镇成立了 28 支"打莲湘"舞蹈队。通过每两年举办一次惠南镇社区居民广场版"打莲湘"舞大赛，不断提升"打莲湘"在惠南镇的影响力，逐渐成为惠南镇的文化品牌项目，带队在长三角地区等各类赛事中屡获奖项。在惠南镇六灶湾村和远东村建立传承基地并进行教学工作，向学员们传播"打莲湘"新理念。

【"非遗"项目】

花篮灯舞

名为穿灯祭祀称，
民国初岁始形成。
花篮撑起花灯顶，
穿过篮灯遍笑声。

"花篮灯舞"队形之一：横花棚

【档案记录】

["非遗"类别] 传统舞蹈

[级　　　别] 上海市级

[入 选 年 份] 2011 年,"花篮灯舞"被列入上海市级非物质文化遗产名录

[入 选 批 次] 第三批

[史 料 摘 引] "花篮灯舞"源自 300 多年前道教祭祀仪式《九幽灯》中的"穿灯"一节,成形于民国初年。20 世纪 30 年代起,各家道教艺人不断予以充实、修饰。40 年代,经道教艺人薛肇南丰富和改进一些舞蹈动作,终使"花篮灯舞"广为流传。至 50 年代中期,遂推衍为《穿灯舞》而成一体。

[相 关 链 接] "碰蝴蝶""拔栲栳""扯木樨"……"花篮灯舞"是流传于浦东曹路地区的一个民间舞蹈,展现江南一带姑娘们为庆祝丰收节日而载歌载舞的情景。1989 年,该舞蹈被收录《中国民族民间舞蹈集成・上海卷》和《上海民间舞蹈》两书。"花篮灯舞"的动作队形变化多姿,如有横花棚、长花棚、荷花开、喜相逢、锁链子、大小车轮、蝴蝶双飞、戏花蕊、里外罗成、大团圆等;舞曲音乐由主题歌、器乐合奏和打击乐三个部分组成。

[保 护 单 位] 曹路镇

[传 　承 　人] 陆丽萍(上海市级)

[获 得 荣 誉] 1987 年 6 月参加"上海国际艺术节"演出。1991 年 2 月参加川沙县春节慰问演出,时任上海市委书记、市长朱镕基看了演出并亲切接见了全体演员。1993 年 10 月参加杨浦大桥通车庆典表演。1999 年 9 月,第六次复排,参加"浦东新区国庆五十周年文艺汇演",同年 11 月,参加"浦东新区幼教文艺汇演"。

【"非遗"传承人】

陆丽萍

戏台曹路戏连连，

灯舞花篮旦步编。

新蕾欣培随季放，

人生花舞再翩跹。

【档案记录】

［"非遗"类别］传统舞蹈

［级　　　别］上海市级

［入 选 年 份］2012 年,陆丽萍被命名为上海市级非物质文化遗产项目"花篮灯
　　　　　　　舞"代表性传承人

［入 选 批 次］第三批

［性　　　别］女

［职　　　务］管理员

［所 在 街 镇］曹路镇

［从 艺 年 限］45 年

［相 关 经 历］1978 年,陆丽萍已是龚路文艺工厂文艺骨干分子,工作之余常常
　　　　　　　参加文艺工厂的表演唱排练和演出。1991 年,"花篮灯舞"参加
　　　　　　　川沙县春节慰问演出时,时任上海市委书记、市长的朱镕基等领
　　　　　　　导观看演出并接见了全体演员。在 30 多年中,"花篮灯舞"经历
　　　　　　　了六次复排的沿革,从"花篮灯舞"的小演员变成了传承人"陆老
　　　　　　　师",收带中、青、幼徒弟近百人。2014 年 12 月退休后,并不甘于
　　　　　　　清闲的日子,主动请缨继续致力于"花篮灯舞"的传承和辅导工
　　　　　　　作,以实际行动诠释着作为"非遗"文化传承人"传、帮、带"的作
　　　　　　　用,为传承传统文化而默默付出。

［附　　　注］旦步,"花篮灯舞"以戏曲旦步为基本步法,围绕着地上表示东南
　　　　　　　西北方向的四盏花灯,穿插出各种图形的民间舞蹈。

【"非遗"项目】

上海说唱

脱胎独角戏中来，

学说做唱在舞台。

故事新闻听勿够，

是非分辨曲直猜。

"非遗"传承人赵金芳在教授学生巧用三角板

【档案记录】

［"非遗"类别］曲艺

［级　　　别］上海市级

［入 选 年 份］2015 年，"上海说唱"被列入上海市级非物质文化遗产名录

［入 选 批 次］第五批

［史 料 摘 引］"上海说唱"是由独角戏"唱"类节目脱胎发展而成，可追溯到唐
代的俗讲。近代的"上海说唱"与"小热昏"、独角戏关系甚密，流
传至今已有百多年的历史。

[相 关 链 接] "上海说唱"是曲艺曲种,流行于上海和江苏、浙江部分地区。其演技具有"说、学、做、唱"之特征,并具有迅速反映现实、演员技巧性强的艺术特征。通常有一唱到底的韵文类段子,以及有故事情节的说说唱唱两类。演唱形式比较自由,一般是一人,亦可两人或多人,腔调来自民歌小调及各地方戏曲、曲艺的唱腔,也有自编的一些曲调。"上海说唱"的艺术特点是灵活多变,可叙事,可抒情,可说理,但偏重于叙事。"上海说唱"大都通过师徒传承和授课传承,培养出了一大批艺术表演人才。

[保 护 单 位] 祝桥镇

[传 承 人] 赵金芳(上海市级)

[获 得 荣 誉] 2007年,赵金芳创作编排"上海说唱"《桥》在全国第十四届"群星奖"曲艺类比赛中,荣获国家文化部授予的"群星奖"(创作奖)。2010年,赵金芳的作品"上海说唱"《登高》蝉联第十五届"群星奖"。2013年,赵金芳的作品"上海说唱"《花与瓜》再次蝉联第十六届"群星奖",取得"三连冠"。2014年,马凌云、赵倩、唐文顾等学生在参加上海市小团话上海"美丽中国魅力上海"青少年沪语说唱传承系列活动中荣获二等奖。

【"非遗"传承人】

赵金芳

说学唱做曲情浓，
三巧板击伴手中。
明珠塔上观美景，
戏台尽演浦江东。

【档案记录】

［"非遗"类别］曲艺

［级　　　别］上海市级

［入 选 年 份］2016 年,赵金芳被命名为上海市级非物质文化遗产项目"上海说唱"代表性传承人

［入 选 批 次］第五批

［性　　　别］女

［职　　　称］助理馆员

［所 属 街 镇］祝桥镇

［从 艺 年 限］42 年

［相 关 经 历］赵金芳自走上曲艺舞台以来,历年来演唱的代表作有:《金针恨》《阿华搬家》《望海塔》《桥》《登高》《花与瓜》等。其中《桥》《登高》《花与瓜》三个节目分别在 2007 年、2010 年和 2013 年获得全国"群星奖",成为"上海说唱""三连冠"浦东新区第一人。此外,还熟悉鼓板书、锣鼓书等曲艺,对"沪剧"也有很深的造诣,事迹被载入文化部编辑出版的《群星谱》一书。2006 年起受聘为东海学院艺术辅导老师,传授"上海说唱"艺术,在祝桥镇文化服务中心热忱带徒,定期到学校和社区开展"非遗"传授活动。

【"非遗"项目】

鸟　哨

三寸竹节巧制成，
巧舌吹奏言语生。
昔时狩猎凭巧技，
今日巧音唤鸟声。

"非遗"进校园——传承人为学生传授"鸟哨"吹奏方法

【档案记录】

［"非遗"类别］　传统体育、游艺与杂技
［级　　　别］　上海市级
［入 选 年 份］　2007 年，"鸟哨"被列入上海市级非物质文化遗产名录
［入 选 批 次］　第一批
［史 料 摘 引］　"鸟哨"原为浦东沿海农民捕鸟时诱鸟的一种吹奏技艺，随移民
　　　　　　　　入迁形成于清末民初，至今已有 100 多年历史。其技艺和功能由
　　　　　　　　浙江河姆渡出土的 7000 多年前古人用于狩猎的"骨哨"演变而

来，曾是该地捕鸟群体的一种生产习俗。

［相 关 链 接］ "鸟哨"制作简单，取材方便，用小竹管制成，长不过 3 寸，经盐卤浸泡，坚而不裂，音色清亮，吹奏者用舌控制气流，模仿鸟鸣，技艺高超者能模仿近 30 种野鸟鸣叫声。20 世纪七八十年代达到高峰。"鸟哨"不再作为捕鸟生产工具后，逐渐转化为民间技艺表演，成为鸟类科研机构引鸟、捕鸟、放鸟的辅助工具，或成为卫生机构预防禽流感而引捕野鸟样本进行病毒检测的辅助手段。

［保 护 单 位］ 南汇新城镇

［传 承 人］ 朱德龙、袁菊平（上海市级）

［获 得 荣 誉］ 2013 年，编排的小品《鸟哨声声》荣获市级科普特等奖。2017 年，编排的舞蹈《哨韵情深》荣获区级群文优秀节目新作奖。

【"非遗"传承人】

朱德龙

乍听鸟叫在江边，

细辨飞停树顶尖。

模仿已非为捕获，

声声表演韵笛间。

【档案记录】

["非遗"类别] 传统体育、游艺与杂技

[级　　　别] 上海市级

[入 选 年 份] 2009 年,朱德龙被命名为上海市级非物质文化遗产项目"鸟哨"
　　　　　　　代表性传承人

[入 选 批 次] 第一批

[性　　　别] 男

[所 在 街 镇] 泥城镇

[从 艺 年 限] 61 年

[相 关 经 历] 朱德龙 10 岁时被父亲朱连兴要求学吹"鸟哨"。15 岁时学会了
　　　　　　　吹奏 20 余种鸟类叫声,并能够独立用"鸟哨"诱鸟捕鸟。20 世纪
　　　　　　　80 年代后期至 90 年代,协助华东师范大学生物鸟类专家专题小
　　　　　　　组的专家,观察研究长江口留鸟种类、数量、候鸟迁徙时间、飞行
　　　　　　　路线等。21 世纪初活跃在舞台上,为当地居民进行"鸟哨"表演,
　　　　　　　参加"鸟哨"的电视短片拍摄等活动。2012 年开始参加各类"非
　　　　　　　遗"活动,担任授课老师。2017 年参加浦东新区"大地芳菲"群文
　　　　　　　创作节目舞蹈组《摹鸟笛韵》演出。

【"非遗"传承人】

袁菊平

多少鸟声不类同，
全凭舌上有神功。
啁啾练习来模仿，
海鸟催春闹碧空。

【档案记录】

［"非遗"类别］传统体育、游艺与杂技

［级　　　别］上海市级

［入选年份］2009 年,袁菊平被命名为上海市级非物质文化遗产项目"鸟哨"
代表性传承人

［入选批次］第一批

［性　　　别］男

［所在街镇］泥城镇

［从艺年限］51 年

［相关经历］六七岁时袁菊平随祖父、父亲在浦东东海滩捕鸟。8 岁主动跟父
亲学吹"鸟哨"。十二三岁约同年龄的小伙伴去海边吹哨捕鸟。
15 岁后熟练掌握 20 多种鸟叫声并可以独自用"鸟哨"进行诱鸟
捕鸟。20 世纪 80 年代起协助华东师范大学生物系研究小组进
行科研工作。1992 年,应邀参加松江、宝山、南汇三县文广系统
春节联谊会演出,吹奏"鸟哨"联奏曲《海鸟催春》,受到观众的热
烈欢迎,从此开始在区级重大文艺活动中献演。2012 年开始,参
加区级、镇级"非遗"活动。2016 年开始担任"鸟哨"社团的授课
老师。2017 年参加上海市群众文艺馆举办的《舌尖上的鸟哨》专
题教学课程拍摄。

【"非遗"项目】

海派魔术

巨型魔术演台间，
气势磅礴变万千。
变幻瞬时称奥妙，
冠名海派百余年。

"非遗"传承人张小冲创作表演的魔术《压缩》

【档案记录】

["非遗" 类别] 传统体育、游艺与杂技

[级　　　别] 上海市级

[入 选 年 份] 2009 年,"海派魔术"被列入上海市级非物质文化遗产名录

[入 选 批 次] 第二批

[史 料 摘 引] "海派魔术"产生于近代中国的上海,距今已有 100 多年历史,是"南派魔术"的代表,创始人为张慧冲。

[相 关 链 接] 大小变幻,有无转换,看似神奇惊险,思来迷惑难解——"海派魔术"以上海为中心,以舞台巨型魔术为主,表演气势磅礴,讲究舞台上下左右同时变化。"海派魔术"在魔术技艺上精益求精,艺术上追求完美、海纳百川、兼收并蓄,其影响力极大,后流传于华北、西北、中南、西南、华东等各省市自治区,以及东南亚等国家和地区。作为海派文化中不可或缺的一个组成部分,"海派魔术"既融合了西方魔术的恢弘大气,又发扬了东方魔术的灵活多变,真正做到了中西合璧、自成一派。如今,"海派魔术"在两代传承者张慧冲和张小冲的不懈努力下,成为世界魔术舞台靓丽的奇葩。

[保 护 单 位] 南码头街道

[传 承 人] 张小冲(上海市级)

[获 得 荣 誉] 张小冲原创魔术《红》获得"2003 年国际魔术大赛"新人奖。

【 "非遗"传承人 】

张小冲

人体升浮渐半空，

疑为法术赛轻功。

空抓一把闻啼鸟，

放手扑棱向天穹。

【 档案记录 】

["非遗"类别] 传统体育、游艺与杂技

[级 别] 上海市级

[入 选 年 份] 2010年,张小冲被命名为上海市级非物质文化遗产"海派魔术"
代表性传承人

[入 选 批 次] 第二批

[性 别] 男

[所 在 街 镇] 南码头街道

[从 艺 年 限] 38年

[相 关 经 历] 张小冲自小在"魔术世家"的熏陶中长大,他是"海派魔术"创始
人张慧冲嫡外孙,张慧慧之子。幼年时便随母亲到全国各地巡
回演出。2000年毕业于上海戏剧学院,继承祖业,延续和保留了
张慧冲先生的一些大型"海派魔术"节目,并把沉寂了40多年的
《水晶球》这个"海派魔术"重现舞台,集成并发扬"海派魔术"。
创演的大型情景魔术《红》《雪》《外公的羽毛》等在中国中央电视
台、上海东方卫视、湖南卫视、江苏卫视等各大电视台相继播出。
著有《海派魔术》一书。2009年起在南码头社区学校开设"海派
魔术"班。2012年被上海师范大学谢晋影视艺术学院聘为客座
教授,传承"海派魔术"。2014年至今,他在上海临沂二村小学建
立"海派魔术"社团,常年在学校培养"海派魔术"学生。现为上
海杂技家协会理事、国际魔术师协会会员。

【"非遗"项目】

太极拳

龙招蛇式练庭中，
神以形生气聚胸。
快慢由来随动静，
柔极刚至是真功。

"非遗"传承人瞿荣良在晨练中

【档案记录】

［"非遗"类别］ 传统体育、游艺与杂技

［级　　　别］ 上海市级

［入 选 年 份］ 2015 年，"太极拳"被列入上海市级非物质文化遗产名录

［入 选 批 次］ 第五批

［相 关 链 接］ 龙身蛇形"太极拳"是在全佑老架和太极十三式的基础上吸收了
　　　　　　　部分杨式小架、常式、陈式、吴式、武式太极拳之精华，将心意六

合拳的劲意融汇贯穿于"太极拳"中演练发展形成,其历史可追溯至 150 年前的杨式小架"太极拳"。龙身蛇形"太极拳"的突出特点为:极柔软、极坚刚,柔至极为刚,既强身健体,又有极强的艺术观赏性及超强的技击性,龙身蛇形八十五式太极拳的突出特点为柔与劲的完美组合。龙有其张扬的一面,龙腾虎跃称为阳,蛇有潜移默化、神神秘秘的阴柔一面。龙蛇交合即阴阳交合,道演太极。有基本架、柔软架、劲架三种不同的练法。

[保 护 单 位] 龙演文化(发展)有限公司(高桥镇)
[传 承 人] 瞿荣良(上海市级)
[获 得 荣 誉] 2013 年 12 月,龙身蛇形"太极拳"荣获"中国大学生无数竞艺大赛"金奖。2014 年 8 月,龙身蛇形"太极拳"荣获"首届全国武术大会集体项目"一等奖。2016 年 9 月,龙身蛇形"太极拳"荣获"第二届全国武术大会集体项目"一等奖。2017 年 4 月,龙身蛇形"太极拳"荣获"中华人民共和国第十三届运动会太极拳公开赛集体项目"第一名和男女个人项目两金两银一铜。

【"非遗"传承人】

瞿荣良

龙蛇柔美劲圆中，
急应慢随变化功。
一式一招来创始，
武魂使者享殊荣。

【档案记录】

［"非遗"类别］传统体育、游艺与杂技

［级　　　别］上海市级

［入 选 年 份］2020年，瞿荣良被命名为上海市级非物质文化遗产项目"太极拳"代表性传承人

［入 选 批 次］第六批

［性　　　别］男

［所 在 街 镇］高桥镇

［从 艺 年 限］46年

［相 关 经 历］龙身蛇形"太极拳"是创始人瞿荣良在30多年的"太极拳"练习过程中，以全佑老架龙身蛇形演练形态为核心研究发展而成。根据不同年龄阶段、不同层次的需求，龙身蛇形"太极拳"分为基本架、柔软架及劲架三种练习方法。龙身蛇形"太极拳"的核心在于"动急则急应、动缓则缓随；急来急应、慢起慢随"，真正做到以己之柔克敌之刚，将敌之来力化于无形。龙身蛇形"太极拳"经过不断的推广，得到了体育界、武术界众多知名人士的认同和高度赞扬。现在全国共有173个龙身蛇形"太极拳"辅导站，其中上海有48个，全国各地共有5万多人练习。瞿荣良自创立龙身蛇形"太极拳"以来，创编立著，撰写了《龙身蛇形八十五太极拳》和《龙身蛇形太极拳竞赛套路》两书。2016年参加上海市首届市民武术节开幕式表演。2017年参加"健康家园•健康中国"主题宣

传表演活动,同年 11 月,瞿荣良被评为首届"中华武魄传播使者"人气奖。现为中国大学生体育协会传统体育分会副主席、上海浦东龙身蛇形太极社理事长。

【"非遗"项目】

叶传太极拳

博采众长善贯通，
医学人体两相融。
拳枪刀剑成招式，
天地阴阳步法中。

太极拳（叶传）独特的"三法"：手法、步法与身法

【档案记录】

［"非遗"类别］ 传统体育、游艺与杂技

[级　　　别] 上海市级

[入 选 年 份] 2018年,"叶传太极拳"被列入上海市级非物质文化遗产名录

[入 选 批 次] 第六批

[史 料 摘 引] 叶大密(1888—1973),名百龄,号"柔克斋主"。浙江文成人,太极拳和中医名家,上海中医文献研究馆馆员。叶大密先生博采众长,融会贯通,在继承田兆麟、孙禄堂、李景林等前辈武学基础之上,发挥形成了独具特色的太极拳,人称叶家拳。"叶传太极拳"作为"海派文化"重要组成部分,于民国初期形成于上海。

[相 关 链 接] "叶传太极拳",摒弃了传统拳术伤人的目的,而是强化强身健体的功能,并结合医学和人体学等方面进行了创新;在招式上,吸收杨氏太极拳的主要特点、八卦掌的身法以及武当剑法精髓等内容,不但完整保留了太极拳内径的方法和技击的特性,从习练上赋予更多人性化、科学化,"叶传太极拳"独创的手法、步法和身法,将太极拳的拳中复杂难懂的阴阳变化和动静变化,深入浅出地予以诠释,使学习者更易理解和习练。"叶传太极拳"具有传统文化中的教育、医疗健身、塑造人生观、防身自卫、观赏等方面的宝贵价值,"叶传太极拳"蕴含着叶大密的家国情怀、民族精神和浩然正气,也成了"叶传太极拳"传承的重要文化内涵之一。目前,"叶传太极拳"在金桥镇蓬勃发展,第四代传人已有数百之多。

[保 护 单 位] 金桥镇

[传　承　人] 张克强(上海市级)

【"非遗"传承人】

张克强

推拳出掌沐晨阳，

臂力脚功柔与刚。

广场英姿来展演，

红霞云彩满天光。

【档案记录】

［"非遗"类别］ 传统体育、游艺与杂技

［级　　　别］ 上海市级

［入 选 年 份］ 2020 年,张克强被命名为上海市级非物质文化遗产项目"叶传太极拳"代表性传承人

［入 选 批 次］ 第六批

［性　　　别］ 男

［所 在 街 镇］ 金桥镇

［从 艺 年 限］ 21 年

［相 关 经 历］ 张克强自进入上海体育学院武术专业学习后,先后师从"吴式太极拳"第四代传人高峰先生、"九九式太极拳"第二代传人李冬阳先生学习太极拳。在 2008 年又拜"叶传太极拳"名家蒋锡荣为师,学习"叶传太极拳"。习武 50 多年,武学造诣颇深,对"叶传太极拳"有着独特的见解和研究心得,从而使"叶传太极拳"逐渐发展形成了具有上海文化地域的特色之一。

【"非遗"项目】

石雕

石壶石砚刻玲珑，

深浅空实技不同。

意在刀先心有画，

千雕万刻法天工。

示范——"非遗"传承人为学生传授石雕技艺

【档案记录】

［ "非遗"类别］ 传统美术

［级　　　别］ 上海市级

［入 选 年 份］ 2007 年，"石雕"被列入上海市级非物质文化遗产名录

［入 选 批 次］ 第一批

［史 料 摘 引］《孟子·梁惠王下》记云："今有玉璞于此，虽万镒，必使玉人雕琢
之。"早在明代初期，南汇民间已有木雕工匠。清末，书院地区木

雕艺人张祥生,雕刻技艺高超,在当地赫赫有名。他传带徒弟多名,其中新北村的王连生,在红木雕刻、白木雕刻方面技艺超群。

［相 关 链 接］ "石雕",以石为材料的雕刻,利用雕、刻两种技法创作出的美术作品,是中国传统工艺品之一。"石雕"作品主要分为石砚、石壶、石笔筒三类。浦东书院镇的"石雕"主要取材于海边的贝壳类、田野里常见的小动物和瓜果。"石雕"艺术特点或者具有深厚的海派风韵,或者乡土气息、田园情趣浓郁,或者技法多样细腻。"石雕"作品在深雕、浅雕,或浮雕、立体雕,或实雕、镂空雕等多样技法中,体现精致细腻,棱角分明,立体感强,神态栩栩如生。

［保 护 单 位］ 书院镇

［传　承　人］ 王金根(上海市级)

【"非遗"传承人】

王金根

已将石块作素笺，
心画惟肖在此前。
细刻微镂精工艺，
千姿万态一刀尖。

【档案记录】

["非遗"类别] 传统美术

[级　　　别] 上海市级

[入 选 年 份] 2009年,王金根被命名为上海市级非物质文化遗产项目"石雕"
　　　　　　　 代表性传承人

[入 选 批 次] 第一批

[性　　　别] 男

[职　　　称] 特级大师

[所 在 街 镇] 书院镇

[从 艺 年 限] 53年

[相 关 经 历] 王金根20岁师从岳父学习木雕,1980年改攻"石雕",创作的第
　　　　　　　 一件石雕《牧童水牛》便得到有关专家的好评。近50年的雕刻生
　　　　　　　 涯,声名鹊起,硕果累累。《蟹篓》荣获"首届中国民间技术展览"
　　　　　　　 金奖;《八运圣壶》于1997年10月被第八届全运会组委会收藏;
　　　　　　　《海底龙宫》于1998年10月被全国人民代表大会常委会办公厅、
　　　　　　　 北京人民大会堂管理局收藏于大会堂博览厅。为香港回归创作
　　　　　　　 的《母子情深》和为澳门回归创作的《荷塘鲤鱼长城》都被有关部
　　　　　　　 门收藏,作品远销几十个国家和地区。在从事"石雕"几十年的时
　　　　　　　 间里,不仅潜心于创作,同时也致力于传承。1996年2月被联合
　　　　　　　 国教科文组织、中国民间文艺家协会联合授予"一级民间工艺美术

家"称号。1998 年被上海民间文艺家协会授予"德艺双馨艺术家"称号。2004 年被中国民间文艺家协会雕刻艺术委员会授予"德艺双馨雕刻艺术大师"称号。2007 年 10 月在"中国第二届民间艺人节"上荣获"中国民间十佳艺人"称号。

【"非遗"项目】

灶　花

鲤鱼跳起水中花，

高挂风帆万里达。

祈愿富余和顺境，

缤纷灶面在农家。

2010 年江浙沪灶头画邀请赛场景

【档案记录】

［"非遗"类别］　传统美术

［级　　　别］　上海市级

［入 选 年 份］　2007 年，"灶花"被列入上海市级非物质文化遗产名录

［入 选 批 次］　第一批

［史 料 摘 引］　浦东的建灶历史悠久，早见于宋元时代，清代钦定四库《熬波图》

中有下沙盐场"各团灶舍""起盖灶舍"之画页。"灶花"在南汇已有悠久的历史，通过历代"灶花"画匠师的艺术积淀和传承，在南汇新场、泥城和大团等地区涌现出了许多画"灶花"的优秀人物。

[相 关 链 接]　"灶花"，是南汇地区民居厨房的装饰画，灶头的"灶山"（装樅、护烟囱和灶面的短墙）上画的各种图案与花纹，民间称之谓"灶头花"。画"灶花"，即趁灶头刚砌好，泥灰还湿润未干之际，迅速作画，一天完工。待灶头启用，自行烤干，几十年不褪色。"灶花"的内容较为丰富，图案也颇为优美，从中反映出民间工匠的技艺和智慧，无论是大户人家，还是普通百姓，均喜欢以"灶花"美化灶头。

[保 护 单 位]　浦东新区文化艺术指导中心（泥城镇、新场镇）

[传　承　人]　邵云龙（已故）（上海市级）

[获 得 荣 誉]　泥城镇

邵云龙在"2010年江浙沪灶头画邀请赛"中荣获一等奖。2009年在"南江风韵杯"崇明县"灶花"艺术节江浙沪灶花邀请赛中荣获一等奖。2011年，邵云龙美术作品入选庆祝中国共产党成立90周年"康桥杯"书画作品集。邵云龙推送的组照作品《灶花传承》荣获"文明盛会传统瑰宝""上海市非物质文化遗产主题摄影比赛"组照类评比活动最佳组照奖。

新场镇

2009年，沈启明所画的50多幅"灶花"画，参加南汇博物馆"非遗"巡展。2009年、2010年，沈启明、顾全清分别参加在上海崇明县、浙江嘉兴市举办的"长三角灶花画比赛"，荣获一、二等奖。

【"非遗"传承人】

邵云龙

灶头才砌待墙干，

即绘鲜花上灶山。

灶舍厨房别样美，

花开朵朵伴三餐。

【档案记录】

［"非遗"类别］传统美术

［级　　　别］上海市级

［入选年份］2012 年,邵云龙被命名为上海市级非物质文化遗产项目"灶花"
　　　　　　代表性传承人

［入选批次］第三批

［所在街镇］泥城镇

［从艺年限］65 年,已故

［相关经历］邵云龙从 10 岁起跟随祖父、父亲学泥工活、画"灶花",亲眼目睹
　　　　　　砌灶及画"灶花"的全过程,并得到精心指教。集成、临摹了大量
　　　　　　前辈"灶花"画稿。20 世纪 70 年代开始成为当地有名"灶花"画
　　　　　　师。其后,又把技艺传给子、婿。至 2009 年 5 月,虽年事已高,仍
　　　　　　为当地泥工名匠,为四方乡邻作"灶花"、壁画、门楣画,极受欢
　　　　　　迎。"灶花"作品多次获奖,2009 年参加"长三角灶花画邀请赛"
　　　　　　荣获一等奖。为传承这一"非遗"项目,积极开展进校园、进社
　　　　　　区、进商圈等活动,在南汇泥城中小学开设"灶花"培训班。

【"非遗"项目】

三林瓷刻

点线全凭镂刻先，

墨痕色块紧相连。

清新瓷面来描绘，

绿水青山锦绣篇。

瓷刻场景

【档案记录】

［"非遗"类别］传统美术

［级　　　别］上海市级

［入 选 年 份］2011年，"三林瓷刻"被列入上海市级非物质文化遗产名录

［入 选 批 次］第三批

［史 料 摘 引］瓷刻诞生于明代，盛行于清末，是在上釉烧成的素色瓷器上，刀
　　　　　　　具镂刻书画作品的一种工艺美术制品。

［相 关 链 接］"三林瓷刻"艺术以刀代笔、以瓷代纸，将书法的线条、绘画的构

图与雕刻的刀痕有机地融为一体,堪称为一门综合性造型艺术。雕刻内容有人物、花鸟、山水等,作品构图清新,线条流畅,刻画的人物神态生动、栩栩如生,有较高的观赏和收藏价值。其制作过程,先用刀尖刻出点线,在刻痕内填以墨汁或颜色,再涂上蜡。作品既保持了传统书画风格,又具有晶莹光洁的瓷面效果。

[保 护 单 位] 三林镇

[传　承　人] 张忠贤(上海市级)

张澄瑛(浦东新区级)

[获 得 荣 誉] 2005 年,"三林瓷刻"在上海民博会上首次参展即获"传承奖",并开始被社会关注。2008 年被列入浦东新区非物质文化遗产名录,多件作品被浦东新区档案馆收藏。2010 年,"三林瓷刻"作品在上海世博会主题馆展出。

【"非遗"传承人】

张忠贤

已将瓷面作云天，

换笔为刀细刻间。

配套四围相映照，

几多典雅在窗前。

【档案记录】

［"非遗"类别］ 传统美术

［级　　　别］ 上海市级

［入 选 年 份］ 2012年，张忠贤被命名为上海市级非物质文化遗产项目"三林瓷刻"代表性传承人

［入 选 批 次］ 第三批

［性　　　别］ 男

［所 在 街 镇］ 三林镇

［从 艺 年 限］ 45年

［相 关 经 历］ 张忠贤秉承家学，刻苦钻研，在祖辈技法的基础上以传统文化为营养，使瓷刻登堂入室。参与上海世博会、民族民俗民间展览、精品拍卖会等各类大型展示活动。著有《三林瓷刻》一书，积极参加新闻媒体的采访、演讲等各种活动。与女儿张澄瑛一起建立三林瓷刻展示馆。

【"非遗"传承人】

张澄瑛

"三林瓷刻"盛名中，
点面敲凿线上功。
简朴淡雅生墨韵，
彩瓷盘上彩霞红。

【档案记录】

［"非遗"类别］　传统美术

［级　　　别］　浦东新区级

［入 选 年 份］　2014 年,张澄瑛被命名为上海市级非物质文化遗产项目"三林瓷刻"浦东新区级代表性传承人

［入 选 批 次］　第四批

［性　　　别］　女

［所 在 街 镇］　三林镇

［从 艺 年 限］　16 年

［相 关 经 历］　张澄瑛自小跟随父亲学习瓷刻艺术,作为第四代传人,在继承以色彩淡雅简朴为特点的瓷刻技法的同时,大胆创新,开拓新的雕刻艺术,在红、黑瓷盘上刻出各种图案,以釉面的敲凿表现丰富的疏密轻重的层次,以彩色的瓷刻创新作为发展方向。协助父亲建立具有家乡乡土气息的"三林瓷刻"展示馆,为保护和传承"非遗"文化作出积极贡献。

【"非遗"项目】

三林刺绣技艺

筠绣发端大宋时，
密针细线绣姑姿。
抽拉技术兼雕艺，
多彩花纹尽巧织。

相传针间——"三林刺绣技艺"

【档案记录】

［"非遗"类别］传统技艺
［级   别］上海市级
［入 选 年 份］2007 年，"三林刺绣技艺"被列入上海市级非物资文化遗产名录
［入 选 批 次］第一批

[史 料 摘 引] "三林刺绣技艺"古称"筋绣",是浦东三林地区特有的地方刺绣形式,也是上海地域文化中最具代表性的绣艺流派之一,具有700多年历史。它发端于宋元,成熟于上世纪。黄协埙《笋滩竹枝词》记咏曰:"鸳鸯绣出色丝工,自昔传闻歇浦东。今日绣花坡上过,胭脂零落野花红。"附言:"绣花坡在千秋桥东里许。"

[相 关 链 接] "三林刺绣技艺"是一种用绣针引彩线,按设计的花纹在纺织料上的刺绣运针,以绣迹构成花纹图案的传统民间手工技艺。它以线细、针密、针法多样、色彩丰富、精制细腻、不留针线痕而著称,其独特的"抽绣针法(抽)、拉丝(拉)、雕绣针法(雕)"技艺更是堪称一绝。

[保 护 单 位] 三林镇

[传 承 人] 康美莉(上海市级)

周蔚纹(浦东新区级)

[获 得 荣 誉] 2005年,上海三林绣庄刺绣作品《福龙》荣获"上海民族民间艺术博览会"金奖。在首届中国文化遗产日上海系列活动暨"2006上海民族民间艺术博览会"上荣获优秀组织奖,2006年5月,《福龙》在"第二届中国(深圳)国际文化产业博览交易会"上荣获"2006中国工艺美术精品奖"优秀奖。同年12月,《世纪玉石》在"迎世博上海民间手工艺作品大赛"中荣获铜奖。2010年4月,上海三林绣庄艺术品有限公司被授权为中国2010年上海世博会特许生产商、销售商。10月,获得世博荣誉纪念证书。11月,青鸟卷轴画《中国馆》(产品编号:P03332)荣获"中国2010年上海世博会特许产品"质量奖。2015年6月,《年年有余》荣获"上海首届香囊制作大赛"一等奖。2015年6月,《福龙香袋》在"上海首届香囊制作大赛"荣获一等奖。2017年,《荷塘月色》荣获第19届"江南之春"上海美术作品展优秀奖。2018年,《富贵吉祥杯垫》在"十指春风 布艺掇英"浦东新区第二届布艺(创意)作品大赛中荣获优秀作品奖。

【"非遗"传承人】

康美莉

绣架围成此画幅，

牵山织水景中图。

抽拉雕艺穿针线，

献演罗浮盛誉出。

【档案记录】

［"非遗"类别］ 传统技艺

［级　　　别］ 上海市级

［入 选 年 份］ 2009 年，康美莉被命名为上海市级非物质文化遗产项目"三林刺
绣技艺"代表性传承人

［入 选 批 次］ 第一批

［性　　　别］ 女

［所 在 街 镇］ 三林镇

［从 艺 年 限］ 46 年

［相 关 经 历］ 康美莉 8 岁开始跟随母亲接触刺绣。11 岁起已经帮母亲在做刺
绣出口订单。18 岁时在出生地临江村及婆家（金光村）先后带徒
学习刺绣技艺人数达几十人。1978 年参与制作英国伊丽莎白女
王睡袍。1983 年，受法国总统之邀赴法国卢浮宫表演刺绣技艺
展演展示，展演时间长达 50 天，以三林刺绣"抽、拉、雕"技艺让外
国友人惊叹不已，为国家争得了荣誉。2006 年参与制作《锦绣中
华》，包含 30 多种针法。2008 年为汶川地震制作爱心作品进行
拍卖，拍卖的款项全部捐赠于灾区。乐于为传承技艺，带领三林
绣庄的绣娘定期在中小学和几大院校开展刺绣培训。

【"非遗"传承人】

周蔚纹

相传三代绣花针，

绣法出新绣艺深。

锦绣中华七彩里，

福龙飞舞天安门。

【档案记录】

［"非遗"类别］ 传统技艺

［级　　　别］ 浦东新区级

［入 选 年 份］ 2014年,周蔚纹被命名为上海市级非物质文化遗产项目"三林刺
绣技艺"浦东新区级代表性传承人

［入 选 批 次］ 第四批

［性　　　别］ 女

［职　　　称］ 工艺师

［所 在 街 镇］ 三林镇

［从 艺 年 限］ 38年

［相 关 经 历］ 周蔚纹从小学开始随祖母、母亲学习刺绣技艺,进入刺绣生涯。
娴熟掌握运用三林刺绣独特的技艺"抽、拉、雕"针法,并能不断
加以革新,在技艺上不断吸收"四大名绣"之精华,结合本土绣法
不断改进技艺,擅长130种针法及70多种工艺。为普及、传授
"三林刺绣技艺",带领三林绣庄的绣娘定期在中小学及几大院
校上刺绣培训课。运用刺绣制作的新老手法,创作多幅代表作
品并获得"民博会"金奖等各类奖项。2008年为汶川地震制作爱
心作品并拍卖,拍卖款项全部捐赠给灾区。2016年在"上海市民
文化节""市民手工艺大赛"中获"百名市民手工艺达人"称号。

【"非遗"项目】

高桥松饼制作技艺

古镇清溪塌饼香，
盛名糕点百年长。
千层擀面酥松糯，
老店风味起首强。

揉面摘坯——"非遗"传承人正在教授居民制作"高桥松饼"

【档案记录】

［别　　　　名］细沙千层饼
［"非遗"类别］传统技艺
［级　　　　别］上海市级
［入 选 年 份］2007年，"高桥松饼制作技艺"被列入上海市级非物质文化遗产
　　　　　　　名录
［入 选 批 次］第一批
［史 料 摘 引］高桥松饼是高桥最负盛名的传统本土糕点，已有100多年历史，
　　　　　　　由明末清初浦东清溪镇的塌饼演变而成，因其皮薄、层多、馅足、

酥松、香糯而声名鹊起。1931年,周百川在北街开店,招牌为"周正记",并以"起首老店、松饼专家"自诩,一炮打响。从此群起仿效,全镇产销松饼店铺最盛时期达18家之多。沈轶刘《高桥竹枝词》记咏曰:"千层玉雪压团沙,一捏酥栈纤指夸。浴罢海滨归去早,土宜双品带些些"。附言:"松饼,一捏酥为驰名特产,其法出于镇民赵氏家,现已设厂专营,行销外埠矣。"

[相 关 链 接] 高桥松饼具有皮薄、层多、馅足、松脆、香糯等特点,外观色白微黄,浑圆小巧。其选料十分严格,讲究产地、品种、质量、规格。高桥松饼的制作工艺,全靠手工制作,要求特别精致细微,整个制作过程可分为揉面、摘坯、包酥、擀皮、包馅、烘烤等七道工序。高桥松饼在20世纪50年代已成为上海名牌产品,其制作经验被著入《全国食品科技制作方案》一书,也被称为"沪郊百宝"之一。

[保 护 单 位] 高桥镇

[传 承 人] 张玲凤(已故)、秦永年、顾玉英(上海市级)
　　　　　　　凌惠娟、王为玲(浦东新区级)

[获 得 荣 誉] 高桥松饼1983年被评为上海市优质产品(食品)。1985年和1991年两度被商业部评为全国优质产品。1988年荣获"首届中国食品博览会"银奖。2000年被上海市农委和《新民晚报》评为"沪郊百宝"之一。

【"非遗"传承人】

张玲凤

松饼卖疯为哪般？

只因饼香令人馋。

皮薄松脆精工料，

香糯层多品不凡。

【档案记录】

［"非遗"类别］传统技艺

［级　　　别］上海市级

［入 选 年 份］2009年，张玲凤被命名为上海市级非物质文化遗产项目"高桥松
　　　　　　　饼制作技艺"代表性传承人

［入 选 批 次］第一批

［性　　　别］女

［所 在 街 镇］高桥镇

［从 艺 年 限］68年，已故

［相 关 经 历］张玲凤成年后嫁入周正记高桥松饼制作世家，跟随婆家学艺，并
　　　　　　　进入周正记松饼店工作。1956年进入公私合营的高桥镇三联商
　　　　　　　场制作松饼。1999年开始自办家庭作坊。2005年8月，利用
　　　　　　　1936年创建的"周正记"店号，向国家工商行政管理局进行了"商
　　　　　　　标注册"。2009年7月，在"上海盛夏农副产品大联展暨浦东新
　　　　　　　区第一届农副产品博览会"上，高桥镇送上的纸盒包装的松饼
　　　　　　　"卖疯了"。

【"非遗"传承人】

顾玉英

高桥松饼享名声，

婆家技艺吾继承。

七道功夫七奥妙，

"非遗"星尚作坊灯。

【档案记录】

["非遗" 类别] 传统技艺

[级　　　别] 上海市级

[入 选 年 份] 2009年，顾玉英被命名为上海市级非物质文化遗产项目"高桥松
饼制作技艺"代表性传承人

[入 选 批 次] 第一批

[性　　　别] 女

[所 在 街 镇] 高桥镇

[从 艺 年 限] 22年

[相 关 经 历] 1974年，顾玉英高中毕业后，进入高桥商业站工作。1980年嫁入
高桥镇周家跟随婆婆张玲凤学习"高桥松饼制作技艺"。在传承
前人经验的基础上，为确保松饼质量，严格遵守出酥、守面、滴皮
子、包酥、开酥、脱皮、烘烤七大技术关。2010年10月12日被上
海《新民晚报》以图文形式整版推介，被上海电视台《星尚》栏目
组拍摄成高桥松饼专题节目作宣传。退休后，面对远近居民依
然上门订货和"非遗"的传承需要，重建家庭作坊。

【"非遗"传承人】

秦永年

参选入评口感松，

博览会上获殊荣。

但请烤具留回忆，

数据井桥标准中。

【档案记录】

["非遗" 类别] 传统技艺

[级　　　别] 上海市级

[入 选 年 份] 2010 年,秦永年被命名为上海市级非物质文化遗产项目"高桥松
　　　　　　　饼制作技艺"代表性传承人

[入 选 批 次] 第二批

[性　　　别] 男

[所 在 街 镇] 高桥镇

[从 艺 年 限] 52 年

[相 关 经 历] 1971 年,秦永年被分配进入高桥食品厂当学徒工,跟随多名老工
　　　　　　　人学做糕点技艺,并与黄金娣、张玲凤在同一生产组。1977 年、
　　　　　　　1978 年、1979 年连续三年被评为"上海市先进生产工作者"。
　　　　　　　1981 年任生产组组长,积极开展创优活动。1983 年任副厂长,组
　　　　　　　织工人开展评比创优活动。同年,高桥松饼被评为上海市优质
　　　　　　　食品。1985 年,任厂长,带队赴北京参加商业部举办的"全国农
　　　　　　　副食品博览会",高桥松饼在比赛中荣获银牌,并荣获"商业部优
　　　　　　　质食品"称号。同年申请了注册商标,使高桥食品厂有了"井桥"
　　　　　　　牌商标。1990 年,随着产品质量标准体系的产生,开始制定高桥
　　　　　　　松饼的"企业标准",并通过市质量技术监督局的备案,从此,高
　　　　　　　桥松饼走上了标准化生产的历程。退休后,秦永年仍坚持为"高
　　　　　　　桥松饼制作技艺"的传承和推广尽一分力。

【 "非遗" 传承人 】

凌惠娟

豆沙百果枣泥尝，

咸蛋肉松馅味长。

为有"非遗"传久远，

镇东松饼镇西香。

【档案记录】

［ "非遗" 类别］传统技艺

［级　　　别］浦东新区级

［入 选 年 份］2010 年，凌惠娟被命名为上海市级非物质文化遗产项目"高桥松
　　　　　　　饼制作技艺"浦东新区级代表性传承人

［入 选 批 次］第二批

［性　　　别］女

［所 在 街 镇］高桥镇

［从 艺 年 限］29 年

［相 关 经 历］1994 年，凌惠娟退休后发挥余热，创办正兴食品厂，聘请原高桥
　　　　　　　食品厂老师傅指导高桥松饼、高桥松糕、薄脆等一系列高桥特产
　　　　　　　的生产，在学会制作传统高桥豆沙、枣泥、百果三种口味松饼的
　　　　　　　同时，为迎合广大顾客口味，把太仓肉松按照不同比例调配，后
　　　　　　　又添加碎咸蛋黄，创新了"网红"口味的咸蛋黄肉松馅料松饼，深
　　　　　　　受好评，由此带起了一股"高桥松饼热"。2000 年，正兴食品厂的
　　　　　　　高桥松饼被评为"沪郊百宝"，曾被多家报刊和上海电视台作过
　　　　　　　介绍和报道。

【"非遗"传承人】

王为玲

口味何来日渐丰?

芝麻绿豆乐加盟。

尝罢老味夸新味,

已有麻酥正烤成。

【档案记录】

["非遗" 类别] 传统技艺

[级　　　　别] 浦东新区级

[入 选 年 份] 2012 年,王为玲被命名为上海市级非物质文化遗产项目"高桥松饼制作技艺"浦东新区级代表性传承人

[入 选 批 次] 第三批

[性　　　　别] 女

[职　　　　称] 三级点心师

[所 在 街 镇] 高桥镇

[从 艺 年 限] 41 年

[相 关 经 历] 因父母都在高桥食品厂工作,王为玲从小对糕点比较熟悉。1984 年从农场顶替父亲进入高桥食品厂,正式接触糕点行业。2008 年 3 月退休后,把老祖宗传下的"王泰和"招牌作为老字号的第五代重新开张,松饼供不应求。2009 年 6 月,把"王泰和"作坊从家中搬出,和儿子一起承租了门面房,积极尝试和研制将高桥老式特产薄脆、松糕恢复售卖。2012 年在扩大承租门面的同时,注册了王泰和食品有限公司,逐步开发了"一口酥""麻酥"等新产品,从传统口味逐渐融入当下适合更多年轻人和儿童的口味,在传承和发展高桥松饼制作的道路上不曾停歇。

【"非遗"项目】

下沙烧卖制作技艺

犒劳朝军御寇行，

也烧也卖获此名。

店前何以排长队？

风味相传技艺精。

添馅包料——"下沙烧卖制作技艺"之现场教学

【档案记录】

［"非遗"类别］ 传统技艺

［级　　　别］ 上海市级

［入 选 年 份］ 2015 年，"下沙烧卖制作技艺"被列入上海市级非物质文化遗产
　　　　　　　名录

［入 选 批 次］ 第五批

［史 料 摘 引］ "下沙烧卖"是浦东南汇地区一款历史悠久的民间点心，美味可
　　　　　　　口。相传源于明代百姓犒劳朝廷抗倭军队自制精美的点心，用

面粉皮包竹笋肉馅笼蒸,边烧边卖故名"烧卖"。

[相 关 链 接]　"下沙烧卖制作技艺"经过历代传承,从烧卖皮子的面粉和馅头的取料、拌馅的配置比例、制作的工艺要求、上蒸的火功与时间,都有严格的要求。制作"下沙烧卖"极为讲究,要经过选料、擀皮、拌馅、包馅、蒸制等五个环节,每个环节都有严格的要求。几百年来,烧卖深受民众青睐,成为了具有江南特色的风味点心。

[保 护 单 位]　航头镇

[传 承 人]　郑玉霞(上海市级)

[获 得 荣 誉]　舞蹈《烧卖姑娘》参加 2014 年"上海之春"群文新人新作展评展演荣获新人新作奖。海派快板《烧卖的秘密》荣获"2016 年浦东新区创作节目汇演(曲艺类)"一等奖。海派快板《请招牌》参加"上海之春"2017 新人新作展评展演荣获优秀新作奖。舞蹈《烧卖飘香》参加"大地芳菲"2018 年浦东新区群众文艺创作节目汇演获优秀新作奖。

【"非遗"传承人】

郑玉霞

春笋瘦肉馅儿足，

亭亭玉立待煮熟。

基地传承何味品？

扮回军士谢言出。

【档案记录】

［"非遗"类别］传统技艺

［级　　　别］上海市级

［入 选 年 份］2016 年,郑玉霞被命名为上海市级非物质文化遗产项目"下沙烧卖制作技艺"代表性传承人

［入 选 批 次］第五批

［性　　　别］女

［职　　　务］文艺编辑

［所 在 街 镇］航头镇

［从 艺 年 限］49 年

［相 关 经 历］20 世纪七八十年代,郑玉霞参与"下沙烧卖制作技艺"的研究、宣传工作。1976 年拜第四代传人周丽娟为师,研究、传授发展"下沙烧卖制作技艺"。1990 年注册"下沙烧卖"商标。2013 年成立上海市区第一家较具规模的销售点。2014 年成立"下沙烧卖制作技艺"传承基地。目前正在培养第六代传承人。

【"非遗"项目】

三阳泰糕点制作技艺

店设街头有渊源，

应时配制最相关。

驰名糕点三阳泰，

同治三年为开端。

当年三阳泰的生产车间

【档案记录】

［"非遗"类别］ 传统技艺

［级　　　别］ 上海市级

［入 选 年 份］ 2009年，"三阳泰糕点制作技艺"被列入上海市级非物质文化遗产名录

［入 选 批 次］ 第二批

［史 料 摘 引］ 据《周浦镇志》记载，三阳泰南货店开设于清同治三年（1864），老

板姓陈,宁波籍人士。1940年,三阳泰由周浦镇人许慎之接手经营。1956年,三阳泰公私合营,由公方经理全权负责。1956年春天,黄炎培先生来周浦探亲时,专门派人前往三阳泰购买了许多糕点带回北京,中央领导同志也品尝到了三阳泰的特色糕点。

[相 关 链 接] 三阳泰是南汇地区的百年老店,驰名江浙一带的三阳泰糕点至今已有150余年历史,以状元糕最为出名,成为三阳泰名牌产品,其他还有椒桃片、鸡蛋糕、交切糖、米花糖等几十种特色糕点。"三阳泰糕点制作技艺"的特点是用料精良独特,工艺十分精细,配方应时而变。三阳泰的糕点生产工艺,极具历史价值和研究价值。一些港澳台商曾多次设想出资购买糕点的秘方和三阳泰的知名商标,可见其影响力之大。

[保 护 单 位] 周浦镇
[传　承　人] 盛青云(浦东新区级)

【"非遗"传承人】

盛青云

工艺流程巧配方，

微调口感少加糖。

椒桃松脆才销售，

云片应时已候旁。

【档案记录】

["非遗"类别] 传统技艺

[级　　　别] 浦东新区级

[入 选 年 份] 2010 年,盛青云被命名为上海市级非物质文化遗产级项目"三阳
泰糕点制作技艺"浦东新区级代表性传承人

[入 选 批 次] 第二批

[性　　　别] 男

[所 在 街 镇] 周浦镇

[从 艺 年 限] 26 年

[相 关 经 历] 盛青云自 1997 年起进入三阳泰食品厂,虚心拜师,刻苦钻研技
艺。2007 年承包该厂的经营。2010 年任总经理。一方面全面负
责公司业务的开展,另一方面精心研制糕点制作的工艺步骤和
正确合理的配方,根据社会需求和人们对糕点口味的变化,在品
种设置和传统配方上作了调整,十分注重糕点的松、脆、软与降
低糖分的用量,不断增加品种,轮换交叉生产,以让顾客保持新
鲜感。目前上海的浦东新区、奉贤区和浙江的一些地方超市和
糕点批发部都有三阳泰糕点销售。

【"非遗"项目】

本帮菜肴传统烹饪技艺

浓油赤酱烹佳肴，

菜系本帮品味骄。

疑是天官八大菜，

——喷嘴跳眉梢。

色香味俱佳的本帮菜肴

【档案记录】

［"非遗"类别］ 传统技艺

［级　　　别］ 上海市级

［入　选　年　份］ 2011 年，"本帮菜肴传统烹饪技艺"被列入上海市级非物质文化

　　　　　　　　遗产名录

［入　选　批　次］ 第三批

［史　料　摘　引］ 据明万历《嘉定县志》载："清浦镇，一名高桥镇……多鱼盐芦苇

　　　　　　　　之富为通邑诸乡之冠。"高桥地区得天独厚的地理位置以及丰富

的物产,改变了人们的饮食习惯。明清时期高桥一带的饮食风俗已有"四盆六碗"的说法。1843年上海开埠以后,一批身怀精湛烹饪绝技的浦东厨师创制了具有浓郁浦东乡土风情的本帮菜。

［相 关 链 接］上海本帮菜是产生于上海本地、符合本地人传统口味的菜肴派别,以此与川菜、鲁菜、湘菜等各种客帮菜相区别。上海本帮菜最早源于浦东高桥等地的农家菜。"本帮菜肴传统烹饪技艺"的主要特点为:浓油赤酱,口感醇厚;崇尚本色,乡土风味;类别丰富,自成体系;博采众长,善于创造。本帮菜厨师最为著名的有"德兴馆"的杨和生、李林根、李伯荣、徐焕昌、韩泉、缪云长;"长兴馆"的周悦卿、周仁初;民间厨师孙炳等。特色经典菜除"老八样"外,还有红烧鲥鱼、虾籽大乌参、糟钵头等。

［保 护 单 位］高桥镇
［传 承 人］缪飞云(浦东新区级)

【"非遗"传承人】

缪云飞

学艺从师灶火边，

佳肴自信本帮先。

烹来老菜烹新菜，

猪手明虾美味添。

【档案记录】

［"非遗"类别］传统技艺

［级　　　别］浦东新区级

［入 选 年 份］2012 年,缪云飞被命名为上海市级非物质文化遗产项目"本帮菜
　　　　　　　肴传统烹饪技艺"浦东新区级代表性传承人

［入 选 批 次］第三批

［性　　　别］男

［职　　　称］一级技师

［所 在 街 镇］高桥镇

［从 艺 年 限］37 年

［相 关 经 历］1986 年 9 月,缪云飞进入上海"德兴馆"学习"本帮菜肴传统烹饪
　　　　　　　技艺",先拜徐菊英和张阿大为师。1990 年,上海静安宾馆总厨
　　　　　　　徐焕昌来高桥"德兴馆"担任技术顾问,便又拜徐焕昌为师学习
　　　　　　　烹饪技艺。1993 年,调"德兴馆"高桥总店担任 1 号主厨。1995
　　　　　　　年,调八号桥"德兴馆"担任业务经理和厨师长。2004 年调高桥
　　　　　　　"德兴馆"一分店担任厨师长至今。对"本帮菜肴传统烹饪技艺"
　　　　　　　具有扎实的基本功,并推出了很多新派的本帮菜肴,为传承本帮
　　　　　　　菜带出了下一代优秀厨师,并热心为居民传授烹饪本帮菜的
　　　　　　　技艺。

【"非遗"项目】

兰花栽培技艺

培土选盆有讲究，

幽兰片片长心头。

精心栽育花开日，

满室馨香喜不休。

洗根——"非遗"传承人冯安清传授兰花栽培技艺

【档案记录】

["非遗"类别] 传统技艺

[级　　别] 上海市级

[入选年份] 2013年，"兰花栽培技艺"被列入上海市级非物质文化遗产名录

[入选批次] 第四批

[史料摘引] 大量的诗词、字画、著作记载着古人对兰花的喜爱。相传，中国的兰花栽培技艺起源于春秋时期的越国，古称"艺兰"。明清时期，上海"艺兰"活动盛行，开埠后更集中了当时全国大部分名品兰花，是中国"艺兰"的集结、发散中心。兰花的养植方法自古便有许多记载，流传至今的便有《艺兰秘诀》一书。

［相 关 链 接］ "兰花栽培技艺"是一门以种植技术为主,包括兰花的鉴定、栽培、管理、欣赏等学科知识的一门综合技艺。兰花的种植方法根据流传至今的《艺兰秘诀》记载有七要点:择泥、选盆、种法、培植、位置、蔽阳、浇灌,并涉及时节、气候等诸要素。兰花栽培最难之处在于用水的衡量,俗话"养兰一点通,浇水三年功"说的便是这个道理。

［保 护 单 位］ 上海兰蕙园林绿化发展有限公司

［传　承　人］ 冯安清(上海市级)

冯晶瑶(浦东新区级)

［获 得 荣 誉］ 春兰"汪字"品种参加"2004 江浙沪兰花展"荣获金奖。

【 "非遗" 传承人 】

冯安清

应待此花尊似君,

"亩中山水"乐答询。

此君绽放国兰美,

妍丽灼灼胜彩云。

【档案记录 】

["非遗"类别] 传统技艺

[级　　　别] 上海市级

[入 选 年 份] 2014 年,冯安清被命名为上海市级非物质文化遗产项目"兰花栽培技艺"代表性传承人

[入 选 批 次] 第四批

[性　　　别] 男

[职　　　务] 总经理

[所 在 单 位] 上海兰蕙园林绿化发展有限公司

[从 艺 年 限] 34 年

[相 关 经 历] 冯安清 1988 年起养植中国兰花,如今已收集名品国兰 200 余种,为"上海首届兰花展暨江浙沪兰花展"金奖获得者,并获中国兰花无土栽培基质发明专利。2009 年建立创新理念的兰花文化传播网站,内容涵盖中国兰文化介绍、国兰欣赏、艺兰技艺等方面,让人们了解国兰的文化历史。2010 年"上海世博会"期间,在世博园"亩中山水"园,策划、设计了中国兰花展览,受到了中外来宾的一致好评,观展人数达数百万人。

【"非遗"传承人】

冯晶瑶

犹将山土配砂盆，

还把清泉渗与喷。

但赏此花筋骨好，

叶葶气昂有精神。

【档案记录】

["非遗" 类别] 传统技艺

[级　　　别] 浦东新区级

[入 选 年 份] 2020 年,冯晶瑶被命名为上海市级非物质文化遗产项目"兰花制作技艺"浦东新区代表性传承人

[入 选 批 次] 第七批

[性　　　别] 女

[所 在 单 位] 上海兰蕙园林绿化发展有限公司

[从 艺 年 限] 13 年

[相 关 经 历] 冯晶瑶自幼年起受父亲——市级非物质文化遗产传承人冯安清的影响,学习艺兰技艺与兰花文化。2008 年起协助父亲在上海浦东农业园区策划举办"浦东丰收节"兰花展,该展览至今已举办 10 届。2013 年起开始进行兰花栽培技艺培训,每年对数百名游客与学生进行兰花栽培、兰花文化历史等相关知识的传授培训。自 2018 年以来先后参与策划了"上海兰花节""名园幽兰展"等大型兰花展示,举行了 10 余场"兰花栽培技艺"讲座,参加人数达到 8000 余人次。

【"非遗"项目】

手工织带技艺

宽窄区分款不同，

腰菱荠菜案图中。

当将锦带成纽带，

心有彩虹巧手工。

捆团待展：各种花纹、宽窄不一的织带作品

【档案记录】

［"非遗"类别］传统技艺

［级　　别］上海市级

［入选年份］2009 年，"手工织带技艺"被列入上海市级非物质文化遗产名录

［入选批次］第二批

［史料摘引］从浙江省余姚河姆渡等新石器时期文化遗址出土的织带五残片与织带造具来看,民间织带距今已有 5000 多年历史。上海地区的"手工织带技艺",其历史可追溯 600 多年前。民间织带流传至

浦东万祥等地已有 200 多年历史,清末民初,农妇娴熟织带,传人众多,至今万祥农村仍有流传。

[相 关 链 接] 万祥织带,历史悠久,它与农耕时期生产生活密切相关。经过历代传人的积累,形成了机织 300 毫米的宽带和 5 毫米的狭带两种,款式多样,工艺精湛,图案各异,色彩绚丽;宽带的款式有荠菜花、曲龙、银链、三羊、王字等 10 多种;狭带的款式有腰菱带、横子带、迈字带、枣花带等 20 多种,所见图案可归为"条、块、花"三类。万祥织带是缔结和谐相处的精神纽带,是盛开于滨海农家民间手工技艺民间美术之中的一枝海棠花。

[保 护 单 位] 万祥镇

[传 承 人] 盛金娟(上海市级)

王梅芳(浦东新区级)

【"非遗"传承人】

盛金娟

编图织锦色缤纷，

条块格花入此门。

彩线绵延长几里，

捆合多少裂开痕。

【档案记录】

［"非遗"类别］传统技艺

［级　　　别］上海市级

［入　选　年　份］2010 年，盛金娟被命名为上海市级非物质文化遗产项目"手工织
　　　　　　　　带技艺"代表人

［入　选　批　次］第二批

［性　　　别］女

［所　在　街　镇］万祥镇

［从　艺　年　限］58 年

［相　关　经　历］盛金娟 16 岁时跟随外婆和母亲学习织带。作为万祥织带的传承
　　　　　　　　人，其所编织的织带款式多样，工艺精湛。为让"手工织带技艺"
　　　　　　　　能够长久流传下去，将技艺传给了女儿、侄媳、弟媳，以及邻居，
　　　　　　　　"一传十，十传百"。2011 年 5 月，其宽带、狭带以及布鞋、布包等
　　　　　　　　作品参加了由"上海市非物质文化遗产保护中心"组织的"衣被
　　　　　　　　天下——从乌泥泾棉布到海派旗袍"展览互动。

【 "非遗" 传承人 】

王梅芳

如意八结锦绣符，

万祥织带万祥图。

梭子琴键何相似，

机杼声声技艺出。

【档案记录】

［ "非遗" 类别］传统技艺

［级　　别］浦东新区级

［入 选 年 份］2018 年,王梅芳被命名为上海市级非物质文化遗产项目"手工织
带技艺"浦东新区级代表性传承人

［入 选 批 次］第六批

［性　　别］女

［所 在 街 镇］万祥镇

［从 艺 年 限］54 年

［相 关 经 历］王梅芳在跟随祖母、哥嫂等织带高手学艺过程中,逐渐领会到织
带技艺的奥秘,之后通过勤学苦练逐渐成为织带高手。为了传
承家乡的传统技艺,一方面把技艺传承给女儿、邻居和徒弟,使
万祥织带有了第四代传承人;另一方面,将平时编织的许多精
品,展示于万祥镇"非遗"展示馆,并应时制作了文创小品供游客
参观,为让传统技艺的"非遗"项目传承下去作贡献。

【"非遗"项目】

微型明清家具制作技艺

凳桌柜榻匠心奇，
榫卯衔接固而齐。
型款袖珍成世界，
收藏观赏两相宜。

精巧雅致——客厅与书房微型家具

【档案记录】

［"非遗"类别］传统技艺

［级　　　别］上海市级

［入 选 年 份］2015年，"微型明清家具制作技艺"被列入上海市级非物质文化
遗产名录

[入 选 批 次] 第五批

[史 料 摘 引] 明清家具同中国古代其他艺术品一样,不仅具有深厚的中华民族文化艺术底蕴,而且具有典雅、实用的功能,令人回味无穷。明清家具的收藏始于 20 世纪 30 年代,外国人开始大量地收购、收藏中国明清家具,并运往海外。在后来的几十年间,西方人将中国明清家具提升到了与中国其他文物等同的地位。

[相 关 链 接] 明清家具专指明清时期的硬木家具,被誉为世界家具的黄金时代,堪称世界家具的佼佼者。"微型明清家具制作技艺"是按照明清家具的榫卯结构及造型特点,选用二三百年的明清家具残料,以 1∶10 的比例制作,亦可选材紫檀木、柏木、红木、黄花梨、鸡翅木、榉木、铁力木、瘿木等为之。明清家具可分五类:椅凳类、桌案类、柜架类、床榻类、屏联类等,为微型明清家具的制作工艺提供了传承实体。微型明清家具的最大其特点是小中见大、便于展示,具有观赏和收藏价值。

[保 护 单 位] 浦兴街道

[传 承 人] 吴根华(上海市级)

[获 得 荣 誉] 1991 年,《明清家具》入选上海民间收藏珍品、绝技表演展。2007年,"客厅明清家具一组"入选"上海市老年教育艺术作品展优秀作品展"。2008 年,"微型明清家具"入选"长三角职工艺术品收藏展"。

【"非遗"传承人】

吴根华

桌上有桌榫卯成，
相传三代有贤能。
精于研制精学术，
艺术名家业界称。

【档案记录】

［"非遗"类别］ 传统技艺

［级　　　别］ 上海市级

［入 选 年 份］ 2020 年,吴根华被命名为上海市级非物质文化遗产项目"微型明清家具制作技艺"代表性传承人

［入 选 批 次］ 第六批

［性　　　别］ 男

［所 在 街 镇］ 浦兴街道

［从 艺 年 限］ 49 年

［相 关 经 历］ 吴根华出生于木匠之家,从小受到祖父、父亲精于微型明清家具制作的熏陶,喜欢上木质玩具。从 1980 年开始,为了更加系统地学习明清家具的制作技艺、工艺流程及各种榫卯结构,通过订阅专业杂志进行自学,经过 20 多年的学习和实践,先后制作了微型明清家具中的客厅家具、书房家具、卧室家具、闺房家具与部分微型盆景架,作品多次参加各省、市的展示,并发表于报刊上。1997 年 11 月获得上海市总工会提名"上海工人艺术家"称号。2014 年荣获"上海市市民百名手工艺达人"称号。2015 年荣获"上海市市民百名设计师"称号。编写出版有《微型明清家具鉴赏与制作》一书,并在"第二届 NERC 杯全国社区教育优秀课程评比"活动中获得优秀奖。

【"非遗"项目】

古船模型制作技艺

料材同质备中添，
放样油漆首尾连。
一杆风帆高挂起，
航程万里浪涛间。

中国航海博物馆制作的明代轮船模型

【档案记录】

[别　　　　名] 古时称"缩尺模型"，现在叫"比例模型"
["非遗"类别] 传统技艺
[级　　　　别] 上海市级
[入　选　年　份] 2015 年，"古船模型制作技艺"被列入上海市级非物质文化遗产
　　　　　　　名录

［入 选 批 次］第五批

［史 料 摘 引］古船模型是舟船文化和航海文化的重要载体。船模制作技艺在中国历史悠久，出土文物可上溯至汉代。上海地区的造船历史可追溯到唐代。

［相 关 链 接］船模虽小，五脏俱全。古船模型制作是以真船同质材料，如木料、布料、线绳、竹麻、金属、油漆等 10 多种材质为原料。制作技术涉及放样、木工、缝纫、漂染、竹编、雕刻、绘画、油漆等多门工种，主要用材有木料、竹料、布料、线绳、金属、油漆等，制作材料和制作技术的多样性，要求制作人须掌握多门工种制作技艺，所以"古船模型制作技艺"也是集多种传统手工制作技艺于一体的典型代表。

［保 护 单 位］陆家嘴街道

［传 承 人］张玉琪(上海市级)

［获 得 荣 誉］张玉琪用"古传模型制作技艺"所复原制作的古船模型，以及船用属具，先后被交通大学"董浩云航运博物馆"等 10 多家博物馆收藏和展示。"第一届中式木帆船模型展评大赛"在中国航海博物馆举办，"古船模型制作技艺"项目有张玉琪制作的"上海沙船"等四艘船模入围参赛，占了参赛船模的十分之一。其中"上海沙船""歪脑壳船""歪屁股船"等三艘船模获得的奖项，占了获奖名单的五分之一。"上海沙船"模型参加 2015 年"上海市民文化节"展评活动，张玉琪荣获"百名市民手工艺达人"称号。

【"非遗"传承人】

张玉琪

心挂此帆驶里程，

寄情岁月伴人生。

谁说模具型缩尺？

载古江舟纵与横。

【档案记录】

［"非遗"类别］传统技艺

［级　　　别］上海市级

［入 选 年 份］2016 年，张玉琪被命名为上海市级非物质文化遗产项目"古船模
　　　　　　　型制作技艺"代表性传承人

［入 选 批 次］第五批

［性　　　别］男

［所 在 街 镇］陆家嘴街道

［从 艺 年 限］38 年

［相 关 经 历］张玉琪出生于一个有造船传统的家庭，从小耳濡目染，对造船和船
　　　　　　　模产生浓厚兴趣，十几岁时便在父亲的帮助下制作结构简单的中
　　　　　　　国帆船的模型。1979 年进上海船厂做木模工。1982 年至 2008 年
　　　　　　　被分配到船厂船模组工作，任船模组组长。在上海船厂 30 年的工
　　　　　　　作中制作了 20 多种各种类型的船模。制作和复原的船模以及船
　　　　　　　用属具先后被中国航海博物馆等 10 多家展馆收藏展示。2010 年
　　　　　　　"上海世博会"期间，为中国船舶馆制作的四型六艘古船模型，真实
　　　　　　　精妙地再现了中国古代的造船和航海技术。2015 年退休后，与上
　　　　　　　海交通大学等院校合作，进行中国古代造船知识和船模制作技艺
　　　　　　　现场交流。2017 年在我国第 12 个"文化遗产日"上，由其领衔的
　　　　　　　团队开课 50 天，为中国航海博物馆的 12 位馆员进行辅导。近年
　　　　　　　来，组织进行了中国船史研究和学术交流。现为中国造船工程学
　　　　　　　会、中国航海学会会员。

【"非遗"项目】

海派盆景技艺

倚石临水造型工，

绕蔓缠藤显趣浓。

谁言景观盆内小？

总关天地自然功。

总关天地自然功——海派盆景作品

【档案记录】

［"非遗"类别］传统技艺

［级　　　别］上海市级

［入 选 年 份］2015 年，"海派盆景技艺"被列入上海市级非物质文化遗产名录

［入 选 批 次］第五批

［史 料 摘 引］据考证上海盆景已有 400 多年历史，集众家之所长，在学习和研
究我国传统盆景艺术的基础上，"海派盆景技艺"秉承了中国绘
画艺术的"师法自然，苍古入画"要旨，兼收并蓄了其他各个流派

的长处,自创形成了盆景技艺风格。

曹瑛《高行竹枝词》记咏曰:"金迎黄柏雪迎梅,榆皂松银小盆栽。一自张公裁剪后,枝枝叶叶尽成材"。附言:"敷南张先生癖好盆树,妙于剪裁,今无其匹矣。"

[相 关 链 接] 海派盆景是以一个以上海命名的盆景艺术流派。"筠园"家庭盆景园位于上海市浦东新区三林镇西临江庞家,其祖上流传至今的实物古盆匾额、古盆景及庭园造型树等都在百年以上。"海派盆景技艺"主要采用庞家祖传的树桩盆景栽培法,加上家传《芥子园画谱》的中国山水画意境与中国赏石文化相结合,形成了形式自由、精巧雄健、明快流畅的特点。海派盆景的造型比较自然,不受任何程式限制,因此其造型多种多样,其创作的树石水岸盆景作品为当今中国盆景的代表作及中国当代传世盆景之一,在国内外屡获殊荣。"海派盆景技艺"中的干、枝造型均采用丝缠绕法,造型基本完成后,对其发生的各级小枝,均采用修剪剥芽方法,使其最后成型。"海派盆景技艺"蕴含文学和美学,并集植物栽培学、植物形态学、植物生理学及园林艺术和植物造型艺术于一体。

[保 护 单 位] 三林镇

[传 承 人] 庞燮庭(上海市级)

庞盛栋(浦东新区级)

[获 得 荣 誉] 盆景《牧牛图》荣获"1998年国际花卉博览会"盆景类一等奖,入选《中国盆景金奖集》一书。盆景《涛声依旧》在2001中国盆景评比赛中荣获金奖,荣登2002年2月中国盆景权威杂志《花木盆景》封面。盆景《阳春白雪》2005年代表中国参加"第八届亚太地区盆景赏石博览会"并荣获全会代表奖,2005年10月号《花木盆景》刊登整版《阳春白雪》。2011年1月号《花木盆景》又发表题为《沉厚超迈,别有高致》一文,称赞这一作品。盆景《浦江源头》2006年代表中国参加"世界盆景赏石博览会"并荣获银奖。盆景《迟到的春天》荣获"2010中国上海庆世博会盆景大展"金奖。盆景《富在深山》在"2011全国浙沪盆景邀请大赛"上荣获金奖。盆景《人杰地灵》代表中国参加"2013国际盆景大会",被国际盆景组织评为国际银奖。庞燮庭家庭及其"筠园"盆景园,1998年被上海市人民政府文明办评为"上海市种绿养绿好家庭"一等奖。2012年又被评为"上海市最佳庭院"。2015年12月,庞燮庭荣获"上海·中国盆景艺术大师"称号。

【"非遗"传承人】

庞燮庭

虬枝蓊郁色葱茏，
遒劲立根寸土中。
球冠层叠生险势，
片石紧紧簇相拥。

【档案记录】

［"非遗"类别］传统技艺
［级　　　别］上海市级
［入 选 年 份］2016 年,庞燮庭被命名为上海市级非物质文化遗产项目"海派盆
　　　　　　　景技艺"代表性传承人
［入 选 批 次］第五批
［性　　　别］男
［职　　　务］三林盆景协会会长
［所 在 街 镇］三林镇
［从 艺 年 限］53 年
［相 关 经 历］1969 年,庞燮庭"上山下乡"投亲插队回家乡筠园,积极发展和创
　　　　　　　新"筠园盆景"。"文革"后与儿子庞盛栋一起加入"上海市盆景
　　　　　　　赏石协会",受到许多对研究创新当代盆景理论方面的启发。几
　　　　　　　十年来,利用祖传的树桩盆景栽培法,加上中国山水画意境,再
　　　　　　　融入历史悠久的中国赏石文化,结合创新,形成海派三林筠园树
　　　　　　　石盆景风格。在保护和传承"海派盆景技艺"工作中,成立了三
　　　　　　　林盆景协会,并组建了三林海派盆景园。2008 年起,每年"上海
　　　　　　　民俗文化节"暨"三月半"圣堂庙会上展示"海派盆景技艺"大型
　　　　　　　盆景展,得到几十万参观者的高度赞誉。2015 年被中国盆景组
　　　　　　　织授予"上海市盆景艺术大师"荣誉称号。现为上海市盆景协会
　　　　　　　会员、三林盆景协会会长、三林海派盆景园园长。

【"非遗"传承人】

庞盛栋

石头章法哪形成?

直立旁出纵与横。

依山傍水林木秀,

犹闻江岸尽涛声。

【档案记录】

["非遗"类别] 传统美术

[级　　　别] 浦东新区级

[入 选 年 份] 2016年,庞盛栋被命名为上海市级非物质文化遗产项目"海派盆景技艺"浦东新区级代表性传承人

[入 选 批 次] 第五批

[性　　　别] 男

[所 在 街 镇] 三林镇

[从 艺 年 限] 28年

[相 关 经 历] 庞盛栋从小跟随父亲从事盆景栽培、盆景技艺研究工作。善于创新,对于中国山水、树石布局有着独特见解。结合自己从树石章法到色彩选择,开拓新的视觉艺术角度的心得,形成有关论文发表于专业报刊。在盆景网站上向国际盆景界宣传海派盆景艺术,经常参加各类盆景展览,和国内外盆景大师共同交流研讨"海派盆景技艺"的创新发展和制作。2001年参加第五届中国盆景评比展览,树石盆景作品《涛声依旧》荣获金奖,有关事迹曾在2017年8月18日《青年报》专版介绍。

【"非遗"项目】

芦苇编织

芦苇苍苍长海边，

轻柔篾片手中编。

编星织月编千万，

创造生活无限间。

"非遗"传承人为学生传授芦苇编织技艺

【档案记录】

［"非遗"类别］传统技艺

［级　　　别］上海市级

［入 选 年 份］2018 年，"芦苇编织"被列入上海市级非物质文化遗产名录

［入 选 批 次］第六批

［史 料 摘 引］倪绳中《南汇县竹枝词》记咏曰："芦花鞋子芦花帚，都出张江栅
里来。最妙谈笺古牙色，善随人意笔花开。"附言："芦花鞋与帚
出张江栅，他处无之，冬间盛行江浙。又谈论造纸，捣染有秘法，

董宗伯评云:'谈笺多古牙色而润棉,善随人意。'案:古色纸,白事用,至今存。"

浦东的"芦苇编织技艺"早在300多年前就出现了,当时的先民靠海而居,滩涂湿地的芦苇在他们手中开始了最原始的编织。

[相 关 链 接] "芦苇编织"是利用晒干的芦秆及芦叶来制作各类生活用品及工艺品。"芦苇编织"用品主要有四类:生活用品类,如房屋、帘子、簸箕等;民俗类,如扎库;食品类,如包粽子;工艺品类如花瓶等。"芦苇编织"作为当时人们在物质极度匮乏时迸发出来的智慧结晶,至今仍然具有特殊的科学工艺、历史人文和社会学研究价值。

[保 护 单 位] 书院镇
[传 承 人] 唐永恩(上海市级)

【"非遗"传承人】

唐永恩

帘子扫帚各型篮，

揉捻穿戳技艺传。

编过星光编日月，

小猴大象儿童欢。

【档案记录】

［"非遗"类别］传统技艺

［级　　　别］上海市级

［入 选 年 份］2020 年,唐永恩被命名为上海市级非物质文化遗产项目"芦苇编
　　　　　　　织"代表性传承人

［入 选 批 次］第六批

［性　　　别］男

［所 在 街 镇］书院镇

［从 艺 年 限］55 年

［相 关 经 历］唐永恩从 16 岁时就跟随祖父与父亲学习"芦苇编织"技艺,从最
　　　　　　　初的学习扎芦苇扫帚开始,学习编织既能保暖又防滑的芦花鞋、
　　　　　　　晾晒各种海鲜及蔬菜的芦苇帘子、各式各样的芦苇篮等。根据
　　　　　　　芦苇的特殊性质,结合人们对工艺品观赏的需求,研发出多种编
　　　　　　　织工艺品,开发出新型的果篮、家庭装饰用的花瓶、江南水乡的
　　　　　　　芦苇船、具有儿童特色的各类动物玩具以及各种生活用品。在
　　　　　　　总结前人经验的基础上,提炼了"穿""戳""捻""揉"等工艺手法,
　　　　　　　形成独具特点的海派特色。乐于为完整保留和传承"芦苇编织"
　　　　　　　技艺,开展各类宣传、讲解与传授的特色活动。

【"非遗"项目】

传统杆秤制作技艺

中心杆上两端留，
秤尾长来短秤头，
刻度星花精步韵，
公平端正信义酬。

"非遗"传承人为学生传授"传统杆秤制作技艺"

【档案记录】

〔"非遗"类别〕 传统技艺

〔级　　　别〕 上海市级

〔入　选　年　份〕 2018年，"传统杆秤制作技艺"被列入上海市级非物质文化遗产名录

〔入　选　批　次〕 第六批

〔相　关　链　接〕 千百年来，杆秤堪称华夏"国粹"，作为商品流通的主要计量工具，活跃在大江南北，代代相传。传统杆秤是利用杠杆原理来称

重量的简易衡器,由木制的带有秤星的杆秤、金属秤锤、提绳等组成。早期的浦东居民多依靠农耕渔织为生,杆秤由于轻便易携带,使用率极高,几乎家家户户都会有一杆。杆秤盛产地区主要有大团、祝桥、书院、惠南等。

[附　　　注]　"传统杆秤制作技艺"2013年曾被列入第四批浦东新区非物质文化遗产名录。工匠依据国家统计局颁布的统一标准砝码对秤进行分量,根据砝码校准在中心线位置进行等分,并用专门的工具银丝刀在木杆上刻下代表不同公斤数的准确位置,然后在中心线转90度的另外一边刻下小公斤数,然后撤掉砝码,即谓"步韵"。

[保 护 单 位]　书院镇

[传　承　人]　潘仁官(上海市级)

【"非遗"传承人】

潘仁官

楠木秤杆材制优，

秤星点点刻度留。

匠心已把秤心嵌，

提纽挂锤报准头。

【档案记录】

［"非遗"类别］传统技艺

［级　　　别］上海市级

［入 选 年 份］2020 年,潘仁官被命名为上海市级非物质文化遗产项目"传统杆
秤制作技艺"代表性传承人

［入 选 批 次］第六批

［性　　　别］男

［所 在 街 镇］书院镇

［从 艺 年 限］60 年

［相 关 经 历］作为书院镇潘家杆秤制作第三代传人,潘仁官根据市场流动销
售的特点,制作出具有小巧玲珑、方便携带的杆秤。同时,总结
了前人制作杆秤所需材料的经验,发现最上品的杆秤应以楠木
为材质。根据民间流传的谚语"秤上亏心不得好,秤平斗满是好
人"等理念,镶嵌秤星,使工艺完成之后能够清晰看到星花发出
的星光,秤星制作符合老百姓的心理特征。潘仁官热心于对"传
统杆秤制作技艺"的传承和发扬,积极开展讲课传授等相关
活动。

【"非遗"项目】

张氏风科疗法

张家数代有传人，
乐善行医见精神。
汤剂针灸合而治，
中西并用不相分。

"张氏风科疗法"使用的各类针灸用具、艾绒、火罐、七星针

【档案记录】

［"非遗"类别］ 传统医学

［级　　　别］ 上海市级

［入 选 年 份］ 2011 年，"张氏风科疗法"被列入上海市级非物质文化遗产名录

［入 选 批 次］ 第三批

［史 料 摘 引］ 曹瑛《高行竹枝词》记咏曰："芍药名医赌状元，一门技术总称尊。
从来极盛难为继，恐少奇才作后昆"。附言："作林邱公，高镇之良
医也，爱用芍药，人称为'邱芍药'。其子名川，人称为'赌状元'，今
已无嗣矣。"

"张氏风科疗法"起源于清乾隆年间的祝桥集镇西首张家宅的张

氏世医,以内服、外敷、针灸为专长,运用中医的辨证论治原则,将风湿病分为风重型、寒重型、风湿型、寒湿型五种,迄今已有280年历史,传承第11代。

[相 关 链 接] 张氏后人继承创始人张传丰以救世为念、乐善好施、为民治病的好传统,在立足内服、外敷、针灸作为张氏风科的诊疗特色与专长的过程中,注重在传承中有创新,从丸散、汤剂、针灸,再结合西医疗治,疗效显著,因救死扶伤的善举而声名卓著。张氏风科的中医处方立足于"非大热不能祛除大寒"的理念,其处方是"二大"——辛温大毒、大剂量。张氏风科秘方及历代的医药论著,丰富了祖国医学宝库,充分展示了中华民族在医学业上的创造力。

[保 护 单 位] 祝桥镇

[传　承　人] 张云飞(上海市级)

张乐(浦东新区级)

【"非遗"传承人】

张云飞

风湿得病怎来除？
望闻问切细诊出。
二大处方唯吾有，
化活祛引益和扶。

【档案记录】

［"非遗"类别］ 传统医学

［级　　　别］ 上海市级

［入 选 年 份］ 2012 年,张云飞被命名为上海市级非物质文化遗产项目"张氏风
　　　　　　　科疗法"代表性传承人

［入 选 批 次］ 第三批

［性　　　别］ 男

［所 在 街 镇］ 祝桥镇

［从 医 年 限］ 64 年

［相 关 经 历］ 张云飞系张氏风科第 10 代传人,在祖辈的熏陶下,耳濡目染,自
　　　　　　　幼喜欢医药。1959 年进祝桥医院随父习医。1965 年毕业于上海
　　　　　　　市中医带徒班（由上海市卫生局局长王聿先发证）,大专学历。
　　　　　　　1980 年起在周浦镇川周公路 4381 号个体诊所行医至今,专治风
　　　　　　　湿病、皮肤病。运用中医的辨证论治原则,以内服、外敷、针灸为
　　　　　　　专长,将风湿病分为风重型、寒重型、湿重型、风湿型、寒湿型五
　　　　　　　种。处方特色"二大"——辛温大毒、大剂量,配以引经药、祛风
　　　　　　　药、化湿药、活血通络祛痰药、扶正固本药、益气养血药。先后在
　　　　　　　医药杂志、全国风湿学术会议上发表论文 11 篇。研制的"鹅掌风
　　　　　　　浸剂"在"上海市第一届中西医结合成果展览会"上展出。1992
　　　　　　　年被评为"全国先进个体劳动者",受到党和国家领导人的接见

并合影。五次被评为"上海市先进个体劳动者",五次被评为"上海市优秀个体开业医生"。其家传医术及高尚医德、为百姓解除病痛的事迹广为流传。1997年被评为"上海市百件好事"。

【 "非遗" 传承人 】

张　乐

行针就像雀啄功，

经络化瘀辛桂通。

义诊坐堂行道义，

杏林春暖乐其中。

【档案记录】

［"非遗"类别］传统医学

［级　　　别］浦东新区级

［入 选 年 份］2018年,张乐被命名为上海市级非物质文化遗产项目"张氏风科疗法"浦东新区级代表性传承人

［入 选 批 次］第六批

［性　　　别］男

［所 在 街 镇］祝桥镇

［从 医 年 限］38年

［相 关 经 历］张乐系张氏风科疗法第11代传人。受家庭熏陶,自幼喜欢习医。1985年随父学医,一年后考入南市区卫校学习专业理论三年,毕业后继续随父在诊所专攻诊治风湿病,研读中医经典著作,掌握祖传秘方与针灸手法,独立应诊。迄今已从医30多年,在继承祖传真谛的基础上,又自创针灸雀啄疗法,加之发展推拿,治疗数以万计的疑难杂症患者,取得良好疗效。在实践中不断总结理论,2001年,在哈尔滨召开的全国中西医结合治疗类风湿病学术会议上,宣读了《中药辛桂二乌汤治疗类风湿关节炎200例》的论文,获得好评,上海教育电视台、《大众医学》《东方早报》等均作过报道。2000年起带领女儿张香坡学习中医药专业知识,把独特的治疗经验传给了第12代传人。坚持到社区开展义诊与免费用药、针灸,获得"上海市先进个体劳动者"等多项荣誉。

【"非遗"项目】

杨氏针灸疗法

五代传承历百年，
中医刺罐谱新篇。
也针也药科学治，
疗法综合杏林先。

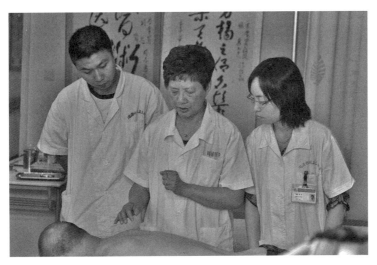

传承人杨容在为患者医治中

【档案记录】

［"非遗"类别］ 传统医学

［级　　　别］ 上海市级

［入 选 年 份］ 2011 年，"杨氏针灸疗法"被列入上海市级非物质文化遗产名录

［入 选 批 次］ 第三批

［相 关 链 接］ 杨氏针灸在浦东已传承五代，有百年历史，是当代海派中医中一
　　　　　　　　支重要的学术流派。杨氏针灸具有四诊合参，注重望舌；重视经

络,辨证施治;针药并用,内外同治;刺罐结合,活血化瘀;虚实分清,补泻适宜的医疗特色,使之在当代上海地区重要的中医学术流派中独树一帜。尤其是杨氏独创的"絮刺火罐疗法"最具代表性;杨氏自创的经验效穴,更是一绝。其传承人在祖传疗法的基础上与现代医学相结合,在临床上力创"中医全方位综合疗法"走出了中医临床学的新路。

[保 护 单 位] 周浦镇

[传　承　人] 杨依方(已故)、杨容(上海市级)

　　　　　　　陈萍(浦东新区级)

[获 得 荣 誉] 杨永璇、杨依方编著《针灸治验录》。

　　　　　　　杨依方编著出版的《杨永璇中医针灸经验选》《杨永璇针灸医案医话》是我国重要的针灸医案专著,在国内外医学界产生很大影响。杨依方撰写《针刺配合药物治疗 58 例》《絮刺火罐疗法治脊椎肥大症》等论文 10 余篇。

　　　　　　　杨容撰写的论文《名中医杨依方学术经验介绍》《杨氏絮刺火罐疗法脊椎病变 90 例临床报告》,分别在第二、第四届"上海国际针灸临床科研学术研讨会"上荣获优秀论文奖,受到国内外医学界的重视。1998 年 4 月 26 日,杨容撰写的《上海市名中医杨依方治疗颜面神经麻痹经验介绍》获得"第二届上海国际针灸临床科研学术研讨会"优秀论文奖。2000 年 4 月 26 日,杨容撰写的《杨永璇絮刺火罐疗法治疗脊椎肥大症的临床研究》在第三届上海国际针灸临床科研学术研讨会上获得优秀论文奖。并于 2002 年5 月获得上海市科学技术委员会审核认定为"上海市科学技艺成果"并颁发认证证书。

【 "非遗" 传承人 】

杨依方

绝技祖传学问添，

行针药疗脉相连。

病发阑尾舌尖看，

功自中西理论间。

【档案记录】

［"非遗"类别］传统医学

［级　　　别］上海市级

［入 选 年 份］2012年,杨依方被命名为上海市级非物质文化遗产项目"杨氏针灸疗法"代表性传承人

［入 选 批 次］第三批

［性　　　别］男

［职　　　称］主任医师

［所 在 街 镇］周浦镇

［从 医 年 限］79年,已故

［相 关 经 历］1939年9月至1943年7月,杨依方就读于上海中国医学院兼杨永璇诊所待诊。1944年11月至1952年2月,开设"杨依方诊所"。1952年2月至1956年6月,加入南汇县周浦镇第一联合诊所。1956年6月至1957年2月,在江苏省中医针灸科工作。1957年2月至南汇县周浦医院工作。1998年1月退休后积极参加义诊。行医60余年,既有祖传绝技,又有学院派理论,形成针药并用、制罐结合、温针艾灸、经络刺血的科学疗法。1980年3月6日的《文汇报》专题报道《观察舌头能够确诊阑尾炎——中医杨依方诊断符合率九成以上》,这是"杨氏针灸疗法"对中西结合的一项重大贡献。

【"非遗"传承人】

杨 容

综合疗法代传来，
火罐针灸背上排。
褒奖连连多如许，
悬壶济世是情怀。

【档案记录】

［"非遗"类别］ 传统医学

［级　　别］ 上海市级

［入 选 年 份］ 2016 年,杨容被命名为上海市级非物质文化遗产项目"杨氏针灸疗法"代表性传承人

［入 选 批 次］ 第五批

［性　　别］ 女

［职　　称］ 副主任医师

［所 在 街 镇］ 周浦镇

［从 医 年 限］ 56 年

［相 关 经 历］ 1962 年至 1967 年,杨容进入上海中医学院"名老中医带徒班"学习。1968 年至 1985 年,大学毕业后分配在安徽省大别山西县卫生系统工作。1986 年调至上海市南汇县中心医院针灸科任中医师,并晋升为主治、副主任医师。在行医 40 多年的临床实践中力创"中医全方位综合疗法",著有 48 篇论文分别在国际、国内省市级学术会议交流,有的在国内外学术刊物上发表。论文《名中医杨依方学术经验介绍》在 1997 年"第二届上海国际针灸临床科研学术研讨会上"获得优秀论文奖。论文《杨氏针灸治疗颜面神经麻痹经验报告》在 1998 年"第 10 届国际名医学术交流大会中国区域会议"获得优秀论文奖。论文《絮刺火罐疗法治疗脊椎病变 90 例临床报告》在 2000 年"第三届上海国际针灸临床科研学术

研讨会"获得优秀论文奖。在周浦医院主持的临床科研项目"杨氏絮刺火罐疗法治疗脊椎病变临床和实验研究"取得了丰硕成果,2003 年被上海市科委评定为"上海市科学技术成果"受到表彰。杨容于 1990 年荣获"上海市巾帼奖"。1995 年被评为"上海市三八红旗手"。2009 年"我的家庭"被评为"上海市科学生活家庭"。2012 年荣获"上海市侨界公益奉献奖"。杨容开展义诊服务 30 多年,义诊总人次超过 18 万。国务院新闻办曾为杨容拍摄电视纪录片《中医世家的后代》,上海教育电视台曾拍摄科教片《杨氏针灸》,在海内外热播。

【"非遗"传承人】

陈 萍

乐将患者作亲朋，

火罐温针治病疼。

医过颈椎医面痪，

寒风在此换春风。

【档案记录】

［"非遗"类别］ 传统医学

［级　　　别］ 浦东新区级

［入选年份］ 2016年，陈萍被命名为上海市级非物质文化遗产项目"杨氏针灸疗法"浦东新区级代表性传承人

［入选批次］ 第五批

［性　　　别］ 女

［所在街镇］ 周浦镇

［从医年限］ 14年

［相关经历］ 陈萍从2008年7月起就职于周浦社区卫生服务中心中医科，通过拜师学医，悉心钻研，深得杨氏针灸各代诊疗特色及精髓：针刺治疗以患者压痛点为治疗重点；针、罐与中药渗透疗法结合；选穴精而少，崇尚一针疗法；絮刺火罐疗法等临床特色。在10余年的基层中医针灸临床实践中，多次在浦东新区中医药文化知识竞赛中表现优秀，获得"斯泰隆杯"浦东新区义务中青年医药知识技能竞赛二等奖等多项荣誉，发表《杨氏针灸疗法治疗偏瘫30例临床观察》等多篇论文。2012年10月成为上海市针灸学会会员。2017年1月起任周浦社区卫生服务中心中医科科长。工作至今，每季度定期开展健康咨询、义诊等活动。

【"非遗"项目】

益大中药饮片炮制技艺

瓮罐器瓶酒气浓，
药材饮片见蛇虫。
浸蒸煮切成工艺，
专利当观沪地龙。

中药切片包装

【档案记录】

［"非遗"类别］传统技艺

［级　　　别］上海市级

［入 选 年 份］2013 年，"益大中药饮片炮制技艺"被列入上海市级非物质文化
　　　　　　　遗产名录

［入 选 批 次］第四批

［史 料 摘 引］曹瑛《高行竹枝词》记咏曰："海王门第作东床，买得良田买得房。

身厌新衣口厌肉,奔波不独为岐黄。"附言:"徐思雅,颇通文墨,后业医,为海边张胜公之婿,俭吝与民望等。"

饮片是中医的处方药,是国家基本药物目录品种,是中医用药特色。中药片炮制技艺是我国人民长期与疾病作斗争的经验总结。"益大中药饮片炮制技艺"可以回溯到1908年陈心一创建的益大药行,至今有100多年历史,已传承五代。

[相 关 链 接] "益大中药饮片炮制技艺"形成了"精选药材、工艺独到,因药制宜、操作精细,注重药效、传承发展"的中药炮制技艺流派,可以说,"益大中药饮片炮制技艺"荟萃了历代炮制工艺之精华,在浸、泡、煅、煨、炒、炙、蒸、煮、切等工艺方面,形成了自己的特色。尤其是"沪地龙"和"红豆杉"等饮片炮制技艺,具有独特的炮制技艺,取得了国家专利权。"益大中药饮片炮制技艺"具有重要医药临床价值和历史文化研究价值。

[保 护 单 位] 上海康桥中药饮片有限公司

[传 承 人] 陈维荣(上海市级)

[获 得 荣 誉] 2011年被列入全国中药饮片生产十强企业行列。2012年至2014年,"康桥"牌被评为"上海市著名商标""上海市名牌产品"。2015被评为"上海市中药行业名优产品"。

【"非遗"传承人】

陈维荣

红豆杉材浸化中，

取其饮片抑瘤功。

勿经烘晒经炮制，

抗癌良方在浦东。

【档案记录】

［"非遗"类别］传统技艺

［级　　　别］上海市级

［入　选　年　份］2014年，陈维荣被命名为上海市级非物质文化遗产项目"益大中
药饮片炮制技艺"代表性传承人

［入　选　批　次］第四批

［性　　　别］男

［职　　　称］中药师

［所　在　街　镇］康桥镇

［从　医　年　限］41年

［相　关　经　历］陈维荣从16岁开始，跟随父亲学习"益大中药饮片炮制技艺"。
自大专毕业后，于1984年4月起一直从事中药饮片炮制工作，根
据父亲传授的传统中药饮片炮制技艺，进行了科学的提炼，逐渐
形成了"精选药材、工艺独到、操作精细、因药制宜、注意药效"的
独特炮制技艺流派。先后研发了"红豆杉""沪地龙"的炮制技
艺，被收录进《上海市中药饮片的炮制规程》。经益大中药炮制
技艺炮制的中药饮片被市有关部门认定为"上海市名特优产品"
"上海市名牌产品"。参与市中医药行业协会优质中药饮片质量
的标准方案编制《中药饮片标准》，成为行业协会制定优质中药
饮片标准的中药依据。其所创立的品牌获得了"上海市著名商
标"称号及"上海市老字号"称号。

【"非遗"项目】

喉吹药制作技艺

喉痈喉痹口疳时，
冰麝珠黄治不迟。
漂洗炒煨为技法，
研钵当是最相知。

"非遗"传承人顾桂明医师在研制喉吹药

【档案记录】

["非遗"类别] 传统医药

[级   别] 上海市级

[入 选 年 份] 2018年,"喉吹药制作技艺"被列入上海市级非物质文化遗产
名录

[入 选 批 次] 第六批

[史 料 摘 引] 据《北蔡镇志》记载及顾氏家藏资料考证,顾氏喉科共有七代传
承人,其传承方式以亲缘传承和师徒传承的混合形式为特点。
顾氏喉科起源于19世纪中期,主要集中在上海市浦东新区北蔡
镇,当时闻名于川沙、南汇、奉贤、上海等县。经过160余年的传
承,其影响区域逐渐扩大,并以浦东新区为中心,向上海市其他
辖区以及周边临近城市辐射,时常有外省市病患慕名前来就诊。
顾兰荪,字瑞堂,号毓秀,为顾氏喉科创始人。

[相 关 链 接] 顾氏在治疗喉科疾病方面拥有明显的中医特色,尤其在喉痈、口
疳、喉痹和梅核气等疾病上独有建树,顾氏以辨证论治为基础,
内位同治为大法,并创制了多种喉吹药,临床疗效显著。包括
"冰麝散""加味珠黄散""碧雪散""如意散""红雪散"等,分别用
于不同类型、不同阶段的口腔咽喉疾病,其中以"碧雪散"最为经
典。顾氏在喉吹药的制作上,对于不同药物的加工技艺有独特
的要求,有一套较完整的漂、洗、炒、煨、煅等方法。顾氏传人对
于祖传医学从专利和学术上加以开发和总结,取得了颇有影响
的成果。

[保 护 单 位] 北蔡镇社区卫生服务中心

[传 承 人] 顾桂明(浦东新区级)

[获 得 荣 誉] 2014年,顾氏喉科喉吹药获得国家发明专利六项。2016年,获得
上海市社区中医药特色服务项目奖牌,出版《沪上顾氏喉科方技
荟萃》一书。

【"非遗"传承人】

顾桂明

祖传吹药治喉咙,

治了喉疳治喉痈。

才有噗噗随管到,

便觉痛痒减除中。

【档案记录】

["非遗" 类别] 传统医药

[级　　　别] 浦东新区级

[入 选 年 份] 2020 年,顾桂明被命名为上海市级非物质文化遗产项目"喉吹药
制作技艺"浦东新区级代表性传承人

[入 选 批 次] 第七批

[性　　　别] 男

[职　　　称] 医士

[所 在 街 镇] 北蔡镇

[从 医 年 限] 42 年

[相 关 经 历] 顾桂明出生于中医世家,自幼随父亲——顾氏喉科第四代传人
顾振达学习医理药性,掌握喉吹药的祖方、选药、炮制、研磨等制
作技艺及临床适应证,后经过专业考试认证合格后传承家学,成
为顾氏喉科第五代传人,就职于上海市浦东新区北蔡镇社区卫
生服务中心,从事中医喉科临床工作 40 年,期间曾到多家三甲医
院进修学习,临床擅长运用中医药治疗复发性口疮、口腔粘膜
病、急慢性咽喉炎及气管炎等疾病。先后担任中华中医药学会
耳鼻喉科分会委员、上海市中医药学会中医耳鼻咽喉科专业委
员会常委。

【"非遗"项目】

圣堂庙会

众人抬像始开端，
队列随行渐壮观。
三月半时来庙会，
踩着高跷鼓声喧。

"三月半"圣堂庙会场景

【档案记录】

［"非遗"类别］民俗

［级　　　　别］上海市级

［入 选 年 份］2013 年，"圣堂庙会"被列入上海市级第四批非物质文化遗产
　　　　　　　　名录

［入 选 批 次］第四批

［史 料 摘 引］在三林"三月半""圣堂庙会"是具有悠久历史的民俗活动形式。

"圣堂庙会"始于明嘉靖年间,距今已经有 400 多年历史,兴盛于清代。清代圣堂住持王作霖《笔记》载:庙会益盛,时有"三月半,上圣堂"和"烧烧圣堂香,投个好爷娘"之谚。庙会原定于农历三月初三,于真武大帝圣诞举行,因清代上海桃园颇盛,会期便延至桃花盛开的三月十五日举行。旧时庙会最热闹的法事活动当属"出会",届时众人抬神像,踩高跷,载歌载舞,锣鼓喧天,沿途市民人山人海,列队随行,场面极为壮观。期间,举行各种民俗活动交流展示,是民间艺术和民族曲艺展演的市井民俗的盛会。"文革"期间,"圣堂庙会"随之中断。2008 年起,三林镇政府恢复举办"三月半"圣堂庙会。

[相 关 链 接] 自 2008 年恢复举办的"三月半""圣堂庙会"活动,既传承了演奏道教音乐、道教礼仪出巡等宗教传统活动特色,也继承了撞钟祈福、绕龙灯、行街表演等传统的民俗活动,同时融入了商贸活动、旅游活动,还拓展古镇联动、文化论坛、花船巡游、"非遗"展示等民俗体验内容,从而彰显了"百年'圣堂庙会'、千年古镇魅力"的民俗文化影响力,被提升为"浦东三林民俗文化节""上海民俗文化节",成为浦东乃至上海民俗文化的品牌。

[保 护 单 位] 三林镇

[传 承 人] 张开华(上海市级)

王建军(浦东新区级)

【"非遗"传承人】

张开华

曾经庙会断传中，

再演风情盛况隆。

队列行街三月半，

民俗宗教两相融。

【档案记录】

［"非遗"类别］民俗

［级　　　别］上海市级

［入 选 年 份］2016 年，张开华被命名为上海市级非物质文化遗产项目"圣堂庙
会"代表性传承人

［入 选 批 次］第五批

［性　　　别］男

［所 在 街 镇］三林镇

［从 艺 年 限］31 年

［相 关 经 历］2001 年，张开华主持崇福道院全面工作后，便开始深入挖掘传统
庙会的历史内涵。2002 年深入村落了解道院历史文化，开展了
采访、查阅、座谈与研讨等系列方式，编写出版《崇福道院——
"三月半""圣堂庙会"》画册。2007 年，"三月半""圣堂庙会"被列
入浦东新区首批"非遗"名录。2008 年 4 月，在三林镇政府的关
心支持下，成功举办了恢复性的"三月半""圣堂庙会"，探索性地
紧扣"宗教与民俗"两大主题，在当代庙会大型"行街表演"中将
三林民俗文化和庙会有机地融为一体，展示了民族、民间、民俗
文化魅力和文化风采。现为上海市道教协会副会长，崇福道院
（圣堂庙）住持，浦东新区政协第六届委员会委员、三林镇人大
代表。

【"非遗"传承人】

王建军

圣堂庙会演如今，

宗教民俗咏与吟。

三宝三绝三特馆，

"非遗"风韵在三林。

【档案记录】

［"非遗"类别］民俗

［级　　　别］浦东新区级

［入 选 年 份］2012 年，王建军被命名为上海市级非物质文化遗产项目"圣堂庙
　　　　　　　会"浦东新区级代表性传承人

［入 选 批 次］第三批

［性　　　别］男

［所 在 街 镇］三林镇

［从 艺 年 限］41 年

［相 关 经 历］王建军从事三林镇文化工作不久，便注重挖掘和保护三林地区
　　　　　　　传统文化，发起组织和着手收集、整理具有 300 多年文化传统的
　　　　　　　"三月半""圣堂庙会"史料，编辑出版《崇福遗风》，联合相关部门
　　　　　　　制定"三月半""圣堂庙会"传承保护措施和规划。在其努力下，
　　　　　　　"三月半""圣堂庙会"于 2007 年成功列入浦东新区"非遗"保护名
　　　　　　　录。2008 年由三林镇政府首次恢复举办已中断 30 多年之久的
　　　　　　　"三月半""圣堂庙会"。2010 年被提升为"浦东三林民俗文化
　　　　　　　节"。2013 年被提升为"上海民俗文化节"。积极创新活动机制，
　　　　　　　搭建市民体验平台，生动演绎活动主题。2010 年在崇福道院开
　　　　　　　设"三月半""圣堂庙会"非物质文化遗产展示厅。2012 年在三林
　　　　　　　老街开设了"三宝、三特、三绝"民俗非物质文化遗产馆。历任上

海市社区文化活动中心协会会长、浦东新区三林镇文化服务中心书记、主任。2009 年被国家人力资源和社会保障部、文化部授予"全国文化系统先进工作者"荣誉称号。

【"非遗"项目】

三林老街民俗仪式

正月元宵焰火萦，
中秋祭拜月晖清。
三林街上风情盛，
仪仗出巡浩荡行。

三林老街风情盛——民俗仪式场景

【档案记录】

［"非遗"类别］民俗
［级　　　别］上海市级
［入 选 年 份］2015年，"三林老街民俗仪式"被列入上海市级非物质文化遗产
　　　　　　　名录
［入 选 批 次］第五批
［史 料 摘 引］祭月，是我国古代重要的祭礼之一。《礼记》中记载："天子春朝

日,秋夕月。朝日以朝,夕月以夕"。该记载描述的是我国古代帝王春天祭日、秋天祭月的礼制。三林人自古就有中秋祭月的传统。

[相 关 链 接] "三林老街民俗仪式"是一项具有悠久历史、扎根于民间的游街活动形式。"三林老街民俗仪式"包括上元出灯、中秋祭月、城隍出巡等仪式,都按照民间传统习俗在三林老街举行,世代传承。上元出灯仪式为农历正月十五元宵节,老街彩灯叠成灯山,花灯焰火、锦绣辉映。中秋祭月仪式为农历八月十五,除了诵读祭文、上香祈福,还有投壶、斗蟋蟀、文昌祈慧等活动。城隍出巡仪式为农历十月初一,出巡时随从仪仗颇盛,仪式也非常隆重。三林老街作为一个重要载体,对于本地的文化、仪式、习俗的延续起到了重要作用,犹如一幅《清明上河图》,极其生动地展示了三林地区多姿多彩的民俗风情画卷。

[保 护 单 位] 三林镇
[传 承 人] 曹琪能(浦东新区级)

【"非遗"传承人】

曹琪能

为怀守望一腔情，

编录民俗笔不停。

装备阵容来再演，

一街盛典百幡行。

【档案记录】

[　"非遗"类别　] 民俗

[　级　　　别　] 浦东新区级

[　入　选　年　份　] 2016 年,曹琪能被命名为上海市级非物质文化遗产项目"三林老街民俗仪式"浦东新区代表性传承人

[　入　选　批　次　] 第五批

[　性　　　别　] 男

[　所　在　街　镇　] 三林镇

[　从　艺　年　限　] 12 年

[　相　关　经　历　] 曹琪能自幼喜欢历史,迷上乡土风情及民俗文化。近 10 年来,他利用业余时间,串街访村,广征博采,收录三林老街民俗活动的详细图文资料,存有或编写《话说三林塘》《三林塘传奇》《三林塘时光》《三林风情》《诗话三林》《魅力三林》等反映三林镇历史风貌的书籍。在成功恢复失传已久的"三林老街民俗仪式"中,千方百计想办法制作和购买上千件活动道具,最繁忙时候,仅一个月就在三林老街举办活动有 38 场之多。热心公益,积极参与社会各项志愿者活动,为普及"非遗"积极贡献自己的力量,被誉为"一个乡土文化的守望者"。

◎寻找精神家园的重要路标——

第三辑

浦东新区级"非遗"保护名录

非物质文化遗产代表性项目的代表性传承人应当符合下列条件：

（一）熟练掌握其传承的非物质文化遗产；

（二）在特定领域内具有代表性，并在一定区域内具有较大影响；

（三）积极开展传承活动。

非物质文化遗产代表性项目的代表性传承人应当履行下列义务：

（一）开展传承活动，培养后继人才；

（二）妥善保存相关的实物、资料；

（三）配合文化主管部门和其他有关部门进行非物质文化遗产调查；

（四）参与非物质文化遗产公益性宣传。

——摘自《中华人民共和国非物质文化遗产法》

【"非遗"项目】

浦东灯谜

深藏谜底费依思，
弯转脑筋自获知。
猜过廋词猜隐语，
品三燕子不需时。

灯谜知识讲解场景

【档案记录】

［"非遗"类别］民间文学

［级　　　别］浦东新区级

［入 选 年 份］2011 年，"浦东灯谜"被列入浦东新区级非物质文化遗产名录

［入 选 批 次］第三批

［史 料 摘 引］中国灯谜源远流长，是富有传统历史文化和民族风格的特殊的

民间文学形式,也是一种文字联想游戏。起源于民间口头文学的灯谜由古代的廋辞和隐语演变而来,距今已有 3500 多年历史。明代都穆所撰嘉定方志《练川图记风俗》一书描述:"上元……又有剪纸人物,以火运之者,曰:'走马灯'。藏谜而商之者,曰'弹壁灯'。"浦东历史上著名的谜家有南汇人黄品三(名鑫)和浦东召楼奚燕子(名囊)被列入《灯谜大全》一书。

［相 关 链 接］"浦东灯谜"主要活跃在陆家嘴区域,以浦东文化馆、浦东花木地区为灯谜活动基地。20 世纪 80 年代初成立的浦东谜社和《浦东谜刊》,成为"浦东灯谜"联系海内外广大灯谜爱好者的桥梁与纽带。浦东文化馆先后 12 次举办全国性大型灯谜活动,"浦东灯谜"在社区得到了普及与推广,突出了灯谜的群众性、参与性的特点,努力弘扬"浦东灯谜"的地域特色。灯谜依然是现时节庆、游园活动中的一项文娱活动。

［保 护 单 位］浦东文化馆、花木街道

［传 承 人］胡安义、朱映德、桑永榜(浦东新区级)

［获 得 荣 誉］"浦东灯谜"研究会被评为"全国十佳灯谜社团"。《浦东谜刊》被评为"全国十大谜刊"。浦东"红楼谜会"被评为"全国十佳谜会"。

【"非遗"传承人】

朱映德

曲折有致趣生来，

传授张罗助胜猜。

选手应约来远近，

破难解易乐开怀。

【档案记录】

［"非遗"类别］民间文学

［级　　　别］浦东新区级

［入 选 年 份］2012 年,朱映德被命名为浦东新区级非物质文化遗产项目"浦东
　　　　　　　灯谜"代表性传承人

［入 选 批 次］第三批

［性　　　别］男

［职　　　称］馆员

［所 在 单 位］浦东文化馆

［从 艺 年 限］49 年

［相 关 经 历］浦东文化馆从 1978 年开展灯谜活动以来,朱映德具体负责举办
　　　　　　　灯谜讲座、学习班,去学校等单位举办多种形式的灯谜娱乐讲解
　　　　　　　活动,既提高广大群众对灯谜的认识,也增加猜谜兴趣。1981 年
　　　　　　　9 月,浦东灯谜协会成立后,担任秘书长、常务理事兼活动办主
　　　　　　　任,退休后任顾问。2015 年 12 月为浦东新区花木、梅园、潍坊等
　　　　　　　街道文化中心的灯谜爱好者举办"灯谜讲座"。随着浦东的开发
　　　　　　　开放,"浦东灯谜"逐渐走向全国,先后举办全国和地区邀请赛 10
　　　　　　　多次,通过互相交流取经,丰富创作手法,增进友谊,开宽眼界,
　　　　　　　为灯谜传承工作,增添力量。历年来创作数以千计的灯谜发表
　　　　　　　在报刊和收录书中,并从事灯谜学术的研究,编写教材,为传承
　　　　　　　灯谜知识作出贡献。

【"非遗"传承人】

桑永榜

缘定人生在字谜，

离合增减巧答题。

冠名杯赛称花木，

会意象形竞高低。

【档案记录】

［"非遗"类别］民间文学

［级　　　别］浦东新区级

［入 选 年 份］2012 年,桑永榜被命名为浦东新区级非物质文化遗产项目"浦东
　　　　　　　灯谜"代表性传承人

［入 选 批 次］第三批

［性　　　别］男

［所 在 街 镇］花木街道

［从 艺 年 限］15 年

［相 关 经 历］20 世纪 50 年代,桑永榜读小学时就在老师的启蒙下开始对灯谜
　　　　　　　产生了浓厚兴趣。60 年代参军后,因是第一批"文化兵",被选为
　　　　　　　连队革命军人委员会负责文宣工作,常出黑板报、墙报,画壁画,
　　　　　　　经常为战友出谜语助兴。70 年代"下放"工厂单位当工会文体干
　　　　　　　部时,经常与灯谜打交道,创作灯谜与好友自娱。80 年代落实政
　　　　　　　策,回沪后,由于工作单位与上海市工人文化宫较近,常去那里
　　　　　　　及豫园猜谜。21 世纪初退休后,将自己的全部精力放在深爱了
　　　　　　　几十年的灯谜研究上。2007 年,开始担任花木灯谜组组长,并给
　　　　　　　组员进行辅导。2014 年,花木街道举办了第十四届"浦东花木
　　　　　　　杯"海内外灯谜创作大赛,吸引了全国 31 个省市自治区(包括台
　　　　　　　湾省)以及美国、新加坡、马来西亚等国家和地区 400 位作者的热

情参与,将花木灯谜的知名度提升到了新的高度。现任中华灯谜学术委员会委员、浦东灯谜研究会会员、花木街道灯谜指导老师。

【"非遗"传承人】

胡安义

除碎减繁去乱杂，

敦和雅驯获评佳。

徐趋行势才掀起，

推解心花已妙发。

【档案记录】

["非遗"类别] 民间文学

[级　　　别] 浦东新区级

[入 选 年 份] 2012 年，胡安义被命名为浦东新区级非物质文化遗产项目"浦东
灯谜"代表性传承人

[入 选 批 次] 第三批

[性　　　别] 男

[所 在 单 位] 浦东文化馆

[从 艺 年 限] 49 年

[相 关 经 历] 胡安义青年时代醉心灯谜，从浩瀚的谜籍中吸取营养，自学成
才。1978 年加入浦东文化馆灯谜组。1980 年与谜友创建灯谜组
织"虎社"。1981 年，"浦东灯谜"协会爱好者协会（后改名浦东灯
谜研究会）成立，并被选为会长，主持协会工作并主编《浦东谜
刊》，致力于中华灯谜的传播，参加过诸多大型谜著的编纂工作，
主编出版《濠境归航》《金融灯谜》《谜海博览》《谜苑揽胜》等大型
谜集，主编的《浦东谜刊》出刊 30 期，曾连续七次获得"全国十佳
谜刊"称号。先后策划举办了"红楼谜会"等 12 次全国性大型谜
会和谜赛。创作灯谜近万条，撰写谜文 30 余篇，谜评赏析 200 余
篇。1997 年荣获第四届"沈志谦文虎奖"（中华灯谜最高奖）。
2012 年至今任"浦东灯谜"研究会名誉会长。灯谜以构思脱俗、
注重文采、追求神韵而受到海内外谜家的称誉。《百年谜品》评

价其谜为"能去芜杂,摒繁碎,布置取舍,繁简得法,吐词雅驯,洁净敦和;行势颇多徐趋而掀起,沛然而有余,才气推演,妙心花发。"胡安义现任中国民间文艺家协会会员、中华灯谜学术委员会顾问、中国职工灯谜协会顾问、"浦东灯谜"研究会名誉会长。

【"非遗"项目】

浦东山歌

一曲山歌一把秧，

一肩秧担小伙强。

已成田埂相思路，

羞恼梦中是姑娘。

传承人黄游西组织川沙歌队在排练中

【档案记录】

［"非遗"类别］民间文学

［别　　　名］川沙山歌

［"非遗"级别］浦东新区级

［入 选 年 份］2013年，"浦东山歌"被列入浦东新区非物质文化遗产名录。

［入 选 批 次］第四批

［史 料 摘 引］"浦东山歌"是浦东川沙地区广大地区劳动人民创作的口头文学
作品，据传，川沙山歌始于人群聚居的南宋乾淳年间，迄今已有
800多年历史。

［相 关 链 接］浦东川沙地区广大劳动人民在农田耕作或在屋角场头、庭院小
　　　　　　　憩,甚至在行进途中都会不时地创作或吟唱各自喜爱的歌谣,表
　　　　　　　达自己的丰富情感。浦东山歌大多是从"四句头"山歌发展起来
　　　　　　　的,内容大致可分为"劳动歌""时令歌""生活歌""习俗歌""时政
　　　　　　　歌""情爱歌""儿童歌谣"等。
［保 护 单 位］川沙新镇
［传　承　人］黄游西(已故)(浦东新区级)

【"非遗"传承人】

黄游西

采撷前后五十年，

缘此山歌乐此间。

一把芝麻歌数百，

"非遗"集萃续新篇。

【档案记录】

［"非遗"类别］民间文学

［级　　　别］浦东新区级

［入 选 年 份］2014年,黄游西被命名为浦东新区级非物质文化遗产项目"浦东
　　　　　　　山歌"代表性传承人

［入 选 批 次］第四批

［性　　　别］男

［职　　　称］馆员

［所 在 街 镇］川沙新镇

［从 艺 年 限］70年,已故

［相 关 经 历］黄游西曾任川沙县群文干事、川文沪剧团团长,《川沙县民间文
　　　　　　　学艺术集成》编委、常务副主任等职。从小受地方民俗的熏陶,
　　　　　　　热爱民间文学工作。在川沙县文化馆工作时,重视收集整理农
　　　　　　　村田间山歌,并吸收和推荐民歌手参加县、市演唱。1961年,协
　　　　　　　助编印《川沙民歌选》并组建川沙歌队,参与乡间巡演。1986年,
　　　　　　　经市文化局批准获从事群文工作25年荣誉证书和奖章。2000
　　　　　　　年9月,倡议恢复川沙歌队,定名为民歌咏唱社,并在社区基层巡
　　　　　　　演。2007年,主编《一把芝麻》,选录民间歌谣300多首,由中国
　　　　　　　戏剧出版社出版。热忱组织"浦东山歌"的展演与比赛活动,并
　　　　　　　为"浦东山歌"的普及、推广工作做出积极贡献。

【"非遗"项目】

书院故事

名人故里放光华，

诗意田园翘指夸。

为有海风常配乐，

生活本是演说家。

故事员在讲演中

【档案记录】

［类　　别］民间文学

［级　　别］浦东新区级

［入选年份］2021年，"书院故事"被列入浦东新区级非物质文化遗产名录

［入选批次］第八批

［史料摘引］书院，因海而孕，因滩而生，在钦公塘、彭公塘、胜利塘以年代为序依

次向海洋推进的同时,先民垦滩变良田。清嘉庆十五年(1810),始建"五开间两厢房",收税赋,建学宫,名谓"书院厂"。历次改制,书院之名沿用直至今日。书院虽成陆较晚,然先民勤于耕读,崇文重教。200余年,人杰地灵,先贤辈出,如有从东海之滨走来的词作家黄持一、石雕家王金根、烈士李雪舟……

[相关链接] 深深根植于人们日常生活的书院故事,其内容主要涉及滩涂、地名、历史、人物、民俗等方面,曾闻名遐迩。20世纪60年代就享有"全国故事看上海,上海故事看南汇,南汇故事看书院"之说。1965年,书院乡被评为"上海市故事先进乡"。"书院故事"在全部由方言表达中体现鲜明的地方语言特色,百年来不断传承,诸如有关滩涂记忆、生活智慧、民俗习惯等故事,对下一代产生积极向上、寓意深远的影响。

[保护单位] 书院镇文化服务中心

【"非遗"项目】

沪剧(扩展)

植土有根枝上花,

犹说此地属娘家。

今朝发展剧情里,

科技能源最获夸。

祝桥镇"沪剧"小演唱《新能源》荣获"第六届上海市科普艺术展演"一等奖

【档案记录】

["非遗"类别] 传统戏剧

[级　　　别] 浦东新区级

[入 选 年 份] 2011 年,"沪剧"被列入浦东新区级非物质文化遗产保护名录

[入 选 批 次] 第三批(扩展)

[史 料 摘 引] "沪剧"是浦东人的"娘家戏"。在浦东这块"沪剧"的热土上,从
　　　　　　　　"沪剧"的萌芽到成熟已流传了 200 多年的历史。据有关文献资

料记载，在"沪剧"发展过程中，无论是其基本腔"东乡调"的发源地、清乾隆年间所建的花鼓戏社员"容与会"，到"滩簧""申曲"时代的"振兴集""施家班"以及成为上海"沪剧"先辈名流的胡兰卿、施兰亭及其侄施春轩、张谷声、丁少兰等一代沪上名角都源于南汇。新中国成立后，南汇各地几乎遍及各个乡镇都建立了业余沪剧团（队、组），"沪剧"事业得到了蓬勃发展。

［相关链接］近年来，祝桥镇围绕时代的变迁和社会的进步所创作表演的"沪剧"，先后获得全国、市和区的各类奖项，其中"沪剧"小演唱《新能源》2012年、2014年先后获得"上海市新人新作奖"、"第六届江浙戏曲交流演出"金奖、"第六届上海市科普艺术展演"一等奖。"沪剧"已成为祝桥的一张文化名片，通过"沪剧"的演唱演出丰富了人们的精神生活，陶冶了人们的情操，培育了一代又一代的沪剧新人。

［保 护 单 位］祝桥镇

［传　承　人］吴林芳、施益龙（浦东新区级）

［获 得 荣 誉］1987年至2017年共获得全国、长三角、市、区级各类奖项24个。

【"非遗"传承人】

吴林芳

看花灯戏上京都，

走唱行腔糯韵出。

大小戏中花旦演，

连年授艺把情抒。

【档案记录】

［"非遗"类别］传统戏剧

［级　　　别］浦东新区级

［入 选 年 份］2018 年,吴林芳被命名为上海市级非物质文化遗产项目"沪剧"

浦东新区级代表性传承人

［入 选 批 次］第六批

［性　　　别］女

［职　　　称］助理馆员

［所 在 街 镇］祝桥镇

［从 艺 年 限］38 年

［相 关 经 历］1979 年 2 月,吴林芳考进祝桥文艺工厂沪剧队。继承祝桥"花鼓

戏"走唱的传统形式,将一曲反映浦东改革开放头 10 年成果的《看

花灯》,从乡村走向城市,从上海走到北京。由于技艺成熟,表现突

出,不多久就被南汇县沪剧团和县文化馆商借参加许多大小戏的

花旦演出,后因工作需要回到文化站群文岗位,在业余沪剧团排

练的小戏节目中担任主角。经常策划、组织全镇大型、小型"沪剧"

活动,如"沪剧大家唱""沪剧月月唱""沪剧擂台赛""沪剧天天演",

经常为基层村居及学校举办"沪剧"传习班,为学员做教学与传承。

在演唱"沪剧"的几十年中取得了不俗的成绩,获得各类奖项,2010

年被评为"浦东新区百名才俊"。10 多年来,在祝桥镇连续举办 30

多人的"沪剧"培训班、100 多人的少儿"沪剧"传习班。

【"非遗"传承人】

施益龙

从师学艺贵融通，

唱念相随做打功。

海曲今得新韵续，

祝桥"沪剧"盛演中。

【档案记录】

［"非遗"类别］传统戏剧

［级　　　别］浦东新区级

［入选年份］2018年，施益龙被命名为上海市级非物质文化遗产项目"沪剧"浦东新区级代表性传承人

［入选批次］第六批

［性　　　别］男

［职　　　务］上海浦东新区海天文化服务站站长

［所在街镇］祝桥镇

［从艺年限］38年

［相关经历］施益龙从小生活在"沪剧之乡"，第一个启蒙老师是父亲。1988年4月至1991年6月加入南汇沪剧团工作，两年脱产学习期间，得到上海沪剧院著名演员沈仁伟、张杏声、孙徐春的直接带教，掌握了许多"沪剧"流派的技艺，并能融会贯通。1991年7月至今，致力于祝桥镇的文化事业。2014年为了更好地传承"沪剧"，创建了"上海浦东新区海天文化服务站"，在组织编排节目配送演出的同时，还专门收徒传授技艺，堪称祝桥"沪剧"新一代的领军人物，获得过无数奖项，为祝桥镇获得上海市文广局命名为"上海市民间文化艺术之乡（沪剧）"称号立下了汗马功劳。

【"非遗"项目】

江南丝竹(扩展)

崇文尚艺澧溪风,

百载传承奏乐声。

精湛演出频获奖,

如流雅韵冠申城。

"江南丝竹"演出场景

【档案记录】

［"非遗"类别］传统音乐

［级　　　别］浦东新区级

［入 选 年 份］2017年,传统音乐"江南丝竹"被列入浦东新区非物质文化遗产
　　　　　　　名录

［入 选 批 次］第六批(扩展)

［史 料 摘 引］"江南丝竹"属于华夏传统音乐长河之中的一脉,具有礼乐之邦
　　　　　　　的音乐教化作用。周浦镇的"江南丝竹"活动始于明初,活跃于

清,兴盛于新中国成立之后。周浦镇的"江南丝竹",在清代就有乐于间、邱承宗族中一支、"二朱氏"一支。民国伊始,这里又先后建立了五支"国乐社",通过 100 多年几代人的传承,全镇先后有 9 支队伍上百人参加获得丰硕的成果。

[相 关 链 接] 周浦镇的"江南丝竹",用自己的民族乐器以高品质的水平,演奏出高雅的艺术风格,继承和发挥了"江南丝竹"演奏技巧,周浦镇文化中心的"江南丝竹"队,至今成为浦东新区的佼佼者而名扬沪上。周浦镇在传承与保护"江南丝竹"这一"非遗"项目中,多次获得区级、市级比赛的一等奖、全国比赛的优胜奖,并在各类艺术活动中取得了优异的成绩。2016 年被上海市非物质文化遗产保护中心命名为"上海市江南丝竹传承基地"。

[保 护 单 位] 周浦镇

[传 承 人] 钱友林(浦东新区级)

[获 得 荣 誉] 2012 年荣获上海市首届江南丝竹大赛金奖。2013 年荣获"第十届中国艺术节全国民族乐器民间乐钟大赛"银奖。2014 年荣获"上海市市民文化艺术节器乐大赛"百强团队之一。2014 年被上海市群艺馆、上海市非物质文化遗产保护中心评审为"2013—2014 年度江南丝竹保护工作先进集体"。2014 年 7 月在"上海市市民文化节演奏大赛"中荣获"百支优秀市民乐队"称号。2015 年荣获"第三届海内外'江南丝竹'邀请赛"上海赛区金奖、杭州赛区优秀演出奖。2015 年在"上海市江南丝竹优秀团队迎春交流展演"中荣获"优秀传承奖"。被评为"2015—2016 年度上海音乐家协会民族管弦乐优秀团队"。2016 年荣获"浦东新场杯"江南丝竹邀请赛优秀传承奖。2016 年在"三林杯""松江杯""金山杯"等"江南丝竹"比赛中分别获得金奖,参加区创作节目汇演中多次获得一等奖。

【"非遗"传承人】

钱友林

花音八度巧连中，

换把揉弦右手弓。

比赛台中来领奏，

艺林民乐友林功。

【档案记录】

["非遗" 类别] 传统音乐

[级　　别] 浦东新区级

[入 选 年 份] 2018 年,钱友林被命名为浦东新区级非物质文化遗产项目"江南丝竹"代表性传承人

[入 选 批 次] 第六批

[性　　别] 男

[所 在 街 镇] 周浦镇

[从 艺 年 限] 61 年

[相 关 经 历] 20 世纪 50 年代起,钱友林向本村民间艺人钱来生、范根宝学习二胡与扬琴。高中毕业后,于 1962 年加入周浦公社业余文工团担任演奏员。1972 年起任周浦公社文化站站长、周浦镇文化中心主任。1984 年兼任南汇县文化馆中心乐队队长。1997 年创办周浦镇民乐队兼任队长。作为周浦地区"江南丝竹"的演奏员,由其担任扬琴演奏、二胡演奏的曲目分别获得多类奖项;而作为周浦地区"江南丝竹"乐队的一名组织者,在其引领下大力传播民族音乐,积极组织各种展演,经常举办交流活动,从而获得了上海市级非物质文化遗产传承基地的铭牌。

【"非遗"项目】

打莲花

竹竿三尺串铜钱，

歌舞形成解放前。

敲过四肢敲地面，

响声悦耳响遍天。

执棒提腿——"非遗"传承人顾月凤在小区内给文体爱好者传授"打莲花"

【档案记录】

［"非遗"类别］传统舞蹈

［级　　　别］浦东新区级

［入 选 年 份］2007 年，"打莲花"被列为浦东新区级非物质文化遗产名录

［入 选 批 次］第一批

［史 料 摘 引］邑人赵翼在《陔除丛考》中有记载曰："江南诸郡，每岁冬必有凤

阳人来,老幼男妇,成行逐队,散入村落间乞食。至明春二三月间始回。"这些凤阳人不但自己沿途"打莲花",且所到一地还传授"打莲花"技法。1941 年至 1942 年间,洋泾叶家滩的"打莲花"在当地已颇有小名,表演花色从 48 节发展到 120 节。1949年新中国成立后,洋泾叶家滩的"打莲花"参加了当地"庆解放""土改"等宣传活动。

[相 关 链 接] "打莲花"是花木和北蔡地区群众在长期的生活和民间活动过程中逐渐充实和磨炼形成的民间舞蹈形式。这种民间舞蹈形式,由一些民间老艺人一起切磋而成。用三尺左右的竹竿,两端挖成小缺口,各串上一叠铜钱,使敲击时发出一些悦耳的响声,表演时用右手抓住竹竿中间,或上或下,或左或右,敲击自己的肩、腰、背和四肢,或在地上敲,或与其他舞者对敲,这时,铜钱的响声代替了锣声,拍打声替代了鼓击声。新中国成立后人们以"打莲花"在节庆中表达庆贺丰收和幸福生活。由于"打莲花"男女老少皆宜、道具简单,既具有灵活的步伐与手法的舞动功能,又有健身强体的体育功能,目前"打莲花"在北蔡地区依然流行很广。

[保 护 单 位] 花木街道、北蔡镇

[传　承　人] 顾月凤、叶忠明(浦东新区级)

【"非遗"传承人】

顾月凤

一抹清晖广场中，

侬敲吾打勿相同。

且歌且舞心头乐，

夜莺瞧此也"眼红"。

【档案记录】

["非遗"类别] 民间舞蹈

[级　　　别] 浦东新区级

[入 选 年 份] 2008 年,顾月凤被命名为浦东新区级非物质文化遗产项目"打莲
花"代表性传承人

[入 选 批 次] 第一批

[性　　　别] 女

[所 在 街 镇] 北蔡镇

[从 艺 年 限] 39 年

[相 关 经 历] 1984 年初,顾月凤成为北蔡镇一六村村委委员,设想以曾流传过
的既可表演又可健体的"打莲花"引导村民崇尚文明健康生活。
为了能更好地带领村民开展此项有意义的活动,拜当地老艺人
倪凤兰为师,利用业余时间学"打莲花",每天利用业余时间坚持
边唱、边打,力求每个动作能准确并与音乐合拍。之后与生产队
妇女队长一起动员妇女出来学"打莲花",为使易学易记,甘愿先
做学员,再做教员,并积极组织交流演出活动,镇辖区内已有 20
多个村居委建立了"打莲花"队伍,经常参加镇、村组织的各类展
演活动。1995 年赴长江三峡参加表演活动。1998 年走上上海体
育馆的表演舞台、"嘉定文化节"开幕式等活动。2010 年在第十
一届中国上海国际"金玉兰奖——唱响世博"活动中获得金玉兰
奖,并被浦东电视台"文明 365 节目"选中录制并播出。

【"非遗"传承人】

叶忠明

添来新韵"打莲花",

说唱相融好表达。

情景剧中来展演,

"花"开花木乐千家。

【档案记录】

["非 遗" 类 别] 民间舞蹈

[级　　　别] 浦东新区级

[入 选 年 份] 2008 年,叶忠明被命名为浦东新区级非物质文化遗产项目"打莲花"代表性传承人

[入 选 批 次] 第一批

[性　　　别] 男

[所 在 街 镇] 花木街道

[从 艺 年 限] 36 年

[相 关 经 历] 叶忠明曾在文艺专业团体工作,后转入川沙文化馆,长期从事文艺工作。他生长在"打莲花"发源地的花木叶家滩,耳濡目染父辈"打莲花"的表演艺术,自小喜爱上了"打莲花",在父亲的教导下一直学习传统"打莲花"的技术技巧。2009 年,在花木镇政府的大力扶持下,全面向社区基层推广"打莲花"这一艺术形式。能将传统"打莲花"形式充分发挥并加以改进,融合现代元素,以群众喜闻乐见的"上海说唱"与"情景剧"文艺形式展现在各类宣传及广场演出中。2010 年,花木街道"打莲花"表演队进入"世博园区"进行表演,被评为浦东新区基层优秀文化项目。

【"非遗"项目】

打莲湘（老港）

指头三个握中央，

轻走身子气昂扬。

自打对击多技法，

出名老港"打莲湘"。

传承基地的少儿"打莲湘"队

【档案记录】

［别　　　　名］ 史称"霸王鞭""打花棍"，俗称"打莲花棒"

［"非遗"类别］ 传统舞蹈

［级　　　　别］ 浦东新区级

［入 选 年 份］ 2019 年，"打莲湘"（老港）被列入浦东新区非物质文化遗产名录

［入 选 批 次］ 第七批

［史 料 摘 引］ "打莲湘"，它是一种融舞蹈与音乐为一体的民间文艺表现形式。
明清时代，浦东地区的庙会上已有男子"打莲湘"。清末民初南

汇县城庙会上已有"打莲湘"作行街表演。新中国成立初传到了老港,出现了最早的传承人丁妹芳,现已有四代传承人。

[相 关 链 接] 老港镇的"打莲湘"由清末民初苏北逃荒乞讨"打莲湘"棒艺人传入,三墩乡的瞿引桥将那些艺人学习后组建的"打莲湘"队带入县城的元宵灯会和庙会表演,之后逐渐从新港传至老港牛肚村有了第一支"打莲湘"队,发展到新世纪前后,老港镇村村建有"打莲湘"队。"小小莲湘三尺三,三个指头捏中央,身体随着棒儿走,切莫呆板死敲棒"——"打莲湘"的表演风格是灵活、轻快。演员手持莲花棒,莲花棒击在"肩、手、肘、臂、背、腰、腿、脚"上;用"拍、托、敲、撸、抖"等手法,走"圆场步、十字步、波浪步";时而相互对击,扭转步伐形成轻盈舞步。

[保 护 单 位] 老港镇
[传 承 人] 吴萍(浦东新区级)

【"非遗"传承人】

吴　萍

> 嚓嚓切切切嚓嚓，
>
> 三步紧随两步加。
>
> 引伴呼朋同场舞，
>
> 红妆相映满天霞。

【档案记录】

［"非遗"类别］　传统舞蹈

［级　　　　别］　浦东新区级

［入　选　年　份］　2020年，吴萍被命名为上海市级非物质文化遗产项目"打莲湘"
（老港）浦东新区级代表性传承人

［入　选　批　次］　第七批

［性　　　　别］　女

［所　在　街　镇］　老港镇

［从　艺　年　限］　37年

［相　关　经　历］　1990年，吴萍被招入中国人民解放军海防一旅，五年的军旅文艺
兵生涯为自己打下了扎实的舞蹈基础。2005年后进入南汇县文
化馆从事群文工作，经过拜师学艺和参加当地民俗庙会的行街
表演、艺术节活动，逐渐掌握了传统舞蹈"打莲湘"的表演艺术。
2010年调入老港镇文化服务中心担任文艺干事，开始独挡一面，
经常为老港镇的社区文艺爱好者举办"打莲湘"艺术的传习班，
又收徒建立了文化中心的"打莲湘"队，使老港镇的"打莲湘"队
名噪一方。在勤学苦练中把"打莲湘"的传统技艺集于一身，由
其带领的老港镇"打莲湘"队在各类赛事中屡获奖项。

【"非遗"项目】

季家武术

当数季家武术强，

腾空短打舞长枪。

挥拳庙会来格斗，

表演舞台武韵长。

"季家武术"传承人宋秋根在传授技艺

【档案记录】

［"非遗"类别］ 传统体育、游艺与杂技

［级　　　　别］ 浦东新区级

［入 选 年 份］ 2007年，"季家武术"被列入浦东新区级非物质文化遗产名录

［入 选 批 次］ 第一批

［史 料 摘 引］ 季家武术源于浦东新区宣桥镇三灶地区。三灶武师季福生
　　　　　　　　（1873—1954）师从南少林佛家弟子即新场镇南山寺文广法师，
　　　　　　　　为季家武术掌门拳师。

［相 关 链 接］"季家武术"源远流长,它集体锻、竞技、表演、格斗为一体,作为民间传统拳术还经常参加民俗庙会和当今的艺术节。"季家武术"的"毛红拳""杨家短打""岳家短打""小梅花拳"等拳术,颇具浦东特色和群众基础,"金手枪"被列为民间传统体育表演形式。"季家武术"影响地域遍及浦东地区以及苏南一带,成为南汇地区民间武术的一个缩影。

［保 护 单 位］宣桥镇

［传 承 人］季波尔(浦东新区级)

［获 得 荣 誉］1952年,在江苏省苏南专区民族形式体育表演中,"季家武术""毛红拳"荣获表演一等奖,"金手枪"表演荣获二等奖。1979年,"金手枪"被国家体委挖掘整理后列入民间传统表演形式。

【 "非遗" 传承人 】

季波尔

毛红短打手中拳，

刀棍叉枪剑影穿。

乍起风声觉地动，

季家武谱代相传。

【档案记录】

["非遗"类别] 传统体育、游艺与杂技

[级　　　别] 浦东新区级

[入　选　年　份] 2010 年,季波尔被命名为浦东新区级非物质文化遗产项目"季家武术"代表性传承人

[入　选　批　次] 第二批

[性　　　别] 男

[所　在　街　镇] 宣桥镇

[从　艺　年　限] 28 年

[相　关　经　历] "季家武术"代代相传,至季波尔已是第四代传人。"季家武术"分为拳、械两大类:一类为徒手拳,如小梅花拳、毛红拳、六合拳、螳螂拳、岳家拳、杨家短打、形意八卦等近百套;另一类为器械功夫,如春秋大刀、八卦刀、梅花刀、三联刀、独龙鞭、行者棍、齐楣棍、蟠龙棍、转钢叉、虎头枪、蛇矛枪、方天华戟、少林剑、板斧、乾隆八仙等近百套。从 2000 年开始,季波尔在南汇实验中学和上海大学读书时就学习"季家武术"。经过两年多的勤学苦练,学到了季家武术的相关技巧,并在同学中推广传播。作为"季家武术"的第四代传人,通过 20 多年刻苦学习"季家武术"的真谛,已熟练岳家拳、杨家短打等祖传的几十套拳术。为了更好地传承发扬"季家武术",在学习勤练的同时,花很大工夫,收集整理三代祖传的拳谱,取得很大成果。

【"非遗"项目】

华　拳

精神气现自心胸，
遒劲还观防与攻。
踢打摔拿成套路，
双拳握紧武魂中。

有关"华拳"的理论书籍

【档案记录】

［"非遗"类别］ 传统体育、游艺与杂技

［级　　　别］ 浦东新区级

［入 选 年 份］ 2019 年，"华拳"被列入浦东新区级非物质文化遗产名录

［入 选 批 次］ 第七批

［史 料 摘 引］ "华拳"是中华武术宝库中的一个古老拳种，发源于山东，始于唐

代开元年间,初创于宋宣和年间。至明嘉靖年间,写成以"三华(精、气、神)贯一"古代哲理为拳法理论基础的《华拳秘谱》,到清代,"华拳"的套路运动已经发展到 40 多种。民国时期,随着城市武术组织的兴起,"华拳"传入上海,通过中西擂台比武和有组织的拳社授艺活动,使得"华拳"的技击术及套路运动达到高潮。新中国成立后,"华拳"被列为中国武术表演和比赛项目,得到了国家的高度认同。

[相 关 链 接] "华拳"讲究"神附于形,由心而发,进而为功"。注重形体工整、筋骨遒劲、心为主宰、动迅静定、气势连贯、善调气息、阴阳对立等。基本的技法理论是"四击""八法""十二型"。经常练"华拳",能训练人的格斗技能,对人体各部肌肉的发展、关节的灵活、韧带的伸张和强固,以及平衡器官、中枢神经的协调机能有良好作用,同时对于人们的美学情操和修身养心也有很高的价值。

[保 护 单 位] 高东镇

[传 承 人] 蔡 纲(浦东新区级)

【"非遗"传承人】

蔡 纲

四击八法练真功，

引掌领拳气若虹。

比武健身全飒爽，

精神崇尚乾坤中。

【档案记录】

["非遗" 类别] 传统体育、游艺与杂技

[级　　　别] 浦东新区级

[入 选 年 份] 2020 年,蔡纲被命名为浦东新区级非物质文化遗产项目"华拳" 代表性传承人

[入 选 批 次] 第七批

[性　　　别] 男

[职　　　称] 副教授

[所 在 街 镇] 高东镇

[从 艺 年 限] 47 年

[相 关 经 历] 1975 年,蔡纲 7 岁起随父习练"华拳"基本功及基本技术,中学期间进入少体校,大学期间进入上海体育学院进一步深造。大学毕业后,留校任教,逐步深研"华拳"系列套路,开始教学"华拳"技术套路。"华拳"系列教程重新整理出版期间,担任演练者,完成《经典华拳(上、下册)》的对应演练,由人民体育出版社出版。2016 年起,根据不同的社会和武术竞赛需求,创编了"竞赛'华拳'"(两套)、"少儿'华拳'"(五套)及适宜老年人"华拳"(一套)练习的套路,被精武体育总会聘为"华拳"总教练。多次担任国际、全国和上海市武术锦标赛裁判工作,数次应邀到国外进行武术套路的教学、训练及段位制的培训与考评。热心"华拳"讲授、授徒带教与"非遗"传承工作。

【"非遗"项目】

浦东剪纸

剪刀灵动慧心裁，

纸上鲜花朵朵开。

技法镂空呈线廓，

玲珑剔透韵神来。

"非遗"传承人制作《清明上河图》场景

【档案记录】

［"非遗"类别］ 传统美术

［级　　　别］ 浦东新区级

［入 选 年 份］ 2015 年，"浦东剪纸"被列入浦东新区级非物质文化遗产名录

［入 选 批 次］ 第五批

［史 料 摘 引］ 剪纸是一种百姓喜闻乐见的传统民间艺术，其实用性强、表现力丰富、流行广泛。清光绪年间，江苏扬州纸艺已成风俗。

［相 关 链 接］ "浦东剪纸"传承"扬州剪纸"的特征，技艺精细，富有神韵，从最

早的实用装饰过渡到目前的艺术欣赏。"浦东剪纸"大多以花鸟、人物、风景为主,剪纸线条清秀流畅,构图精巧雅致,形象夸张简洁,技法多变。"浦东剪纸"多用镂空技术,玲珑剔透,常借助各种线条用二维空间形式来表现三维空间的内容,注重物象的"轮廓"和"细剪",形成了"浦东剪纸"特有的细腻耐看的艺术魅力。

[保 护 单 位] 上钢新村街道

[传 承 人] 陈金妹(浦东新区级)

[获 得 荣 誉] 8米长卷水墨丹青《富春山居图》剪纸作品,荣获首届"上海市民百名优秀设计师"称号。"世博"参展剪纸精品《清明上河图》长卷由中国民族促进会剪纸专业委员会收藏。佛教剪纸《释迦摩尼》在"全国百杰书画名家作品邀请展"中荣获金奖。《中国历代领导人肖像》荣获"上海市红色文化进社区系列主题活动"的最佳作品。《水浒一百零八将》剪纸被评为"上海市老年教育百佳艺术作品"二等奖。纸艺作品《庭园小景》荣获"浦东新区老年教育艺术手工艺作品展评活动"一等奖。

【"非遗"传承人】

陈金妹

获奖频频是哪功?

本来心画在其中。

传神表现多奇巧,

意在刀先剪彩虹。

【档案记录】

["非遗" 类别] 传统美术

[级　　　别] 浦东新区级

[入 选 年 份] 2016 年,陈金妹被命名为浦东新区级非物质文化遗产项目"浦东剪纸"代表性传承人

[入 选 批 次] 第五批

[性　　　别] 女

[所 在 街 镇] 上钢街道

[从 艺 年 限] 52 年

[相 关 经 历] 陈金妹从小跟随外婆学习具有剪刻精巧、刻画入微、疏密相映风格的"扬州剪纸",作品凭着奇巧的构思、生动的造型、纤细的线条、传神的表现力和细腻的刀法而独树一帜。退休后带领团队经过长时间的研修与创作,将剪纸艺术在社区中广泛传承至今,剪纸成果丰硕。2005 年开始在上钢社区传承剪纸文化的工作。2009 年 1 月 19 日,在浦东新区妇联、上钢街道领导的关心下,上钢纸坊成立(2015 年 6 月改名为"非遗"项目浦东剪纸上钢展示传承中心),组织开展丰富的传承剪纸文化活动。

【"非遗"项目】

肉皮汤制作工艺

曾经油烫几烟光，
又历水烹共味香。
鲜了满嘴鲜肠胃，
尽在皮含一口汤。

汤鲜味美的"华德肉皮汤"

【档案记录】

［"非遗"类别］传统技艺

［级　　　别］浦东新区级

［入 选 年 份］2007年，"肉皮汤制作工艺"被列入浦东新区级非物质文化遗产
　　　　　　名录

［入 选 批 次］第一批

［相 关 链 接］ 浦东本地人操办的婚丧喜事等重要宴席,酒桌上总是少不了肉皮汤这道菜肴。盛名于浦东六里桥、严家桥、三林塘及北蔡地区的肉皮汤,已有百年历史。因该地区的浦东大白猪肉嫩、皮厚,故所产的厚肉皮优质白亮,是肉皮汤的主要原料。汤鲜味美的肉皮汤以世代相传的烹饪技艺、淡雅纯正的口味,赢得了大众的赞许,也是浦东的特色本帮菜之一。北蔡华德肉皮汤香鲜独特,汤汁清,味醇正,营养好,在附近一带享有盛名。

［保 护 单 位］ 北蔡镇

［传 承 人］ 张林法(浦东新区级)

【"非遗"传承人】

张林法

佳肴鲜味肉皮汤，
红白喜事主菜当。
香菜葱花撒一把，
黄绿色彩诱相尝。

【档案记录】

［"非遗"类别］传统技艺

［级　　　别］浦东新区级

［入　选　年　份］2008 年,张林法被命名为浦东新区级非物质文化遗产项目"肉皮
　　　　　　　　　汤制作工艺"代表性传承人

［入　选　批　次］第一批

［性　　　别］男

［所　在　街　镇］北蔡镇

［从　艺　年　限］62 年

［相　关　经　历］张林法从小对烧菜感兴趣,喜欢看父亲切配烧菜。12 岁时能在
　　　　　　　　　家中烧出美味好吃的家常菜,20 岁跟父亲学习厨艺,学习制作肉
　　　　　　　　　皮汤、扣三丝、走油扣肉等菜肴。在父亲的指导下,不到三年就
　　　　　　　　　单独带领一班人在浦东六里桥、严家侨、三林塘、北蔡等地为农
　　　　　　　　　家婚丧喜事、生日宴请等烧菜。对肉皮汤色、香、味进行改造,彩
　　　　　　　　　色肉皮汤成为妙招。如今已将厨艺传授给了两子一女,从事着
　　　　　　　　　以家族特色的酒店经营,而肉皮汤成为酒店经营中的特色品
　　　　　　　　　牌菜。

【"非遗"项目】

三林塘肉皮制作技艺

一锅油气冒青烟，

开涨哗啵滚烫间。

精选料材精制作，

回弹松软味多鲜。

开肉皮

【档案记录】

["非遗"类别] 传统技艺

[级　　　别] 浦东新区级

[入 选 年 份] 2019 年，"三林塘肉皮制作技艺"被列入浦东新区级非物质文化
　　　　　　　遗产名录

[入 选 批 次] 第七批

[史 料 摘 引] 旧时的三林，乡间稻耕棉织繁忙，镇上店铺作坊闹市鳞次栉比。
　　　　　　　婚丧嫁娶时，在老三林人的记忆中都有发肉皮的这一幸福场景。
　　　　　　　在物质匮乏的年代，看到油锅中的肉皮膨胀变大的那一刻，那种
　　　　　　　满足感时至今日都让人难以忘怀。

[相 关 链 接] "上海大厨出浦东，浦东大厨出三林"，三林同济村计家宅人计林
　　　　　　　生(1901—1979)，1916 年开始跟随师傅学习乡厨，自此开始制作

肉皮、蒸三鲜、烧制肉皮汤，在这个过程中，分别带出了计章林、计章全、乔海兴，以及沈妙根等徒弟，而后又分别发展到了第三代、第四代。三林塘肉皮伴随着三林厨师的脚步开始向外扩散，而在这个过程中，蒸三鲜、肉皮汤也慢慢演变为"浦东老八样"中的固定菜式，发制肉皮的技艺在这个过程慢慢得到了提升与改进。时至今日，三林塘肉皮更因其选料精细、制作讲究，于唇齿间造成的松、软、富有弹性的好口感而盛名于沪上。

［保 护 单 位］浦东新区三林镇文化发展有限公司

【"非遗"项目】

三林本帮菜

天然选料有研究，

参照集成灶火幽。

名菜三丝播央视，

品着此味品乡愁。

昔时三林农村妇女制作本帮菜肴

【档案记录】

［"非遗"类别］传统技艺

［级　　　别］浦东新区级

［入 选 年 份］2009 年，"三林本帮菜"被列入浦东新区级非物质文化遗产名录

［入 选 批 次］第二批

［史 料 摘 引］ 三林临江地区,自明清以来,就号称"厨艺之乡"。"三林本帮菜",出自旧时农家婚丧嫁娶之宴,名号虽简单,但纯天然的选料、流传百多年的农家手艺,给每道菜都注入了浓郁的乡村风味。

［相 关 链 接］ "三林本帮菜"具有鲜明的地方个性,它体现了"形制精巧,色香味浓"的特色,保持了"灵活善变、兼容并蓄"的特点,在当地民众的餐饮、烹饪习惯上多有表现,代表菜品有扣三丝、白斩鸡、鲜肉水笋、炒圈子、炖蹄髈、炒甩水、烂糊肉丝、虾籽大乌参、糟钵头、八宝辣酱等。"三林本帮菜"同其他派系相互参照、互补互利、相互兼容,逐渐形成了有鲜明特色的"临江帮"海派风味。

［保 护 单 位］ 三林镇

［传 承 人］ 李明福(浦东新区级)

［获 得 荣 誉］ 2014 年 4 月,"三林本帮菜"在中国中央电视台《舌尖上的中国》热播,扣三丝、油爆虾走红全国,同年 5 月,上海电视台新闻综合频道《七分之一》为"三林本帮菜"制作专题节目。2015 年 5 月,英国广播公司 BBC 也闻名而来,拍摄纪录片。

【 "非遗" 传承人 】

李明福

选材切酱炸炒蒸，

善变灵活巧继承。

烘烙烤灼来引入，

添得新菜亨名声。

【档案记录】

［ "非遗" 类别 ］ 传统技艺

［ 级　　　别 ］ 浦东新区级

［ 入 选 年 份 ］ 2010 年,李明福被命名为浦东新区级非物质文化遗产项目"三林本帮菜"代表性传承人

［ 入 选 批 次 ］ 第二批

［ 性　　　别 ］ 男

［ 所 在 街 镇 ］ 三林镇

［ 从 艺 年 限 ］ 51 年

［ 相 关 经 历 ］ 李明福自高中毕业后便开始跟随父亲以家族传承方式学习厨艺,在 40 多年的实践中,一方面继承了传统"老八样"上海本帮菜的特色,另一方面广采博览、大胆尝试,导入西餐的烹饪方法,使"三林本帮菜"又有创新发展。1979 年至今,他担任了几十家大酒店厨师长,为发展"三林本帮菜"的传承和弘扬作出了新的贡献。

【"非遗"项目】

三林酱菜制作技艺

相传贡品选童瓜，
浸卤腌制须刺它。
享誉市场说万泰，
餐中饭后竞相夸。

酱菜晒制

【档案记录】

［"非遗"类别］ 传统技艺

［级　　　别］ 浦东新区级

［入 选 年 份］ 2013年，"三林酱菜制作技艺"被列入浦东新区级非物质文化遗
产名录

[入 选 批 次] 第四批

[史 料 摘 引] 明正德年间,官居江西参议三林塘人储昱奉皇命监督重建紫荆城的乾清宫时,常以家乡的三林塘酱菜佐以饭食,引起正德皇帝好奇,尝味后称赞不已,遂定为贡品,作为皇帝御膳。

清末,镇上由万泰酱园专门制作三林酱菜供应市场,镇上的老百姓家家也从事酱菜的制作。

[相 关 链 接] 三林酱菜是上海传统农副产品,被列为"沪郊百宝"之一。三林酱菜历史悠久,用料精细,做工考究,名闻沪郊。其中小乳酱瓜在明朝就被誉为贡品,全选用50克左右的童子小黄瓜,腌制时刺眼打洞,卤浸入味。鲜、香、脆、嫩是40余种三林酱菜的共同特点。三林酱菜采用传统的制作工艺,以其卓越的品质、低廉的价格和良好的信誉赢得了消费者的青睐。三林酱菜至今依然用传统酱菜缸、充足的阳光照射等传统工艺来制作每一款酱菜。

[保 护 单 位] 上海三林酱菜有限公司

[传 承 人] 何新路(已故)、盛惠良、金瑞军(浦东新区级)

[获 得 荣 誉] 2004年、2005年、2006年、2008年度"上海市名优食品"。为2010年浦东新区第二届农产品博览会"最受欢迎十大农产品"之一;2011年浦东新区第三届农产品博览会"最受欢迎十大农产品"之一。获"老味道,老故事,老品牌——坚守诚信的力量暨2014年上海市食品安全示范企业"称号;浦东新区第十届农博会"2018年最受市民欢迎的浦东农产品"之一。

【"非遗"传承人】

何新路

品牌酱菜在三林，

腌醅浸晒贵在勤。

工艺改革标准化，

今年口味又出新。

【档案记录】

［"非遗"类别］传统技艺

［级　　　别］浦东新区级

［入选年份］2014年，何新路被命名为浦东新区级非物质文化遗产项目"三林
　　　　　　酱菜制作技艺"代表性传承人

［入选批次］第四批

［性　　　别］男

［职　　　称］高级技师

［所在街镇］三林镇

［从艺年限］42年，已故

［相关经历］何新路18岁时在父亲的指导下，抄录有关三林酱菜生产操作技
　　　　　　艺经验的相关记录，10年"插队"不忘了解民间酱菜制作技艺。
　　　　　　顶替到万泰酱园后，跟随父亲学习酿造、酱菜制作技艺。由于工
　　　　　　作认真，善于钻研，获得"1995年上海市优秀技师"荣誉称号，并
　　　　　　取得上海市劳动局颁发的中华人民共和国高级技师合格证书。
　　　　　　在担任上海三林酱菜有限公司副总经理时，对酱菜生产进行规
　　　　　　范化管理，通过中国质量认证中心的ISO20000：2005食品安全
　　　　　　管理体系的认证。同时，促进产品升级，探索试产不添加食品添
　　　　　　加剂的产品，获得消费者好评。按照食品安全的要求，从工艺流
　　　　　　程图、工艺规程和操作指导书三个方面，撰写三林酱菜各品种的
　　　　　　标准化制作技艺，为三林酱菜留下珍贵的财富。

【"非遗"传承人】

盛惠良

酱黄塌饼酵缸中，

酱料渐呈颜色红。

日晒酱香来腌制，

鲜甜脆嫩味无穷。

【档案记录】

["非遗"类别] 传统技艺

[级　　别] 浦东新区级

[入选年份] 2020年，盛惠良被命名为浦东新区级非物质文化遗产项目"三林酱菜制作技艺"代表性传承人

[入选批次] 第七批

[性　　别] 男

[职　　务] 技术总监

[所在街镇] 三林镇

[从艺年限] 37年

[相关经历] 盛惠良1985年4月至1987年在上海三林酿造厂学习腐乳发酵、老白酒生产。1988年至1992年4月学习崇明老白酒、清酒的制作、过滤技术。1998年7月至今承包、接手上海三林酱菜厂后，掌握酱菜生产的工艺流程、操作要求，特别是原材料采购要求、产品质量要求，形成产品用料讲究质优量足、制作方法多元化、制作时间长、产品原汁原味、咸甜适口、脆嫩的特点；改变销售模式，在原有实体店、超市的基础上发展线上各大平台销售渠道，开展多元化市场；积极赞助本地区文化体育事业，在街道、学校等机构开设讲座，让更多的人了解三林酱菜。

【"非遗"传承人】

金瑞军

酱料渐匀已满缸，

腌左制右蒜和姜。

碟中酱菜真滋味，

一寸脆甜一寸香。

【档案记录】

["非遗"类别] 传统技艺

[级　　　别] 浦东新区级

[入 选 年 份] 2020年，金瑞军被命名为浦东新区级非物质文化遗产项目"三林酱菜制作技艺"代表性传承人

[入 选 批 次] 第七批

[性　　　别] 男

[所 在 街 镇] 三林镇

[从 艺 年 限] 27年

[相 关 经 历] 金瑞军出生于"三林酱瓜"世家，17岁正式从事酱瓜制作，为了传承"三林酱瓜"的制作技艺，感旧悟，启新端，在继承家学的基础上，遍访"三林酱瓜"的腌制前辈，搜集了不少酱瓜制作技艺的资料，与家传的秘方相结合，研制和开发出了符合现代人口味，纯绿色、环保、不含添加剂的酱瓜，并利用自己是个年轻人的优势，在网上开设了"淘宝"，其制作口感纯正的三林塘老字号酱瓜受到了广大消费者的称赞。积极通过政府有关部门，开展"'非遗'进校园"等活动，让更多的年轻人加入到传承技艺的保护工作中。

【"非遗"项目】

三林崩瓜栽培技艺

雷声开裂可曾听?

易脆皮薄享此名。

小苗育来培大苗,

甜香口感爽中清。

三林崩瓜各生长阶段

【档案记录】

[别　　　　名] 马铃瓜

["非遗"类别] 传统技艺

[级　　　　别] 浦东新区级

[入 选 年 份] 2013年,"三林崩瓜栽培技艺"被列入浦东新区级非物质文化遗产名录

[入 选 批 次] 第四批

[史 料 摘 引] 据清同治《上海县志》载,沪郊西瓜最有名的还数三林塘崩瓜,形

状与圆形的一般西瓜不同，呈长椭圆形，中部略粗，皮呈淡碧色有网络状花纹，个不大，单重 2 千克左右，大者 2.5 至 3 千克。

［相 关 链 接］三林崩瓜具有近百年历史，是浦东三林地区著名瓜果之一，因瓜皮薄脆易崩裂，所以取名崩瓜，又称"马铃瓜"，最早在三林的乔家花园、观音堂等地栽培。清末民初，产量最盛的"三林塘崩瓜"因其甜度尤高，清香爽口而誉满江南，深受人们喜爱。"三林崩瓜栽培技艺"分为大苗和小苗两种，近年主要推广大苗培育方法，主要包括种子处理、育苗、播种、藤蔓管理、授粉保护。

［保 护 单 位］三林现代农业发展有限公司

［传　　承　　人］沈文良、陈志峰（浦东新区级）

【 "非遗"传承人 】

沈文良

乍闻雷响此瓜开,

红籽黄瓤爽嘴腮。

甜上时节一夏季,

提纯复壮种植来。

【档案记录】

["非遗"类别] 传统技艺

[级　　别] 浦东新区级

[入选年份] 2014年,沈文良被命名为浦东新区级非物质文化遗产项目"三林崩瓜栽培技艺"代表性传承人

[入选批次] 第四批

[性　　别] 男

[所在街镇] 三林镇

[从艺年限] 14年

[相关经历] 2007年,浦东新区正式将"三林崩瓜栽培技艺"列为抢救性传统项目,时任三林现代农业发展公司负责人的沈文良接此任务常放弃节假日休息时间,在三林崩瓜实验基地围绕种子提升培育、人工授粉、新品杂交进行研究,并经市、区农委的扶持将此列为科技兴农项目。经过提纯复壮、品种筛选和改良,三林崩瓜恢复了传统特征和口味。为了培育新品种,沈文良另辟新品崩瓜苗圃,在传统的基础上进行新品种的栽种技术试验,获得成功。三林崩瓜在园区种植、市场开拓、重回居民餐桌方面获得一致好评。

【"非遗"传承人】

陈志峰

父本授精母本花，
一根藤蔓一只瓜。
已传棚内多微信，
尽是整箱网购它。

【档案记录】

［"非遗"类别］ 传统技艺

［级　　　别］ 浦东新区级

［入 选 年 份］ 2020年,陈志峰被命名为浦东新区级非物质文化遗产项目"三林崩瓜栽培技艺"代表性传承人

［入 选 批 次］ 第七批

［性　　　别］ 男

［职　　　称］ 技术员

［所 在 街 镇］ 三林镇

［从 艺 年 限］ 17年

［相 关 经 历］ 陈志峰从群益职业学校毕业后,见村里老瓜农在种植上海滩"四大名瓜"之一的崩瓜,即萌发了种植崩瓜的念头,遂在家里责任田里种了二亩。通过找问题,潜心学习前辈们的种瓜经验,经过边学习边实践,慢慢地摸索出了自己的种植经验和管理模式。通过自己育苗、培育、复壮、授粉、施肥、管理,并用豆饼、鸡粪、猪粪等农家肥,崩瓜抗病虫害的能力明显增强,运用好肥水管理,科学施肥,则大大提高了三林崩瓜的产量与口感。为教育学生传承家乡情,与三林镇团委、三林中学、新世界实验小学联手共同打造"'非遗'进校园"活动。

【"非遗"项目】

浦东三角粽制作技艺

青青芦叶裹和包，

土灶大锅木火烧。

为有咸甜多品种，

吃来味道掉眉毛。

浦东三角粽第三代传人在端午馆中辅导美国学生

【档案记录】

［"非遗"类别］传统技艺

［级　　　别］浦东新区级

［入 选 年 份］2015 年，"浦东三角粽制作技艺"被列入浦东新区级非物质文化遗
　　　　　　　产名录

［入 选 批 次］第五批

［相 关 链 接］三角粽，汉族传统名点，"端午节"节日俗食。"浦东三角粽制作
　　　　　　　技艺"已在浦东相传千年，三角粽用大张芦苇叶子包裹，有 4 只
　　　　　　　角，4 个平面都是正三角形，是用稻草捆扎，用大灶大锅烧煮的传
　　　　　　　统制作技艺，需经过选料、浸米、修叶、制馅、包裹、捆扎、烧煮等

36 道工序。品种有竹笋碎肉粽、大肉粽、马兰头粽、赤豆粽，原汁原味地保留了一种浓厚的老浦东口味。由于浦东三角粽取材当地原生态的材料，纯手工制作，土灶大锅烧制，成为一种原生态的美食传统。

［保 护 单 位］ 上海浦东端阳文化传播有限公司

【"非遗"项目】

龙潭酒酿制作技艺

龙潭酿酒特别村，

米选白优水选纯。

蒸洗混合发酵里，

品了醇厚品年轮。

龙潭酒酿在酿制过程中

【档案记录】

[别　　　名] 古称"醪糟"，俗称"酒板"

["非遗"类别] 传统技艺

[级　　　别] 浦东新区级

[入 选 年 份] 2015年，"龙潭酒酿制作技艺"被列入浦东新区级物质文化遗产
名录

[入 选 批 次] 第五批

[史 料 摘 引] 酒酿是由糯米经过发酵而制成的，是江南寻常百姓家逢年过节

必不可少的一种美食，历史悠久，大团镇龙潭村素有"酒酿村"之称，做酒酿的技术相传至今已有 200 多年。

［相 关 链 接］龙潭酒酿选取当地优质大米、优质水，经土灶烧制，制成的酒酿味道独特。制作工序为：蒸煮、冲洗、混合酒曲、压实、发酵，主要品种有糯米酒酿、大米酒酿、桂花酒酿等。龙潭酒酿口感醇厚，鲜甜爽口，深受七里八方百姓的喜欢。

［保 护 单 位］大团镇

［传 承 人］黄文莲、黄秀萍（浦东新区级）

【"非遗"传承人】

黄文莲

生活兴味哪中猜？

酒酿龙潭罐打开。

作坊深秋来酿制，

品了冬去品春来。

【档案记录】

［"非遗"类别］ 传统技艺

［级　　别］ 浦东新区级

［入 选 年 份］ 2016 年,黄文莲被命名为浦东新区级非物质文化遗产项目"龙潭酒酿制作技艺"代表性传承人

［入 选 批 次］ 第五批

［性　　别］ 女

［所 在 街 镇］ 大团镇

［从 艺 年 限］ 23 年

［相 关 经 历］ 黄文莲系"龙潭酿酒制作技艺"第三代传承人。小时候便跟着祖父、父亲,担着所需工具出门,为七里八村的乡民酿制酒酿。随着经济的发展,农村的生活方式发生了很大变化,但人们逢年过节饮用酒酿的习惯依然不变。为此,黄文莲就在自家办起小作坊酿制酒酿,在每年 11 月开始酿制销售,整个冬天能卖上万斤。自 2016 年起悉心指导自己的侄子学习"龙潭酒酿制作技艺",在姑妈的指导下,侄子品尝到了成功的喜悦,酿制的酒酿饭粒膨化均匀,无絮状,无僵粒,色、香、味俱全。2016 年,黄文莲和侄子利用新媒体,结合线上线下各种销售渠道,整个冬天销售了十几万斤,龙潭酒酿也成了"网红"……

【"非遗"传承人】

黄秀萍

又逢酿酒过秋分，

家宴席中视作珍。

味淡休嫌勿够意，

猜拳笑醉举杯人。

【档案记录】

["非遗"类别] 传统技艺

[级　　别] 浦东新区级

[入 选 年 份] 2020年,黄秀萍被命名为浦东新区级非物质文化遗产项目"龙潭酒酿制作技艺"代表性传承人

[入 选 批 次] 第七批

[性　　别] 女

[所 在 街 镇] 大团镇

[从 艺 年 限] 14年

[相 关 经 历] 黄秀萍2008年起正式师从父亲学习制作酒酿,经过十几年的学习实践,制作的酒酿在大团、南汇甚至浦东地区家喻户晓。2016年起利用新媒体向全市介绍龙潭酒酿的传统制作技艺,同年还和弟弟一起成立了龙潭酒酿工作坊,招募一些家境比较困难、又没有其他专业特长的村民加入工作坊,将手艺手把手地传授给大家,带领大家共同增收致富。凭着醇正的口感,龙潭酒酿成了"网红"。为了让更多人了解龙潭酒酿,更好地传承这一"非遗"文化,她经常和家人一起参加公益活动,让一碗酽酽的酒酿成为一份乡愁的寄托。

【"非遗"项目】

醉螃蜞制作技艺

摸得滩地是螃蜞，

浸泡当随洗去泥。

白酒杀腥调料配，

醉了家常醉酒席。

制作醉螃蜞

【档案记录】

［"非遗"类别］ 传统技艺

［级　　　别］浦东新区级

［入　选　年　份］2017年，"醉螃蜞制作技艺"被列入浦东新区级非物质文化遗产
名录

［入　选　批　次］第六批

［史　料　摘　引］倪绳中《南汇竹枝词》记咏曰："遮羞鳌与沙里钩，螃蜞虮蟹水滩
头。那知两只一斤重，酌酒持鳌香味流"。附言："遮羞鳌，似螃
蜞而小，一鳌独大，滨海黑夜燃灯，谓之"抢螃蜞"，虮蟹出浦江
中，似鳌而小，作羹甚鲜，杜家行最多。蟹出横沔者，最佳。案：
蟹有重十二三两者，有两只斤者，出各灶港。"

"醉螃蜞制作技艺"在书院地区已有百多年的历史，传承五代。

［相　关　链　接］书院镇地处东海之滨，海边的居民们于醉螃蜞的热爱尤为深切。
"醉螃蜞制作技艺"相当考究，生食本来对食品的新鲜程度和制
作方法有很高的要求，从最初的选材至醉制，需要确保新鲜、卫
生、干净，同时保存时间不宜长久，要确保在赏味期内品尝。相
对于普通腌制的办法，书院镇传承人高才官"醉螃蜞制作技艺"
配方更复杂入味。除了高度的白酒之外，还有细心配制的调味
料及中药，共计26味。一碟又一碟的药材加入锅中，汤汁在锅中
突突地泛起温暖的泡泡。特调的暖胃中药中和了蟹的凉性，使
这道醉螃蜞更具美味，更暖心的是在每一个步骤中倾注的细心
和热情。醉螃蜞是老少皆宜的好美味。

［保　护　单　位］书院镇

［传　　承　　人］高才官(浦东新区级)

【"非遗"传承人】

高才官

滩地螃蜞小蛮凶，

夹螯舞爪洞穴中。

将侬浸酒装瓮器，

勿是蟹将剩哪功？

【档案记录】

［"非遗"类别］传统技艺

［级　　　别］浦东新区级

［入 选 年 份］2020 年,高才官被命名为浦东新区级非物质文化遗产项目"醉螃蜞制作技艺"代表性传承人

［入 选 批 次］第七批

［性　　　别］男

［所 在 街 镇］书院镇

［从 艺 年 限］42 年

［相 关 经 历］高才官从 23 岁开始跟随叔父经营酒店,从最简单、最传统的腌制方法开始慢慢摸索,结合当时人们的口味、螃蜞的肥瘦程度等,调制出最适合大众口味的醉螃蜞。潜心研制中药十几年,将腌料结合中药的秘方制作醉螃蜞,不仅改良了口味,还能调补身体,一举两得,由此,其制作的醉海鲜在酒店里正式对外销售,并且一直供不应求。高才官还通过"一小时民俗传承进校园"讲座与"'非遗'暑期大课堂活动",不断扩大醉螃蜞这一美食的影响力。

【 "非遗" 项目 】

凤露水蜜桃栽培技艺

定植肥水剪修枝，
春暖夭灼满树时。
三百年来三百亩，
欲夸桃品咏诗知。

现场指导——"非遗"传承人传授凤露水蜜桃栽培中的修剪技艺

【档案记录】

［"非遗"类别］传统技艺

［级　　　别］浦东新区级

［入 选 年 份］2017 年，"凤露水蜜桃栽培技艺"被列入浦东新区级非物质文化
遗产名录

[入 选 批 次] 第六批

[史 料 摘 引] 秦荣光《上海县竹枝词》记咏曰:"东西两驻酒楼高,大境西门尽
赏桃。闻道小西湖景好,桥登望塔各游遨。"附言:"三月观桃花,
多蹑西城大境眺望。大境在西门北城箭台,万历间建,供关帝。
陶澍题'旷观'额,陈鸾题'大千胜景'额。西门内旧有东驻、西驻
两酒楼。游人多聚饮焉。南郭外望塔桥,桃花亦盛,人称'小西
湖'"。

凤露水蜜桃具有重要的科学价值、健康价值、生态价值、经济价
值。凤露水蜜桃早在清咸丰年代的《鹤塘棹歌》上已有记载,"凤
露水蜜桃栽培技艺"在新场镇具有 300 多年历史,这里优异的自
然地理环境,为当地生产品莹剔透、入口鲜甜、高品质的凤露水
蜜桃,提供了十分优越的生态环境。

[相 关 链 接] 清末,新场果农何引宝在学得栽培技艺后,在他家田园中开始零
星种植,后来他又将"凤露水蜜桃栽培技艺"传给了下一代何月
祥、再传第三代何明芳。此时恰逢当地建立果园村,不断引进优
良品种开展栽桃种植。到了 21 世纪初,何明芳带头成立上海桃
咏桃业专业合作社,建立了 300 余亩现代标准化凤露水蜜桃生产
基地。经过几代传承人长期耕耘,总结出了定植技术、土肥水管
理、花果管理、整形修剪等精湛的传统栽培技艺。目前具有高商
品价值和地方特色的凤露水蜜桃,已成为市场的热销产品。

[保 护 单 位] 上海桃咏桃业专业合作社

[传 承 人] 何明芳(浦东新区级)

[获 得 荣 誉] "桃咏"凤露水蜜桃在"2009 年首届桃王擂台赛"中荣获"桃风味
皇后"奖。在上海优质水蜜桃评比中屡获金银奖,并在 2015 年
"全国赛桃会"上荣获金奖。2015 年,"桃咏"凤露水蜜桃在全国
140 多万合作社中脱颖而出,被推选为"全国百佳农产品"之一。
2010 年 7 月,上海桃咏桃业专业合作社获 2010 年上海市优质桃
品"金奖"。

【"非遗"传承人】

何明芳

> 喜说桃咏古诗篇,
>
> 桃业追求天地间。
>
> 三百精神标准化,
>
> 甜了万众艳了田。

【档案记录】

["非遗" 类别] 传统技艺

[级　　　别] 浦东新区级

[入 选 年 份] 2018 年,何明芳被命名为浦东新区级非物质文化遗产项目"凤露水蜜桃栽培技艺"代表性传承人

[入 选 批 次] 第六批

[性　　　别] 女

[所 在 街 镇] 新场镇

[从 艺 年 限] 40 年

[相 关 经 历] 何明芳自幼跟随父亲学习桃树的栽培技艺已 40 余载,凭着对水蜜桃栽培技艺的追求和执着,向父辈果农学得水蜜桃栽培的全套本领,既继承了前辈果农的实践经验,延续传统的精髓,又结合现代科学管理,使培育出的水蜜桃果实更圆整,缝合线浅,两侧对称,果顶圆平,果个更大。2005 年带领第一批"提篮小卖"式的果农成立了上海桃咏桃业专业合作社,积极带领社员推行"100%的创新、100%的质量、100%的负责"的"三百精神",深受广大市民好评。被市农业广播学校、市民科技培训中心聘为"农民田间学校"校长。在近几十年中,她积极参加市农展会和农博会,并多次代表上海参加全国、国际各界的公益性农博会,屡获荣誉。

【"非遗"项目】

老桥头酥式月饼制作技艺

新式得传老式中，

流程配比勿相同。

更添美味舌尖上，

桥畔饼香又卖空。

"请侬吃吃看"——在敬老院开展送月饼献爱心活动

【档案记录】

［"非遗"类别］ 传统技艺

［级　　　别］ 浦东新区级

［入 选 年 份］ 2017 年，"老桥头酥式月饼制作技艺"被列入浦东新区级非物质
文化遗产名录

［入 选 批 次］ 第六批

［史 料 摘 引］ 月饼始于唐，盛于宋，到了明清，民间于中秋吃月饼成为风俗。
老桥头酥式月饼据传由清宫传入民间，后由光绪年间的六灶人

樊掌生所效仿配制。"老桥头酥式月饼制作技艺"起源于浦东六灶镇、三灶镇交界,发祥于惠南镇。因樊掌生其家居六灶乾隆年间所建的太平桥附近,人们把具有 200 多年历史的太平桥呼作"老桥",故人们把这里生产的酥式月饼,俗呼老桥头酥式月饼。

［相 关 链 接］ 惠南当地的老百姓,每年中秋时节亲人团聚之时,都以吃月饼作为习俗。第三代传人樊龙全根据祖上流传下来的传统制作技艺,作了进一步的改进和提升,对鲜肉、盐、糖、酱油、油、料酒、水以及有关辅料,制定了严格的配料比例;对泡制、醒发等加工步骤、分团制坯、烘烤时间,制定了严格的规定,在工艺上也有所创新,更显松脆,更添美味;在品种上有所拓展,适应各个年龄段食客的需求,备受当地民众青睐,目前已成为独具浦东特色的美食和"上海桃花节"指定旅游产品。

［保 护 单 位］ 惠南镇

［传 承 人］ 樊龙全(浦东新区级)

【"非遗"传承人】

樊龙全

秘诀技艺勿一般，

三揉三醒特色全。

常念恩德行馈赠，

月光月饼月相圆。

【档案记录】

［"非遗"类别］ 传统技艺

［级　　　别］ 浦东新区级

［入 选 年 份］ 2018年，樊龙全被命名为浦东新区级非物质文化遗产项目"老桥头酥式月饼制作技艺"代表性传承人

［入 选 批 次］ 第六批

［性　　　别］ 男

［所 在 街 镇］ 惠南镇

［从 艺 年 限］ 38年

［相 关 经 历］ 樊龙全年轻时就跟随祖父与父亲学习"老桥头酥式月饼制作技艺"，在制作中实践着"艺精于勤"的名谚，严格把关作料选择，在分团制坯时，坚持祖传的"三揉三醒"，注重包馅、烘烤、出炉等工序流程。善于把握现代人的口味与低油低糖、追求健康的理念，在制作鲜肉月饼时，既保持传统，又改甜腻浓烈，留在口中的是过瘾的滋味。每年中秋节来临，总是将自己亲手制作的月饼馈赠给附近的敬老院、残障学校，延续着与感恩有关的故事。

【"非遗"项目】

牛肚咸菜制作技艺

坛子已换大缸池，
绿色杀菌可辨知。
田野车间流水线，
热销海外繁忙时。

已制作成的"牛肚咸菜"入袋装箱

【档案记录】

［"非遗"类别］传统技艺

［级　　　别］浦东新区级

［入 选 年 份］2017年,"牛肚咸菜制作技艺"被列入浦东新区非物质文化遗产
　　　　　　　名录

［入 选 批 次］第六批

［史 料 摘 引］南汇种植雪里蕻的历史从民国初期开始,名为丁守庭的商人从
　　　　　　　浦东洋泾地区将种子带到南汇中学旧址(今卫星河附近)开始租
　　　　　　　地种植,腌制成最原始的坛子装咸菜(雪菜)。"纵然金菜琅蔬
　　　　　　　好,不及吾乡雪里蕻",老港镇牛肚村是南汇雪里蕻是咸菜的著
　　　　　　　名生产原料。

［相 关 链 接］牛肚咸菜,通过百年传承,坚持传统腌制方法和充足发酵时间,
　　　　　　　利用现代杀菌技术,在保留咸菜原有风味的同时,解决古法腌制
　　　　　　　中防腐剂、亚硝酸盐等不良物质的遗留问题,成为无添加的无公
　　　　　　　害绿色食品。牛肚咸菜清香扑鼻,具有味鲜、脆嫩、色黄三大特
　　　　　　　点。在代代相传的独特制法保证下,牛肚咸菜以其色泽金黄、酸
　　　　　　　爽可口的特点远销海外,不仅带动了老港镇老百姓的经济收入,
　　　　　　　也让民族品牌走向世界。牛肚咸菜曾先后被《劳动报》《上海郊
　　　　　　　区报》《解放日报》《市场信息报》等媒体报道。

［保 护 单 位］上海牛肚绿色食品有限公司

［传 承 人］宋陈军(浦东新区级)

［获 得 荣 誉］1994年荣获"上海国际旅游商品博览会"优胜奖。1995年荣获
　　　　　　　"名优中国特产精品奖"。2000年荣获"南汇十大优质农产品"。
　　　　　　　上海牛肚绿色食品有限公司曾获得"2012年度环保先进单位"称
　　　　　　　号,并获得"长城质量保证中心质量管理体系认证证书"。2016
　　　　　　　年荣获"无公害产品证书"。

【"非遗"传承人】

宋陈军

腌制传承在大缸，

菜多脆嫩叶金黄。

真空装袋销国外，

食客洋人啧嘴尝。

【档案记录】

［"非遗"类别］ 传统技艺

［级　　　别］ 浦东新区级

［入　选　年　份］ 2018 年，宋陈军被命名为浦东新区级非物质文化遗产项目"牛肚咸菜制作技艺"代表性传承人

［入　选　批　次］ 第六批

［性　　　别］ 男

［所　在　街　镇］ 老港镇

［从　艺　年　限］ 20 年

［相　关　经　历］ 宋陈军从小生活在老港，无法割舍对家乡水土眷恋的情怀，耳濡目染的咸菜腌制技法在脑海中无法忘怀，大学毕业后毅然放弃在大型中外合资企业的职位，回到老港镇，跟随上海牛肚绿色食品有限公司创始人夏才初潜心学习咸菜的腌制技术。为发扬光大牛肚咸菜腌制技艺，勇于求新求变，逐渐成为一名优秀的企业管理人和新一代的牛肚咸菜传统技艺传承人。在保留传统腌制技艺，保持咸菜"味鲜、脆嫩、色黄"三大特征的情况下，利用现代杀菌技术生产出真空包装即食的牛肚咸菜，并开发出符合现代人追求绿色健康、崇尚返璞归真饮食习惯的多种咸菜加工食品，广受欢迎，远销海外。

【"非遗"项目】

盐仓水晶年糕制作技艺

此糕音与那高同，

但有盐仓味美中。

软糯爽滑口感好，

精装技艺简装通。

"盐仓水晶年糕"生产车间场景

【档案记录】

［"非遗"类别］ 传统技艺

［级　　　别］ 浦东新区级

［入 选 年 份］ 2017 年，"盐仓水晶年糕制作技艺"被列为浦东新区级非物质文
化遗产名录

［入 选 批 次］ 第六批

［史 料 摘 引］ 年糕作为一种食品，在中国具有悠久的历史。1974 年，考古工作

者在距今 7000 多年浙江宁波余姚河姆渡遗址（余姚河姆渡母系氏族社会遗址）中就发现了颗粒饱满、保存完好水稻的种子，这说明早在 7000 年前我们的祖先就已经开始种植稻谷。

汉朝对米糕就有"稻饼""饵""糍"等多种称呼。汉代杨雄的《方言》一书中就已有"糕"的称谓，魏晋南北朝时已流行，古人对年糕的制作已有一个从米粒糕到粉糕的发展过程。

公元六世纪的食谱《食次》就载有年糕"白茧糖"的制作方法，"熟炊秫稻米饭，及热于杵臼净者，舂之为米咨糍，须令极熟，勿令有米粒……"即将糯米蒸熟以后，趁热舂成米糍，然后切成桃核大小，晾干油炸，滚上糖即可食用。

早在辽代，据说北京的正月初一，家家就有吃年糕的习俗，到明、清朝的时候，年糕已发展成市面上一种常年供应的小吃，并有南北风味之别。年糕美味、香甜、醇香，具有浓厚的历史气息。

[相 关 链 接] 年糕为农历新年的应时食品，是一种用糯米或米粉蒸成的糕。在春节，我国很多地方都有吃年糕的习俗。年糕又称"年年糕"，与"年年高"谐音。寓意着人们的工作和生活一年比一年高。在浦东以盐仓水晶年糕最为有名，通过继承具有 100 多年历史的盐仓永安村传统手艺，借鉴和吸收上海乔家栅年糕制作的技艺，所制作的年糕清爽、软糯、不沾牙，细腻白亮，久煮不糊，推出了精装和简装两类产品，远销海外。

[保 护 单 位] 祝桥镇文化服务中心

[传 承 人] 姚祖艺（浦东新区级）

[获 得 荣 誉] 2002 年，盐仓水晶年糕被评为"南汇优质农产品十大知名品牌"。2006 年被评为"中国名优品牌"。盐仓水晶年糕被邀请两次进京开展产品展示展销活动。

【"非遗"传承人】

姚祖艺

选米从优劣米除，

磨蒸两道细和熟。

亮如水晶食时爽，

弹性强来韧性足。

【档案记录】

［"非遗"类别］ 传统技艺

［级　　　别］ 浦东新区级

［入 选 年 份］ 2018 年，姚祖艺被命名为浦东新区级非物质文化遗产项目"盐仓水晶年糕制作技艺"代表性传承人

［入 选 批 次］ 第六批

［性　　　别］ 男

［从 艺 年 限］ 34 年

［相 关 经 历］ 1988 年，姚祖艺随父学习年糕制作技艺，掌握了选原料、泡米、磨粉等一系列关键要点。通过取经学习，对原材料、工艺、浸泡大米时间等进行重新调整，并严守工艺四句"五字诀"：选米看米色，浸米看气候，磨粉细过滤，蒸粉要熟透。2015 年，姚祖艺担任上海梅鼎农产品专业合作社经理。2017 年、2018 年盐仓水晶年糕先后参加浦东新区曹路文化艺术展会、浦东新区"'非遗'进机关"活动，并设立少儿"非遗"展示馆，让学生们亲自体验传统工艺"盐仓水晶年糕"的制作过程。

【 "非遗" 项目 】

周浦羊肉制作技艺

天刚微亮见曦光，
热气腾腾化寒霜。
白切荷包酥软嫩，
侬吾对饮一桌香。

白切羊肉及其调料

【档案记录】

［ "非遗" 类别］ 传统技艺

［级　　　别］ 浦东新区级

［入 选 年 份］ 2017 年，"周浦羊肉制作技艺" 被列为浦东新区级非物质文化遗
产名录

［入 选 批 次］ 第六批

［史 料 摘 引］ 周浦羊肉带皮带骨、酥软香嫩，早在清代中后期，周浦及周边乡

镇的人们就有早上吃羊肉、喝烧酒的习俗,并逐渐形成当地一种独特的饮食文化。

周浦地区的人们早上吃羊肉、喝烧酒的饮食习惯,与当地所处的社会、地理环境密不可分。民国期间,周浦曾是浦东地区最大的集镇、商贸特别繁荣,有"小上海"之称,周浦沿路店也随之生意兴隆,声名远播。早上吃羊肉、喝烧酒的习惯被延续下来。

到了 20 世纪三四十年代,"周浦羊肉制作技艺"发展到鼎盛时期,当时镇上有顾家、林家、谢家、张家等十余家羊肉店,每天屠宰数十头羊,生意特别红火。其中凌家和阿梦(顾梦生)羊肉店最负盛名。顾梦生 1913 年出生,从小跟父亲顾玉英学艺,继承祖传白切羊肉的制作技艺。顾梦生将传统技艺传承给独生女顾来娣,顾来娣勤奋好学,手艺出众,当地人称她为"羊肉妹妹"。顾来娣又将技艺传授给儿子王永石和王永海,至今已有 100 多年传承历史。

[相 关 链 接] 周浦羊肉历史悠久,风味独特,至今能保持传统的手工操作技艺,不掺入任何添加剂,所制羊肉酥软而不糊,香味浓郁而不腥,肥美而不腻,深受广大顾客青睐。早上吃羊肉、喝烧酒的饮食文化风靡到新场、惠南、三林、川沙、北蔡等地,提升了周浦在浦东地区的影响,促进了周浦地区的经济发展。

[保 护 单 位] 周浦镇

[传　承　人] 黄永石(浦东新区级)

【"非遗"传承人】

黄永石

迎客天天在早晨，

堂吃外卖一盆盆。

多吃羊肉多阳气，

祛了体寒暖了人。

【档案记录】

["非遗" 类别] 传统技艺

[级　　　别] 浦东新区级

[入 选 年 份] 2020年，黄永石被命名为浦东新区级非物质文化遗产项目"周浦羊肉制作技艺"代表性传承人

[入 选 批 次] 第七批

[性　　　别] 男

[所 在 街 镇] 周浦镇

[从 艺 年 限] 45年

[相 关 经 历] 1975年至1978年，黄永石跟随外祖父、母亲学习白切羊肉的制作技艺，能熟练掌握杀羊、煺毛、清洗内脏、烧煮、剔骨、整理羊肉等各道传统技艺。1978年，全家在周浦镇"一条龙"农贸市场开设首家羊肉摊，在外祖父顾梦生的指导下，采用祖传手艺制作羊肉，羊肉酥软而不烂，肥美而不腻，外观美观，吃口上乘，深受当地顾客青睐。1982年，开始做羊肉的批发生意，每天杀羊10多头，除设摊零售外，大部分羊肉批发给数十家熟食店、羊肉店。1985年，在周浦镇上租房开店，在年家浜路开设黄大哥羊肉店，堂吃、外卖兼营，是周浦最有名气的羊肉店之一。

【"非遗"项目】

浦东土布纺织技艺

纺车一辆转匀如，
经布沿途春日图。
机杼穿梭星月下，
裁得大地作宽幅。

"非遗"传承人王水仙表演"浦东土布纺织技艺"

【档案记录】

［"非遗"类别］ 传统技艺

［级　　　别］ 浦东新区级

［入　选　年　份］ 2011年，"浦东土布纺织技艺"被列入浦东新区级非物质文化遗
产名录

[入选批次]　第三批

[史料摘引]　曹瑛《高行竹枝词》记咏曰:"沙土平原利木棉,专于杼轴出银钱。地同嘉宝征粮异,亟望仁人达帝前。"附言:"乡土大半宜木棉花,民生托命于布,秋粮之纳必买米于他邑,得如嘉宝,实沾德便,深有望于当事君子也。"

倪绳中《南汇县竹枝词》记咏曰:"手车两指纺单纱,一手三纱运脚车。织布日成一二匹,女红帮助旺夫家"。附言:"妇女纺织,佐衣食。他邑止用两指拈一纱,名'手车'。邑多一手三纱,以足运轮,名'脚车',织布率日成一二匹。男子耕获输赋外,全赖女工,俗称'旺夫家'。"

秦荣光有两首《上海县竹枝词》记咏,其一曰:"纺纱旧用手旋车,两指端才捻一纱。纱少改车凭脚运,三纱一手纺家家"。附言:"他邑纺纱,有两指捻一纱,名'手车';吾邑一手三纱,以足运轮,名'脚车',人劳而工敏";另一曰:"布机声轧出茅檐,织妇双挼十指尖。蓬首晨兴遥入市,归家手挈米和盐。"附言:"里媪晨抱布入市易米归,旦复抱布出,日可织布一端,有两端者,卒岁衣食全恃此。"

秦锡田《周浦塘棹歌》记咏曰:"机声轧轧手纤纤,织布工于织素缣。拼得银圆挥一个,布庄竞买宋家尖。"附言:"陈行镇南宋家宅布,最细密,名'宋家尖'。清季布价贱时,一匹值银币一圆,又不可多得。"

[相关链接]　"浦东土布纺织技艺"是指浦东农村妇女自己植棉、脱籽、轧绒、纺纱、染色、经纱、刷布、织布等一系列传统工艺,主要包括"植棉、纺织"两大工艺,距今至少已有500多年历史。浦东土布门面阔、布面光洁,其款式千变万化、图案精致、布纹鲜艳,大致可分为芦席纹、提花踏布、上海格子、链条布、豆子花布和特色的蓝印花布等,每种类型又有上百种不同的图案。

[保护单位]　新场镇

[传承人]　王水仙(浦东新区级)

【"非遗"传承人】

王水仙

纺车踩动带盘摇，

棉线匀出自棉条。

能纺善织传数代，

色纱趣布布中骄。

【档案记录】

［"非遗"类别］ 传统技艺

［级　　　　别］ 浦东新区级

［入 选 年 份］ 2012年，王水仙被命名为浦东新区级非物质文化遗产项目"浦东
土布纺织技艺"代表性传承人

［入 选 批 次］ 第三批

［性　　　　别］ 女

［所 在 街 镇］ 新场镇

［从 艺 年 限］ 34年

［相 关 经 历］ 小学四年级时，王水仙在学习余暇中跟随外婆和母亲学习纺织
技艺。16岁时已掌握了"浦东土布纺织技艺"的基本要领。面对
家中备有的纺织机、脚车、发纱架、经圈架子、发花棒等全套织布
设备，渐渐产生了感情，到了青年时代，技艺越来越熟练，既可用
一只梭子编织"白刷子布"，也可用三只梭子织出"蓝花头布"，还
可用五六只梭子织出格子式美观的"趣布"，供做上装。能通过
不同色彩的纱编织出不同款式、不同图纹的浦东土布。在作为
"浦东土布纺织技艺"传承人之后，积极在各类相关活动中发挥
展示、讲解、表演与传授的作用。

【"非遗"项目】

三林标布纺织技艺

纱支匀细制工精，

耐久结实享盛名。

享有品牌七百载，

几多标布进北京。

三林标布在纺织过程中

【档案记录】

［"非遗"类别］ 传统技艺

［级　　　别］ 浦东新区级

［入 选 年 份］ 2011年，"三林标布纺织技艺"被列入浦东新区级非物质文化遗
产名录

［入 选 批 次］ 第三批

［史 料 摘 引］ 秦荣光《上海县竹枝词》专咏三林标布曰："三林标布进京城，稀
布龙华最著名。别有东乡短头布，高丽布也自洋泾。"附言："《阅

世编》:上阔尖细者阅标布,出三林塘者为最精,周浦次之。案;
首句本俗语。稀布出龙华、七宝,今名'龙华稀'。纬文棱起而疏
者,为高丽布,出高桥、洋泾。小布俗称'短头布'"。

［相 关 链 接］三林标布是浦东地区的名牌产品,因其精细的纺织技艺和严格
的标准规格而得名。"乌泥泾庙祀黄婆,标布三林出数多"说的
是三林标布的盛况,历史近700年,其纱支匀细、布身紧密、结实
耐穿。明成化年间,三林标布成为御用衣袍布料,盛销北京、天
津、山东、山西、关东等地,经染色或漂白后,可做成外套、马褂、
靴面、缠脚布等,"三林塘标布进京城"家喻户晓。

［保 护 单 位］三林镇
［传　承　人］刘佩玉(浦东新区级)

【"非遗"传承人】

刘佩玉

车声轳辘未消停，

纺转时光日月行。

手艺中国织花带，

达人称号是其名。

【档案记录】

［"非遗"类别］传统技艺

［级　　　别］浦东新区级

［入 选 年 份］2014年,刘佩玉被命名为浦东新区级非物质文化遗产项目"三林
标布纺织技艺"代表性传承人

［入 选 批 次］第四批

［性　　　别］女

［所 在 街 镇］三林镇

［从 艺 年 限］46年

［相 关 经 历］刘佩玉自小熟悉从纺纱到经纱,能独立完成从纺织到上浆的全
部过程,纺织过程中不断检查标布布面,严格要求,精细工作,纺
织出的标布受到前辈的肯定和市场的认可。至今业余时间还从
事织布机纺织和织花带研究。面对传统品牌受到现代文明的冲
击,"三林标布纺织技艺"青黄不接、后继乏人的困窘,认为要传
承好"三林标布纺织技艺",单靠传统方法不行,必须在创新中发
展。为此,在走访老手艺人的同时,将传统技艺不断变化以求新
求实,自购各类小纺织机,进机关、下社区、到大中学校以及军营
等处传授技艺,以唤起社会对三林标布的进一步认识和再度重
视。在刘佩玉精心努力下,"三林标布纺织技艺"和工艺品得到
广泛赞誉。研发的"手艺中国"织带多次代表三林参与浦东新区

妇联组织的各大活动,受到好评。刘佩玉在"2015 年上海市民手工艺大赛"中荣获"手工艺达人"称号,曾受邀参加中日韩文化交流活动。

【"非遗"项目】

龙潭竹篮

木凳作刀已摆开，
篾条竹片备其材。
手随心使编经纬，
大小方圆挂一排。

"非遗"日上的"龙潭竹篮"编织展示

【档案记录】

［"非遗"类别］ 传统技艺

［级　　　别］ 浦东新区级

［入　选　年　份］ 2007 年，"龙潭竹篮"被列入浦东新区级非物质文化遗产名录

［入　选　批　次］ 第一批

［相　关　链　接］ 竹篮，曾是寻常百姓家的日常生活必需品，更是农家不可或缺的
　　　　　　　　　生产资料和生活用品。已有 100 多年历史的浦东大团镇"龙潭竹
　　　　　　　　　篮"，其手工编织技艺悠久精湛。"龙潭竹篮"编制工具有硬木

凳、铁制劈刀、锯子、半圆竹片、铜板尺,辅助用品有作裙、光篾布。"龙潭竹篮"编制工序主要有:锯断竹、劈篾、光篾、搭底、插篮地撑、盘篮壳、装篮襻。"龙潭竹篮"编制品种有:四角篮、六角篮、淘菱篮、吊纱篮、淘米篮、饭篮、麦钓篮,其他还有畚箕、鱼篓、筛子、脚匾、蛋架等数十种。

[保 护 单 位] 大团镇
[传　承　人] 潘进福(浦东新区级)

【"非遗"传承人】

潘进福

竹材其用妙无穷，

也块也条也篾丛。

捻绕穿插勤转角，

慧心巧手编织中。

【档案记录】

［"非遗"类别］ 传统技艺

［级　　　别］ 浦东新区级

［入 选 年 份］ 2008年,潘进福被命名为浦东新区级非物质文化遗产项目"龙潭竹篮"代表性传承人

［入 选 批 次］ 第一批

［性　　　别］ 男

［所 在 街 镇］ 大团镇

［从 艺 年 限］ 60年

［相 关 经 历］ 潘进福系第八代"龙潭竹篮"编制技艺传人。在近年来大团镇文化中心依托"市民文化节""'非遗'日""桃花节"等契机开展的传承展示活动中,潘进福通过展示包括四角篮、六角篮、淘麦篮、吊纱篮、淘米篮、饭篮、麦钧篮等竹篮种类,边现场编制竹篮,边向市民们介绍竹篮编制技艺,吸引诸多市民的参与。在自2015年大团文化服务中心成立的龙潭竹篮工作室中,每季度组织针对小学生的培训,每月安排一次与社区群众见面,积极收集和挖掘项目材料,为发挥基地的传承作用贡献自己的一份力量。

【 "非遗" 项目 】

芦苇编织技艺

家中用具哪来添?

芦苇取材筐与帘。

编进勤劳编温暖,

生活拥有越冬前。

帘子、草鞋与扫帚:用芦苇编织成的各类用具

【档案记录】

["非遗" 类别] 传统技艺

[级　　　别] 浦东新区级

[入 选 年 份] 2015 年,"芦苇编织技艺"被列入浦东新区非物质文化遗产名录

[入 选 批 次] 第五批

[史 料 摘 引] 芦苇编织为古人所传。《尔雅》记载:"以木曰扉。以苇曰扇。"
《礼记》中另有记载:"天子八扇、诸侯六扇、大夫四扇、士二扇。"
可见距今 2000 多年前,代表权利地位的仪仗扇是用芦苇编织而成的。在浦东芦苇编织已有600多年的历史。清末明初,浦东出现了闻名江浙的"芦苇之乡"和"扫帚浜"。

[相 关 链 接] 芦苇编织是利用晒干的芦杆及芦叶来制作各类生活用品及工艺品。浦东当时的先民基本上每家每户均充分利用芦苇娴熟制作居住的房屋和日常的生活用品及工艺品,并将其出售。由于其特殊的自然属性,使得编织的物品轻便耐用,实用价值非常高。

[保 护 单 位] 泥城镇

[传　承　人] 庄金生(浦东新区级)

【"非遗"传承人】

庄金生

秋冬芦苇取其材，

袋篓筐篮紧编排。

编过从前编现在，

世博海宝客迎来。

【档案记录】

［"非遗"类别］ 传统技艺

［级　　　别］ 浦东新区级

［入 选 年 份］ 2016年，庄金生被命名为浦东新区级非物质文化遗产项目"芦苇编织技艺"代表性传承人

［入 选 批 次］ 第五批

［性　　　别］ 男

［所 在 街 镇］ 泥城镇

［从 艺 年 限］ 75年

［相 关 经 历］ 庄金生从十几岁学艺开始，守护编织这门技艺已有70余年。对芦苇的创新编织源自一次机缘巧合。2009年，泥城小学的老师找上门，聘请他在课余时间教授小学生一些编织技艺。为此，他思考如何通过创新激发孩子们的兴趣。时逢"上海世博会"召开，他尝试创作了吉祥物"海宝"与"中国馆"模型，作品一亮相便深受师生的喜爱。近10年来，除坚持为小学生授课外，他还坚持为泥城镇的"阳光之家"的学员教授编织课。

【"非遗"项目】

渔具制作和捕捞技艺

潮来潮去看鱼游，

甩网下钩伴海鸥。

捕获捞得凭渔具，

由滩出海驾帆舟。

南汇新城镇文化中心内陈列的各种渔具

【档案记录】

［"非遗"类别］传统技艺

［级　　　别］浦东新区级

［入 选 年 份］2017年，"渔具制作和捕捞技艺"被列入浦东新区级非物质文化
　　　　　　　遗产名录

［入 选 批 次］第六批

[史 料 摘 引] "渔具制作和捕捞技艺"是浦东沿海地区渔民根据当地特殊的地理环境,在长期捕捞生产作业中总结的一套制作渔具和进行河海产品捕捞的技艺。浦东海岸线达100多公里,为渔民积累近千年的"渔具制作和捕捞技艺"创造了自然条件。当地渔民以遵循自然规律,并根据内河捕捞、滩涂捕捞、近海捕捞、外洋捕捞等四大渔业作业,逐渐发展成熟了相应的捕捞技巧,同时发展了抄塘网、蛏钩、定置网等近100种渔具制作技艺。

[相 关 链 接] 20世纪60年代起"渔具制作和捕捞技艺"得到空前繁荣和发展,浦东沿海渔民几乎家家从事捕捞生产,人人都会制作渔具。可追溯的"渔具制作和捕捞技艺"传承谱系有三代以上,大部分是子承父业。目前潘志明、潘勤国为熟练掌握该技艺的传承人。几十年来,周边渔民向两位传承人学习"渔具制作和捕捞技艺"的达百人以上,潘勤国的两个儿子潘冬和潘顺也已基本掌握该技艺,并同父亲一起出海捕捞达10多年。"渔具制作和捕捞技艺"已深植在当地渔民记忆中,成为当地海洋文化的一部分。

[保 护 单 位] 南汇新城镇
[传 承 人] 潘志明、潘勤国、吴文初(浦东新区级)

【"非遗"传承人】

潘志明

看水识鱼在水情，

下钩甩网岸边行。

水中鱼蟹难逃遁，

渔网恢恢天网灵。

【档案记录】

["非遗"类别] 传统技艺

[级　　　别] 浦东新区级

[入 选 年 份] 2018 年，潘志明被命名为浦东新区级非物质文化遗产项目"渔具
制作和捕捞技艺"代表性传承人

[入 选 批 次] 第六批

[性　　　别] 男

[所 在 街 镇] 南汇新城镇

[从 艺 年 限] 64 年

[相 关 经 历] 受祖辈影响，潘志明自幼跟从父亲和叔叔学习"渔具制作与捕捞
技艺"。16 岁时已熟练掌握了内河与滩涂的捕捞技艺。善于根
据自然规律来捕鱼，只要站在河岸上一看，便知道河中有鱼没
鱼；只要看天气、季节、潮汛，便知道滩涂上有哪类水产。熟练掌
握抄塘网、推花网、蛏钩、板罾网等近 60 多种渔具制作技艺，并能
结合浦东沿海的内河与滩涂特点、合适的捕捞方式，制作了各种
钓钩、捕具、网具。乐于将上述技艺传授他人，为南汇新城镇文
化服务中心创办渔具制作陈列室积极提供相关实物，并担任义
务讲解员。

【"非遗"传承人】

潘勤国

舱中蜇鳗网中虾，

近水远洋爷儿家。

最怜世界河与海，

科研辅助乐敏察。

【档案记录】

["非遗"类别] 传统技艺

[级　　　别] 浦东新区级

[入 选 年 份] 2018 年,潘勤国被命名为浦东新区级非物质文化遗产项目"渔具
制作和捕捞技艺"代表性传承人

[入 选 批 次] 第六批

[性　　　别] 男

[所 在 街 镇] 南汇新城镇

[从 艺 年 限] 44 年

[相 关 经 历] 潘勤国出生于三代祖传的捕鱼人家,16 岁开始独立在海滩边捕
鱼。18 岁以后,开始近海捕捞,在摸索中掌握了翻缸网、定置网、
青拖网等上百种渔具的制作技艺。20 世纪 80 年代后期,带领兄
弟数人组成的捕捞队,从原先的小渔船换成了 45 吨的大木船,开
始远洋捕捞。1999 年,又扩大捕捞范围,增加了捕捞鳗鱼、海蜇。
将渔具制作与近海和远洋捕捞技艺传授给两位儿子。2010 年和
2013 年,分别打造了两只标准化的机帆船,与两位儿子开始家庭
式捕捞。积极参与国家渔政部门每年开展的海洋鱼类检测工
作,配合科研所出海进行海洋保护与科研方面的辅助性工作。

【"非遗"传承人】

吴文初

撒网手中抓网纲，

网眼有圆也有方。

捕时还胜吃时乐，

滚钓海鲜又满舱。

【档案记录】

［"非遗"类别］ 传统技艺

［级　　　别］ 浦东新区级

［入 选 年 份］ 2020 年，吴文初被命名为浦东新区级非物质文化遗产项目"渔具
制作和捕捞技艺"代表性传承人

［入 选 批 次］ 第七批

［性　　　别］ 男

［所 在 街 镇］ 南汇新城镇

［从 艺 年 限］ 53 年

［相 关 经 历］ 吴文初自幼跟随父亲在海滩上以滚钓捕鱼为生。16 岁时已掌握
滚钓捕鱼的技术，能独立作业，在用滚钓捕鱼获取额外收入的同
时，将这门传统捕鱼技艺传承了下来。从 1979 年开始，长期从事
滚钓制作和捕捞技艺，并在生产作业过程中发展使用并改进滚
钓技艺，传授周边人员新技能，带动大多数人在海上生产捕捞中
使用滚钓。2006 年 3 月，成立上海市第一家渔业专业合作社（上
海万舟渔业专业合作社），合作社成员有 31 艘标准化渔船，充分
发挥丰富的海洋滚钓捕捞经验，并带动芦潮港地区渔民发家
致富。

【"非遗"项目】

灶台砌筑技艺

一副灶头一日工，
脚门箍洞进行中。
架锅灶面合分寸，
灶壁已然姹紫红。

砌成绘就的"两眼灶"

【档案记录】

［"非遗"类别］ 传统技艺

［级　　　别］ 浦东新区级

［入 选 年 份］ 2017 年,"灶台砌筑技艺"被列入浦东新区级非物质文化遗产名录

［入 选 批 次］ 第六批

［相 关 链 接］ 大团镇是南汇东南沿海的一大集镇,作为代表性的手工技艺是渊源悠久、手艺精湛的土灶,它曾是每家每户必备的炊具。大团地区的灶台砌筑技艺,是大团农民针对农村广泛利用柴草、秸秆进行直接燃烧的状况,利用燃烧学和热学热力学的原理,进行科学设计而建造的土灶技艺,是适用于农村炊事、取暖等生活领域的设备。这种有别于传统旧式炉、灶、炕的柴灶,被称为"省柴灶"。砌灶大致分为灶脚、开灶门、盘度闸、盘灶箍、押烟洞、贴瓷砖等步骤,其中,最能考验师傅技术的便是盘灶箍,也就是灶锅的实体部分。与其他泥水活不同的是,灶箍是圆的,能刚刚放下铁锅,必须掌握尺寸……

［保 护 单 位］ 大团镇

［传　承　人］ 吴引忠(浦东新区级)

【 "非遗" 传承人 】

吴引忠

盘脚开门看四周，

灶膛锅壁有讲究。

燃烧热量遵原理，

添火省柴旺势头。

【档案记录】

["非遗" 类别] 传统技艺

[级　　　别] 浦东新区级

[入 选 年 份] 2018 年，吴引忠被命名为浦东新区级非物质文化遗产项目"灶台砌筑技艺"代表性传承人

[入 选 批 次] 第六批

[性　　　别] 男

[所 在 街 镇] 大团镇

[从 艺 年 限] 38 年

[相 关 经 历] 吴引忠 17 岁时就跟父亲学习泥水匠，经过长期学习和实践，掌握了砌筑灶台的基本功，即盘灶脚、开灶门、盘灶箍、押烟洞、贴瓷砖等步骤。凭借过硬的技术和信誉，不管远近、本镇还是客镇，不管是单眼灶、二眼灶、三眼灶、四眼灶的建造，都能有求必应，受到十里八村的欢迎。所砌的土灶，具有优良的炊事功能，排入室内的污染物最少，能够适应多种燃料并且省柴节煤，结构美观、卫生和安全，投资少而坚固耐久。在每年大团镇举办的"非遗"进社区活动中，乐于做细心的介绍、讲解，答疑解惑，深受欢迎。

【"非遗"项目】

江南传统民居木作技艺

榫卯无痕一体中，
三林雕刻冠西东。
勿凭图稿凭心稿，
木作代传赞此工。

锤击凿木

【档案记录】

［"非遗"类别］传统技艺
［级　　　别］浦东新区级

[入 选 年 份] 2019 年,"江南传统民居木作技艺"被列入浦东新区级非物质文化遗产名录

[入 选 批 次] 第七批

[史 料 摘 引] "江南传统民居木作技艺",是由柱、梁、檩、枋、斗拱等大件木结构件形成框架结构承受来自屋面、楼面的负载以及风力、地震力。在公元前二世纪的汉代就形成了以抬梁式和穿斗式为代表的两种主要形式的木作件体系,这种木作构件体系的关键技术是榫卯结构,并具有可以预制加工、现场装配、营造周期短的明显优势,可构成一座建筑物的骨干构架,并施以艺术性的雕刻,使这些雕刻精细夺目、移步换景、富含韵味、层次丰富、构图饱满、繁而不乱而富有江南特色的木作技艺。

[相 关 链 接] 清道咸年间,在浦东三林塘(现中林村薛家宅),有木作雕刻匠人陆德山(清同治《上海县志》有传),其名遍及上海浦东及江浙两省,陆德山祖孙雕刻的木作构件,至今仍为乡人津津乐道。早期的江南民居木作匠人,其技艺全凭"腹稿",这种木作匠人操作技艺以师徒之间的"言传身教"的方式世代相传,延承至今。

[保 护 单 位] 上海南园文化传播有限公司

[传 承 人] 唐峥荣(浦东新区级)

【"非遗"传承人】

唐峥荣

龙凤呈祥抱柱梁，

松鹤延年立格窗。

雕出精湛雕历史，

荟萃南园古艺廊。

【档案记录】

［"非遗"类别］传统技艺

［级　　　别］浦东新区级

［入 选 年 份］2020 年，唐峥荣被命名为浦东新区级非物质文化遗产项目"江南传统民居木作技艺"代表性传承人

［入 选 批 次］第七批

［性　　　别］男

［职　　　称］木作雕刻

［所 在 单 位］上海南园文化传播公司

［从 艺 年 限］27 年

［相 关 经 历］唐峥荣自幼继承家传，对古建筑木雕情有独钟。职校毕业后，到苏州香山古建园林工程有限公司上班，师承李天元，从事木作雕刻。通过 10 多年的吃苦耐劳，能熟练运用各种刀法独立完成作品。2000 年初，他萌生了重拾祖辈江南民居木作雕刻的想法，参与到上海广夏集团有限公司，修复了上海周边地区的几所老房子，所修复雕刻的木作构件圆润规则，生动逼真，简括凝练，使得整件木作整体和谐。2003 年，在家乡三林塘投资千余万，耗时 14 年，恢复了三林塘明朝正德年间的江南著名园林——南园。参与"'非遗'进校园"的活动，其工艺流程已被列入"非遗"传承特色课程。

【"非遗"项目】

高桥建筑营造技艺

营造精英技艺高,

中西合璧一泥刀。

乡村建后建都市,

大厦外滩入九霄。

高桥黄氏建筑风貌

【档案记录】

［"非遗"类别］ 传统技艺

［级　　别］ 浦东新区级

［入 选 年 份］ 2019 年,"高桥建筑营造技艺"被列入浦东新区级非物质文化遗
产名录

［入 选 批 次］ 第七批

［史 料 摘 引］ 高桥有着近千年的人文历史,古镇以"三刀一针"文化著称,其中
的"泥刀"即为营造业,"高桥建筑营造技艺"是浦东高桥古镇地

区特有的营造业相关技艺,是从传统的江南土木作工坊到上海近代开埠后各类营造商发展而来的,具有完整谱系脉络和典型中西合璧风格的海派营造方式。

[相 关 链 接]"高桥建筑营造技艺"基本内容包括:继承有序的传统营造体系、传统与海派融合的建筑工艺、建筑新材料的使用与创新、中西合璧的营造装饰工艺、口传心授的技艺师承五大方面。上海外滩、老城区众多地标性建筑、高楼大厦、花园洋房、里弄住宅、桥梁、厂房等都是高桥人的杰作。同时,他们在高桥镇域也营建了大量各类形式多样的建筑,如今高桥古镇仍然能够看到或为典型中式、或为中西合璧特色的各类建筑,堪称海派建筑的活化石,具有重要历史价值、艺术价值、传承价值和市场价值。

[保 护 单 位]高桥镇

【"非遗"项目】

绞圈房营造技艺

一排竹箯护砖墙，
四围庭心对木窗。
正埭墙门迎换季，
童欢绕转过弄桩。

绞圈房子

【档案记录】

［"非遗"类别］传统技艺

［级   别］浦东新区级

［入 选 年 份］2021年，"绞圈房营造技艺"入选浦东新区级非物质文化遗产名录

［入 选 批 次］第八批

［史 料 摘 引］ 绞圈房子乃指长江口岸南岸地区的一种围圈而造的特色民居,已有 300 余年历史,这一民居形式到民国初年尚有一定的发展。绞圈房子,顾明思义,就是绞圈而建,四面(或三面)有房,左右对称。房子一到三堺,居中大门称"墙门间",左右各选一到三间正屋。中间为庭心又称"天井",用于洗晒衣被、晾晒果蔬等。

［相 关 链 接］ 作为上海乡村传统民居的绞圈房子,其基本型制是单层建筑四面围合,形成一个"口"字型,两侧或后侧有栏脚屋,且四边屋面相搭接绞连,整体上形成一个适合农村生产生活的建筑空间。"绞圈房营造技艺"的营造法式脱胎于江南传统民居,又由于东海之滨受自然条件的影响及生活生产习俗的需要形成了自己的特色,从而对研究江南民居建筑的营造技艺的发展,具有一定的历史价值、经济价值、人文价值。

［保 护 单 位］ 新场镇文化服务中心

【"非遗"项目】

传统凿纸技艺

昔时祭祀庙宇中，

凿纸百年火样红。

凿了辟邪凿祝愿，

缤纷图案意无穷。

"非遗"传承人示范和传授凿纸技艺

【档案记录】

［"非遗"类别］传统技艺

［级　　　别］浦东新区级

［入 选 年 份］2017 年，"传统凿纸技艺"被列入浦东新区级非物质文化遗产
　　　　　　　名录

[入 选 批 次] 第六批

[史 料 摘 引] 据南朝梁代宗懔所撰写的《荆楚岁时记》载："正月七日，为人日。以七种菜为羹，剪彩为人，或镂金箔为人，以贴屏风，亦戴之头鬓，亦造华胜以相遗。"尽管这里记载的是"剪彩"和"镂金箔"，但说明当时已经有剪镂薄制材料的工艺，也就意味着古时就有凿纸用以祭祀习俗了。

清代《沪岁时衢歌》记曰："日夜笙箫步绿塍，珠帘垂处小楼凭。吴绫输与谈笺纸，妙擅江乡算伞命"。显示当时俗称的"花神灯"，又名"凉伞灯"上面所镂刻的人物、花卉及珍禽异兽均采用了凿纸工艺。

古老的中华民族在漫长的历史进程中创造了灿烂辉煌的民族文化，其中民间凿纸艺术是这个宝库中的组成部分之一，人们通过凿纸的艺术形式来表达对幸福生活的渴望和追求。凿纸技艺最早于 1368 年出现在南汇地区，后逐渐开始由师徒传承，广泛流传。

[相 关 链 接] 书院地区的凿纸工艺，精美绝伦，历史悠久，在当地普遍使用于道教活动中的"香火"。据《书院镇志》记载，凿纸出现于当时社会生活礼仪中的丧葬及祭祀活动，俚人谢世，无论"做七"、扎"库囤""烧纸"时都需要邀请艺人前来制作纸屋纸船纸桥等等，而这些制品上全部都有各式各样繁复精美凿花图案作为装饰。凿纸技艺依托道教文化生长和繁荣，书院镇余姚村有一座历史悠久的余姚庙，据《浦东新区村史》记载，余姚庙又称"福海庙"，清咸丰年间建造，一直由凿纸艺人打理，香火延续至今。随着时间流逝，社会的进步，凿纸工艺也在不断地进步和演变，在表现形式上有着全面、美化、吉祥的特征，同时，民间凿纸用自己特定的表现语言，传达出传统文化的内涵和本质。

[保 护 单 位] 书院镇

[传 承 人] 叶引军（浦东新区级）

【"非遗"传承人】

叶引军

一把艺刀百样图，

凿旋刻捻匠心出。

勿从机打从传统，

画意诗书总自如。

【档案记录】

［"非遗"类别］传统技艺

［级   别］浦东新区级

［入 选 年 份］2018年,叶引军被命名为浦东新区级非物质文化遗产项目"传统
      凿纸技艺"代表性传承人

［入 选 批 次］第六批

［性   别］男

［所 在 街 镇］书院镇

［从 艺 年 限］46年

［相 关 经 历］叶引军17岁时就跟随姑父学习凿纸技艺,逐渐掌握了凿纸艺术
      的基本功,"凿、刻、旋、捻"能运用自如。为提高自己的艺术素
      养,注重积累,学习书法、诗画,为了坚持传统的凿纸技艺,严格
      遵循古法,不采用机打的方式,坚持传统的手工制图,人物、风
      景、草木、虫兽等皆过目,了然于心,凿于纸上。创意无限,创作
      的作品无一重复,最大程度上保留了凿纸的可持续性发展。热
      心于"非遗"的宣传普及,在镇文化中心开设"'非遗'大课堂""一
      小时民俗传承进校园活动"。

【"非遗"项目】

二胡制作技艺

清音制作大团坊，
锯板蒙皮再打光。
筒杆轴弓来构造，
丝弦婉转曲悠扬。

待拉——已制作成品的二胡

【档案记录】

［"非遗"类别］传统技艺

［级　　　别］浦东新区级

［入 选 年 份］2019 年，"二胡制作技艺"被列入浦东新区级非物质文化遗产
　　　　　　　名录

［入 选 批 次］第七批

［史 料 摘 引］二胡的历史很古老,根据《元史·礼乐志》《秋麟堂秋宴图卷》的
　　　　　　　记载,可反映出"二胡制作技艺"早见于元明时代。大团镇始建

于 1568 年,新中国成立前曾建有 130 多个清音班、20 多个道教班和乐器吹打班,至新中国成立初建有许多业余沪剧团、文工团、文艺宣传队,并有大量二胡爱好者。

[相 关 链 接] 大团乐器作坊,可见于清末民国初。华黎乐器厂是中国乐器协会、上海乐器协会会员单位,制作的二胡、古筝、琵琶等民族乐器,由于技艺高超,质量上乘,传承人唐黎云于 2009 年 11 月被中国民族管弦乐学会命名为"二胡制作师"。二胡的构造大致分为琴筒、琴杆、琴轴、琴弓,以及琴码、琴托等。"二胡制作技艺"主要分为:选料、干燥处理、锯板、琴筒制作、蒙皮、制琴杆、琴弓、抛光、装配、调试、检验等。

[保 护 单 位] 大团镇
[传　承　人] 唐黎云(浦东新区级)

【"非遗"传承人】

唐黎云

选料制筒又制弓，

区分轴杆勿相同。

弦拉和乐来领奏，

远古今朝尽曲中。

【档案记录】

［"非遗"类别］传统技艺

［级　　　别］浦东新区级

［入 选 年 份］2020年，唐黎云被命名为浦东新区级非物质文化遗产项目"二胡制作技艺"代表性传承人

［入 选 批 次］第七批

［性　　　别］男

［所 在 街 镇］大团镇

［从 艺 年 限］27年

［相 关 经 历］唐黎云自孩提时随父学艺，通过勤奋学习，刻苦钻研，全面掌握了"二胡制作技艺"，包括琴杆、琴筒、琴轴等主要部件，以及琴弓、琴码、琴托等附件的选材、制作及样式，成为行家里手，为此获得了"二胡制作师"的证书。2017年成为上海乐器协会会员。他热心社会公益事业，多次捐赠，在参加大团镇的非物质文化遗产宣传展示活动中进行"二胡制作技艺"的普及。

【"非遗"项目】

浦东木雕

木雕方寸构思奇，
人物栩栩鸟在啼。
木趣饰纹多木韵，
年轮刀迹两相宜。

传承人宋龙平在创作中

【档案记录】

［"非遗"类别］ 传统技艺
［级　　　别］ 浦东新区级

[入 选 年 份] 2017年,"浦东木雕"被列入浦东新区级非物质文化遗产名录

[入 选 批 次] 第六批

[史 料 摘 引] 具有数百年发展历史的木雕艺术是高度凝固的心灵语言,方寸之间可触摸到世界的灿烂文化,它在我国具有悠久的历史。上海是我国木雕工艺品重点产区之一,尤以上海浦东的木雕最为出名。

[相 关 链 接] "浦东木雕"采用白木黄、红木和黄杨木等木材为原料,使用敲锤、木锉、锯子、平刀、圆刀、斜刀等工具,运用镂雕、圆雕、深浅浮雕等技艺,造型精致,纹饰简练,刀法精细,造型活泼生动,适于案头欣赏。木雕种类纷繁复杂,各大流派经过数百年的发展,形成各自独特的工艺风格,"浦东木雕"大多以家庭式小型住房为主,尤其是在千年古镇新场,发展得最为繁荣,其建筑木雕、家具、雕塑、寺院木雕,已达到较高的水平。"浦东木雕"的特征颇具海派特色,颇具经济价值、文化价值、收藏价值。其在技法上讲究一木在手,方圆曲直,随手雕出,运刀如行云流水,刀痕凿迹是"木趣",木纹年轮彰显"木韵",远看有气势,近看有内涵。特别是收藏在东岳馆的两座忏亭,曾在参加荷兰鹿特丹国际展览中倍受青睐,许多收藏家都欲以重金购藏。

[保 护 单 位] 浦东新区新场镇宋龙平木雕经营部

[传 承 人] 宋龙平(浦东新区级)

[获 得 荣 誉] 木雕作品《定海神针》荣获"2011年工艺美术大师作品暨工艺美术精品博览会"金奖。2012年10月,木雕作品《古镇童趣》荣获"第十三届中国工艺美术大师作品暨国际艺术精品博览会"铜奖。2016年7月,木雕作品《荷塘月色》荣获第十四届中国工艺美术暨古典家具、收藏品博览会"中艺杯"优秀工艺美术作品评比金奖。

【"非遗"传承人】

宋龙平

木雕技艺在天然，

设计随形简与繁。

雕就性灵雕震撼，

论文建树再登攀。

【档案记录】

［"非遗"类别］ 传统技艺

［级　　　别］ 浦东新区级

［入 选 年 份］ 2018 年,宋龙平被命名为浦东新区级非物质文化遗产项目"浦东木雕"代表性传承人

［入 选 批 次］ 第六批

［性　　　别］ 男

［职　　　称］ 高级工艺美术师

［所 在 街 镇］ 新场镇

［从 艺 年 限］ 52 年

［相 关 经 历］ 宋龙平系书院镇"浦东木雕"的第四代传人。1965 年开始学木雕,从师傅那里学到"随形设计"的基本功,借鉴"东阳木雕""福建木雕""苏州木雕"的雕刻元素,逐步形成了自己的风格。1980年进彭镇玉雕厂任车间主任。1996 年进上海艺术品雕刻四厂工作。1998 年在上海海粟艺术进修学院进修。2007 年参加中国工艺美术高级研修班学习。随着阅历的提升,从雕木头到爱木头,并发现了木头是有灵性的生命。在近 50 个春秋的艺术生涯中获得了丰硕的回报,荣获第七届中国工艺美术节"中艺杯"金奖等一系列奖项,论文发表于专业杂志,曾被上海电视台"财经频道"专题报道。

【"非遗"项目】

海派玉雕（炉瓶器皿）

毕竟玉雕竞细工，
凹凸镌刻入艺丛。
炉瓶器皿堪精湛，
盛满天空在碗中。

吉祥八宝碗

【档案记录】

［"非遗"类别］传统技艺

［级　　　别］浦东新区级

［入 选 年 份］2021年，"海派玉雕（炉瓶器皿）"入选浦东新区级非物质文化遗产名录

［入 选 批 次］第八批

［史 料 摘 引］"海派玉雕（炉瓶器皿）"工艺堪称海派玉雕技艺的精华，为"海派玉雕"中最具代表性的创作工艺，作品集规整性、故事性、工艺性、艺术性于一身，兼具稳重典雅的造型、古朴精美的纹饰、富有

浓厚的青铜器趣味,在中国玉雕行业中享有盛誉。

[相 关 链 接]"海派玉雕(炉瓶器皿)"工艺,自花长龙老艺人首创以来,在百余年中先后传承四代。在第二、第三两代传承人的共同努力下,近20年创造的炉瓶器皿件就有百余件之多,总数超过前40年艺术品的积累。目前,"海派玉雕(炉瓶器皿)"工艺得到了长足的发展,迎来了新发展的好时期。

[保 护 单 位]上海匠心玉文化传承中心

【"非遗"项目】

张氏整脊疗法

脊椎偏位体发僵，

疏理弹拨疗此伤。

巧使牵引来正骨，

帮侬再度挺脊梁。

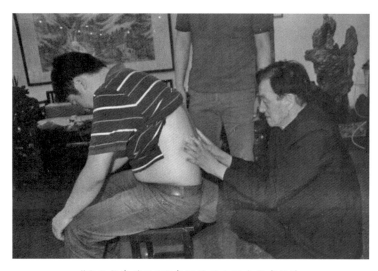

"张氏整脊疗法"代表性传承人张永欣在就诊

【档案记录】

［"非遗"类别］传统医药

［级　　　别］浦东新区级

［入选年份］2015年，"张氏整脊疗法"被列入浦东新区级非物质文化遗产
　　　　　　　名录

［入选批次］第五批

［史料摘引］曹瑛《高行竹枝词》记咏曰："不为良相即为医，也为谋生也济时。
　　　　　　　三指自耕方寸地，孔门仁爱佛门慈。"附言："徐书城，名兆魁，府

学生,有文名,工诗,后业医,医其世业也。皈依道教,法名汉达。"

[相 关 链 接] "张氏整脊疗法",又称"脊柱旋转复位法",是以分筋弹拨、按压梳理等手法作用脊椎,以促进督脉气血和畅,使病椎恢复正常,从而治疗脊椎损伤等疾病的独特手法。本疗法很早就为医家所用,历代传人遍访高人搜集民间良方,博采众长,取其精华,最终确立了"张氏整脊疗法",堪称"中华一绝"。

[保 护 单 位] 上钢新村街道

[传 承 人] 张永欣(浦东新区级)

【"非遗"传承人】

张永欣

舒筋复位指发功，

扶正引直祛病容。

多少佝偻重挺起，

脚下春风跨步中。

【档案记录】

["非遗"类别] 传统医药

[级　　别] 浦东新区级

[入选年份] 2016年,张永欣被命名为浦东新区级非物质文化遗产项目"张氏
整脊疗法"代表性传承人

[入选批次] 第五批

[性　　别] 男

[职　　称] 医师

[所在街镇] 上钢街道

[从医年限] 43年

[相关经历] 张永欣自幼对神经学怀有浓厚兴趣,长大后在从医岗位上潜心
研究,励志做一名济世救人的好医生。1961年至1966年,张永
欣应征入伍任卫生兵。1966年至1986年从医于川沙县严桥卫
生院。1986年至2003年从医于周家渡地段医院。1988年在突
患重病的情形下,伏案编写《整脊疗法》。在继承传统的同时不
断融入时代元素,形成独特处理方法,解除了千万病人的痛苦,
目前已被列入中国中医独特疗法之一,堪称"中华一绝"。

【"非遗"项目】

胡氏中医妇科疗法

疏肝养血把瘀排，

补肾健脾益气来。

秘本世传书脉案，

乌云散尽碧云开。

高行"胡氏中医妇科疗法"传承人胡荦在介绍胡氏中医的历史

【档案记录】

［"非遗"类别］ 传统医药

［级　　　别］ 浦东新区级

［入 选 年 份］ 2013 年，"胡氏中医妇科疗法"被列入浦东新区级非物质文化遗
　　　　　　　产名录

［入 选 批 次］ 第四批

［性　　　别］ 女

［相 关 链 接］ 浦东高行医学世家胡氏祖籍安徽，是方圆百里有名的"医学世

家"。其疗法历代相传,主治中医妇科,以调治妇科疾患为其专长,而对妊娠恶阻、胎动不安、不孕症等疗效尤为卓著。其疗法以家族传承方式延续至今三百余年。其治病重于健脾胃、和气血、补肝肾,用药精而不杂。"胡氏妇科疗法"传至当世更结合了西医学的检查和诊疗技艺,同时运用当代经验之药制成调经种子汤、保胎固本方、盆腔炎方、加味八珍等传世之方。

［保 护 单 位］ 高行镇
［传　承　人］ 胡秀莹、胡苹(浦东新区级)

【"非遗"传承人】

胡秀莹

帮侬怀孕解侬愁，

调理补虚疗法优。

甘把家传来光大，

杏林誉满共追求。

【档案记录】

["非遗" 类别] 传统医药

[级　　别] 浦东新区级

[入 选 年 份] 2014 年,胡秀莹被命名为浦东新区级非物质文化遗产项目"胡氏中医妇科疗法"代表性传承人

[入 选 批 次] 第四批

[性　　别] 女

[所 在 街 镇] 高行镇

[从 医 年 限] 54 年

[相 关 经 历] 胡秀莹系浦东高行中医"南胡氏"第 19 代传人。为传承和保护好"胡氏中医妇科疗法"这一珍贵的中医药文化遗产,注重与时俱进,将传统疗法与现代医学技术相结合,在中医妇科领域不断研究、探索,发表有《胡溱魁先生应用调理气血法治疗妇科病经验》等多篇论文,开展《朱志清先生妇科科学技术经验初探》等多项课题研究,主持并完成市级科研课题一项、区级课题研究三项。1993 年在担任浦东新区中医医院妇科主任之际,收徒授学,改家族传承为师生传承。《胡氏中医妇科临床经验建设》列入由上海市卫计委和上海市中医药发展办公室发起的《上海市进一步加快中医药事业发展三年行动计划(2014—2016)》,第 20 代传承人杨文担任项目负责人。

【“非遗”传承人】

胡　苹

八千人次一年中，

多少愁容换笑容。

穷经肝天连血论，

喜来生命孕胞宫。

【档案记录】

［“非遗”类别］传统医药

［级　　　别］浦东新区级

［入 选 年 份］2014年，胡苹被命名为浦东新区级非物质文化遗产项目“胡氏中医妇科疗法”代表性传承人

［入 选 批 次］第四批

［性　　　别］女

［所 在 街 镇］高行镇

［从 医 年 限］26年

［相 关 经 历］胡苹出生于中医世家，幼承庭训，为浦东妇科名家高行胡氏妇科嫡传第22代传人。从1994年于上海中医学校中西医专业毕业后，边赴交大夜大学进修，边跟随名师学医诊治，在继承家学的同时，借鉴西学，醉心于“女子以肝为天、女子以血为用”的理论研究，自如运用传世之方，精熟各种妇科疾病的治疗，每年的门诊总量高达8000余人次，为病人开出6000余张中药汤剂处方药。积极参加社会公益活动，2013年被有关部门认定为“浦东新区社区名中医”和“浦东新区社区中医优势专病建设”特色项目。现为高行镇社区卫生服务中心中医组组长。

【"非遗"项目】

顾氏中医疗法

得病归因把脉通，
开方抓药纳于胸。
望闻问切来复诊，
眉皱已然眉展中。

顾氏温胆汤药材配伍

【档案记录】

［"非遗"类别］ 传统医药

［级　　　别］ 浦东新区级

［入 选 年 份］ 2021年，"顾氏中医疗法"入选浦东新区级非物质文化遗产名录

［入 选 批 次］ 第八批

［史 料 摘 引］ 顾氏中医为合庆地区本土中医世家，传承九代。族人世代精研

医药典籍,擅用经方。历代传人以辨证施治理论为指导,精通望闻问切四诊法,诊病细致精准,用药果敢审慎。对各类疾病的预防、诊疗、肌体养生、康复等均有独到见解,对肿瘤等疑难杂症及术后调理亦有研究,特别是在治疗功能性疾病方面颇有心得。据记载,顾绍名、顾永康、顾文怡分别为顾氏中医的第七、第八、第九代传人。

[相 关 链 接] 顾氏中医疗法认为百病皆生于痰,痰迷心窍、痰湿阻滞易引起心阳失调、情志不畅,通过对传统温胆汤进行加减化裁,研制出针对性强、疗效显著、治疗面更广的"顾氏温胆汤",用于治疗焦虑、失眠、眩晕等各类功能性疾病,效果良好。前来求医问药者络绎不绝,经其诊治后多能妙手回春。

[保 护 单 位] 合庆镇社区卫生服务中心

【"非遗"项目】

新场"三月廿八"民俗庙会

为有祈福运久长，

戏班南北韵和腔。

行街庙会喧天曲，

三月廿八一路扬。

行街表演

【档案记录】

［"非遗"类别］民俗

［级　　　别］浦东新区级

［入 选 年 份］2019 年，"新场'三月廿八'民俗庙会"被列入浦东新区级非物质
文化遗产名录

［入 选 批 次］第七批

［史 料 摘 引］古镇新场位于浦东新区西南部，元明时间，两浙盐运司置由下沙
搬迁新场，由于这里紧靠东海，为此在明代建造了东岳、城隍、杨

社庙等许多寺庙,于是开始举办庙会,祭神保佑国泰民安。到了清乾隆年间,"新场'三月廿八'民俗庙会"越办影响越大,大江南北的京剧、昆曲、梆子戏、滩簧、跑马戏以及民间艺人、小商小贩云集新场。"新场'三月廿八'民俗庙会"一直保留到1948年,1949年后删除了祈祭仪式,改名为"新场'三月廿八'城乡物资交流会"。

[相 关 链 接] "新场'三月廿八'城乡物资交流会""文革"时期叫停,改革开放后改成了"上海桃花节",2015年后又恢复至今。但将祭神仪式改成了祈福仪式,行街表演形式在继承传统的基础上通过充实"非遗"项目展示古镇的历史文化。"新场'三月廿八'民俗庙会"显示了"和睦乡里、以厚风俗""崇文尚德、承古更新"构建和谐社会的风尚价值,通过城乡物资交流、长三角文艺交流,丰富了新场文化历史的底蕴,具有一定的经济和文化价值。

[保 护 单 位] 新场镇

【"非遗"项目】

灶文化

砌成此灶伴如神，

灶壁花开暮与晨。

腊月廿三来祭拜，

谢君保佑吾家人。

书院地区传统祭灶场景

【档案记录】

［"非遗"类别］ 传统美术

［级　　　别］ 浦东新区级

［入 选 年 份］ 2019年，"灶文化"被列入浦东新区级非物质文化遗产名录

［入 选 批 次］ 第七批

［史 料 摘 引］ 据《礼记·祭法》记载，远在周代，祭灶即为"天子"七祭之一，是

非常重要的祭祀活动。秦汉以后,对灶神的崇拜更是有增无减,成为一项民间传统习俗盛行于普通老百姓生活之中。

秦荣光《上海县竹枝词》记咏曰:"柏子冬青插遍檐,灶神酒果送朝天。胶牙买得糖元宝,更荐茨菇免奏愆"。附言:"二十三日送灶,用酒、果、粉团。又谓灶神朝天言人过失,用饴胶牙,俗为元宝形,名'廿三糖'。檐插柏子、冬青叶,取寒夏长青。茨菇,取音如'是个',与胶牙糖同意。"

秦锡田《周浦塘棹歌》记咏曰:"灶君送罢腊回春,三果三牲祭百神。我亦安排度残岁,等待柴帚扫檐尘。"附言:"十二月二十三日祭灶,曰'送灶'。具牲果赛神于家,曰'做年',致祭于立春节前者曰'腊年'。猪肉、鸡、鱼名'三牲',桂圆、红枣、核桃名'三果'。送灶后遍室扫除,名'扫檐尘'"。

[相 关 链 接] 灶头属于乡村文化的范畴,是乡愁文化的载体。人们为生活需要而砌灶、为追求美好事物而画灶花、为表达信仰祈求平安而祭灶,砌灶、画灶花、祭灶形成了一套完整的"灶文化"习俗,通过精湛的制作技艺、约定的时节、传统的风俗习惯和百年来流传下来的仪式加以沉淀,便形成了鲜活灵动的灶文化习俗。民以食为天,食以灶为先。浦东地区特别是东部沿海的书院、大团等乡镇,信奉较多的"灶神"是张子郭。普遍流传于上海、江苏等地的唱本《灶书》(又名《参灶》)便详细地描述了灶神的由来。祭灶神时间通常为农历十二月廿三日,农历八月初三是灶神的生日,人们便会奉上鸡鸭鱼肉、糕团点心等祝贺。"灶文化"对弘扬和保护中国传统文化习俗有着十分重要的意义,它不仅是劳动人民智慧的缩影,更体现出他们勤劳质朴的情感和对美好生活的祈求,凸显了人们对大自然的敬畏与感激之情,是民族文化活的灵魂。

[保 护 单 位] 新场镇
[传 承 人] 王正军(浦东新区级)

【"非遗"传承人】

王正军

灶头砌就灶花添，

灶肚已燃火百千。

一日三餐随灶热，

火神天上伴人间。

【档案记录】

["非遗" 类别] 传统美术

[级 别] 浦东新区级

[入 选 年 份] 2020 年,王正军被命名为浦东新区级非物质文化遗产项目"灶文化"代表性传承人

[入 选 批 次] 第七批

[性 别] 男

[所 在 街 镇] 书院镇

[从 艺 年 限] 35 年

[相 关 经 历] 王正军从 20 岁开始跟随师父学习砌灶技艺,因一双巧手和对土灶外形的敏感度,针对每户人家厨房的大小、需求的不同来砌适合各自家庭生活的灶头,所以,不论是单眼灶、二眼灶、三眼灶还是九眼灶(砌九眼灶为富裕家庭,在当时较少,偶尔有之)都能砌成,成了十里八乡有名的砌灶能手。同时,砌的灶头坚固又耐用,一直以来都深受老百姓的喜爱和夸奖,在还没有煤气灶的年代,其砌"灶生意"可谓红红火火。

【"非遗"项目】

浦东端午习俗

一簇菖蒲挂门中，
满室粽香酒味浓。
但看航头端午日，
龙舟竞渡祭诗公。

将粽投河——端午纪念屈原

【档案记录】

［"非遗"类别］民俗

［级　　　别］浦东新区级

［入 选 年 份］2019年，"浦东端午习俗"被列入浦东新区级非物质文化遗产
名录

［入 选 批 次］第七批

［史 料 摘 引］秦荣光《上海县竹枝词》对端午有两咏，一咏曰："又是端阳景物
新，枇杷角黍饷亲邻。儿童争买雄黄酒，妇髻玲珑插健人"。另

一咏曰："鼓角声中焕彩斿,浦江午日闹龙舟。红儿绿女沿滩看,看客多登丹凤楼。"

倪绳中《南汇县竹枝词》记咏曰："大团镇上闹龙船,箫鼓喧天演剧连。知否九娘留纪念,端阳竞渡话年年"。

端午节的起源,据《节俗》一书介绍,孕育于楚地,定型于南朝梁时,传至明清已十分盛兴。浦东地区在清乾隆年间已相当流行,"粽子香,香厨房。艾叶香,香满堂。桃枝插在大门上,出门一望麦儿黄。这儿端阳,那儿端阳,处处都端阳。"端午节在旧时是一个全民避瘟驱毒、防疫祛病的节日,有挂菖蒲、焚艾蒿、成人喝雄黄酒、沐浴兰汤,孩童额头上涂雄黄、戴五毒帽、穿五毒裹肚、佩香囊,贴五毒符等习俗。

[相 关 链 接] 端午节在中国传统节日中,是仅次于春节的第二大节日,从明代传至今天,赋予诸多内容和特点。五月的浦东航头,田间艾草处处茂盛,水边菖蒲丛丛青绿。时至今日,端午时节,浦东航头地区的老百姓还会在自家门户上悬挂菖蒲或艾草。"大团镇上闹龙船,箫鼓喧天演剧连",这两句竹枝词道出了端午闹龙船以纪念屈原的另一番文化寓意。

[保 护 单 位] 航头镇

【"非遗"项目】

浦东喜庆剪纸习俗

佳节期待应时来，
喜庆窗花巧手裁。
贴上嫁妆十八件，
纸花已把心花开。

喜上眉梢（剪纸）

【档案记录】

［"非遗"类别］ 传统美术

［级　　　别］ 浦东新区级

［入 选 年 份］ 2019年，"浦东喜庆剪纸习俗"被列入浦东新区级非物质文化遗
产名录

［入 选 批 次］ 第七批

［史 料 摘 引］ 剪纸，诞辰于春秋战国，形成于西汉，成熟于明清，在明代已有了
"纸匠"和"婚礼作"的分工。从民俗的角度来看，大江南北农家
婚嫁时，喜用剪纸贴于门窗和嫁妆上。在清代已有"新妇"的"合
欢被褥"甚至馒头等彩礼上都要贴上双囍图案的剪纸花样。

秦荣光《上海县竹枝词》记咏曰:"春帖家家彩纸新,新门神替旧门神。新邻贺岁寻常事,拜祖衣冠躬必亲"。附言:"正月一日晨,正衣冠,拜天地,邻里贺岁,各投刺于门。"

[相 关 链 接] "浦东喜庆剪纸习俗",既是指流传于浦东地区包括刻纸、纸彩在内、饰于各类物件上的剪纸花、广义上的手工技艺的统称,又是指旧时女子出嫁时贴在18件嫁妆上的剪纸花。浦东新区惠南镇至今具有800多年历史,这里既是历史上南汇县、区的政治、经济、文化中心,又是浦东民俗传统文化的聚焦点。流传到今天,人们在电视机、电冰箱、微波炉等新式嫁妆上,仍然要贴上传统剪纸花的风俗习惯。浦东喜庆剪纸习俗见证着中华剪纸艺术的发展历史,印证着浦东数百年来的剪纸技艺的轨迹,因此它具有一定的历史文化价值。

[保 护 单 位] 惠南镇
[传 承 人] 祝 军(浦东新区级)

【"非遗"传承人】

祝 军

受邀表演剪刀功，

桃蕾纸花媲美红。

愧煞桃花花日短，

纸花四季祝君中。

【档案记录】

［"非遗"类别］ 传统美术

［级　　　别］ 浦东新区级

［入 选 年 份］ 2020 年，祝军被命名为浦东新区级非物质文化遗产项目"浦东喜
　　　　　　　庆剪纸习俗"代表性传承人

［入 选 批 次］ 第七批

［性　　　别］ 男

［所 在 街 镇］ 惠南镇

［从 艺 年 限］ 34 年

［相 关 经 历］ 祝军从小受祖母和母亲剪窗花的熏陶，爱上了剪纸。1988 年起
　　　　　　　拜师学艺，苦练三年，艺趋成熟。1991 年起闯荡市场，以剪纸为
　　　　　　　生。1996 年至 1999 年，受"上海桃花节"惠南镇城北村景点邀请
　　　　　　　为游客现场表演他的剪纸艺术。1999 年被上海电视台、东方广
　　　　　　　播电视台"追追追"栏目、《新民晚报》作过专题报道，作品亦被许
　　　　　　　多国外友人收藏。2000 年至 2001 年，在上海、河南、南京等地设
　　　　　　　摊展示剪纸艺术。2002 年，他在上海城隍庙开设剪纸品商店。
　　　　　　　一年之后，由于机械印刷和电脑制作剪纸品的问世，他于是回
　　　　　　　乡，在改为民间婚俗、商店开张喜庆剪纸的同时，专门从事丧俗
　　　　　　　纸扎凿花和剪纸品的技艺。作为传承人，他热忱开设传承基地
　　　　　　　并进行授课，深受村民与学生的喜爱。

附

[附一]相关一览表
[附二]学术论文

浦东新区非物质文化遗产传承基地与传习所一览表

序号	单位名称	级别	"非遗"项目	类别
1	浦东新区新场镇石笋中学	市级	锣鼓书	传承基地
2	浦东新区洋泾社区	市级	江南丝竹	
3	浦东新区三林镇	市级	江南丝竹	
4	浦东新区新场镇	市级	江南丝竹	
5	浦东新区周浦镇	市级	江南丝竹	
6	浦东新区洋泾街道（上海黎辉绒绣艺术发展有限公司）	区级	上海绒绣	
7	浦东新区高桥镇文化服务中心（高桥绒绣馆）	区级	上海绒绣	
8	浦东新区新场镇文化服务中心	区级	锣鼓书	
9	浦东新区大团镇文化服务中心	区级	锣鼓书	
10	浦东新区康桥镇文化服务中心	区级	琵琶艺术·浦东派	
11	浦东新区新场镇文化服务中心	区级	琵琶艺术·浦东派	
12	浦东新区三林镇文化服务中心	区级	绕龙灯	
13	浦东新区北蔡镇文化服务中心	区级	浦东说书	
14	浦东新区航头镇文化服务中心	区级	卖盐茶	
15	浦东新区惠南镇文化服务中心	区级	打莲湘	
16	浦东新区曹路镇文化服务中心	区级	花篮灯舞	
17	浦东新区三林镇文化服务中心（三林绣庄）	区级	三林刺绣	
18	浦东新区川沙新镇文化服务中心	区级	江南丝竹	
19	浦东新区高桥镇社区学校	区级	上海绒绣	传习所
20	浦东新区新场镇新城幼儿园	区级	锣鼓书	
21	浦东新区新场镇新场小学	区级	锣鼓书	
22	浦东新区大团镇大团小学	区级	锣鼓书	
23	浦东新区北蔡镇北蔡中学	区级	浦东说书	

序号	单位名称	级别	"非遗"项目	类别
24	浦东新区康桥镇康城学校	区级	琵琶艺术·浦东派	传习所
25	浦东新区曹路镇龚路幼儿园	区级	花篮灯舞	
26	浦东新区惠南镇黄路学校	区级	打莲湘	
27	浦东新区航头镇航头学校	区级	卖盐茶	

渊源、成果与其他

——试论浦东历代竹枝词的创作传统

《乐府诗集》曰："《竹枝》本出于巴渝。"竹枝词简称"竹枝"，源自巴渝（今重庆）一带民歌，产生于盛唐以前。自刘禹锡、白居易等效作后，成为一种新的文学形式，作者日多，流域渐广，全国各地几乎"有水井处无不歌之"。作为上海一邑的浦东，竹枝词兼具诗歌艺术与民歌风格，也早已成为传统文化园内的一束奇葩，是浦东的一大文化遗产。囿于"著"而少"述"与不"述"，浦东历代竹枝词除偶有作者在序跋中论及创作心得外，鲜难读到予以系统分析评价的专述文章。本文试从追溯浦东竹枝词久远的创作传统着手，具体分析这一文学形式在浦东的创作渊源、创作群体、创作题材与创作成果——

悠长的创作渊源

"上海竹枝词自明顾侍郎后，四百年间继响寂寂，至李行南作《申江竹枝词》始有赓续，此后而屡有作者"，从清乾隆时上海诗人李行南《申江竹枝词》一书跋中的这番话语来看，欲数上海竹枝词，最早年代在明朝，人物代表为官至户部侍郎的顾彧。顾炳权《上海历代竹枝词》介绍说："顾氏明上海人，字孔文。以明经为乡邑训导，诗文学于王逢，豪整奇丽，有古作者风。著有《上海县志》。"

明陆深尝谓："南汇者，海之一曲也。"据选辑南汇、川沙两地之诗的《海曲诗钞》一书所记：该书"收宋代 1 人、元代 2 人、明代 81 人、清代 229 人，补编收明代 1 人、清代 33 人，共 347 人。二集收清代 94 人。三集收明代 3 人，清代 358 人"。竹枝词为一种诗体，大凡诗人往往就是竹枝词的作者，从一个侧面可见浦东竹枝词作者群体的形成在明代，与以顾彧为代表的上海竹枝词的兴起为同一时期。

至清代，上海随着黄浦江畔商品经济的发展，文人们热衷于用竹枝词予以反映，使之盛极一时，异彩纷呈。继顾彧后，清乾隆上海诗人李行南以推出《申江竹枝词》"始有赓续"。上海有名的八景之一的"海天旭日"即在浦东沿海，清乾隆年间，李行南《申江竹枝词》对此景观描写说："海日初升恰五更，红光晃漾令人惊。须臾已见腾腾上，碧落分明挂似钲。"在浦东，竹枝词的创作接力有续，整个清代和民国初期的竹枝词创作颇为流行，只是随着节庆仪式日益淡化，风土传统趋于式微，加之语言环境发生变化，才逐渐在现当代呈颓势细如一股。坚持者如《川沙新竹枝词》的作者蔡经纬（1897—1980）、《浦东农场竹枝词》的作者姚养怡（1909—1992）、《高桥竹枝词》的作者沈轶刘（1898—1993）等 20 世纪七八十年代仍在进行创作。

众多的创作群体

浦东历代竹枝词的创作源头十分久远,后续发展也颇为久长。在源源不断地汇成竹枝词的滔滔长流中,浦东历代竹枝词创作的群体可细分成如下几类:

第一类,为土生土长的浦东本地文人。他们具有较高的诗学素养,熟谙乡邦掌故及当地的风俗民情,是浦东竹枝词创作的"本邦主力"。这些"主创成员"有科举考取功名者,如《琐院竹枝词》《渔娘竹枝词》的作者姚伯骧,清南汇周浦镇人,清嘉庆十二年(1807)举人;《南汇县竹枝词》的作者倪绳中,清南汇周浦镇人,清光绪十五年(1889)松江府学恩贡;《南沙竹枝词》的作者火文焕(生卒年月不详),为贡生;《九峰歌》的作者黄素,清南汇人,为贡生。考取诸生的则有《鹤沙竹枝词》的作者黄祉泉(生卒年月不详),南汇人;有《鹤塘棹歌》的作者程翼鹗(生卒年月不详),居新场;有《沔溪杂咏》的作者陶文琦(生卒年月不详),居横沔。细分本地作者的从业结构,以行政管理、报业、教育、文史研究为居多。

第二类,为游于他乡的浦东文人。远者如明代大学士陆深生于成化十三年(1477),于弘治十四年(1501)应天乡试第一名,于弘治十八年(1505)二甲第一名中进士,选庶吉士,授翰林院编修而进京就职,正德十六年(1521)因父丧回浦东,并就此赋闲。陆深曾先后赴晋、浙、川、京为官,著有《后乐园杂咏》《江东竹枝词》。稍近者如《九峰作》的作者李延昰,清初上海人,居南汇所城,"师事同郡举人徐孚远入浙闽,后隐于医,居平湖佑圣观为道士"。另稍近者如《清溪八景诗》的作者顾清泰,清高桥人,"乾隆六十年(1795)恩科副榜,安徽宁国教谕,历署吴江、上海青浦教谕,镇江府训导"。至于生于川沙而工作生活在南汇的有《松江杂咏》的作者沈壁连(生卒年月不详),"从九团(今浦东新区曹路镇)迁居横沔(今浦东新区康桥镇),候选光禄寺典簿";另著有《文咏楼诗钞》《横塘棹歌》的作者黄协埙(1852—1924),今浦东新区高行镇人,从南汇张文虎游,入上海县学,著有《淞南梦影录》《粉墨丛谈》《经锄书舍笔谈》《鹤窠村人诗稿》,续《海曲诗钞》十二卷、《同声集》二卷,"晚岁续娶朱氏,卜居澧溪"。

第三类,同处一邑的邻乡文人。从同属上海且有竹枝词与浦东相关的作者来看,如《申江竹枝词》的作者李行南(生卒年月不详),清乾隆上海市人;有《申江棹歌》的作者丁宜福(1818—1875),为清十六保八图(原南汇区,今属奉贤区金汇镇)人;有秦荣光(1841—1904),上海县陈行(今属闵行区)人,著有上海、南汇两邑志《札记》,及《梓乡文献录》《梓乡纪事》诸书;有秦锡田(1861—1940),上海陈行乡(今属闵行区)人。其所著《周浦塘棹歌》作于民国八年(1918),收入《享帚录》中。

第四类,客居浦东的文人。如《再续沪上竹枝词》的作者袁祖志(1872—约1910),为浙江钱塘人,清咸丰时官同知,后寓沪,著有《谈瀛录》。《浦东竹枝词》的作者卢素公(生卒年月不详),为江苏江阴人;《南沙竹枝词》的作者蒋一桂(生卒年月不详),为安徽人,曾任南汇知县,著有《金栗山房集》;《洋泾竹枝词》的作者吴仰贤(生卒年月不详),为清浙江嘉兴人;《月占竹枝词》《时令十咏》的作者康建中(1896—1986),为江苏无锡人,入上海文史馆,擅长诗词。这些作者或从初临时对浦东风俗持有好奇的角度,或在融入中怀着对浦东地理风物的切身体悟,采用竹枝词的方式予以记咏表达。

广泛的创作题材

历史上的南汇与川沙两地在明朝同属守御南汇嘴中后千户所辖管,只是到了清嘉庆十年(1805)析分上海县高昌乡滨海地和南汇县长人乡北部及八、九团,置川沙抚民厅。从南北县域两地的竹枝词创作来看,自然以倪绳中的《南汇县竹枝词》与祝悦霖的《川沙竹枝词》最具代表性。倪鼎铭在为《南汇县竹枝词》所作的序中评价说:"凡邑中疆土、风俗,废兴治乱之迹,皆见之于诗""门分类别,择精语详,俾后之览者,于全邑掌故了如指掌,当与上海秦温毅竹枝词并传。"《川沙竹枝词》中纪念乔镗、钦琏,记述种植、园林、纺织,描写街市、水产等篇什广为志书类书籍引用。

从街镇层面观之,原南汇地区周浦镇竹枝词的创作人员之多,创作数量之丰与反映题材之广,堪为代表。计有姚伯骥《琐院竹枝词》《渔娘竹枝词》、姚有彬《周浦竹枝词》、朱梅溪《周浦油车巷竹枝词》、姚文荣《周浦塘河工竹枝词》、周绍昌《周浦竹枝词》、顾渔《周浦至上海桥名竹枝词》、黄协埙《澧溪竹枝词》、秦锡田《周浦塘棹歌》、姚养怡《周浦竹枝词》,尽写"浦东十八镇,周浦第一镇"1300年间的地域历史人文。原川沙地区高行镇,清初为上海县浦东首镇,分南、北、中三行,绵亘三里,市肆繁荣。"吴中七子"之黄文莲、赵文哲俱生高行,《上海诗钞》列高行诗人有10余人。曹瑛《高行竹枝词》"以地志编目方式,分三十五类目,各诵一至数章。于一地之形胜、民风、人才、氏族、景物、土产,详有记咏",无愧为竹枝词题材丰富性之代表。

在浦东竹枝词创作的历史长河中,可贵的是有着接力有续、代有相传的文化传统。若以这方面的代表性而论,从诗作名称来看,典型的有《续清溪三十咏》,作者沈轶刘,今浦东新区高桥镇人;有《川沙新竹枝词》,作者蔡经纬,今浦东新区川沙新镇人。从同宗传承来看,典型的有周浦镇的姚氏作者,体现了"先有姚家厅,后有周浦镇"的文化渊源;而从同邑邻乡的作者观之,典型的有清上海县陈行(今属闵行区)人秦荣光与秦锡田父子。"周浦塘长一十八里,周浦镇据其上游,下游八里借属上海县之陈行乡。余家陈行,而亲戚交游多在周浦,来往既繁,见闻尤稔,拟仿棹歌之体,著为纪事之诗",秦锡田在《周浦塘棹歌》序中的这段文字,道出了父子俩之所以著有题材丰富、数量众多的周浦竹枝词的缘由了。

丰硕的创作成果

从作品形式来看,竹枝词在长期发展过程中,产生了许多名目,如棹歌、渔唱、衢歌，一部分记咏地方历史的"杂咏""百咏""纪事诗""绝句"等，凡上述形式，浦东历代竹枝词都有对应，或谓竹枝词，或谓棹歌、或谓杂咏、或谓诗，或谓歌，源源不断，蔚为大观。

从作品成书来看，自竹枝词产生以来，除散见用于文人别集、地方志书、报章杂志外，专集、选集、汇集则更多地代表了创作成果。例如：《高行竹枝词》一卷，141首，清曹瑛撰。《海曲诗钞》，清冯金伯编，近人黄协埙续编。初集 16 卷、补编 1 卷、二集 2 卷、三集 12 卷。附《香光楼同人唱和诗》1 卷、《鹤窠村人初稿》1 卷、《宾虹阁艳体诗》1 卷。民国七年（1918）秋上海国光书局铅印本 9 册。该诗钞选辑南汇、川沙两地之诗，其中不少诗作亦属竹枝词。《高桥竹枝词》，近人沈轶刘撰，28 首。《清溪三十二咏》，程上选撰，1 卷，民国二十四年（1935）铅印本。《铁沙诗钞》，近人姚养怡辑，1985 年版清稿本，104 叟苏局仙为之序。《上海洋场竹枝词》，顾炳权编著，收入竹枝词共 75 种，计 4000 余首，分为前后两编。前编 16 种，为各时期出版之竹枝词单行本或抄、稿本；后编 59 种，系编者从当时出版之报刊图书中辑录而成。《上海历代竹枝词》，顾炳权编著，收入竹枝词 174 种，4000 余首，分为前后两编。前编 24 种，为各个时期的刻本或抄、稿本；后编为散词，150 种，大多是从报刊或图书中辑录，部分为向私家访求所得。

从作品风格来看，浦东历代竹枝词在漫长的历史发展中，由于社会历史变迁及作者个人思想情感的影响，其作品风格大体可分为三类：

一是遣词虽平淡，但淡中有味。这类集中为由文人搜集、整理、保存下来的民间歌谣。清代董文焕《四声四谱图说》云："至竹枝词，其格非古非律，半杂歌谣。"竹枝词以七言四句为常体，平仄之法，"若天籁所至，则又不尽拘泥也"。"平淡有思致"，平淡不等于平庸和淡而无味，作为诗的韵味与地方人文的风味是这类浦东竹枝词的显著风格。

二是内容虽清浅，但浅中有情。这类为由文人吸收、融汇竹枝词的精华而创作出具有浓郁民歌色彩的诗歌。清人杨静亭在《都门杂咏》中说："思竹枝取义，必于嬉笑之语，隐寓箴规，游戏之谈，默存讽谏。"无论抒情，还是叙事，细品浦东竹枝词"往往于趣中见神韵，于诙谐中隐美刺，于俏逗中见真情"。

三是诗意虽通俗，但俗中有雅。这类大凡是指借竹枝词格调而写出的七言绝句，具有较重的文人气，仍冠以"竹枝词"。如明代大学士陆深所著的一组《后乐园杂咏》即属此类（其《江东竹枝词》则带有口头创作、读来晓畅的民歌味）。"此作原浑然一体，分而为九，合咏云间九峰，句句用韵，与律诗异，视作竹枝宜之"，顾炳权在黄素《九峰歌》后有此跋语，若用竹枝词通常与绝句的用韵一致来衡量，句句用韵那当视为竹枝词中的特例了。

亦记亦咏　亦咏亦记

——试论浦东历代竹枝词的记咏特征

朱自清在《中国歌谣》中说:"《词律》云'竹枝'之音,起于巴蜀。唐人所作皆言蜀中风景,后人因效其体,于各地为之。这时'竹枝'已成为一种叙述风土的诗体了。"我们知道,记咏一词含有记叙歌咏之意,竹枝词在表达风土乡情、生活百态方面通常以记述、描写为主,而在咏史与怀古题材的表达中以吟咏、歌咏为主,抒写对历史上的人、事、地的情感体验、艺术想象与哲理感悟。浦东历代竹枝词在以下内容方面体现其鲜明的记咏特征:

其一,风土民俗　宗教寺庙

倪绳中的《南汇县竹枝词》序曰:"按吾邑于清雍正三年析自上海,其以前之事与上海事则吾邑之独有也。前辈咏南邑竹枝词共之,以后之,随意掇拾事迹,未有以邑志篇目次而遍及之者"。这段话是说南汇的风土自成其特色,作者竹枝词的创作并不刻板如地方志那样为之,但内容十分丰富。浦东竹枝词"志风土而详习尚",且让我们从记咏节庆时令、风味特产、寺庙兴废的竹枝词中领略浓郁的浦东地方风情——

节庆文化通过民俗信仰、生活趣尚形成一个地方的感情纽带。从专题性的竹枝词来分析,朱寿延的《岁事竹枝词》记咏了过年之际送灶、送礼、谢年、春联、贺岁、喜神方、状元筹、接财神、庆元宵等节庆习俗。南沙逸史的《除夕竹枝词》记咏了除夕这天人们纷纷换门神、贴春联、守岁、放爆竹等节庆习俗。从综合性的竹枝词来分析,倪绳中的《南汇县竹枝词》记咏了新春人生日吃赤豆饭、正月半"炭茅塘"、六月初六天贶节吃馄饨,七月三十为地藏王开眼,遍地插香,俗称"地灯";十二月初八,寺僧设豆糜杂菱栗于中,名腊八粥等节庆内容。至于节庆特色,《南汇县竹枝词》予以描写的场景有:三月廿八,"下沙赛会新场戏";五月廿周浦水龙会,"澧溪胜会搅洋龙";八月十八,潮进闸港,至鲁汇而潮头益壮。东市搭高台,唱迎送潮辞,"锣鼓喧天声不断,搭台高唱送迎潮",成为时令节庆之大观也……程上选的《清溪三十二咏》对当时高桥元宵、端午、中秋等时令风俗各有描写,且有记述,使我们至今仍可从诗中感受到丰富的民俗与浩繁的风情,感受岁月充满韵味的无数个情节与细节。

风土特产因此地区别于他处而带有独特性。"芦花鞋子芦花帚,都出张江栅里来。最妙谈笺古牙色,善随人意笔花开。"倪绳中的这首《南汇县竹枝词》记咏了张江栅(今张江镇地区)的芦花鞋子、芦花帚与谈笺特产。谈笺为古纸名,是明代上海的名产,秦荣光竹枝词记咏曰:"谈家秘制冠江东,笺法偷传内府中。超古蜜香冰翼上，玉兰镜面最称工。"濒江临海，河网交织，各类水产自是浦东的风味特产。倪绳中另一首竹枝词的附注言"鲐、甲、鮰、枪"为他处所无的海滨四大名鱼。"筠篮侵晓贩鲜来，十字街头拥不开。卖得青鳆争把臂，如松馆子吃三杯。"这是清道光年间，川沙祝悦霖所作的一首竹枝词，反映了其时川沙城中菜场上的水鲜特产，以及食客饶有兴致进入如松馆子品尝菜肴的情景。沈轶刘的一组记咏高桥糕点的竹枝词颇为知名，"千层玉雪压团沙，一捏酥贱纤指夸。浴罢海滨归去早，土宜双品带些些"，记咏高桥一捏酥糕点的特色；"燋炉饼脆号盘香，筒面轻蟠九曲肠。日出行人过江去，不须枵腹说东方"，记咏高桥松饼的特色；"饾饤膏环厌市曹，凭谁说饼耳嘈嘈。家厨别有沤茶品，秘谱清溪蜜腊糕"，记咏高桥蜜腊糕的特色。上述竹枝词反映了浦东人热爱生活、创造生活与品味生活的一个侧面。

"一里一小庙，三里一大庙"，宗教在浦东具有悠久的历史和深远的影响。曹瑛的《高行竹枝词》对高行镇上杨爷庙、草庵、城隍庙、万安神庙、孟将堂等近十个宗教场所均有记咏。其对真镜庵记咏曰："荒郊矗峙镇东南，古刹首称真镜庵。底事禅林也易主，夕阳衰草暮烟舍。"该竹枝词后附注：据志载，宋端平甲午年，邑人吴居四舍宅建造，有杨铁崖先生募缘疏，手迹犹存，今为黄氏收藏。铜钟、铁佛、石弥陀曾经是高桥法昌寺的三宝，沈轶刘的《高桥竹枝词》记咏曰："法昌三宝久为墟，铁佛无言石佛嘘。瓶水空花连迹扫，一番入境化田庐。"据《周浦文化志》记载："1174—1189年（南宋淳熙年间），建永定寺，当朝宋孝宗御赐'永定禅院'匾额，占地48亩，有庙宇1048间。该寺位于周浦镇西市，是浦东地区最早、规模最大的寺庙，也是浦东三大寺院之一。"对此，我们读到姚养怡的《周浦竹枝词》记咏曰："澧水潆回歌浦东，千年古刹隐芳丛。几经桑海留遗迹，石础纵横碧苏蒙。"该诗附注言：永定寺在周浦北岸，创建于宋淳熙中，几经兴废，仅存石础十余枚，尚属宋时物。巨碑一方，以风雨剥蚀，了无字迹。今庙系民国癸酉重建。我们且从上述竹枝词中领会冥想、灵修与达坐的寺庙圣境，感慨与庙宇寺殿的兴废紧密相关的宗教文化在浦东的由来已久。

其二，历史掌故　地方逸事

程浩的《上海竹枝词研究》一书将竹枝词定位为诗性风土志，体现了文学性和风土本位。浦东历代竹枝词缘于纪事，举凡在筑塘修堤、抗倭御寇、南北打虎除害方面均有记咏——

海塘历谓护塘与命塘，是护卫塘内安全的特别"长城"。浦东地区有史料记载的海塘，是唐开元元年（713）重筑的捍海塘堤。之后不断修筑海塘有30余次。倪绳中在《南汇县竹枝词》中用六首分别记取不同时期筑塘修堤的场景，第一首谓："唐开元筑护塘高，起自杭州气象豪。直达吴淞四百里，预防八月飓风号。"其附注说：唐开元元年（713），筑内捍海塘，起自杭州，抵吴淞四百一十里有间。南汇七八月间，往往有飓风从东北而来。后四首记取明万历年间筑外塘、清乾隆三年(1738)筑圩塘、清光绪十一年(1885)筑王公塘、清光绪三十一年(1905)李公塘。第六首记取清雍正十年(1732)风雨潮水拍岸冲天后赈灾的情况:"雍正十年水拍天,赈民二万石三千。两年筹补依前数,又划川沙万石金。"时以廉明见称的南汇县知县钦琏,在大灾后为民请命,发内帑修筑海塘15320丈。修筑海塘工程于雍正十一年(1733)正月开始,工地上"千夫云集""奋力争先",连老年妇女都以衣兜土效力。钦琏不辞辛苦,亲临工地,日夜不息参与并指挥筑塘工程。今浦东新区合庆镇附近曾有一间老客堂是钦琏当年修塘歇足之处。这年7月,巍然百里海塘宣告竣工,成为浦东坚固的捍海屏障。从此潮不为患,后人呼此塘为"钦公塘",以志不忘。由此,我们从浦东先民奋力修筑御潮防袭的"长城"中感受到一次次狂风暴雨中的壮举。

烽火硝烟,筑城以防。明朝中期,倭寇横行沿海,为防御倭寇侵犯,明洪武十九年(1386),明政府大将信国公汤和在三团地区(今惠南镇)筑城堡,派兵驻守。清顺治四年(1647),立陆路营,分原额守备一员,把总一员,马步战守兵432名,倪绳中的《南汇县竹枝词》记咏曰:"顺四年改南汇堡,特从陆路建军营。一员守备一把总,马步兵连战守兵。"明嘉靖三十五年(1556),筑川沙堡城,移南汇把总一员守堡。清乾隆二十四年(1759),改松江董漕同知为川沙清军同知。清嘉庆十五年(1810),改为川沙抚民同知,祝悦霖的《川沙竹枝词》记咏曰:"清军厅改抚民厅,两邑分桡太不经。试听甘棠舆讼好,高家司马比天青。"明嘉靖三十六年(1557),里人乔镗请官筑城备倭,城周四里,祝悦霖的《川沙竹枝词》记咏曰:"当日孙卢蹯海东,筑城保障赖乔公。而今仰德祠何在,察院基荒夕照红。"战事最为激烈的在明嘉靖三十一年(1552):农历闰四月,倭寇再次攻破南汇嘴所城后,分兵两路深入内地。同年,六团人乔镗首倡团练兵抗倭之议,募士兵2000人。同年,一团人盛际春时奉檄募兵200人御倭,保卫新场。同年,二团人潘元孝、闵电募乡兵千余人,战倭寇于连笔华桥(今名保佑桥)。秦荣光的竹枝词对此三位太学生赞曰:"海滨三太学齐名,能胜倭寇善用兵。独有春山才杰出,筑塘设堡利民生。"倪绳中亦有竹枝词记咏:"崛起海疆三太学,盐丁团练中相宜。筑城开塘九十里,堕水焚巢贼势衰。"读上述竹枝词,不由让我们吟咏起岳飞充满豪情的《满江红》中"怒发冲冠,壮怀激烈"的慷慨词句。

在浦东杀虎除害,可谓轶闻逸事。明正统年间(1436),在湾镇(今浦东新区川沙新镇六团湾镇村)附近的墩汛,出现了老虎。据清初高士李延昰的《南吴旧语录》载:"虎渡海至。长面白额,啖牛马以百计,伤十余人"。"侯端,金山卫世袭指挥,尝掣府治狡猊,行十余步,骑过城门,手抱横木,两股挟马而继之,地有虎,端为格杀,人呼'侯公杀虎墩'。"倪绳中的《南汇县竹枝词》记咏曰:"手掣狡猊行府署,股横健马挂城门。倏逢暴虎能徒格,地号侯公杀虎墩。"同在正统年间,在已成荒山的老宝山城出现了好几只老虎窜跃其间,后来竟绕房舍,先后有65人伤于虎口。千户王庆及县丞张鉴奉命带领上千兵丁,才把老虎消灭。《川沙县志》记载:"正统二年(1437),'宝山'有虎为害,伤65人,官府派吴淞所千户王庆率众捕杀。"县丞张鉴根据亲身经历写了《宝山杀虎行》的纪事诗:"食其肉兮割其肠,歌者快者声琅琅。居民从兹称乐业,鸡豚犬豕始安康。"读上述竹枝词令人有鲜闻而真实,虽历史遥远却仿如就在眼前之感。

其三,河海形胜 社会百业

程浩的《上海竹枝词研究》一书认为:"竹枝词缘于纪事,举凡风土民情、山川形胜、社会百业、时尚风俗、历史纪变等皆可入诗,涉及政治、经济、社会、历史、文化等诸多领域。"浦东历代竹枝词在水利河道、自然景观、农渔生产等许多方面均有记咏。

《川沙县志》记载:"永乐元年(1403)户部尚书夏原吉督浚运盐河,南起奉贤,循老护塘(即捍海塘)北抵黄家湾。翌年浚范家浜,导淞江水入黄浦,并改由吴淞口入海。"宋郏亶所著《水利书》中谓:"江之南北为纵浦,以通于江,又于浦之东西为横塘,以分其势。"《水利书》中所列港浦有260多条,其中三林塘、杜浦、南跄浦等,均在今浦东新区。明顾彧的《上海竹枝词》记咏曰:"江流两岸尽平川,荞麦如云树如烟。不是青龙任水监,陆成沟渠水成田。"又记咏曰:"潮通支港晚潮平,商可行舟陆可耕。郎是前潮濠寨户,疏浚河渠过一生。"这两首竹枝词,记咏明初良好的水利状况,其中讴歌了元时担任青龙水监的任仁发的治水功绩,同时又可见当时已有称作"濠寨户"的专业水利队伍。大凡张家浜、赵家沟、白莲泾、三林浦、马家浜、都台浦(曹家沟)、周浦塘等10余条浦东的主要水道,不乏对应记咏的竹枝词。水的氤氲,水的宏阔,我们从上述竹枝词中分明感受到水是浦东流动的血脉,水承载着浦东千年的历史,而历史的况味荡漾起我们情感的港湾。

对于黄浦江上船帆叶叶、棹歌声声、潮起潮落的情景,陆深的《江东竹枝词》记咏曰:"滨江航船一字排,棹歌和起自成腔。潮来上南潮落北,南到湖南北到江。"清光绪年间人程上选在其《清溪三十二咏》的序中说:"我乡滨海而居,每于春秋佳日,东游海上,见夫波澜壮阔,与风帆、沙鸟随波上下,实足以开拓胸襟。尤妙在旭日初升时,光华掩映,澜作五色,观者莫不目迷。"顾清泰的《清溪八景诗》、王震堦的《鹤沙八景诗》分别记咏了高桥镇与鹤沙镇的自然景观。原南汇县地,大海东环,黄浦西亘,其地势如犁状,突出洋中,势向东南,三面皆海,故谓之南汇嘴,亦名老鹳嘴,对此,倪绳中的《南汇县竹枝词》记咏曰:"大海东环黄浦西,钦塘南北亘虹霓,怪哉老鹳伸长嘴,突出洋中状如犁。"在浦东,南汇嘴吐纳海潮,陆家嘴衔含江风,多少历史故事尽在这一东一西的两张嘴中。"草木芬芳水石幽,尘氛扫尽与天游",这是曹瑛的《高行竹枝词》中对高行园林的描写,而"南有名园赵左图,图中十二景工摹"则是秦荣光的《上海竹枝词》中对南园的记咏。《川沙抚名厅志》中将"南园古木"列为"川沙八景"

之一。感谢上述竹枝词唤起我们对浦东水乡之景、海岸之景与园林之景的美好记忆。

木棉在元初已传入上海,浦东沿海土地高广宜棉,很早形成"年花年稻"轮作习惯,有利于土地休闲养护,获得棉稻双丰收。王子晹的《采棉花竹枝词》、叶延琯的《捉花吟》、黄协埙的《采棉词》对于当时以稻棉为主的农业生产予以了记咏。姜皋的《稻棉词》曰:"半栽禾稻半棉花,丰歉远征谚语嘉。白露看花秋看稻,农家卜岁未全差。"姚伯骧的《渔娘竹枝词》、佚名的《渔舟竹枝词》分别记咏了浦东早年的渔业生产的情景。其中佚名的一首竹枝词曰:"无数游鱼戏白波,一齐来听扣弦歌。渔姑下网渔郎钓,钓得何如网得多。"农事与气候的关系极为重要,俗语七月初七下雪,谓之"斗量花",即当年棉花将歉收之意。倪绳中的《南汇县竹枝词》对此曰:"木棉种遍野人家,古制由来卉服嘉。只怕今朝凉雨到,老农愁说斗量花。"我们从中联想到浦东早期的粮、棉、渔产业在社会发展中的情形。

另外,浦东历代竹枝词在先贤人物、教育启蒙、河岸桥梁等方面不乏记咏的竹枝词。浦东历代竹枝词常于状摹世态民情中,洋溢着鲜活的文化个性和浓厚的乡土气息,与地域文化结下了不解之缘。竹枝词源于民歌,植根生活,加上灵巧便捷的形式,千余年来成为一枝开不败的花朵。浦东竹枝词在记咏过程中的比兴、夸张、重叠、谐音等手法的运用十分普遍,另有隐语、双关语、拟人手法的运用增添了诗性艺术,读来有质朴清新、柔媚旖旎、自然隽永之感。

诗中有史　史在诗中

——试论浦东历代竹枝词的存史价值

诗与史的结合是我国诗歌的传统。程浩的《上海竹枝词研究》一书认为："就史料价值而言,竹枝词是在史书、笔记和方志之外的重要史料补充。竹枝词广为纪事,以诗存史,对于许多学科特别是社会文化史和历史人文地理等领域的研究,具有极为重要的史料价值。"可以说,浦东历代竹枝词既是"诗性"的,也是"史性"的,从史料价值观之则功莫大焉:

以诗补史

以吟咏风土为其主要特色的浦东历代竹枝词,堪称地方风俗史诗,在地方历史记载中有着独特的地位。建制沿革、地域界限、军队戍守等一些史实,限于志书科目或篇幅往往只是概述,竹枝词发挥了以诗补史的价值——

浦东的建制在千余年中多有变化。倪绳中的《南汇县竹枝词》中有三首与地方建制沿革有关。第一首记咏曰："筑城洪武廿年期,境植三团最合宜。雍正三年分上海,长人乡贯县根基。"所言的是南汇县地在黄浦东南,明洪武初于华亭县境,置金山卫领千户所六,南汇为其一也。明洪武十九年(1386)建筑城池于三团地,即南汇县城。雍正三年(1725),分上海浦东地长人乡为南汇治。东西广九十里,南北袤八十四里。第二首记咏曰："雍四年分上海区,南沙一百六六图。征粮准熟田多少,七千三十四顷余。"所言的是雍正四年(1726),以总督查纳弼提请,分上海长人乡置南汇地,地域田亩都有具体界定。第三首记咏曰："嘉十五年置川沙,图分廿五路非赊。划田四百六二顷,实有六千五百加。"所言的是清嘉庆十五年(1810),川沙同知改设抚民厅,地域田亩再有调整界定。尽管我们可从志书的大事记中获取上述零星记载的史实,但远未及上述竹枝词采用"补零为整"的记取方法,显得如此条理与详尽。2009年8月9日,南汇区正式划归浦东新区,读上述竹枝词让我们犹如在进行一次文化寻根,南汇、川沙原一家,后分家,又合为一家,分合之间,唏嘘世事变幻,感慨人间沧桑。

东西南北谓之方位,地域界址随建制而变。明嘉靖三十五年(1556),筑川沙堡城;清乾隆二十四年(1759),改松江董漕同知为川沙清军同知;清嘉庆十五年(1810),改为川沙抚民同知。倪绳中的《南汇县竹枝词》记咏曰："南川界址划从前,嘉庆还当二八年。十七保与二十保,昔厅今县志新编。"该诗附注说:川沙厅界,自奉南界河至川沙南门外之竹行桥,南北袤七十里,自西南千步泾,曲折至西北龙王庙,又折而至马家浜,仍袤八十余里。倪绳中还以竹枝词的形式一一记取了从"一灶"到"八灶"的四邻方位,其中第一首记咏曰:"南一灶港界河北,东达护塘港甚长。西自盛家桥下过,汪洋直接水仙塘。"倪绳中对周浦塘也有竹枝词记咏曰:"沈庄塘塞不须提,周浦塘通裕伯题。前八十年粮运便,至今河水荡东西。"周浦塘,又称"运粮河",十九保、十七保通县开浚,港口属上海二十一保。自塘口镇、陈家桥镇至裕伯题桥镇,东入邑境十七保,经苏家桥、周浦镇西市至李将军桥,下达咸塘。正是上述竹枝词采用了"补简为详"的方法,通过详实记述南北界限、地域四邻而留给了今人一幅幅"历史方位图"。

古语谓:"兵者,国之大事。"浦东历为军事要地,设有军队戍边。倪绳中的《南汇县竹枝词》记咏曰:"明初卫所屯田立,军士分班种作忙。总旗小旗军人等,公差粮运免征粮。"该诗后附注言:明初赋役册载,守御南汇中后千户所屯种田亩,原派总旗每名三十亩,小旗每名二十四亩,军人每名二十亩,共三十一顷。原该夏税小麦四百六十八石,秋税米豆二百三十四石,除运粮旗军每名免纳屯粮一百五十石,又公差运粮旗军每名减纳屯粮一百五十石。针对浦东民国时期特设海军、陆军两部,城乡市镇设水警与陆巡警的驻防和管理,倪绳中另一首竹枝词记咏曰:"民国全更水陆师,兵防不若国防宜。十区警察分巡遍,水警奔驰耀国旗。"大凡志书记载往往以粗线条的概述方式为主,以竹枝词及附注的方式"补粗为细",所记咏的军队戍守、抗倭御寇的壮丽诗篇为浦东爱国主义教育与国防文化的弘扬提供了历史的源头。

以诗解史

地方志书在编纂记载史实中有按编年排序进行的方式,竹枝词通过在年月时期上的串接式、内容表达上的系列式,以及辅以内容的附注式,解释诗句,解说历史,从而具备了以诗解史的功能。试从记咏浦东的盐业生产、宝山城的兴废、浦东妇女勤劳织布织袜方面的竹枝词中予以体会——

《南汇县志》云:"907年(后梁开平元年),钱镠受封为吴越王,建吴越国,鼓励煮海制盐。本县地区为盐场。1129年左右(南宋建炎年间)朝廷在下沙设立盐监,下辖团、灶、专业煮盐。"倪绳中的四首《南汇县竹枝词》为我们了解浦东最早产业——盐业的历史发挥了解读作用。第一首记咏曰:"洪武三年运盐使,下沙场统九团乡。直从正统三场析,每辖三团每一场。"是谓明洪武元年,立都转运盐使于杭州,设松江分司于下沙,下沙场统领九团。明正统五年(1440),分场为三,每辖三团。第二首记咏曰:"一二三四团额课,头场征解司运忙。八九团隶川沙辖,五六七属二三场。"是谓清雍正四年(1726)分县,下沙场地全隶南邑。清嘉庆十五年(1810),八、九两团分地川沙厅。第三首记咏曰:"一场盐灶康熙代,二百分明廿四全。从此雍乾嘉递减,道光中叶竟停煎。"是谓清康熙间,额设盐灶222座,清雍正三年(1725),存149座,一团存139座、二团存17座。清乾隆初,二团灶皆废,唯一团存170座,后报煎存31

灶。清嘉庆间,存22灶。清道光中遂俱停煎。第四首记咏曰:"二场灶舍康熙世,十五犹存报不添。雍正二年全撤毁,三场明季已无盐。"是谓二场在清康熙间,尚存灶舍15处,清雍正二年(1724),浙抚李全行裁毁。三场明季已不产盐。上述竹枝词让我们比较完整地记住了浦东最早的产业便是盐业,从中也了解了盐业生产变化的始末。我们的眼前不时浮现出先民们风餐露宿、不分昼夜熬波煮盐的创业场景——在竹枝词完整解说的历史中,我们找寻到了浦东的创业之初的真实记载。

宋人方回在《瀛奎律髓》卷三《怀古类》序中说:"怀古者,见古迹,思古人,其事无他,兴亡贤遇而已。"近人沈轶刘作过一首高桥竹枝词记咏曰:"老宝山城古哨迁,至今神庙祀陈瑄。海桑三劫前尘远,瓴甓犹存永乐年。"概括了宝山城三兴三废的历史。作者写道:明洪武三十年(1397),太仓卫指挥刘原奏筑土城于青浦(在今高桥地区),明正统九年(1444),都指挥翁绍宗奏建砖城。明万历四年(1576),兵备右参政王叔杲请筑新城于宝山城下,明万历十年(1582),新城为海潮所决,新旧两城均没于海。清康熙八年(1669),明宝山城全部坍没入海。清康熙三十三年(1694),苏州海防同知李继勋在原宝山城西北2里处督建江东宝山城,即今老宝山城遗址。在浦东现今的雕塑作品中,以奋翼展翅的海鸥作为进入外高桥保税区的牌楼标志,成为一个极富诗意与象征意义的文化符号。这一海鸥定然了解明成祖为宝山城所列的御碑,定然了解沈轶刘所吟的这首竹枝词,定然了解时光跨越数百年后,共和国第一个保税区诞生于此,第一个自贸试验区也诞生于此——在竹枝词追踪解说的历史中,给我们留下了一份对于高桥地区今昔变化发展的深刻印象。

倪绳中的《南汇县竹枝词》记咏曰:"手车两指纺单纱,一手三纱运脚车。织布日成一二匹,女红帮助旺夫家。"祝悦霖的《川沙竹枝词》亦记咏曰:"茅檐犹有古淳风,纺织家家课女工;博得机头成足布,朝来不怕饭箩空。"秦荣光的《上海县竹枝词》另记咏曰:"三林标布进京城,稀布龙华最著名。别有东乡短头布,高丽布也自洋泾。"诗后附注:上阔尖细者曰标布,出三林塘者为最精,周浦次之。稀布出龙华、七宝,今名"龙华稀"。纬文梭起而疏者,为高丽布,出高桥、洋泾。小布俗呼"短头布"。这三首竹枝词反映了浦东妇女披星戴月,在机杼声声中辛勤纺织的传统与成果。有两个数据足以说明不一般:一是当年浦东妇女生产标布、扣布、稀布和织纳布等,其中尤以稀布最为著名,20余种产品远销国内各省市,颇受欢迎;二是在妇女织袜方面,据1922年的统计,当时江苏省共有注册登记的袜厂111家,其中设在南汇县的即有48家,约占全省袜厂的44%。有说妇女的地位高低代表了社会文明的程度。如此想来,浦东人之所以称自己的妻子为"大娘子",而娘子之"大"乃来自其操持勤劳之多与付出牺牲之多,其贡献之"多"足以显其身份为"大",何以为证?竹枝词有记也——在竹枝词特别解说的历史中,我们油然添生了对浦东妇女的一份礼赞。

以诗续史

竹枝词对社会文化史和历史人文地理等学科的研究,具有重要的历史价值。其中,对于小社区的研究,则具有极为特殊的价值,一首竹枝词也就相当于一地的风土志。另外,竹枝词作者关注当下,记录时代,而历史是时代的发展,随着岁月往逝,当年的时代也就成了今天的历史,当年的竹枝词也就具备了以诗续史的价值——

历史总是不经意地悄然远离,竹枝词让我们在感怀历史中拥有精神依凭。明嘉靖三十六年(1557),倭陷南汇所,哨官李府率儿子李香与族丁力战,斩级四十余,歼三酋,后因误中埋伏,父子同死,入南汇城忠勇祠。乔一崎(1571—1619),浦东九团(今曹路镇)人。明末著名将领,曾任东广宁寺卫守备,调山海关镇江堡游击都司,诗文奇景超拔,书法造诣颇深,辽宁滴水崖刻石"镇星之精"为其手迹,为抗击后金进犯,身经数十战,为国壮烈捐躯。秦荣光有竹枝词悼念曰:"英雄无命佐皇廷,滴水崖头坠将星。天不欲延明国祚,乔公子技枉精灵。"清程上选的《故垒寒烟》记咏曰:"昔日寇氛惊厉鬼,百年遗恨泣忠魂。须知误国由权相,古今沉冤等覆盆。"清道光二十二年(1842),英军侵犯上海,为了防御,高桥沿海及沿江,随塘及堤都筑土垒,中筑大炮,由陈化成督师抗侮,由于清廷官吏得贿,纵敌入犯,五月初八陈化成于兵溃中殉难。倪绳中的《南汇县竹枝词》记咏曰:"嘉靖倭奴来鬼国,导他入寇有徽人。李官父子真忠勇,斩级歼酋也殉身。"姚养怡记咏革命烈士的竹枝词曰:"烈墓郊西拾级登,郁森松柏晓寒凝。永垂青史留芳定,为国捐躯众口称。"于炮火中挺身而出,于生死间舍生取义,浦东泥土有着先烈血染的风采,竹枝词的记咏中有着一种磅礴的精神力量与凛然正气,将永远激励浦东的后人用生命捍卫信仰!

竹枝词唤起我们对历史影踪的记忆,在重温中充满情感依恋。《高行竹枝词》与诸多的《周浦竹枝词》为两个社区的历史研究提供了丰富的注脚。程翼鹗的《鹤塘棹歌》、佚名的《鹤塘棹歌》、黄协埙的《鹤塘棹歌》、王震堦的《鹤沙八景诗》、黄祉泉的《鹤沙竹枝词》同样为对下沙(鹤沙)镇(今航头镇)的研究提供了足够的视角。南宋绍熙四年(1193)《云间志》记曰:"华亭县之东,地名鹤窠,旧传产鹤。"据《云间志》记载:下砂盐场盐官廨舍,在县东南九十里,下砂南场在县南九十里。下砂北场,在华亭县东南九十里。下砂地区开辟为盐场之前,清代毛祥麟的《墨余录》断定:"鹤窠,即今之下沙也。"倪绳中的《南汇县竹枝词》记咏曰:"仙禽产自下沙乡,叔道栖迟几十霜。招鹤轩前风光好,鹤窠村里鹤坡塘。"这里我们读的不是诗句,而是数代鹤沙人的乡愁。《南汇县志》记载:"下沙镇又名鹤沙镇,是本县古镇之一。相传这一带原为盛产丹顶鹤的鹤窠村所在地。原先的南汇县下沙镇,现已归属浦东新区航头镇;航头镇牌楼村十三组,即为下沙(又称鹤沙)的策源地,亦即旧时鹤窠村,其西端有条长着青青芦苇的小河,村民皆称之鹤坡塘。"联想川沙新镇与南汇新城镇的命名乃出于建制撤并中对原川沙县与南汇县的一种纪念,然而如下沙一样被撤并的镇的纪念从何体现?"我心安处是故乡"——充满诗情画意的鹤影、鹤窠、鹤坡、招鹤轩虽已往矣,感谢竹枝词依然让我们带着浓浓的乡愁进行一次回家之旅。

在时光荏苒中,竹枝词的记咏延续了昨天向今天走来的脚步。《南汇县志》记曰:"1914年,上海大川小轮股份有限公司,置'新吉利''民利'两轮,开辟经川沙通达本县县城的航线。1915年,上海老公茂轮船所属'大北轮'和'裕和轮'辟通本县航线,经营客运。""布帆不挂易舱舟,旋见公车似水流。五十余年风景换,江篷驿马过时收",这是近人沈轶刘的《高桥竹枝词》中的一首,可谓"是作择要列咏之,于近代史实尤详"。诗后附注谓:本镇向恃帆船为交通工具,去上海须一日程。民国三年,始有同兴小轮,每日三班,后又有和记公司竞航,两面对开,增为六班。再后乡公所参加济渡,三方合并组成同记和公司,沿途兼靠东沟、西渡,每日十余班。设备齐全,始成为正式航线。20世纪50年代中期,始改行81路公交车,而客程乃从陆路。蔡经纬的《川沙新竹枝词》中记咏了旧式水车被电动水车取代,农业科技促进高产丰收,生活饮用水由河水改为自来水等新鲜事物。相比较而言,作为县级层面的水上交通的航线开设能列入县志以记,而一地陆上交通、水利排灌与农业科技的发展就难列志书了,这些记咏时光更迭、生活变化的竹枝词具有对浦东交通史、水利史与科技史记载的接续与延展功能。

综上所述,浦东历代竹枝词已完全跳出了唐刘禹锡所称的"含思婉转,有淇濮之艳焉"的民歌早期的男女言情内容,史诗般地记载了浦东发展的历史轨迹,对于浦东历史文化的研究,具有无可替代的史料价值。我们可以体会到,竹枝词作为有韵的志书,与民俗学、地理学、历史学、方志学无不相关,一首竹枝词是一面照见历史的镜子,是一把解说历史的钥匙,是一枚把我们从今天走回昨天,又从昨天走向今天的双程邮票。

且听史河流诗中

——浦东"竹枝三杰"考略

我们知道,地方志有镇志、县志乃至市志等之分,在浦东竹枝词作为丰富的文化遗产中,既有随遇随咏的"散咏",亦有围绕某一题材包罗众多内容的"杂咏",还有以地域为选材范围分门别类地予以创作汇成成果的"专咏"。这其中,曹瑛创作的《高行竹枝词》,倪绳中创作的《南汇县竹枝词》,秦锡田创作的《周浦竹枝词》,因创作内容的全面和创作数量的居多而堪称代表镇域、县域竹枝词的创作成果。本文试从相关书籍资料的研究出发,对浦东"竹枝三杰"各具风格的创作实践加以考略。

曹瑛:名无详注诗有注

笔者因研究所需,曾特别留意乃至遍查各类资料,终只得关于曹瑛简介的只言片语——《上海历代竹枝词》(顾炳权编著,上海辞书出版社出版)在"序跋汇录"中介绍说:

曹瑛,清乾隆时高行(今属上海市浦东新区)人,字田璧。

从曹瑛记咏其祖叔父的竹枝词,以及其在一竹枝词后注中的"余表舅兄吕浚,字愚川,能诗士也,有《高行感旧诗》六十首"的介绍,我们可以约略猜想到其祖父辈兄弟、母舅家庭在音乐、诗歌方面的才华造诣,印证了姚养怡在为《高行竹枝词》作序中所说的"曹氏故海上巨族,人文鼎盛"之说。曹瑛记咏其祖叔父的竹枝词曰:"音律般般独擅能,桐琴铁笛更无朋。一声入破惊云木,绝调千秋忆广陵。"该诗后附注曰:

叔祖父仙公号竹塘,性爱林泉,尤精音乐。善大琴,好铁笛,曾于间门赛会中,压到名流。

曹瑛著有《高行竹枝词》141首,姚养怡在为其成卷的跋中评价曰:

上海市辖区南行,地濒海,居歇浦之东,与吾邑南汇相接壤。此《竹枝词》一卷,为曹瑛田璧先生所手撰。曹氏故海上巨族,人文鼎盛,著作流传,士林争诵,先生以邑志无传,平生行迹鲜可考见,殊可惜也。《竹枝词》计分目三十五类,目各咏一章致数章,共一百四十一章。于形胜、民风、物产、人才,靡不详载,洵有关地方文献之作,而以未经刊行,故得读者甚少。是卷予尝假钞于朱太忙兄,缮成后,顾丈景炎见而好之,更由文钞传,至市通志馆亦录本,珍藏弗替,则曹先生著述自可永垂不朽。而太忙兄之苦心辑集,其功亦不容没已。因记本末,以稔后之读此书者,俾知所从出焉。甲午六月下浣澧溪姚养怡识。

此跋中所言的"计分三十五类"具体为:形胜、稽名、水利、桥梁、土山、寺庙、分隶、营房、园林、第宅、宗祠、土产、俗尚、民风、风水、市肆、文风、恶习、姓氏、孝子、贞节、儒士、品行、清癖、文人、人才、技术、豪侠、幕客、闲汉、佛教、道教、闺秀、妇品、流寓。

从该跋的介绍与141首竹枝词的具体阅读中,我们体会到曹瑛的《高行竹枝词》具有以下三个显著特点:一是记咏的全面性;二是脉络的清晰性;三是附注的侧重性——少则寥寥数语,多则数行近百字,特择三则详细附注,以便从中体会——

之一,稽名类竹枝词:奚行剿后起高行,正德年中建市房。寄语诗人休浪咏,命名还望细推详。

该诗后附注曰:

初,上海之东止有奚家行镇,明正德年中误伤武弁,以致剿灭,方有高行镇。所谓奚家行者,今高行镇东蔡家宅侧其旧址也。镇之所以名高者,以地居浦海之中,地势独高。雍正十年,海潮横溢亦不能侵害,迨十一年筑钦塘后,海潮几次沸腾亦不侵及,所以名高。有以高家行称之者,缘承奚家行家字之旧而误也,余表舅兄吕浚,字愚川,能诗士也,有《高行感旧吟》六十首,其纪建镇一首云:"建镇原从南渡年(此以意度之也),遥遥华胄地名传。至今银杏葱茏处,尽说高家古墓前(自注:行以高家得名,尽北镇观音堂西大银杏树下,高氏墓尚在)。"此亦缘家字而凿也。

之二,文风类竹枝词:景运昌明文运开,门闾人物并昭回。从兹海畔称雄镇,莫道乡绅只秀才。

该诗后附注曰:

高行创建未久,故小乡先达。康熙初有诸生陆元建、邱裴伯两先生,已为一时之盛。自东岩公入泮后,而芹香日茂矣,然吴门人嘲之曰:"高行乡绅、生监、富翁,不满十人。"迨乾隆丁卯科徐秉哲中顺天副车、庚午科中顺天正榜,黄文莲、钱浩然亦于是科中南闱正榜,甲戌徐公又成进士。后赵文哲南巡献赋,钦赐举人,补内阁中书,忠于王事,赠爵荫子,培养更深,当进而益上也。徐公为揣摩之主,黄公、赵公为今七子之二,俱文士之传人也。

该注末句所称的"黄公"与"赵公",顾炳权在《上海史志人物风俗丛书》中对出自高行镇的这两位著名才俊记曰:"乾隆间,沈德潜选七子诗,浦东选中者赵文哲、黄文莲两人。"《浦东今古大观》(王洪泉 姜燮富 姚秉楠主编,上海科技出版社出版)以《效忠边疆赵文哲》《吴中才子黄文莲》为题有专文介绍。

之三,寺庙类竹枝词:荒郊矗峙镇东南,古刹首称真境庵。底事禅林也易主,夕阳衰草暮烟含。

该诗后附注曰:

真境庵在高行西北,不满一里,巍然孤立。志哉:宋端平甲午年,邑人吴居四舍宅建造,有杨铁崖先生募缘疏,手迹犹存,今为黄氏收藏。乃蔡氏以为家庵,何也?

此段诗注虽文字不多,却极具研究价值,所说的杨铁崖,即杨维帧与真境庵主交往以及募缘疏的由来不仅为载入宗教史中的一则佳话,亦为书法史上被反复研究引证的一则经典案例——募缘疏的书法作品代表了元末明初著名诗人、文学家、书画家和戏曲家杨维桢(1296—1370)的独特书风,该书法作品早已成为上海博物馆的藏品。

曹瑛的《高行竹枝词》中设"恶习"一类,六首竹枝词对"赌场赌博""屡有盗窃""打点衙门"等不良社会风气带有鲜明的批评态度与规劝导向。

曹瑛的名字虽难见较为详尽的解释,但其所著的竹枝词的诗后连连有注——此注是为高行流淌数百年的历史作注脚,是为高行璀璨的人文作注解,也是为历史上卓尔不群的古镇高行之"高"之"行"作文脉价值的一一注明……

倪绳中:一卷竹枝尽史话

"竹枝泛咏乡土。"竹枝词作者的才学、经历、视角不同,其创作的作品风格也自然有别。且纂县志,且作竹枝,两者促进,相得益彰。这是倪绳中留给浦东历史文化的双份贡献。《周浦文化志》对其介绍说:

倪绳中(1845—1919),字远望,号斗南,瓦屑镇北庄村人。生于1845年(清道光二十五年)7月。清光绪年初修《南汇县志》,倪绳中任采写,县内过往旧事,娴熟于胸,对县内疆土、人物、风俗、政事兴衰、社会治安都据实叙述,撰写严肃,内容包容,多写县志采录。在为县志采写期间,根据县志篇目,倪绳中按章节以诗词形式给予概括,写成《南汇县竹枝词》三百四十六首。

顾炳权的《上海历代竹枝词》在"序跋汇录"中对倪绳中有补充介绍,说倪绳中为清光绪十五年(1889)松江府学恩贡。少时作诗词有法度,中岁后肆力撰述,著有《二十四感言录》《续人谱》《浦乡小志》《经锄草堂诗赋稿》,并修《南汇县志》。从中可以看出倪绳中创作《南汇县竹枝词》正是以诗起步,由诗而志,又由志而竹枝词。

倪绳中的《南汇县竹枝词》采用志书设科分目的方法,从中围绕地域性展开,是谓其显著特点之一。《南汇县竹枝词》的分类设目不同于曹瑛,曹瑛是设目在前,按目列篇;倪绳中是列篇在前,篇后注目。具体所设的篇目有:以上疆域,以上岁时,以上浦东诸灶港,以上漕赋,以上地丁灶课,以上芦课,以上屯田,以上杂税,以上积谷、以上学宫、学校、附义塾,以上祀庙,以上兵防,以上倭乱,以上红巾,以上粤乱,以上宋、元人、以上明人、以上清时人、以上杂事,以上风俗,以上物产等。我们可从中了解作者在将竹枝词成卷时的编排纲目,其中的行政区划变化、江海河流分布、筑塘抢险史实、戍边驻守调防、盐业生产兴衰,通过详尽的记载,成为难得读到的一部地方变迁简史。

史实性是倪绳中竹枝词的又一个显著特点。我们可将《南汇县志》与《南汇县竹枝词》同时对照阅读,试择三例如下:

其一,南汇县大事记有曰:

1386 年(明洪武十九年)

明政府为防倭寇,命信国公汤和在三团地区筑城(即后来的南汇城),因地名南汇嘴,故称守御南汇嘴中后千户所,作为金山卫分署之一。

1725 年(清雍正三年)

清政府决定将上海县长人乡划出,建南汇县,编为上、下两乡,共 5 保 25 区 169 图和 9 个团,全县土地面积为 7077 顷 50 亩多(其中准熟粮田 7034 顷 25 亩多),当差人丁数为 44102 丁,县治设在原南汇嘴所城,此后改称南汇城,即今之惠南镇。

倪绳中的《南汇县竹枝》记曰:筑城洪武廿年期,境植三团最合宜。雍正三年分上海,长人乡贯县根基。

诗后附注:

南汇县地在黄浦东南,明洪武初于华亭县境,置金山卫领千户所六,南汇其一也。十九年建筑城池于三团地,即今邑城,雍正三年,分上海浦东地长人乡为南汇治,东西广九十里,南北衰八十四里。

其二,南汇大事记有曰:

1733 年(清雍正十一年)

修筑海塘,钦琏实行以工代赈,仅 7 个月完成。后人称该塘为钦公塘。

倪绳中的《南汇县竹枝词》记曰:县分上海下车始,创造艰难建大功。一万五千三百丈,钦工塘即颂钦公。

诗后附注:

钦琏,字幼畹,浙江长兴人,雍正元年进士,授南汇县令。时县新分,凡官署、学舍、郊坛、仓库无不具举。十一年复任,值潮灾岁祲,爰筑护塘一万五千三百余丈,本以钦琏兴筑为钦工塘,民颂功德,谓"钦公塘"。

其三,南汇县志大事记有曰:

1842 年(清道光二十二年)

六月,在第一次鸦片战争中,英军进攻吴淞口,本县县城宣布戒严。

倪绳中的竹枝词咏曰:英夷犯境势难驯,南汇都戎镇海滨。筹饷在君战守我,门关水陆自逡巡。

诗后附注:

施元凤,崇明行伍,道光二十二年任南汇营都司。值英夷犯吴淞,邑中戒严,元凤谓县令:"筹饷在君,战守在我。"时有乘间将遁者,乃派弁兵分驻城门水关,日夜躬自梭巡,人心乃定。

从上述三例可见,作为县志大事记的记取极为简约,大凡亦为通例。而倪绳中的竹枝词与大事记一一对应,体现了内容的属实性与严谨性。同时,诗前注后,读来有诗韵与史味合一的区别于大事记的不同感受。对于倪绳中诗与史紧密结合的表现手法,其表侄黄报廷对倪绳中的《南汇县竹枝词》的评价在诸多序跋评论观点中颇有代表性:

前辈咏南邑竹枝词,随意拾掇事迹,未有以邑志篇目次第而遍及之者。今读表叔倪斗楠先生词,门分类别,择精语详。俾后之览者,于全邑掌故了如指掌,当与上海秦温毅竹枝词并传。

民俗性是倪绳中的竹枝词的第三个显著特点。对此,刘式训在为倪绳中竹枝词卷的序文中说:

吾邑倪斗南明经撰竹枝词若干卷,依邑志标目,次第分咏,名曰《南汇县竹枝词》。按吾邑于有清雍正三年析自上海,其以前之事与上海共之,以后之事则吾邑之所独也。邑境濒海,民俗与内地不尽同,即视同此濒海之奉贤、金山、川沙等邑,亦自有相异之处……倪君乃一一传之。

另外,我们可从《上海历代竹枝词》序跋汇录和倪绳中的《南汇县竹枝词》自序节选中加以体会,该自序曰:

南汇分上海县地,明顾侍郎顾或有《上海竹枝词》,近秦温毅荣光亦有《上海县竹枝词》,今所咏者,未分县以前,其人、其地在南汇则南汇之,凡事实、次第悉本钦志、胡志、《光绪县志》即缀本文。三志均班班可考,故不复赘。间援他书,必冠书名于注后;或参鄙见,加一"案"字,示与志文区别云。

该自序节选为我们介绍了倪绳中创作竹枝词及诗后附注除少部分"或参鄙见"外,绝大部分旁征博引,各有出处。举凡所引有《荆楚岁时记》、俗谚、俗谓、俗语、明陆深语、《钦志》、黄氏的《南沙杂识》《赋役全书》《松江府志》《刘志》、叶梦珠的《阅世编》《千乘家谱》《西林杂技》、秦荣光的《浦东故事》《舆地纪胜》《府志》、闵为轮的《闻椒邱荷花已开柬诗》《一统志》、乔廷选著的《周易象贯》、邑志之的《选举志》《地方志》《云间续志》《尔雅·释草》《天台山志》等。上述的引经据典可分两类,一类为书籍引用,增添了竹枝词的古典含量;一类为民间引用,体现出竹枝词的通俗成分。而这样的做法比之于曹瑛的《高行竹枝词》的附注并不说明出处的直接法,又成为倪绳中的竹枝词的独特之处。

后学叶寿祺对倪绳中所作的竹枝词从风格效用方面有如下十分贴切与概括性的评价,似可借以作为对倪绳中的竹枝词考略的现成结论:

所编按邑乘篇目,拈韵成文,俾人易于成诵;分门别类,俾人易于稽查;撮要删繁,俾人易于记忆;节篇省幅,俾人易于取携。谓为乡土志可也,谓为纪事诗可也,谓为南沙志略亦无不可……

秦锡田:邻邑本土诗不分

在浦东竹枝词作者群中,有两类对象堪称佳话:一类是写本土竹枝词的客邑或邻邑人，如袁昶（1846—1900），浙江桐庐人，著有《沪上竹枝词》；如卢素公（生卒年月不详），江苏江阴人，著有《浦东竹枝词》；另如丁宜福（1818—1875），清十六保八图（原属南汇县，今属奉贤区金汇镇）人，著有《南汇童谣》《申江棹歌》等。另一类是在竹枝词作者中有着接续传承关系的父子两代人，如周浦镇的姚永年、姚养怡父子。而秦荣光（1841—1904）、秦锡田（1861—1940）既属现今区划意义上的邻邑人，又是同为创作地方竹枝词的父子。秦荣光是浦东清末教育家，一生热心兴学，鼎力育人，博学能文，精通史乘，乡里推其为大师，除志书外著有《养真堂集》《补晋书艺文志》《同治上海县志札记》《上海县竹枝词》。我们且从各类书籍对于秦锡田的介绍中得以考略——

《浦东简史》（上海浦东档案局编，许建军主编，上海文艺出版社出版）在浦东历史人物中介绍曰：

秦锡田（1861—1940），字君谷，号砚畦，晚号适庵，别署信天翁。南汇县陈行乡（今闵行区浦江镇）人，荣光长子。清光绪十九年（1893年），与弟锡圭同科中举。光绪二十六年（1900年）捐官为内阁中书。越二年，改官湖北候补同知，充癸卯科湖北乡试同考，继管湖北省丰备仓，父丧归里，不再出仕。

秦锡田平生致力于教育公益事业，在陈行、三林、杨思地区的兴学办校中功不可没。民国10年（1921年）起，历任上海县公款公产管理处总董、处长、主任，上海慈善团常务董事等，民国16年（1927年），又创办上海游民习勤所。秦锡田在官在野，均体恤民困，恪守"清、勤、慎"——秦锡田的人生经历与竹枝词的创作实践，给人的启示在于，优秀的竹枝词创作者应该是一个胸有大情怀者。

秦锡田对吴地水利、地方史志学等，继承家学，有深刻研究。著有《松江水利说》，修编《上海县续志》。民国12年（1923年）受聘为《南汇县志续志》总纂，编《梓乡丛录》《上海县掌故》等。秦荣光的治学与竹枝词的创作实践，给人的启示在于，优秀的竹枝词创作者应该是一个满腹经纶的大学问者。

顾炳权在《上海史志人物风俗丛书》中指出："浦东学派由张文虎开创于前，秦氏父子奠定基石，黄炎培、穆藕初等殿军其后，先后经三四代人的努力，火播薪传，逐渐发展孕育而成。"

"浦东学派"几位领衔者以理论与实践的并重对浦东诗学产生积极的影响。从顾炳权《上海史志人物风俗丛考》引述秦锡田的如下言语中，我们可见其"作诗要有抱负"的诗学思想：

秦锡田《见斋遗移序》谓："若夫呫哔小儒，饾饤之学，剿袭之功，达固无益于人，穷亦不传于后，即或寻章摘句，弄月吟风，觍然自附于作者之门，而其格卑，其骨弱，其气衰靡不振，其必不能含芬吟秀焜耀千秋者，又事理之必然矣。唯其抱用世之才，抱用世之志，遭逢不偶，叹老伤贫，甚至贬谪窜逐，奔走流离，求死不能，思归不得，于是吐其胸中之蕴蓄,与夫听所闻,目所见,发为诗歌,作为传记,缠绵悱恻之旨,悉变为苍凉沉郁之音,如楚灵均、汉贾傅、唐柳渊者,可胜道哉?"

秦锡田主张作诗贵乎天然自成,不事雕琢。顾炳权的《上海史志人物风俗丛考》引述其如下诗学观点:

秦锡田谓:"诗,天籁也,乡闾之谚语,童叟之歌谣,思妇之讴吟,不假修饰,自然越妙。故无意为诗者,诗未必能传而必有可传之句。"(《西河草堂遗诗库》)反对矫揉造作为之"巧",主张自然真率之"拙","且今之所谓巧者,工趋避,善逢迎,喜瞻徇,惮进取。其言嗫嚅,其行趑趄,胸中无一定之主宰"。"拙者有果敢之心,有坚忍之质"。"不雕不琢,亲切有味,羞也拙之效也。"(《潘书绅拙斋存稿序》)但诗之自然,仍要求有功底,黄炎培自谓:"十四岁时,秦介侯师竭圭指示我,学诗须从整饬凝练入手,到后来工夫纯熟,转入自然。若舍难图易,清空变为浮滑,病将无法矫正。"

秦锡田的诗学思想与其竹枝词创作的实践,给人的启示在于,优秀的竹枝词作者应该是一个持有诗学思想、注重成为理念与实践合一的创作者。而作为现今意义上的邻邑(闵行区浦江镇)人的秦锡田何以著有《周浦塘棹歌》,是因为当年上海县的陈行镇与浦东的周浦镇属相邻之镇。《上海历代竹枝词》(顾炳权编著,上海辞书出版社出版),录有秦锡田为《周浦塘竹枝词》所作的序:

周浦塘长一十八里,周浦镇踞其上游,下游皆属上海县陈行乡。余家陈行,而亲戚交游多在周浦,来往既繁,见闻尤稔,拟仿棹歌之体,作为纪事之诗。

周浦为黄浦之分支,别名澧溪、杜浦,横贯于浦东地区原南汇县的北境。周浦塘东起祝桥镇,经陈竹镇、塘口入黄浦江。周浦镇作为作者舅父所在镇,经常往来此一带,故能熟知掌故,仿棹歌之体,记述此塘之源流、水利、津梁及周浦一带之时事、风俗、时令、物产、古迹、人物等。诗凡247首,每首均有自注。周浦是浦东的集镇,素享"小上海"之称,《周浦塘棹歌》所记咏的内容,在浦东颇有代表性,当可视作为反映浦东地方风情之书。

多少历史已经逝去,多少历史仍然在先贤的竹枝词中缓缓流趟。感谢浦东的"竹枝三杰"与其他竹枝词作者共同为后人留下了这笔文化财富,让我们谨记"现在是一切过去的必然结果,也是一切未来的起因"的名言。

人文气息与诗意气场的互织交融

——近现代周浦竹枝词繁荣的文化归因探究

"浦东十八镇，周浦第一镇。"笔者曾以《浅谈浦东竹枝词的记咏特征与存史价值》为题，对浦东历代竹枝词开展学术方面的研究，在各类资料的翻阅比较中，对近现代的周浦竹枝词留下深刻印象。本文试从在对近现代周浦竹枝词颇为繁荣的现象予以综合分析的基础上，探究其一脉源流中的文化归因。

近现代周浦竹枝词的繁荣现象

《周浦文化志》曰："据史载：周浦先民从唐天宝十载（751年）始，在这片土地上落地生根，开花繁衍，至今已仅1300年风雨沧桑。周浦文化也随着周浦文明的肇始而孕育、演进、发展，并留下丰厚的积淀……"近现代周浦竹枝词的繁荣现象主要表现为：

其一，创作的活跃性

顾炳权编著的《上海竹枝词》（上海辞书出版社出版）一书收录自明代以来的上海竹枝词4000余首，收入该书中的近现代周浦作者的作品就达819首之多，所占份额过五分之一，集中体现了近现代周浦竹枝词创作的活跃程度。据不完全统计，其中作品数量超过百首的为倪绳中346首、秦锡田247首；超过50首的为顾渔54首，超过30首的为姚有彬34首、姚文荣30首、姚养怡30首；超过10首的为朱梅溪14首、周绍昌11首、朱寿诞10首，其余10首之下的各有不等。

姚永年在为丁宜福的《申江棹歌》所作的序中有言："明经又作《周浦竹枝词》三十首，先伯祖艺谐孝廉尝有和作，原唱亦已化为飞灰矣。"819首的数据自然不包括如此言所说的其他散佚之作，但其代表的创作活跃程度无疑列浦东各街镇之首了。

其二，作者的多样性

在周浦近现代竹枝词作者队伍中姚氏作者十分显赫。《琐院竹枝词》《渔娘竹枝词》的作者姚伯骧（清代），《周浦棹歌》《南沙东乡夏日竹枝词》的作者姚其嵘（清代），《茸城竹枝词》的作者姚春熙（清代），《周浦竹枝词》的作者姚有彬（清代），《周浦塘河工竹枝词》的作者姚文荣（现代），《周浦竹枝词》的作者姚养怡（现代）。诚如姚永年在姚有彬所作的34首《周浦竹枝词》的跋后以"侄孙永年谨识"表明关系，上述姚氏作者中不乏代传或同宗关系。从倪绳中的《南汇县竹枝词》咏姚炜琛中我们获知姚伯骧与姚炜深（姚明经）为父子关系，该诗记咏曰："修行明经享大年，守潜君子竟称贤。躔桓一览黄河考，传世天文地理编。"诗注言："姚炜琛，字宝南，号守潜，伯骧子，岁贡。敦品绩学，课徒多造就，所著自诗集外，有《躔桓一览》《黄河溯源竟委图考》，白尚书镕称为笃行君子,给'明经行修'额,卒年八十一。"

在周浦竹枝词的作者中另有邻邑(今闵行区陈行镇)父子型诗人颇为典型,如著有 240 首《上海竹枝词》的秦荣光与著有 247 首《周浦塘棹歌》的秦锡田;而出现镇长诗人亦为值得圈点之处,如担任过周浦镇镇长的朱梅溪(现代)著有 14 首《周浦油车巷竹枝词》。

近现代周浦竹枝词作者中有科举经历的居多,如姚伯骥,清嘉庆十二年(1807)举人,授直隶州州同知;秦锡田,清光绪年间举人、纳资入内阁中枢,历官湖北候补同知、湖北乡试同考;李宗海,清代贡生[科举时代,挑选府、州、县(秀才)中成绩或资格优异者,升入京师的国子监读书];姚春熙,清代诸生(经考试录取而进入中央、附、州、县各级学校,包括太学学习的生员);有同时是志书编撰者,如倪绳中,"少时作诗词有法度,中岁后肆力撰述""与修《南汇县志》";有自觉将一邑风情之研究揽为己任者,如姚养怡,"生平创作诗词千余首,搜集地方掌故不遗余力。"

其三,内容的拓展性

近现代周浦竹枝词的内容体现了作者"立足周浦"与"跳出周浦"相结合的另一特征,除大部分作者立足周浦创作记咏本镇的竹枝词外,另有典型的如倪绳中立足整个南汇县地区,创作了 346 首《南汇县竹枝词》,顾渔在创作 30 首《周浦竹枝词》的同时,还创作了 24 首《周浦至上海名桥竹枝词》,姚养怡创作了 10 首《浦东农家竹枝词》。

近现代的周浦竹枝词作者有着积累作品到一定数量时予以结集成册,请文化人士或竹枝词创作同道作序题跋的风尚,如于邲为秦荣光的《上海竹枝词》作序,姚永年为丁宜福的《申江棹歌》作序、为姚有彬所创作的《周浦竹枝词》题跋,姚养怡为黄协埙《鹤塘棹歌》题跋。序跋有知识的介绍,如"诗有性情,有体例。三百煌煌,唐之勤,魏之俭,《黍离》之哀怆,《清庙》之宏丽,各纪其实,则性情而体例备焉"(姚永年序丁宜福的《申江棹歌》);有中肯的评介,如"于形胜、民风、物产、人才,靡不详载"(姚养怡跋曹瑛的《高行竹枝词》),又如"今读表叔倪斗楠先生词,门分类别,择精语详,俾后之览者,于全邑掌故了如指掌,当与上海秦温毅竹枝词并创"(黄报延跋倪绳中的《南汇竹枝词》);有时弊的针砭,如"夫向者,我中国学人之患,在能知三代而不能当今,能知九州而不能知本地"(于邲序秦荣光的《上海县竹枝词》);有理论的归结,如"渔洋山人谓:'竹枝泛咏风土。'余则于其泛咏之中,诚觉深切而著明也"(刘式训序倪绳中的《南汇竹枝词》),其间不乏诗学主张与竹枝词创作的观点阐述,体现了一种学术的研究。因而在志与诗、诗与史作为竹枝词创作的共性特征的同时,周浦竹枝词还通过对专集作序题跋的方式呈现出诗(竹枝词)与学(学术)相结合的个性特征。

近现代周浦浓郁的人文气息

在1300多年的历史积淀中,周浦名人大家辈出、才俊新秀紧随,由此汇成了别一番浓郁的人文气息,表现为:

一是著述丰硕,文脉久远

据清光绪《南汇县志》、民国《南汇县志》载,周浦藉人士的著述颇丰,尤以清代为甚,而后涌现出一批优秀科技人才,他们的著作为周浦镇集聚了宝贵的文化遗产。这些著述成果堪称是"重量级"的,呈现以下鲜明特点:

一谓"早"。浦东以清雍正十一年(1733)钦公塘的筑成标志着由西向东的基本成陆。而宋代文学家、诗人储泳(约1101—1165)较此500多年之前便从京都南迁后隐居周浦,著有《易说》《祛疑说》《萌符经解》《参同契解》《悟真篇解》《崔公入药镜说》《储华谷诗》。后代为纪念储泳,曾将周浦称为"储里"或"华谷里"。

二谓"多"。从《周浦文化志》的记载来看,包括古代、近代、现代(含傅雷在内)留下著作的作者达39人,各类著作347卷,其中明代高恩42卷、清代于邑108卷、张文虎26卷、方思信14卷、近代冯金伯25卷,现代我国著名翻译巨匠、文艺评论家、教育家傅雷,以他勤奋的一生,共翻译了34部外国文艺名著,另外撰写了大量评论、散文、政论等文章。

三谓"博"。上述著作内容涉及各类研究领域,如宋代储泳的著作涉及杂家类、道家类、别集类,清代于邑的著作涉及四书类、周易类、书类、正史类、杂史类、地理类、礼记类、小学类、别集类、楚辞类、杂家类、小说类、农家类、医家类、金石类;张文虎的著作涉及别集类、词曲类、杂家类、金石类、载记类,李迪的著作亦分别集类、书类、五经总类、地理类、天文类、曲词类等。

上述著述数量之丰、类别之广、领域之深,让人想见无数周浦先贤在孤灯豆火边从事学术研究,毕生倾力为文的风气之盛。周浦镇至今仍坚持以"学家书、写家书、评家书"为主题,开展富有传统特色的文学活动,颇有影响。

二是名人辈出,文史浓郁

周浦镇历史悠久,经济文化繁荣发达,伴随着一脉历史长河的演进,众多的文化名人成为该镇殊为难得的重要人文资源与宝贵财富:

宋代,有从京都迁至周浦的文学家、诗人储泳(1101—1165);从河南迁至周浦、为造福周浦而屡建功勋者姚埙(约1457—1503)。

明代,有明万历十年(1582)举人顾允贞;明嘉靖三十二年(1553)在倭寇大肆入侵,募乡兵抗战不幸战死的潘元孝;号召护明抗清,揭竿而起,被推为首领的明末秀才孔思(?—1654)。

清代,共有43位文化名人收录《周浦文化志》记载,他们中有清顺治十六年

(1659)会试进士选为翰林院庶吉士的朱锦；有博采众长，在综合比较研究中获得丰硕成果的闾邱铭(清康熙年间人)；有负笈游学京师、享"南汇诗坛清代中兴第一人"之誉的蔡湘(1649—1672)；有怀抱"达则兼济天下"之志，提出"兴修水利、修府志、建义学"之策的王铸(1653—1724)；有一生治学严谨，诗词书画俱佳，时称"三绝"的冯金伯(1738—1810)；有被誉为"浦东学派"领衔者的张文虎(1808—1885)、著名天算家贾步纬(约1840—1908)、一生致力于教学与经史研究的于邲(约1862—1908)等。

当代，被志书收录的21位文化名人中，有诗联濡墨、墨润诗联的苏局仙(1882—1992)；有集实业家、慈善家、艺术家于一身，被誉为"海上奇人"的王一亭(1867—1938)；有我国著名的翻译家、作家、文艺理论家、评论家和教育家傅雷(1908—1966)；有早年赴英留学，1960年被选为上海天主教教区主教。1980年当选为中国天主教团团长、中国天主教爱国会副主席的张家树(1893—1988)等。

如此之多的文化名人灿若"星群"，他们举起的火把化成路灯照亮着后继者的前行之路。周浦镇在周浦公园内为上述中的八位先贤塑像以纪念，让后辈周浦人在不时通过与先贤的对话中得以文化的滋养。

三是书画突出，文风斐然

周浦地区的书画篆刻历史悠久，尤以清嘉庆、道光年间为盛，前后画师多达数十名，他们在将自己的笔墨才情留在宣纸上的同时，也留在了以春夏秋冬为纪年的历史长河中——

明代崇祯年间的陈兆曦"善画山水，后嗣遂以画世其家"。

清顺治年间的潘龄"工诗画，曾以画称帝，士批'老笔'"；清康熙年间的黄中理、黄楷、薛昆、程佃、唐晨或精于花鸟，或擅长山水，或善绘人物；清乾隆年间的顾秉智"善画山水、花卉"；清嘉庆年间周浦出现了彼此切磋、共事丹青的"画家群"，有姚兰泉、叶得根、朱玉麟等13位书画家；清道光年间周浦的翰墨传承依然闻名于地方，共有姚炜琥、祝文澜、姚愚堂等10位书画家。

在历经民国年间周浦的书画艺坛一度式微，仅有"善于中西山水人物画"的张以敬载入志书记载的情形下，当代周浦的书画艺坛又得以复兴，苏局仙、王一亭、唐炼伯等28位书画家各有自己的艺术追求并取得不俗的艺术成就。

诚如题画诗是中国画的重要组成部分，能臻于境界的书画家无不在中国传统文化中孜孜以求，代有相传，蔚成风尚。1986年，文化部常务副部长高占祥到周浦镇视察和指导工作时观看了周浦书画家的作品后评价说："咱们这个地方(指周浦)有较高文化素质，我看了你们的书法作品，有正、草、隶、篆风格，挺好，应该是一个书画之乡……"直至目前，在街镇中设有美术馆的浦东仅为周浦有之。

近现代周浦沛然的诗意气场

追溯周浦近现代浓郁的人文气息，犹如让人在观赏周浦竹枝词繁茂的树冠之

后,找到了供其蓬勃生长的肥沃土壤与深扎的根须,本文探究的近现代周浦镇竹枝词之所以繁荣的文化归因也由此获得了具体答案:

之一,楷模的文化感召

顾秉权的《上海史志人物风俗丛稿》书中《试论浦东学派》一文曾言:"肇自宋代,浦东多能诗者。澧溪(今浦东周浦镇)为诗人储泳、储游兄弟故里,流风余韵,亘古常新。"此话道出了在浦东诗坛上储泳作为领衔者的重要作用。储泳的诗词,情景交融,空灵通脱,其长期为人传颂的《思归》一诗曰:"客楼高处望,独立对斜晖。负廓有田在,故山何日归?秋深杨柳薄,水阔鹭鸶飞。风景正萧索,何堪闻捣衣。"

"先有姚家厅,后有周浦镇"之说道出了姚家与周浦的重要关系,姚家厅即南荫堂,是明代太常寺卿姚埙所建的宅地,位于中大街北侧 28 号,建于 1465—1487 年(明成化年间)。对此,《周浦文化志》有记载:"姚埙(约 1457—1503),字以和,号节庵。1456—1487 年(明成化年间)任太常寺卿。父姚敬,曾任国子监助教。姚祖籍河南,其祖随王刚南渡至浙江,后迁至周浦。当时,周浦刚成集镇,市容不整。姚埙节衣缩食,广筑房舍,集资兴建永兴和积庆两座石桥;开凿义井,解决居民用水;召集商贾,使周浦镇逐渐繁荣。"

姚家厅初建时规模不大,姚埙的曾孙懋初重建后有西园、碧霞轩、培兰馆等,其南荫堂堂额为明翰林院待诏文徵明所书。值得一提的是培兰馆,这是姚氏子孙的课徒处,也是周浦有史记载最早的私塾学馆,为周浦教育的先驱。《周浦镇志》曾为周浦历史上有影响的 84 位社会名流编写简传,其中九位为姚姓人士——我们从中也找到了在近现代周浦竹枝词的繁荣中何以姚氏作者颇为显赫的原由了。

在文化传承中,"榜样的力量是无穷的"。周浦先贤在历史长河中积淀了丰富的文化范畴的精神产品与以创造生活与乐于善举为追求的高尚情怀,在两者彼此交融中衍化成为浓郁的文化气息,这种文化气息如"随风潜入夜、润物细无声"一般,给人以雅化、美化与教化的传导力量。于是,近现代周浦先贤们采用了竹枝词作这一传统的"一地之咏"的表达方式,在记咏周浦的一方风情中积累成丰富的创作成果。

之二,趣尚的文化追求

趣尚有雅俗之别。封建社会,"修身、齐家、治国、平天下"的重要途径在于发奋苦读,通过科举考试成为国家有用之人才,当属雅事与正途。周浦自明成化年(1465—1487)太常寺卿姚埙到清光绪三十年(1904)历代进士、举人、贡生、监生 31人。"风声、雨声、读书声",声声伴随着周浦的历史长河;"家事、国事、天下事",事事牵挂在周浦读书儿郎的心头。近现代周浦竹枝词的不少作者有着为科举而寒窗苦读的经历,他们作为"士"与"仕"合一的身份与治学态度出现在诗歌的创作队伍中,并发挥着竹枝词创作的主导作用。

据顾秉权的《上海史志人物风俗丛稿》书中《试论浦东学派》一文追记,1940 年 6

月间,著名教育家黄炎培先生为纪念秦锡田的逝世,以"述百年来浦东学派"为题,写了一首长诗,起首即谓:"歇浦一衣带,中外寰瀛通"。诗中对自 19 世纪 40 年代上海开埠以后,至 20 世纪 30 年代近百年间的"浦东学派"的渊源流变、所作贡献,及其代表人物,通过诗的吟咏和文字注解,作了周详的揭示。

"浦东学派"由张文虎开创于前,秦氏父子奠定基石,黄炎培、穆藕初等殿军其后,前后经三四代人的努力,火播薪传,逐渐发展而最后孕成。"张文虎以一代通才,诗歌为余事,他诙笑常闻,啸歌不废,下笔成章,诗出为史。"张文虎有"学博"之称,倪绳中的《南汇县竹枝词》咏张文虎有"博学果推张学博,多闻寡欲艺林传"之句。

张文虎带领浦东学人为"浦东学派"谋求作为的努力无疑影响到周浦的竹枝词作者,随之作者们的笔下将"一邑"由周浦而放大至浦东,乃至浦东之外,乃为顺理成章之事。雅在书声,雅在诗词,立足澧溪又不限于一镇,周浦近现代的先贤们在采用竹枝词的方式加以吟咏时,既"主吟"周浦,又"兼吟"浦东。这是近现代周浦在传统文化气息与"浦东学派"致力浦东发展实践中结出的竹枝词果实。

之三、脉承的文化表达

从近现代周浦竹枝词的作者的治学之道来看,诗歌(含竹枝词)创作仅是他们为文研究、著书立说中的一部分成果。

"诗歌为余事",而诗歌又是古代文化人治学研究做学问中不可或缺的"重要装备"。回溯历代周浦文化名人在著述中形成的诗词创作成果来看,储泳著有《储华谷诗》、张文虎著有《诗存》《诗续存》、李迪著有《漫园诗稿》、方思信著有《澧溪诗选》《澧溪存人诗钞》、鲍季良著有《北渡岭草》《澧溪吟草》、冯金伯著有《海曲诗钞》《词苑萃英》、姚养怡著有《周浦诗存》《周浦竹枝词》、苏局仙著有《蓼莪居诗钞》。这些诗歌成果尽管比之于诸多的学术研究著作所占的份额并不高,但正是因为有上述诗歌作品,标志着有一种诗情与"诗绪"陪伴着周浦文化名人们的研究与著述的文化之旅中。

近现代的周浦文化名人将竹枝词创作视为余事、视为乐事,成为治学之道上一脉相承的文化传统。如姚伯骧在著有《五经五札记》《四香书屋吟稿》《素安居存稿》的同时,创作有《琐院竹枝词》《渔娘竹枝词》;倪绳中是积累诗歌的功力在先,然后修志,再创作竹枝词,在著有《二十四史感言录》《续人谱》《浦乡小志》《经锄草堂诗赋稿》)的同时,著有《南汇县竹枝词》;秦锡田在著有《松江水利说》《江苏水利志》《补晋史王侯表》《晋异姓封爵表》,再修《上海县志》,另著《享帚录》八卷、《续录》三卷及《梓乡丛录》《上海掌故录》等,《周浦棹歌》作于民国八年(1919),收入《享帚录》;姚养怡在编纂其家先人著述《周浦南荫堂姚氏丛刊》《周浦姚氏家乘杂咏》,辑有《周浦掌故丛钞》《周浦文献》《周浦诗存》《周浦小志》《永定寺小志》,著有《养怡文稿》的同时,不遗余力收集地方掌故创作成竹枝词。无论是视作余事,还是视作乐事,对于发挥竹枝词的存史、补史与续史功能而言，都不失为"正事"。

周浦别名"澧溪"。而今看来，正是这些竹枝词留住了澧溪包括"历史情节、文脉环节、生活细节"在内的过往，而如何让这一诗意、"诗脉"成为周浦历史的记录者、解说者、延续者、发展者，或传诵于学童，或竖牌于道旁，或镂刻于街头，或陈说于展馆，甚至组织起一支创作周浦新竹枝词的队伍来，让沉睡中的周浦竹枝词走出书本，走进以"文化周浦"为定位的建设发展中，让竹枝词资源成为文化资本，让竹枝词品格成为文化品牌，这是一个极具价值、有待开发的文化命题。

"周道致广，浦汇澧溪"。曹丕的《典论论文》说："文以气为主，气之清浊有体，不可为强而致。譬诸音乐，曲度虽均，节奏同检，至于引气不齐，巧拙有素。"限于篇幅，本文不作关于当年作为粮食集散地的周浦其粮价直接影响上海米价的繁荣程度，也不作包括周浦八景、园林宅第、古树名花、寺庙教堂在内的该镇文物古迹的逐一踏访，在围绕近现代周浦竹枝词之繁荣的文化归因而进行探究的过程中，我们可以做这样的结论：正是近现代周浦浓郁的文化气息与诗意气场的互织交融，使竹枝词成为记咏周浦的一种文化表达方式……

著述哪来多如许

——从黄炎培的竹枝词创作看其治学之道

黄炎培(1878—1965年),字任之,出身于浦东新区川沙新镇,我国近代伟大的爱国者、杰出的教育家、著名的社会活动家。他一生笔耕不辍,著述颇丰。据统计,仅从1899年到1946年,他发表的文章就有940篇,出版书籍52部,此外,他还发表了四部诗集《苞桑集》《天长集》《白桑》《红桑》。黄炎培能在繁忙的工作之余,留给后人如此宏富的著述,是与其科学的治学方法密不可分的。本文试从赏析《蜀游百绝句》入手,领略其在注重阅读、深入调查、勤于思考的基础上形成著述成果的治学风格。

诗名中的学问

黄炎培一生作诗4000余首,其诗兼有李白的飘逸与杜甫的沉郁风格,思力沉厚,趣味隽永,音调铿锵。江问渔在《苞桑集序》文中评价黄炎培的诗歌说:"写景能体物入妙;抒情能一唱三叹,气味深长;用思则神识超越,一空拘滞;用笔则流转爽利,左右逢源,且对有奇句警语,令人读之神移心动。其为古诗长篇,则浑涵汪洋,千汇万状。律诗绝句,更是笔势逋峭,不落恒蹊,殆真能取唐宋诸家之长,而自成一种新制者。"

民国二十五年(1936)2月至5月,黄炎培经长江三峡西行进入四川,先后对沿途万州、涪陵、重庆、成都、乐山等地的自然环境与风土人情、社会发展等进行了考察,将所见、所闻、所感整理成《蜀道》一书,于民国二十五年(1936年)由开明书店初版印行。全书包括《蜀游百日记》及《蜀游百绝句》两个部分。在1989年四川人民出版社出版的由林孔翼、沙铭璞主编的《四川竹枝词》一书中,收录了《蜀游百绝句》中的82首。

竹枝词是一种诗体,是由古代巴蜀间的民歌演变过来的。唐代刘禹锡把民歌变成文人的诗体,对后代影响很大。竹枝词在漫长的历史发展中,由于社会历史变迁及作者个人思想情调的影响,其作品大体可分为三种类型:一类是由文人搜集整理保存下来的民歌;二类是由文人吸收、融会竹枝词的精华而创作出具有浓郁民歌色彩的诗体;三类是借竹枝词格调而写出的七言绝句,此类文人气较浓,仍冠以"竹枝词"。因而正如《唐诗一百首》一书收录有唐代刘禹锡的竹枝词那样,七绝格律诗是竹枝词中的一类风格。黄炎培创作的《蜀游百绝句》采用了竹枝词的表现方法,按通常设有附注的方式作内容的解释与补充。黄炎培在《咏沈树镛》一诗后谈及自己的"诗学观"时曾言:"十四岁时,秦介侯师竭主指示我,学诗须从整饬凝练入手,到后来工夫纯熟,转入自然。若舍难图易,清空变为浮滑,病将无法矫正。"此话既介绍了其从事诗歌创作的起步历程,也阐述了对诗歌创作中关于"深"与"浅""难"与"易""守格"与"用格"关系方面的崇尚"自然"的深刻体会。黄炎培在他的诗集《苞桑集自序》中说:"诗有两个名贵的条件,一是可以唱,二是诗的辞句必须通俗,使一般人都能了解。"

治学需有深厚的学识作底蕴,黄炎培利用一切时间阅读各种学说著述。根据对《黄炎培日记》的大略统计,从1914年到1949年新中国成立前,黄炎培共读过1300多部著作,报刊上发表的文章他也读了不少,内容涵盖政治、经济、军事、教育、哲学、宗教、诗歌、文学、历史、天文、地理、医学、美术、戏剧、建筑学等方面。

黄炎培的著述之勤与成果之丰,从此次考察之行中可见一斑——他同时形成了《蜀游百日记》与《蜀游百绝句》的双份考察成果。作为其百日记中的《成都风土随记》一文说:

初到成都,第一种感想,只觉房屋,器具,物品,商店陈设,人们衣服,一切反映到我眼帘里,和长江下游很少两样……可知河流于民族的迁流,特性的陶冶,风俗的融化,有巨大力量。"

序文中的格调

黄炎培在《蜀道》一书前写有一小序,文云:

李太白诗:蜀道之难,难于上青天。现时入蜀,江行有道,云行有道,上青天且不难,走蜀江,更说不上难字,我从蜀道来,谈蜀道。

秀丽的山川,美富的天产,瑰奇的人物,殊异的风俗,皆于蜀道中见到,过去和现在人的痛苦,于蜀道中闻到而且见到。我从蜀道来,谈蜀道。

走上致乱之道而蜀乱,走上致治之道而蜀治,我深怜蜀过去所走之道,是乱道,即是死道。我深望蜀今后所走之道,是治道,即是生道。我所见蜀的生道在哪里?我来谈谈蜀道。

蜀须整个的走上生道,还须每个人走上生道。尽我心力,指导一些蜀人应走之道,我来谈谈蜀道。

中华民国整个的走上生道,中华民国每个人走上生道,才是中华整个民族的生道。蜀道是初步,是小试,蜀是中华民国后方的中心,就中心区域,把初步工作,来小试一下,吾来谈谈蜀道。

一说到"蜀道",我们自然会联想到李白的《蜀道难》。《蜀道难》是中国唐代大诗人李白的代表作品。此诗沿用乐府旧题,以浪漫主义的手法,展开丰富的想象,艺术地再现了蜀道峥嵘、突兀、强悍、崎岖等奇丽惊险和不可凌越的磅礴气势,借以歌咏蜀地山川的壮秀,显示出祖国山河的雄伟壮丽,充分显示了诗人的浪漫气质和热爱自然的感情,集中体现了李白诗歌的艺术特色和创作个性,被誉为"奇之又奇"之作。

"道",既指实实在在物理意义上的供人行走的道路,也是一个哲学概念的字眼,通常借指方法、风格,如师道、书道、治学之道,还是佛教禅理上惯用的一个字眼,老子在《道德经》中说:"道可道,非常道",用"道"来表示宇宙大自然、人生的真理实相。又云:"人法天,地法天,天法道,道法自然。"意为"人们依据于大地而生活劳作,繁衍生息;大地依据于上天而寒暑交替,化育万物;上天依据于大'道'而运行变化,排列时序;大'道'则依据自然之性,顺其自然而成其所以然。"宋赵令畤的《后鲭录》卷五说:"句句言情,篇篇见意。奉劳歌伴,先定格调,后听芜词。"词浅意深是优秀竹枝词的一大共性特点,从上述黄炎培的序文中可知,他所著的《蜀游百绝句》并非如李白仅仅着眼于蜀道的自然景色的描写与个人情感的抒发,而在同样对蜀道的风光景色与风土人情有所描写的同时,更侧重于通过描写沿途所见的"乱道",思考如何谋求"治道"而形成"生道",从中可见其主旨所在与风格所现。蜀游绝句的内容围绕这一主旨展现出民国时期四川地区的一些社会状况,而其深蕴的恰是为民生而计、为国家而谋的一腔大情怀。

黄炎培不是一个"坐而论道"的书斋学者,他的很多著述都是在考察各地情况的基础上写出来的。著名的《延安归来》就是黄炎培在访问延安之后写成的,他以日记的方式展示了延安的社会风貌,为"国统区"民众了解延安打开了一扇窗口。

在治学过程中,黄炎培养成了且读且思、其思且记的良好习惯,随时记下阅读心得。阅读黄炎培的日记,有许多记录的内容是读书感受。如对《老子》"常有精义"之说,他认为其中"无名有名两句,西洋人说不到的";另如"读《恕谷年谱》完,得两大要点,大乐";还如读《戏学汇考》后,他认为"观者不宜拘于正史眼光,其描写社会真相足补正史之不足";读完《镜花缘》后,他在前后比较中评价道:"阅《镜花缘》完,第八十九回以后殊草率,欠自然,不若前之精神。"他还在日记中留下了"《夷氛闻记》校毕,方知此书之价值"的心得,发出"读《王荆公全集》《上仁宗言事本》,所陈弊政,今日未能免此"的感叹。

绝句中的性灵

黄炎培在《蜀道》一书的自序中曾说:"旅蜀三月,南北东西,辄停游蹰,凡夫民生之疾苦,天产之丰美,山川之秀美,人物之瑰奇,见见而来,闻闻而去,每不绝于竹吟。恶恶从短善善从长,要无伤于忠厚。"诚如中国诗歌史上的著名诗人李白、刘禹锡、白居易、苏轼、杨维桢都写过竹枝词,黄炎培创作竹枝词可谓驾轻就熟,在体现竹枝词审美的共性特点的同时,又有着鲜明的个性风格。

一是引用土话土语。竹枝词为一地风土之咏,黄炎培在创作中将原汁原味的土言土语引入到绝句中,典型的如以下一诗:

由来入蜀上天难,到此乾坤放眼宽。

"三峡"波平容一苇,云程硬比水程安。

末句中的"硬"字是蜀语中使用频率颇高的一个形容程度的副词,类如"很""十分""非常"之意。古代诗人创作竹枝词时很少遇到简称的专用名词,对此,黄炎培在竹枝词中采用了加引号的方式将简称的专用名词应用到竹枝词中,如此诗中的"三峡",可谓体现了与时俱进。在将土言土语引用到竹枝词中的另有以下一诗可供分析:

> 白白春峠委断渠,荒荒庭舍化丘墟。
> 兵篦更惨遭团剃,匪掠虽凶只似梳。

蜀谚有说:"匪如梳,兵如篦,团如剃。"黄炎培在这首竹枝词中巧妙地运用蜀谚揭露了兵匪内部的欺诈以及对于百姓的掠夺。黄炎培在他的诗集《苞桑集自序》中说:"诗有两个名贵的条件,一是可以唱,二是诗的辞句必须通俗,使一般人了解"。黄炎培将四川的土话与谚语写进竹枝词中,恰是其"通俗观"的体现。

二是引用古诗古史。如果说黄炎培创作的《蜀游百绝句》通过引用蜀言蜀语而体现了浓浓的土味,那么还因他善用古诗古典从而使竹枝词"俗中有雅",如以下一首竹枝词曰:

> 放翁早岁备戎衣,家国飘零心事违。
> 地下有灵应莞尔,共和题句早窥微。

该诗后的附注将诗中的"戎衣"与"莞尔"两词的出处加了说明:"放翁《宿武连驿》诗:'寒鞭熨手戎衣窄,忽忆南山射虎时。'民国元年(1912)知'剑州'张政和诗:'醉酒陆生应莞尔,中原光复已多时。'皆刊入'武连驿''觉苑寺'壁"。在《四川竹枝词》一书收入的82首竹枝词中,其中70首设有长短不一的附注。

同类的另举如下一诗:

> 宠竹中流石作堆,桤林绝好枹树权。
> 杜陵诗料全征实,水角山腰到处栽。

该诗后的附注言:"笼竹入水,经年始坏,他竹仅支半年耳。制笼储石,枹权三脚木架,皆筑堤要材,桤木入水尤耐久。杜陵诗:'桤木碍日吟风叶,笼竹和烟滴露梢。'至此始见实物。"宋代严羽的《沧浪诗话》曾言:"诗有别趣,非关理也。然非多读书、多穷理,则不能极其至。"在将土语与古诗引入竹枝词的背后,可见黄炎培创作时"备课"的充分与学养的深厚。

三是记咏蜀情蜀景。黄炎培在此次蜀游中曾经途经涪陵,并将涪陵的山水景观录入此后出版的《蜀道》一书中。在《蜀道》的《蜀游百日记》里,黄炎培留下题为《乌江》一文,对在涪陵与长江交汇的乌江自然与人文作了相关记载。还在《蜀游百绝句》专辑部分里,留下《船入乌江》的诗歌。《船入乌江》的诗为:

> 一江黄碧色分明,水入涪陵有浊清。
> 滩恶当门君莫进,黔船曲尾峡中行。

该诗中的"水入涪陵",指的是乌江、长江在涪陵相交汇合。因乌江古代有黔江之称,故"黔船"指的是乌江上的行船。而"黔船曲尾"是指乌江上的船翘尾,俗称"歪屁股船"。黄炎培在《蜀游百绝句》专辑最后的集中注释(六)中说:"涪州当乌江流入长江处,乌江有滩门,舟不得入。行乌江中者别有曲尾舟,因江多滩,水急如瀑,故翘其尾,并作斜势,以避下滩时水泻入船,俗称'歪屁股船'。"这种在为征服乌江激流险滩而发明的特种船型,是我国古代劳动人民与乌江天险长期斗争中形成的智慧结晶。

在沿途描写蜀地风光方面,《蜀游百绝句》中不乏描写山色景致,如咏及"十二巫峰""仙女洞前""诗碑亭"峨眉山"洗象池""凌云山"脚旁的苏东坡"读书楼";也不乏描写水光潋滟,如咏及"水八阵图"、嘉陵江、"小三峡"(观音峡、温泉峡、沥鼻峡);还不乏描写温泉氤氲,如北温泉之咏;沿途所见的升腾着袅袅烟火的寺庙,如"宝光寺""伯约祠""二王庙"等也成为记咏的内容,一诗一景,亦诗亦注,无数蜀地人文,多少故事传说,尽入竹枝词的记咏之中。

清代袁枚提倡作诗要有"性灵",而"性灵"就是要有真性情、真感情。这种真感情,通过有生气的生动语言表达出来,是真挚反对虚假,生新而反对陈腐,不作套语,不填公式。竹枝词虽通俗,但不是平淡得如读一般的家常话,黄炎培的《蜀游百绝句》用语洗练而隽永有味,富有情感,并不仅仅是客观地摄取景物,而是触景生情、情景交融之作。

四是表达忧民忧国。黄炎培在《桑苞集自序》中说:"到后来,走了奇艰极险的世路,家国的忧危,身世的悲哀,越积极越丰富,越激烈,情感涌发,无所宣泄,一齐写入诗里来。我天性爱好旅行,其中十之二三被迫逃亡,其余七八,自动地考察旅游,任何动机,耳所听到,目所见到,心所想到,大多写入诗里。"《蜀游百绝句》中关于"家国的忧危"诗集中体现在三方面:

一者描写战乱频仍。如有诗曰:

> 刀兵二十二年多,蜀乱从头数岂讹。
>
> 战役四百七十九,伤心父老泪滂沱。

诗后附注言:"见康选宜《川战简史》,载《复兴月刊·四川专号》。"历数 22 年间的战役竟有 479 次之多,可见对社会造成的危害之多之深。更有兵匪横行、军人与学校勾结办学、军人与银行勾结经营、姨太太多于军官等现象,在多少次浩劫中,有多少生灵涂炭,《蜀游百绝句》在记录中予以严辞痛斥,无情鞭挞。

二者描写民生疾苦。如有诗曰:

> 借得升粮百里趋,工艰粮尽一长吁。
>
> 豪门车泽千夫瘁,民路功成万骨枯。

诗后附注言:"'柳沟'工人亲对我说:'我们是穷人,做一天,吃一天。农忙时候,不让我们种田,硬要我做工,既不给钱,又不给食。还不是借了几升米,扛着走了六十里到这里来,现在米吃光了,工还没有完,不让我们回去,要饿死了。先生,什么样?"物价飞涨之快、苛捐杂税之多、生产工具之落后,《蜀游百绝句》表达了对民众苦难的深哀沉痛,对民族危亡的远虑殷忧,并表达出何以"治乱"的深思与叩问,感时伤世,愤激之语,透于笔底。

三者思谋治乱之策。如有两诗曰——

其一:

> 天下未乱蜀先乱,天下既平蜀未平。
>
> 莫小一隅关大局,快开门户息纷争。

其二:

> 苟新日新又日新,谁将斯民觉斯民。
>
> 苦心摆尽"龙门阵",郑监图成有泪痕。

南宋严羽的《沧浪诗话》有说:"诗之品有九:曰高,曰古,曰深,曰远,曰长,曰雄浑,曰飘逸,曰悲壮,曰凄婉。"黄炎培的竹枝词创作采用了"即小见大"的写作方法,既有通过竹枝词对于一地风土的记咏,更有看到"乱道"之象,谋求"治道"之策,深思"生道"何日来临,以"蜀"喻社稷,以"民"言苍生,一腔忠愤,尽发之于诗,这是《蜀游百绝句》蕴藉情怀、臻至境界的集中体现。那些表现时势艰危、反映现实深度的竹枝词令人联想到杜甫创作的"三吏""三别",更令人联想到"有第一等襟抱,第一等学识,斯有第一等真诗"之说。

除《蜀游百日记》《蜀游百绝句》外,1936年3月,黄炎培从成都赴剑门关游览经过绵阳,归来后应驻绵阳的四川省第十三行政督察区专员兼绵阳县县长鲜于英邀请,留宿于区署宋代文宗欧阳修的出生地"六一堂",黄炎培另写下了七首七绝诗。

三个月的考察之旅,一部日记、百首绝句、七首七绝诗,著述哪来多如许,为有勤字成果来。正是借助于"行路多""读书多",黄炎培才有如此的"著述多"。他的博览群书、勤于思考、注重调查的治学之道依然值得今人奉为圭臬,尊作楷模。

诗性、史性及其他

——竹枝词在文史研究中的应用价值之我见

唐代史学家刘知己的《史通·杂述》有言："九州上宇，万国山川，特产殊宜，风俗异同，如各志其本国，是以明此一方。"此番话语认为从各种社会资料中可以认识一方历史。而从社会资料的角度观之，竹枝词理应列为重要内容之一。这是因为竹枝词不但有着体现"诗性"的风土纪事的文学价值，而且有着围绕"史性"的补史补志的阅读价值，更有着"诗性"与"史性"兼有的应用价值。本文结合笔者在对浦东文史研究过程汇中形成的对竹枝词的认知，以及相关文史书籍［含笔者主编的由文汇出版社出版的《浦东记忆（图片卷）》《浦东记忆（风情卷）》］的实例，阐述其积极的应用价值——

矿里淘金：史志性引证价值

文史可理解为文字、史学的著作或知识。南梁刘勰的《文心雕龙·时序》曰："其文史则有袁殷之曹，孙干之辈"。文史研究通常所做的是从文字矿藏中淘取所需之"金"。此"金"有时是确切的一个朝代、一个年份、一个时日，而竹枝词在这方面的记取提供了成果，研究者可选择如下方法加以应用：

一是直接引证。即直接应用竹枝词中有关确切的年份与日期加以证明。如《浦东记忆（图片卷）》中《时光在这头　记忆在那头——写在"古址遗韵"前面》一文中，有这样一段文字：

有两首竹枝词对昔时浦东作为戍边前哨与抵御倭寇来犯的历史作了记载，一首为："老宝山城古哨迁，至今社庙祀陈瑄。海桑三劫前尘远，钺瞾犹存永乐年。"沈轶刘的这首《高桥竹枝词》感叹着明永乐年间——距今六百多年前古代水军城堡——老宝山城的情景。另一首为："倭寇前明扰海疆，迢迢南北备兵防。墩分十一团分九，守望相连老护塘。"倪绳中的这首《南汇竹枝词》）记载了明代前期——距今四百五十多年前乔镗率众抵御倭寇筑川沙城堡的史实。

二是转换表达。将从竹枝词中获取的朝代、时期、年份经查核得以细化与具体化，然后在转换表达方式中予以明晰或强调，如《浦东记忆（风情卷）》中《人民塘：举力筑塘为人民》一文中有这样的表述：

感谢倪绳中的《南汇县竹枝词》，记录了有关浦东筑塘的历史，对于唐开元元年浦东筑捍海塘记曰："唐开元筑护塘高，起自杭州气象豪。直达吴淞四百里，预防八月飙风号。"对于万历十二年筑外塘记曰："万历年间筑外塘，才交雍正决堤防。延长十一年修葺，咸颂钦公德泽长"。

三是诗与注并用。清王阮亭说:"竹枝泛咏地方风土。"竹枝词到了清代,一般都附有诗注,解释地方人物、掌故、俗话等,逐步发展成附录大量文字史料,有的采集有关文献,有的则根据目击耳闻形成文字,从而使竹枝词的"史性"价值大为增强。因而竹枝词与其附注的一并引用大为增强了亦诗亦史的特有效应。《浦东记忆(图片卷)》中《从钟声到书声——写在"校园钟声"前面》一文中便采用了这样的表达方式:

"瞿家豪富耀江乡,计算良田万顷刚。第一鹤沙开义塾,东南兴学破天荒",倪绳中这首《南汇县竹枝词》将浦东最早的办学教学点追溯到鹤沙义塾。该诗后注:"鹤沙义塾在南汇下沙镇。建于元皇庆二年(1313),元至正十八年(1358)重建。"

倪绳中的另一首竹枝词曰:"初等编成高等来,四班县校好栽培。南城立后观涛立,周浦新场次第开。"该诗后注:"南汇县议事会决案,民国元年(1912)分四县校,南城称县立第一高等小学校,观涛第二,周浦第三,新场第四。"

综上可见,积极应用竹枝词对地方历史予以引证,是文史研究中广为采用的一种方法。波卡·波普尔的《波普尔思想自述》说:"虽然我们都知道自己的出生时间和地点,但很少有人知道自己的思想生命是从何时开始的。"历史本是一座富矿,诚如筑宝山城与川沙城的历史时期,筑捍海塘与外塘的遥远年代,建鹤沙义塾与南汇县立四所高等小学的具体年份,这对于浦东建城史、浦东海塘史、浦东教育史的研究极具重要价值的那样,通过竹枝词在研究中的应用,迢遥的历史仿若回到眼前,读者可在充满历史跨度的某一片段、某一瞬间与其对话,得以重温与纪念⋯⋯

长河溯源:史学性辅证价值

辅证,即为间接的证据。作为诗歌体裁中的一种,竹枝词积极汲取民歌的精华,在"泛咏地方风土中"不失诗歌的语言美、节奏美、音韵美、意境美。一方面,竹枝词以附注的形式就内容加以诠释;另一方面,就竹枝词的语句而言,则如谢榛的《四溟诗话》所说的"诗有可解、不可解、不必解,若水月镜花,勿泥其迹可也",竹枝词读来晓畅,在应用中有大部分作品属于"不必解"的一类,在史学研究中通过直接应用使其发挥出诗意辅证的特有价值,在方法上有如下几类:

一是诗和竹枝词的交替应用。或引诗歌在前,引竹枝词其后;或引竹枝词在前,引诗歌其后——且诗且竹枝词或且竹枝词且诗歌交替应用。如《浦东今古大观》(王洪泉、姜燮富、姚秉楠主编,上海科学技术出版社出版)在《黄龙势入海门东——黄浦江的历史》一文中,将明洪武年间顾彧作的两首《上海竹枝词》与元大德三年(1299)松江知府张之翰的《黄浦》、清康熙年间张吴曼集唐成句《黄浦秋涛》、清咸丰年间的陈天村作的《黄浦棹歌》诗歌引为史学研究的内容,其中有这样一段文字:

元大德三年(1299)松江知府张之翰留下《黄浦诗》:"黄浦春风正怒号,扁舟一叶渡惊涛;诸君来问民间苦,何用潮头几丈高。"道出元代前期黄浦江与民生的关系。

明洪武年间,顾彧作《上海竹枝词》,有两首咏及黄浦江。一首曰:"黄渡西边沙渐壅,黄浦南边潮不通;高田旱涸低田没,官府谁兴水利功。"另一首曰:"黄浦西边黄浦东,新泾正与泗泾通;航船昨夜涨春潮,百里华亭半日风。"这里反映着明初的黄浦江状况。

诗歌与竹枝词语句的凝练,数篇交替应用所形成的辅证组合,读来既可了解黄浦江上下的"历史波涛"以及与其关联的"浪花变幻",又不乏从中产生历史况味与诗歌韵味的交汇融合之感。

二是江海源流的诗意描述。我国描写江海的古典诗歌善于表达情景交融的意境美,这在历代描写浦东江风海韵的竹枝词中同样得到了体现。《浦东记忆(图片卷)》中《赶渡,向着东方成长——写在"江海潮汐"前面》一文在论及黄浦江和东海海面风起浪涌的情景时有这样的表达:

"黄龙势入海门骄,珠履繁华逐水飘。高浪如山舟似叶,迎风齐唱白云谣",这首丁宜福名为《申江棹歌》的竹枝词,描写的是黄浦江上风高浪急的情形;相传昔日南汇七八月间往往有飙风自东北而来,名曰风潮。对此,倪绳中《南汇县竹枝词》有"汇水奔腾嘴角过,派分南北两江多。风潮来自山抬候,风雨多先大海唑"的具体描写。

应用上述竹枝词,无论是记咏的内容,还是语句的组织,都体现出一种诗意的艺术方式,有着竹枝词作者对于江海源流的生动描述与独特感受。

三是地方名称的形象表达。《四库全书提要》对《华亭百咏》评价说:"所注虽简略,而其事在五六百年,旧迹犹未湮灭。方隅之所在,名目之所由,亦足备志乘之参考。"《浦东记忆(图片卷)》中《赶渡,向着东方成长——写在"江海潮汐"前面》一文在论及南汇嘴时说:

"大海东环黄浦西,钦塘南北亘虹霓。怪哉老鹳伸长嘴,突出洋中状若犁",这首倪绳中《南汇县竹枝词》的诗后有注:"南汇县北,大海东环,黄浦西亘,其地势如犁状,突出洋中,势向东南,三面皆海,故谓之南汇嘴,亦名老鹳嘴。"

"伸长嘴""状如犁"——似嘴如犁,似犁如嘴,此番十分贴切的比喻,在两相酷似中体现出十足的形象感,也是这首竹枝词最为成功之处。而其附注在具有"亦足备志乘之参考"的价值中将南汇嘴这一地名作了形象化的诠释,留给读者深刻的印象。梁启超在《中国历史研究法》中说:"中国古代,史外无学,举凡人类知识之纪录,无不丛纳于历史。"从上述应用中,竹枝词在文史研究中所具有的诗意辅证功能可见一斑——在一脉向前远逝的历史长河中,竹枝词帮助读者回溯那已经模糊了的影子,在时光隧道中留下与地方与自己有着深刻关联的那抹印痕。

风土寻宗:史料性印证价值

明胡应麟的《少室山房笔丛·庄岳委谈下》曰:"复数十年,无原本印证,此书将永废矣。"考证、考辨与考释是文史研究的主要方法之一，其目的在于通过逻辑演绎得以对所持观点的印证，在对照比较中证明与观点的一致相符。将竹枝词对当地风土人情的记咏作为重要的史料，从中加以印证，通常有以下方法：

一是引用竹枝词记述地方风俗。顾炳权的《上海风俗古迹考》（上海辞书出版社出版）采用历史掌故与竹枝词相结合的方式，共设地理、古迹、园林、寺庙、物产、经济、文化、时令、风俗、洋场 10 部分及附录（一）、附录（二），分门别类地记述上海的历史，其中征引的竹枝词达 1600 首之多，既成为风土杂考之书，又为上海竹枝词的选本。《浦东记忆（图片卷）》中《其况亦盛矣 其味亦浓矣——写在"生活况味"前面》一文中对昔时南汇下沙赛会与新场演戏的传统有这样的表达：

"三月村农事未忙，暮春天气兴飞扬。下沙赛会新场戏，绿男红女皆若狂"（倪绳中《南汇县竹枝词》），这首竹枝词记取和描绘了昔时下沙举行赛会、新场开演新戏的场景。传统的赛龙舟，在竞渡之间还添生出男女爱情的竹枝词来，如有曰："竞渡龙舟络绎过，家家水榄俯官河，痴心却笑楼头女，默祝新郎夺锦多"（姚有彬《周浦竹枝词》）。

二是引用竹枝词记取地方特产。《浦东今古大观》中《浦东的名特土产》一文中引用数首竹枝词，分别介绍江镇芦花扫帚、高桥松饼、一捏酥、蜜腊糕、谈笺；而在《浦东的园林景物》一文中也引用清人丁宜福的《申江棹歌》介绍陆深的后乐园，引用清末秦荣光的《上海竹枝词》介绍南有园。

三是引用竹枝词记叙历史掌故。历史上以竹枝词记咏一地发生的事件、传说的掌故等举不胜举，另有竹枝词记咏海市蜃楼、地震、海啸等，成为今人研究时引用的珍贵史料。《浦东今古大观》中《捍海塘外碧四围——浦东海塘修筑史》一文介绍钦公塘时，引用了祝悦霖这方面的两首竹枝词——

清雍正十年（1732）七月十六日黎明，东北风大作，暴雨如注。午后飙风拔木扑屋，声如万雷，将近半夜，潮水决破外塘，又冲过内塘二十余里，造成特大灾害。邑人祝悦霖有竹枝词描述灾情："传闻父老最销魂，雍正年间大海潮。一夜巨风雷样吼，生灵十万作凫飘。"

修筑海塘工程就于雍正十一年正月开始，工地上"千夫云集""奋力争先"，连老年妇女也都以衣兜土效力……如此，在雍正十一年（1733）的七月，巍然百里海塘宣告竣工，成为浦东坚固的捍海屏障。祝悦霖又有竹枝词歌颂此事："压住蛟龙气不骄，危塘坚筑势岩峣。村中多少闻香火，只合钦公庙里烧。"

四是引用竹枝词记咏名胜古迹。古典诗歌中有怀古与咏古的题材，其中有为踏访名胜古迹而感怀抒情的，竹枝词也不乏这方面的作品，成为今人研究引用的重要史料。《浦东今古大观》中《浦东的名胜古迹》一文介绍杀虎墩时有这样的应用：

杀虎墩在今天的团弯镇和新镇之间，旧有石碑，上书"候端杀虎处"大字。南汇倪绳中有竹枝词专记此事:"手挈狻猊行府署,股横健马挂城门。傥逢暴虎能徒格,地号侯公杀虎墩。"

而该书在介绍建于 1929 年 7 月,现立于川沙新镇古城墙上的岳碑亭时则应用了近人蔡钧培的《川沙新竹枝词》:

近人蔡钧培《川沙新竹枝词》咏曰:"岳碑亭久历沧桑,片石长留翰墨香,民族英雄忠义气,龙蛇笔势共辉光。"

诚如清道光年间卢奕春的《乍浦竹枝词》,记叙了从海中发现一古井,进而通过井砖上的文字考证古井原址为东晋屯兵处,由此考证黄盘山、寄奴城今皆已没入水中;又如清同治何澂的《台阳杂咏》,记述了清同治十一年(1872)在噶玛兰海鲸鱼集体自杀的景象;清光绪年间萧雄跋山涉水、行程 2 万余里考察新疆的物产、风俗,在人迹罕至之处首次发现许多珍宝特产——在时光远去的历史脚步中,人们对于地方掌故的记忆正在淡去,有许多原本极具个性的民俗风情正变得趋同,乃至有不少节庆文化正在日渐式微,感谢竹枝词作为重要的史料引发我们对于往昔的记忆,印证了在一方乡土上曾经发生过的重大事件、带有传奇色彩的历史掌故与曾经演绎的浓浓风情。

先贤聚魂:史诗性补证价值

有诗学专家认为,竹枝词对于地方风土的记咏,堪称一地之史诗。有不少对地方建设发展有着卓越功勋或者深远影响的人物,成为激励后人的道德标高与精神楷模,惜于志书未有记咏,或者记之欠详,所喜的倒是在竹枝词中可以读到,这是竹枝词所发挥的可贵的史诗性补证价值。其应用方式灵活多样:

一是篇首总起式。引用作为一种修辞手法,而论说观点需要有论据得以支撑,竹枝词的应用在这两方面可谓兼而有之。竹枝词应用在篇首,则有以浓缩的诗意引人入胜之妙。如《浦东今古大观》中《明末儒将乔一琦》一文的开篇曰:

"韬铃少好乔都督,字法纵横弓法明。崖石命书八大笔,凌空矗立镇星精。"这是倪绳中《南汇县竹枝词》中的一首,所咏的是明末抗清英雄乔一琦的事例。

二是篇中下引式。竹枝词在文中的应用作为承上启下的行文组织,使论据具体、确凿、充分,增强了表情达意的说服力。同时,由于语言简练生动,增强了诗意文采的感染力。《浦东记忆——图片卷》中《心怀天下　恩泽桑梓——写在"先贤情怀"前面》一文中有三处引用竹枝词继而生发展开的表述:

倪绳中《南汇县竹枝》咏曰:"建元光绪武风开,二百余人出秀才。三十年中科第盛,举人进士一齐来。"《南汇县志》有记:……

"烈墓郊西拾级登,郁森松柏晓寒凝。永垂青史留芳定,为国捐躯众口称"(姚养怡《周浦竹枝》)。犹记得……

姚养怡曾以《周浦竹枝词》称赞清代南汇地区著名的经学家、校勘家张文虎（1808—1885），诗曰："大江南北仰文豪，著述清河价自高，虎啸声沉龙化去，荒碑还复没蓬蒿。"让我们进行一次踏访之旅，在踏访先贤之墓与故居中进行缅怀……

三是篇末归结式。在文末以应用竹枝词作为收结，具有画龙点睛之效，能够升华主题，启人心智。如《浦东今古大观》中《明末儒将乔一琦》一文的结尾为：

乔一琦的事迹，为乡人所景仰，至今还流传很多传说……事载秦荣光《上海县竹枝词》，有句谓："兵败将军身殉国，铁驹恋主殉须史"。秦荣光另有竹枝词概括乔一琦之一生："英雄无命佐皇廷，滴水崖头坠将星。天不欲延明国祚，乔公子技枉精灵。"

顾炳权在《上海风俗古迹考》（上海辞书出版社出版）中《关于竹枝词的思考》一文中有如下文字，列数竹枝词对于史实的记取之功：

宋代汪元量以竹枝词写成的《湖州歌》，真实地描绘了南宋王朝屈辱投降的全过程，无异史诗。清道光时朱绪曾于定海收复后，受命部署边防，作《昌国图咏》，藉此为鉴；清光绪时，郭则云以其亲历见闻作《庚子诗鉴》三百二十首，详附史实，反映义和团在北京的种种事实，无疑是一部《庚子国变史》；另有朱文炳作《海上光复竹枝词》五百首，反映辛亥革命在上海的历史过程。秦荣光《上海县竹枝词》，参考同治《上海县志》例，分门别类，记述上海地方历史。

对此类丰富的前人留下的历史矿藏如何加以开发利用，清代末年赵经程跋朱文炳《海上竹枝词》曰："岂仅一隅之风俗攸关，抑亦国家气运所系欤。奈何世人不察，惟以纷华靡丽之足以娱目……"笔者从文史研究应用竹枝词诗的实践中体会到，一方面，在复兴和繁荣中华诗词的过程中，我们应对竹枝词包括创作、阅读与应用在内的"三维价值"予以足够的重视和系统的研究；另一方面，在历史资料显得匮乏的当下，在文史研究中充分发挥和开掘竹枝词诗性的文学色彩与史性的史学价值，当是应予积极倡导的有效途径和重要方式。

在守正创新中登堂入室

——地方新竹枝词创作的倡导意义刍议

诚如思想内容与艺术手法向为文学评价的两把尺子,诗词的"升温"有赖于阅读与创作的"双轮驱动"。在由中华诗词大会催生我国古典诗歌欣赏热的当下,何以同时培育古典诗歌的创作热,笔者以为,积极倡导地方新竹枝词的创作,对于繁荣新时代的传统诗坛不无裨益。

在传统基因中与时俱进

竹枝词兴起于唐代,最初只是刘禹锡、白居易等诗人受到荆楚、巴渝等地民歌影响,兴之所至的倚声拟仿,此后繁衍生息,广为流传,"有水井处无不歌之"。以"新竹枝词"冠名,涵盖了"续竹枝词""当代竹枝词""竹枝新唱"之称。

中国传统诗歌常有"返祖现象",即所谓的"复古传统"。在复古意识的催化下,传统诗词的诸多诗体大多以典雅古奥为正宗。"发展至清代蔚为大观的竹枝词,将贴近民生、与时俱进奉为圭臬,以内容的时新性、思想的批判性、语言的开放性在复古潮中逆风而行,成为传统诗歌中的另类"(姚泉名《当代田园竹枝词与新田园诗歌》)。竹枝词长于纪事,泛咏风土,举凡岁时风俗、百业民情、山川胜迹、人物风流,大至政治事件、社会兴革,皆可入诗,并以吟咏风土为主要特色,与地域文化结下不解之缘。"文变染乎世情,兴废系乎时序。"新竹枝词用相对成熟和规范的艺术形式和艺术经验,来表现今天的新生活,侧重状摹当下社会世态民情中洋溢着的鲜活的文化个性与浓厚的乡土气息。

我国历代诗人创作了数万首竹枝词,绝大部分采用七言绝句的形式。从写作技巧与语言特色来研究分析,竹枝词具有语言流畅,通俗易懂;不拘格律,束缚较少;诗风明快,诙谐风趣的特点。新竹枝词承袭这一特点,大凡谐音、叠词、顶真、方言引用均可为之,比兴、夸张、比喻修辞无不适用,通俗本色的语言和清新明快的格调成为其显著的风格特征。

竹枝词是以七言四句为格式的一种诗体,其区别于绝句主要在于押韵的相同性与平仄的宽限性。对于竹枝词有专家概括其"易学、易懂、易写、易流传"的读写特征与"遣词平淡,淡中有味;内容清浅,浅中有情;诗意通俗,俗中有雅"的表现手法所形成的"创作门径"。新竹枝词"知古倡今",成为读者喜欢读、作者喜欢写的一种诗体的文学样式。如广州市越秀区委宣传部主办的"咏越秀·唱越秀——2014 新广府竹枝词大赛"活动共收到来稿近 2000 首,参赛作者 1000 多人次,作者来自全国 20 多个省、市、自治区,还有来自美国、加拿大等国家和地区的海外作者;参赛者的年龄有趋向年轻化的表现。

在记咏时代中彰显价值

竹枝词出现濒危的原因在于"风俗的没落""诗意的沦丧"与"语言环境的变更"（程洁著《上海竹枝词研究》）。处于社会大变革大转型、文化大发展大繁荣的新时代，倡导地方新竹枝词的创作，重焕竹枝词的创作活力，具有显而易见的多重价值。

孔子关于"诗，一言以蔽之，曰：'诗无邪'"的名言，可以说揭示了传统诗词的本质，充分说明"正得失、动天地、感鬼神，莫近于诗"的深刻道理。从诗性价值观之，新竹枝词作为言之有物、富有生活气息的一种诗体，完全具备古典诗歌所具有的优秀传统文化价值。可以说，没有一种文学形式像竹枝词这样赋有特别内容，也没有一种文学形式所咏的内容具有特别的广泛性。诗学专家认为，诗必须深入浅出、意深词浅、言近旨远、纸短情长。新竹枝词"语言通俗鲜活，格律宽松灵活，感情饱满快活"的风格与之高度契合。从"史性"价值观之，昨天是今天的历史，未来是现在的发展，新竹枝词从社会学、风俗史、地方发展史的角度关注当下，广为记咏。

我国自唐代之后有不少文人写有大量的竹枝词，其中元代诗人杨维桢对竹枝词的发展有重大贡献。杨维桢以自觉的"风土化"与"情性论"诗学理念创作西湖竹枝词，推动了当时社会文人创作竹枝词的热潮。倡导地方新竹枝词的创作，有利于带动全民重视那些学过的古诗词，分享诗词之美，感受诗词之趣，从古人的智慧和情怀中汲取营养，涵养心灵，并通过创作展示优秀传统文化基因，歌咏改革开放生活之美。新竹枝词的创作根植民间，遵循"面向大众，走向大众，以人民大众为创作主体，以人民大众生活为创作源泉"的宗旨，具有促进古典诗歌创作繁荣的潜在价值。

"读史使人明智"，而诗与史相结合，是我国诗歌的优良传统，典型的有"咏古诗"与"怀古诗"。竹枝词"志土风而详习尚"，作为风土纪事诗，有"以诗补史、以史补志"的作用，无异诗史。到了清代，竹枝词一般都附有诗注，通过参考方志，分门别类地记述地方历史，无疑成为地方简志。新竹枝词可采用上述方法，诗后所注的内容或源于切身体验，或采自方志史籍，通过诗与注结合、诗与注相得益彰的方式保存弥足珍贵的民俗资料，为未来社会文化史和历史人文地理等方面的研究，提供重要的史料价值。

在广泛取材中着力创作

在创作领域方面，新竹枝词应紧跟时代节奏，紧扣时代主题，感国运之变化，发人民之心声，在记咏地方历史与民俗文化的同时，将讴歌新时代、反映社会生活变化和时代精神风貌作为创作的主要题材和内容取向。

古人说"文以载道"，"载道"就是要发挥教化作用。记得孩提换乳牙之际，祖母告知下排牙齿拔掉后须扔向屋顶瓦楞间,上排牙齿拔掉后须扔向屋内床底下,此后新牙才能长得齐整获得邻居夸赞。生活于上海浦东的笔者据此记咏有新竹枝词曰:"犹记当年换乳牙,并拢双脚掷扔它。欲知此举缘何在?端正方才众邻夸。"该诗趣中寓理,蕴含着自小教育为人端正的哲理。

"诗缘政"乃大情怀。习近平总书记在庆祝改革开放40周年大会上的重要讲话中指出,改革开放铸就的伟大改革开放精神,极大丰富了民族精神内涵,成为当代中国人民最鲜明的精神标识。"日出三竿分外红,千年田赋已归终。家家扶醉乡场上,入夜龙狮舞大风",这是武汉市新竹枝词作者陈最萍所作的《取消农业税当日庆祝大会写真》,该诗通过记咏取消农业税庆祝大会的场景,歌颂改革开放为人民带来的恩惠。

"农业的根本出路在于机械化"。围绕农业生产工具升级换代的变化,当代田园竹枝词作者王先佐以《割谷》为题记咏曰:"自古农夫背向天,弯腰割谷苦经年。而今稳握农机杆,横扫千畦不用镰。"另一作者吴向东则以《育秧》为题记咏以无土栽培、滴水灌溉、温室大棚为代表的现代农业的场景:"泽惠三农科技奇,育秧工厂竟无泥。订单供应优良种,万户千家习俗移。"

新竹枝词"随时代而行,与时代同频共振",是生活的心灵化,也是心灵的生活化。新竹枝词作者杨德峰从记咏山村使用煤气灶作为反映生活变化的一个角度:"煮饭何须稻草烧,点燃煤气炒青椒。兴来隔日翻花样,最爱香菇下粉条。"令读者在由煤气灶上溯昔日的液化气,上溯昔日的煤球炉,再上溯近乎原始的火柴灶的联想中,感慨社会发展给人民生活带来的变化。

新竹枝词在关注社会世态、人生百相中表达作者的立场、观点与感情。新竹枝词作者李如焱创作的《农民工》曰:"张村建好建王村,林立琼楼竿入云。低矮板房栖息处,农工撑起九州春。"字里行间表达出作者对农民工含辛茹苦为社会作贡献的油然尊重。而对于农民工的子女——农村留守儿童的问题,另一作者李明写道:"放假校园停了炊,一双姐妹泪纷飞。抬头望月思亲切,何处是家何处归?"从诗句中可见作者对农村留守儿童失却父母关爱的隐忧并寄予深切的同情。

在大力反腐倡廉、勤政清廉的当下,新竹枝词具有极强的批判性和战斗精神,成为揭露贪官污吏的战斗檄文。武汉作者张少林创作的一首新竹枝词曰:"昨日台前讲创优,今朝却是狱中囚。阴阳两面藏技巧,做者无羞看者羞。"该诗讽刺那些东窗事发、锒铛入狱的下台罪人,揭露满口仁义道德、满肚子男盗女娼的"两面派"本质。"做者无羞看者羞",用对比修辞表现这些人毫无廉耻可言。"贪心一对腐成双,失足夫妻进铁窗。后有儿孙前有老,精神重负叫谁扛?"张少林的另一首新竹枝词让一对贪腐夫妻现身说法,以他们的自食恶果来警醒他人。

在大堂雅室中跻身亮相

毋庸讳言，由于种种原因，目前在文学大堂和诗词雅室中难见竹枝词的影踪。在新时代传统古典诗坛日趋复兴与繁荣的当下，为倡导新竹枝词创作并使之占有一席之地，应该通过"多管齐下"形成积极培育和着力促进的态势。

我们知道，"新乐府"（亦称"新题乐府"）是中唐时期由白居易、元稹倡导的采用一种不再以入乐与否作为标准，以创作新题乐府诗为中心的诗歌革新运动。伟人诗人毛泽东曾说过"新诗的作者，要学习格律诗的含蓄、凝练……格律诗要学习民歌的时代色彩、乡土气息和人民情感……"（梅白《回忆毛泽东论诗》）"目前，我们的诗词流派与风格不是多了，而是少了。我们要通过不断创新与改革，通过不断探索与争鸣，形成既有'阳春白雪'，也要'下里巴人'；既有'典雅派'，也要'土豆山药派'……的繁荣局面"（郑欣淼《在庆祝中华诗词学会成立三十周年大会上的讲话》）。中华诗词学会按照"求正容变"的思路，在倡导以普通话为依据的新声韵与鼓励散曲创作方面得到诗词界的广泛认可，期待在此"梅开二度"的基础上，能坚持不懈地通过倡导地方新竹枝词的创作而实现别具意义的"梅花三弄"。

中医有说："继承不拟古，创新不离宗。"新竹枝词既区别于七绝，更不等同于"打油诗"与"顺口溜"。对于新竹枝词创作的倡导，应通过推出知识讲座、组织专家研讨、开展作品点评等方式予以知识普及，同时在诗词报刊与网站创设专门发表交流的园地，并结合"中华诗词之乡"的创建，列入全国性诗词理论研讨的选题，做到寓倡导于切实的身体力行之中。诗词的最高境界是"意深词浅"，也叫"深入浅出"，竹枝词看似遣词平淡、内容清浅、诗意通俗，如果不懂得竹枝词的创作门径，缺乏平时"为得一佳句，捻断三根须"的吟咏积累与善于斟酌推敲的语言功力，是难以直接达到其"淡中有味、浅中有情、俗中有雅"的诗艺水平的。从长久计，倡导地方新竹枝词的创作，专业部门应将其作为一门学科加以建设。

在表现火红的年代与火热的生活中，新竹枝词作者要牢记"非君子不能作诗"的古训，领悟"有第一等襟抱，第一等学识，斯有第一等真诗"之道，作诗先做人，自觉"做真善美的追求者和传播者。"在第一等襟抱方面，要怀有和国家民族休戚与共的家国情怀，历史上屈原因"民生之多艰"而"掩涕"，杜甫因"国破山河在"而"感时花溅泪"，李煜因亡国而"垂泪对宫娥"，陆游因"但悲不见九州同"而"悲歌仰天泪如雨"……诗人的"小我"要与人类、祖国与民族的"大我"息息相关。在第一等学识方面，要"广打地基高筑墙"。古代的竹枝词作者大凡都是学富五车的诗人、文化人，新竹枝词作者要熟稔各类诗体的表达方式与艺术手法，以此滋养新竹枝词的创作，在兼收并蓄、融会贯通中创作出思想新、感情新、语言新、声韵新、意境新、艺术新的优秀新竹枝词作品。

　　白居易曾说："文章合为时而著，歌诗合为事而作。"不断繁荣传统古典诗坛，遵循"处理好继承与创新的关系、普及与提高的关系、主旋律与多样化的关系"的原则自然是不二选择。愿新竹枝词作者将诗人的心路历程与时代的精神图腾相交融，在诗词专业机构、研究部门、诗社团体与广大诗词爱好者的共同努力下，早日让新竹枝词这朵奇葩盛开在新时代文学繁荣的百花园中。

其土·其噱·其糯

——浦东"非遗"中的方言特色之我见

记忆中的孩时，"大大、阿奶、爷叔、婶婶、阿姐、小弟"声声入耳，都是乡音中的纯情之声；鸟语、蝉唱、蛙鸣，还有公鸡的晨啼，此起彼伏，都是乡音中的天籁之声；而相伴岁月的浦东说书、锣鼓书、宣卷、民间故事则又是启智涤心、耳熟能详的"社戏之声"。

在现代生活离记忆中的乡音渐行渐远之际，浦东新区非物质文化遗产名录中有十一个与方言相关的项目：被列为国家级保护名录的"锣鼓书""浦东说书""浦东宣卷"，被列为上海市级保护名录的"上海说唱""浦东地区哭嫁哭丧歌""川沙民间故事""曹路民间故事"，被列为浦东新区区级保护名录的"浦东灯谜""沪剧""浦东山歌""书院故事"，是谓浦东"非遗"文化的一大特色，可以让浦东的后人在这些"非遗"项目中品味到浦东方言的特色。

"非遗"的言语之"土"

方言属于地方文化，戏曲属于民间艺术。方言与戏曲恰如源之于水，本之于木。以浦东方言作为载体的"非遗"项目，带有十分明显的"土"的特征。

一是"土生土长"的本土历史价值。清嘉庆《松江府志》《续修光绪南汇县志》记载，"锣鼓书"最早于宋代出现在南汇县新场镇的杨社庙，原是专门"做社"之地。俗称"说因果"的"浦东说书"在1909年的《土画日报》上被记载为"手敲小钹说因果，口唱还将手势做"，其流传面涵盖黄浦江以东的川沙、南汇、奉贤地区。俗称"仙卷"的"浦东宣卷"，其雏形最先见于清乾隆年间的素油道场之中。

从被列入全国非物质文化遗产名录的三个民间曲艺来看，都是表现浦东成陆以来源于生活、记录生活、表现生活的"原生文化"。听那已有800多年历史的"浦东山歌"《筑塘号子》《盐民山歌》，令人追忆起浦东先民迎风遏浪的筑塘史、熬波煮盐的盐业史；听那已有450余年历史的"川沙民间故事"，令人追忆起川沙民众在乔镗率领下筑堡抗倭的建城史……这些"原生文化"已成为今天的浦东人与浦东历史对话的"重要路标"。

二是"土里土气"的文化独特价值。"筵前太保进歌词，半杂荒唐半笑嬉。如此渎神神不怒，居然降福拯灾危"，诚如秦赐田的《享帚录》这首竹枝词所记录的，浦东"非遗"项目的内容既有祈神保佑、宣传教义的早期作品，也有劝善教化、弘扬正义的中期作品，还有崇尚文化、讴歌变化的近期作品，给人以心情的陶冶与精神的激励。如"锣鼓书"《高桥八美图》洋溢着赞美家乡的一片热情；"浦东说书"《杨家将》回荡着保家卫国、甘愿牺牲的慷慨之情;"浦东地区哭嫁哭丧歌"《哭七七》倾诉对已逝去的亲人的追思之情,而作为"浦东山歌"的《打夯歌》《码头号子》则表达出建设者一腔改天换地般的壮志豪情。"高包陶乔,陶乔高包,包陶高乔,高乔包陶,陶乔高包,心旷神怡笑声朗,登高望远,远望登高,看不尽祖国山河分外娇"——"上海说唱"《登高》,通过记叙包、陶、高、乔的四位嫂嫂到东方明珠塔登高观光,抒发对家乡沧桑巨变的喜悦之情……"语言是思想的外衣",从这些"非遗"项目中,我们可以回眸浦东从过往一路走来的文明脚步。

浦东与海相伴,从"非遗"项目中我们可以看到地缘文化的历史影踪。《下沙镇志》记载:"宋、元时代,文人在鹤坡塘边吟诗作画,弹琴歌舞;百姓则在古瀚海塘边高吭劳动号子,传唱山歌民谣。"被列入上海市级非物质文化遗产保护名录的婚丧仪式歌——"浦东地区哭嫁哭丧歌",为浦东沿海地区的妇女所擅唱。浦东有祭海的习俗:"八月十八,潮进闸港,至鲁汇而潮头益壮。东市搭高台,唱迎送潮辞,诚浦东大观也"。浦东书院镇葵园农庄内有一象征渔民团结、大气包容的"海碗塔",顶部安装着一个直径达 6 米、高度有 2 米的青花大瓷碗——"海碗",抑或就引申为体现浦东"非遗"方言中一个充满本土色彩的词——"海威"。

三是"本乡本土"的艺术表现价值。浦东"非遗"项目的表演者、观众皆为生于斯的浦东人为主,因而演员、观众呈现"本乡本土"的属性。从艺术表现的形式来看,"锣鼓书"的开篇有"字谜""回文诗""十字""歌谣""见物唱物""即兴创作"等 10 余种方式,剧本的词句结构有五字句格、七字句格、十字句格、连环句、特定句式,具有"说表唱做自击鼓,手眼身法加舞步"的地方性独特艺术特点。"浦东说书"的表演者身着长衫,以醒目、扇子、手帕为道具,这就便于表演者穿梭于浦东星罗棋布的村落宅第,特殊的艺术表演形式适应了浦东地域宽广但方言大体一致的特点。"浦东宣卷"的词句有"花园赋""船赋""街赋""诗赋""酒赋"等各种赋子,表演时由一人主宣,两人帮衬,伴有小乐队演奏;"浦东地区哭丧哭嫁歌"的歌词在生动的比喻中体现情真意切,从排比式的反复咏唱中体现酣畅流利……浦东"非遗"项目是谓一戏一样式、一戏一风格。

鲁迅先生曾说:"方言土语里,很有意味深长的话,我们那里叫'炼话',用起来很有意思,恰如文言的用古典,听者也觉得津津有味。"(《且介亭杂文·门外文谈》)时光飞逝,乡音依稀。观看一台台戏曲,欣赏一幕幕演出,品味一句句方言,我们为多少往事已成为抹不去的历史记忆而生发无限的感慨。

"非遗"的言语之"噱"

《说文》解释:"噱,大笑也。"其实,"噱"在"非遗"项目的表演中主要表现为语言的生动、幽默、有趣。借用浦东谚语来说,那就是"一句话讲来侬笑,一句话讲来侬跳"。浦东"非遗"项目的语言之"噱"，单就如下几个方面来解读，就令人觉得是"蛮有味道额"。

一是地名之噱。在浦东的民间文学中，每逢节庆，悬谜挂猜，妙趣横生的灯谜根据汉语的结构特点，利用汉字的形、音、义的变化而生"文义谜"，因其"脑筋急转弯"式的别解特征，增添了别具一格的竞技性和趣味性。如谜面"优待高龄，免费过江"，谜底为地名老白渡；谜面"独有王水融真金"，谜底为地名江镇（今已并入祝桥镇）；谜面"白云深处藏古刹"，谜底为地名高庙（又名庆宁寺）；谜面"万里悲秋常作客"，谜底为地名杨思乡（今已并入三林镇）；谜面"画梁雕栋"，谜底为地名花木……而这些地名，在"非遗"项目的表演中，经常是借助上述猜灯谜式的形式出现在演员口中，观众盼解的投入、场面竞猜的热闹就可想而知了。看戏听曲，不就图一个"噱"字？浦东"非遗"项目中的地名之"噱"，自然令人感到是这般有"腔调"，而发噱中的事理又是如此"落门落槛"。

二是称谓之噱。"沪剧"《阿必大回娘家》中两亲家母因彼此不和而以"雌老虎"与"毒夹机"（昔时农村捕获黄鼠狼的工具）相互贬称。在浦东"非遗"项目中，我们可以听到浦东的人称代词我叫"伲"，他叫"伊"，称谓儿子叫"猴子"，称谓女儿叫"囡唔"。"浦东说书"《养猪阿奶》中称个性略显保守而倔强的男主人公为"老阿犟"。就这称谓的"老"字，浦东方言里有"老懂经"（学问丰富的老师）、"老当手"（有把关能力的长者）、"老搭档"（常在一起的合作伙伴）、"老十三"（行为不正经）、"老牛三"（吹牛不可信）、"老鬼（音读'举'）三"（心术不端正）、"老面皮"（不知害臊）等等，会出现在浦东"非遗"项目的台词里让人领略再三。

三是土语之噱。"说书引动听书人，初到先生似绝伦。独是上场三日后，微嫌曲调不翻新"，朱梅溪的这首《周浦油车巷竹枝词》，反映了浦东观众看戏听曲有颇高的审美要求。一些"非遗"项目的台词通过反复锤炼显示其语辞艺术，丰富了浦东方言的语汇。如在锣鼓书《桂花立规矩》一戏中，以"蟑螂配灶蚽，一对好夫妻"之句喻男女两者般配；以"枯竹头里榨油——厉害"之句喻人用尽心思；以"麻雀抢食——叽哩喳啦"喻人唠叨不止。"非遗"项目表演中方言谚语与歇后语的恰当引用，既增加了台词念白的生动有趣，又为这些方言、谚语、歇后语的流传推波助澜。

"非遗"项目中的这些土语来自日常生活，又以简短的形式锤炼而成，具有比喻形象、含义通俗、意蕴丰富的特点。从历史上流传下来的浦东谚语、歇后语，诸如有"烧香赶出和尚""死做黄豆腐""一根筋""钉头碰铁头——硬碰硬""针尖对麦芒——刺对刺"等等，在"川沙民间故事"中更是有创造性的发挥和运用。语言的魅力在于不断创造，浦东"非遗"项目的台词中充满了颇觉新颖而又符合事理的歇后语，如形容不明事情原委是"三斤面粉捣了七斤糨糊——糊里糊涂"；形容恋爱中的女青年像"热水瓶——内热外冷"；形容发扬民主要尊重"圆台面上摆麻饼——群众观点"

等等。

四是修辞之噱。综合运用各类修辞手法不但能体现戏曲语言的生动性，而且从中增强艺术表现力。"沪剧"小戏《情系端午》的唱词："端午节也叫端阳节，端阳节也叫天中节，天中节也叫沐兰节，沐兰节也叫女儿节"，这是顶真修辞手法；"端午节也叫大长节，端午节也叫腊地节，端午节也叫诗人节，端午节也叫午日节——龙节蒲节艾节夏节……"这是排比修辞手法；另一沪剧小戏《今年出怪》中的唱词"高升鞭炮，噼里啪啦；江南丝竹，咪哩呜啦"句，这既是对偶手法，又是拟声手法。浦东山歌的不少歌词在结尾添加有语气助词，如《打夯歌》的语气助词为："吆呼""吭哟""吭唷""嗨佐嗨佐里吭"——如此生动的拟声词，无怪乎"村姑最喜听因果，红日西沉唤不回"了……

我们从说之于口的浦东方言中体会到如此多的生动表述，让人忍俊不禁；从听之于耳的乡音里感受到如此多的理趣，令人回味无穷。余秋雨先生认为："文化，是一种包含精神价值和生命方式的生命共同体，它通过积累的引导创建集体人格。"颇为发噱的浦东方言中流淌着浦东文化的血脉，听来生动的浦东乡音里饱含着浦东文明的基因……

"非遗"的言语之"糯"

"宁与苏州人相骂（吵架），不愿与宁波人白话（对话）"，是浦东的一句谚语。熟悉此话的人明白，此话并非在将与苏州人与宁波人是否好相处作比较，而是说苏州人说话时语气上的舒缓软糯、宁波人说话时语气上的短促硬朗。这也就派生出了浦东方言的音调与语气话题。

——话说苏州方言。浦东方言属吴方言区的吴语。吴语以苏州音为标准音，而苏州话的单字声调有7个（阴平/阳平/上声/阴去/阳去/阴入/阳入），苏州话也被称作"吴侬软语"。语言学家认为，方言好听与否，其实不在于是否易懂，而是取决于语调、语速、节奏、发音以及词汇等方面。一种方言如果听觉上语速过慢，缺乏明显的抑扬顿挫，则称之"太松垮"；如果语速过快，抑扬顿挫过强，则称之"太僵硬"。浦东方言语调平和而不失抑扬，语速适中而不失顿挫。

在浦东"非遗"与方言有关的11个项目中，"浦东宣卷"是由"苏州宣卷"流传至浦东西部地区后形成的以浦东方言说唱为地方特色的民间曲艺，听着燕语莺声般的"浦东宣卷"的吴侬软语，令人畅想起"醉里吴音相媚好"的生活场景了。

——话说东乡曲调。浦东方言之于上海方言的关系，1920年前浦东方言与上海市区方言别无二致，浦东方言典型地代表了上海话。史料记载，北宋"靖康之变"后中原与吴地人士先后入居浦东，传入的大量民歌结合浓郁、醇厚的浦东方言，传唱形成了"东乡调"民歌。而作为上海地方戏的"沪剧"，就是在东乡调的基础上派生出了委婉动听、柔和优美的曲调"长腔长板""赋子板""三角板"等。浦东是沪剧的娘家，宅前宅后，人人都会哼唱上几句。

——**话说浦东方音**。俗话说："十里不同音，百里不同俗"。诚如苏州话与宁波话同属吴方言区，只是前者属于吴语太湖片苏沪嘉小片，后者属于吴语太湖片甬江小片，这便比较出方言发音中的软硬之分。有语言学家认为：浦东沿江一带清末向属上海，如洋泾、杨思、塘桥等地区，本地土著操一种介于市区方言和川沙、南汇方言之间的本地话，与 20 世纪 20 年代以前上海老城厢的传统口音基本一致，有六个声调（市区新方言为五个，川沙、南汇方言为七个），听起来较为柔、糯。在连读变调方面，以高桥为代表的北片（古属太仓州，为嘉定土语区）、沿黄浦江地带和南部有明显的差别。

值得一提的是"浦东说书"表演者为何将"说"念成"SHE"，将"书"念成"XU"，川沙民间故事的表演者为何将川沙方言中的"风"念成"烘"，"书"念成"虚"，"错"与车子的"车"均念成"悄"，"钞票"的"钞"念成"巧"，这或许是在通过所念之字与其接近对应的方言字音中，进行声调的"客串"与调值的"反串"，以此增添念白上的音调趣味，留给观众听觉上的深刻印象。

姚养怡的《周浦竹枝词》记咏曰："粉墨登场一览中，文娱同俗教移风。沪剧越剧轮流演，半日偷闲欣赏同。"曾几何时，浦东人手捧一杯热茶走进一清早便已热闹的茶馆店，走进已闻钹子声响的街巷书场，走进人群稠密的广场，在戏曲观摩中忽而凝神屏息，忽而开怀大笑……印象中航头镇的鹤沙书场、新场镇的第一书场、川沙新镇的南市街书场，它们在演绎浦东人对文化崇尚的同时，也演绎着浦东人向来就有的生活品味，而这一切，离不开的是亲切悦耳的句句方言，离不开的是融入感情的声声乡音……

犹觉得，故乡仍在以"小弟、阿囡"的乡音召唤着两鬓已添白的你我……

一声乡音，唤起的是一生乡愁！

跋

一

犹记得在浦东新区政协机关工作的岗位上,按照"浦东记忆文化丛书"每年推出一部的计划,2019 年得主编出版《浦东记忆(诗歌卷)》一书。在大部分已完成时,考虑到收入该书的浦东历代竹枝词占全书的比重达五分之一之多后,便着手开始从学术的角度对浦东历代竹枝词进行一番梳理与研究。尽管手头与浦东竹枝词相关的参考书籍少得可怜,还是形成了长达 1.5 万字的《浅谈浦东历代竹枝词的记咏特征与存史价值》一文,在作为书籍的附录部分出版时,特意将该文的三个部分打开,分别以《渊源、成果与其他——浅谈浦东历代竹枝词的创作传统》《亦记亦咏 亦咏亦记——浅谈浦东历代竹枝词的记咏特征》《诗中有史 史在诗中——浅谈浦东历代竹枝词的存史价值》为题,作为单独成文的方式出现。

二

文学创作和学术研究有时还正像一驰上车道便很难刹车停歇下来的那样——对于浦东历代竹枝词的研究紧接着又赶写了五篇,分别是:《且听史河流诗中——浦东"竹枝三杰"考略》《人文气息与诗意气场的互织交融——近现代周浦竹枝词繁荣现象的文化归因探究》《著述哪来多如许——从黄炎培的竹枝词创作看其治学之道》《诗性、史性及其他——竹枝词在文史研究中的应用价值之我见》《在守正创新中登堂入室——地方新竹枝词创作的倡导意义刍议》。限于古人有"著而少述"与"著而不述"的诗歌创作传统,这些学术视角在浦东诗学与浦东史学的研究中还未曾浏览到过,我又一次添生出"结缘式"创作的体会,将史学、诗学与学术结缘,值得探寻的层面实在是广之又广,领域实在是深之又深。在《浦东新竹枝词("非遗"卷)》即将付梓之际,将另一篇《其土·其噱·其糯——浦东"非遗"中的方言特色之我见》随附其后,因为该文与浦东"非遗"有关,不算"离题"之为。

三

2019 年 8 月,我参加了中华诗词学会在陕西府谷举办的第四届高级研修班培训,有专家老师的讲授,有诗友关系的建立,更有研讨班长年有关诗学微信的阅览。知识不注重积累与更新,如同兜中的东西随着往外掏一样,只会越掏越少,这类学习的好处或者是重温了,或者是填补了,或者是串接了——"理儿顿悟,法儿渐修",书法之道如此、诗歌之道亦如此,大凡艺术之道皆如此。

四

小时候对于白驹过隙、日月如梭之类形容时间类的词语虽明白其理，但并不有"切肤之感"，直至一个甲子的时间眨眼便过，天地间随着时光前行沧桑巨变，儿时目睹的祖母、母亲于早晚间的纺纱织布，于端午来临前的包扎粽子，于深秋开始的制作酒酿，于农历 12 月 23 日举行的祭灶神仪式……全然都像发生在眼前；儿时目睹的父亲编鱼笼、做鸟笼、编扫帚、做节约灶的风箱、做木凳、做平板车、开肉皮、发海参、洗淡菜……全然都像发生在昨天。而这些内容大多已淡出了如今的生活，成了非物质文化遗产。我意识到，自己在刚刚出版《论书词百阕》之后，又一个采用"老瓶装新酒"的全新创作实践等待着自己来完成——这就是采用最早以描述民俗、民风、民情为主要内容的竹枝词的文学方式来反映浦东的"非遗"。

五

简而言之，"非遗"是一个地方有史以来所形成的文化形式与文化空间，唯其地方性而更加具备了代表性与独特性。正在渐行渐远的浦东"非遗"，涵盖了与生产相关的传统技艺；与生活相关的民间文学、曲艺、传统音乐、传统舞蹈、传统戏剧、传统美术、传统体育和游戏及杂技、民俗；与生命相关的传统医学。从浦东"非遗"中我们可以找到浦东的文化之源、文脉之基与文明之根，成为我们认知浦东历史的路标、对话浦东先人的纽带、寻找浦东成陆千余年来世代营构的精神家园的桥梁。

六

我曾向上海诗词学会会长胡晓军先生汇报自己上述设想，他提醒说竹枝词不易写好。这令我想起顾炳权的《试论浦东学派》一文中围绕旧体诗改革的一则记述："黄炎培说：'我从六十岁那年起，试写一般民众能读的诗，一时意兴，有所触发，试为解放体。'但这种尝试，在实践中发生困难。他说：'学过格律诗的，回头写解放体，反而为难，难在既要白话，又要有诗味'。"我告诫自己得有充分的"理"与"法"两方面的形成和积累。

七

竹枝词与"非遗"的"门当户对"关系在于共同来自生活、代表生活、记咏生活。创作竹枝词首先在于一个"化"字，就是将反映"非遗"的具体内容化为诗句，其基本要求在于"像"——诗句的表达与"非遗"的相关内容相一致。比较于绝句创作的不同在于此"化"在于"俗化""浅化""淡化""平化"，但要求俗中有雅，浅中带深，淡中出韵，平中藏意。在创作中往往俗中有雅，雅难得；浅中带深，深难显；淡中出韵，韵难觉；平中藏意，意难生。这是竹枝词记咏"非遗"的创作所遇到的难题。

八

记得我在陕西府谷参加"中华诗词学会第四届高级研修班"学习期间，向副会长兼秘书长刘庆霖老师讨教如何写出格律诗的新意时，他问我是否写现代诗，并说用写现代诗的方法写格律诗，多采用通感，是一个可取的方法。据此，我在创作竹枝词时，采用了类似通感的手法，如写崩瓜有"甜上时节一夏季"之句；如写中医治疗有"寒风在此换春风"之句，如写绒绣有"绣出秋韵绣春光"之句，如写芦苇编织有"编了过去编现在"之句……当我将一组采用通感手法写成的竹枝词听取中华诗词学会顾问、上海诗词学会首席顾问褚水敖老师意见时，他给予了肯定与鼓励……

九

利用外出学习的机会，定下心来，在车上、途中，将口吟成的竹枝词在手机上记录下来，一次出差可以收获一批；一段时间内，规定每天晚上睡觉前吟成一首，第二天早上再予以修改调整；利用双休日时间，遵循语言晓畅自然的第一标准，将一周吟成的竹枝词按照格律要求予以全面检查修改——一者，选用中华通韵，便于写作；二者在平仄方面，采用两类交替的办法，一类为严格按七绝的平仄格律的"别格"，另一类则是在遵循押韵的同时，采用与七绝平仄格律相出入的"常格"。

十

竹枝词创作绝不可将蹩脚的顺口溜诗冠以竹枝词之名而自圆其说，更何况竹枝词记咏"非遗"的创作同样要有如诗学角度所讲的"是""不是""还是"的梯度升华……随着创作和思考的深入，我终于找到了解此"四难"的"三化三寓"的钥匙：即化俗为雅、化浅为深、化诗为"歌"与平中寓意、淡中寓韵、"注"中寓新。

十一

做学问离不开工具书，创作竹枝词同样离不开参考书。在刚踏上浦东新区政协机关工作岗位，走访浦东新区非物质文化遗产保护中心时，我获得了一本小开本的《浦东记忆——浦东新区非物质文化遗产名录》，之后获得了"浦东新区政协文史丛书之二十六《浦东"非遗"》。2019年7月在获知出版信息后，我又向浦东新区文体旅局要得了《浦东新区非物质文化遗产名录图典》《浦东新区非物质文化遗产代表性传承人》两书。感谢这四本书籍为我创作竹枝词所作的贡献，竹枝词下设的附注部分"史料摘引"与"相关链接""相关经历"均直接摘引和链接于这四部书籍中的具体内容。

十二

在成书的后半阶段,恰好需要完成浦东新区政协 2020 年度议政类调研课题《浦东新区非物质文化遗产保护现状及其对策的调研报告》一文,获得了时任浦东新区文化艺术指导中心主任王玺昌与浦东新区非物质文化遗产保护中心徐晓枫老师给予的全方位支持,几乎是有需必供、有问必答,欣喜于浦东已形成的"非遗"项目、传承人与传承基地"三位一体"的保护模式,在顺利完成课题调研报告的同时,所提供的资料也为我成书发挥了重要作用。浦东新区非物质文化遗产保护中心为我提供了 79 个"非遗"项目(2021 年又新增了 4 个区级"非遗"项目)与 27 个传承基地、传习所的出版配图。如果说我这本竹枝词诗集的推出,体现了将浦东"非遗"的公益宣传揽为一位志愿者个人创作的热诚,那么,贯穿其中的是浦东新区非物质文化遗产保护中心、"非遗"项目单位、"非遗"传承人以及"非遗"传承基地与传习所的无数份的热忱。

十三

承蒙浦东新区党史和地方志办公室的厚爱,先后将我的《崇通——书法学术文论集》与《逐梦——张江抒怀诗歌集》两书列入"浦东文化丛书"出版。之后时任办公室主任柴志光先生与我酝酿再添新作,这是一份友善的鼓励,也是一份催我加倍勤勉的邀约。上海远东出版社的黄政一编辑也热情"打腰鼓",还在我创作之际便谈成书的版式、字数的多少、图片的编排。为了每天行文的牵挂,我从 2019 年 10 月开始便坚持了每天凌晨五点就打开电脑进行创作的习惯,终于在 2020 年 10 月底将此书初步完稿杀青。之后,在手上"捂"了两年后,再予通篇修改定稿付梓。

十四

竹枝词有许多别称,如传统的就冠棹歌、衢歌、杂咏等名,新作则或谓竹枝新唱、或谓新竹枝词、或谓续竹枝词,我从中取新竹枝词作为书名,盖因遵循"老瓶装新酒"之理,努力守正创新,体现记咏"非遗"领域之新、"非遗"宣传形式之新、完成创作时间之近。生于斯、长于斯,在花 20 年时间完成主编"浦东老文化丛书""浦东记忆文化丛书"10 部书籍之后,自己感觉仍言犹未尽,将以新竹枝词的文学形式,循浦东文化历史之源,一一分门别类,构架视角,藉此形成浦东新竹枝词系列书籍,以报答故土的养育之恩。

十五

郑板桥《新竹》诗曰:"新竹高于旧竹枝,全凭老杆来扶持。"我不敢自诩此书的新竹枝词有多"高",但真心感谢文学形式中的竹枝词给予此书的"扶持",感谢为传承浦东"非遗"而所有付诸热忱的人们,感谢为这本书籍的顺利出版给予我支持的所有热情人士。囿于学识浅陋,书中存在的不足与谬误之处敬请方家不吝指教。

张　坚

2022 年 7 月

参考书目

1. 林孔翼、沙铭璞主编《四川竹枝词》，四川人民出版社 1989 年版。

2. 程洁著《上海竹枝词研究》，上海社会科学院出版社 2014 年版。

3. 上海市浦东新区文化艺术指导中心编《浦东记忆——浦东新区非物质文化遗产名录》，2015 年版。

4. "上海市浦东新区政协文史丛书"之二十六，张宏主编《浦东"非遗"》，2015 年版。

5. 顾炳权编著《上海历代竹枝词》（上），上海书店出版社 2018 年版。

6. 顾炳权编著《上海历代竹枝词》（下），上海书店出版社 2018 年版。

7. 顾炳权编著《上海洋场竹枝词》，上海书店出版社 2018 年版。

8. 上海市浦东新区文化艺术指导中心编《浦东非物质文化遗产名录图典》，上海科学技术文献出版社 2018 年版。

9. 上海市浦东新区文化艺术指导中心编《浦东非物质文化遗产代表性继承人》，上海社会科学院出版社 2018 年版。